LUNA JOICE

LA SAGA POLE POSITION

1. CLAY JOHNSON

Cet ouvrage est une fiction. Tous les noms, personnages, lieux et événements sont le produit de l'imagination de l'auteure. Toute ressemblance avec des personnes, des événements ou des lieux existants ou ayant existé ne peut être que fortuite.

TALENT ÉDITIONS

115 rue de l'Abbé Groult, 75015 Paris

Couverture : © Luna Joice et © Mathilde Legrand
Mise en page : © Mathilde Legrand

ISBN : 978-2-37815-442-4

LUNA JOICE

LA SAGA POLE POSITION

1. CLAY JOHNSON

Talent Éditions

PAR LA MÊME AUTRICE

À paraître :
La saga Pole position - 2. Lorenzo Moretti
La saga Pole position - 3. Riccardo Adessi

DANS LA MÊME COLLECTION

Par Catherine Walsh
Holiday Romance
Snowed In
One Night Only - à paraître

Pour tous les fans de F1

SCUDERIA ADESSI

0 POINT

Mon père est mort.

Mais je me porte bien, je m'en fiche. Je ne sais pas pourquoi je me retrouve ici. J'ai pris ma décision hier, en voyant qu'un vol était encore disponible pour Bologne. Pourtant, la date de ce rendez-vous était fixée depuis plus de deux semaines. J'ai eu beau faire comme si cela ne m'atteignait pas, je dois admettre que je me suis leurrée. Sinon, je ne serais pas là, assise dans un fauteuil qui doit valoir plus cher que mon appartement, à attendre que l'on m'appelle. Je songe soudain à maman qui a toujours tenu à ce que je sache parler italien. Pour elle, il était évident que vivre non loin de la frontière présentait des avantages pour maîtriser la langue. Mais aujourd'hui, je me demande si son obstination ne cachait pas d'obscures raisons.

Je ne sais comment définir cet instant de ma vie. *Le père biologique, la fille et l'héritage ?* Ça sonne comme « le bon, la brute et le truand » version drama. Je suis ici plus par curiosité qu'autre chose. Il y a deux semaines, l'homme que j'ai eu au téléphone s'y est repris à trois fois avant que je comprenne. Je figurais bien sur le testament de ce père qui ne m'a jamais élevée.

Une décision stupide de sa part. Il ne me devait rien. Je ne lui ai rien pardonné non plus. *Alors bordel, pourquoi je suis là ?*

Je mords l'intérieur de ma joue, mal à l'aise. J'aurais mieux fait d'ignorer tout ça et de ne pas me laisser amadouer par le regard triste de ma mère. Elle a toujours entretenu l'espoir. Pour ma part, j'ai fini par me faire une raison autour de mes dix ans. Mon père s'en fichait de moi et le jour où il a débarqué comme une fleur n'a pas suffi à rétablir plus de vingt années d'absence. D'autant qu'il s'est permis de juger le comportement de ma mère. Je me souviens encore de ses mots : « Je ne suis pas le seul responsable de notre séparation, ta mère est la principale fautive. »

Encore un qui porte ses cojones qu'à moitié…

Tout ce qu'il a réussi à faire, c'est me mettre en rogne. D'accord, maman n'est pas un superbe exemple de droiture, mais elle au moins était présente. Elle ne m'a pas abandonnée. Alors peu importent leurs différends, ce n'était pas à moi de gérer leurs erreurs. Et il s'est gentiment fourvoyé s'il a pensé un seul instant que j'allais me retourner contre elle.

Jamais. C'est maman.

Quelques mois plus tard, un notaire italien m'a annoncé la mort de mon père d'un cancer du pancréas. Horrible, mais ça ne m'a pas atteinte plus que ça. J'ai songé à toutes les fois où j'avais imaginé recevoir un tel coup de fil. Le décès d'un père inconnu. Puis, les années passant, ces pensées morbides ont plus ou moins disparu. Encore une fois, je me suis plantée. Mon paternel savait très bien qui j'étais et il n'a pas bougé le petit doigt, sauf lorsqu'il s'est su condamné.

Je prends une grande inspiration et chasse ces pensées de mon esprit. Il est et restera un connard qui a abandonné sa famille. Alors, au fond, on peut bien m'annoncer que je vais toucher le pactole, ça ne me réjouit même pas. Comme si son argent était sale, intouchable. Je baisse le menton et me cale un peu plus dans le fauteuil, hargneuse. Ça doit faire plus d'une demi-heure que j'attends. Je ne me sens pas à ma place dans cet endroit. La salle d'attente est décorée avec un chic qui me rebute. Tapis finement tissés, tableaux d'artistes contemporains aux murs et rideaux en velours me donnent plus l'impression de rendre visite à Al Pacino, parrain de la mafia, qu'à un notaire italien. Je leur laisse volontiers leur goût du luxe.

Par réflexe, je tourne la tête lorsque s'ouvre la porte du hall. Des talons claquent sur le parquet, suivis de grincements de pas. La jeune femme à l'accueil, que j'ai classée dans la secte Kardashian, indique la salle d'attente où je me trouve. Un couple entre comme si le monde lui appartenait. La dame, d'un certain âge et enveloppée dans une fourrure, me jette un bref regard. Un homme la suit, plus jeune, la trentaine peut-être, tiré à quatre épingles. Son parfum embaume aussitôt la pièce, me faisant retrousser le nez de dégoût. Ils s'installent tous les deux dans le canapé en face de moi. J'ai droit à un sourire chaleureux du type, mais elle me toise avec un léger mépris, tout en fixant mon jean. Je baisse la tête et remarque une tache de graisse noire sur mon genou.

Merde.

Tant pis. Je me suis décidée à la dernière minute, je n'ai pas eu le temps de faire une valise convenable, ni même de me changer. J'ai filé après avoir fini une vidange sur un vieux monospace. Et puis je ne tiens pas à m'éterniser ici. Aussitôt ce rendez-vous fini, je foncerai à l'aéroport pour rentrer chez moi.

La femme ne dévie pas son attention de ma tenue. Je ne suis pas dans la norme, mais je m'en fous. Mon débardeur noir et mon jean peuvent bien lui hérisser le poil, ça ne changera pas ma vie. Elle continue de me scruter sans vergogne, les lèvres pincées. Je ne baisse pas les yeux, un brin provocatrice.

Quoi ! Je te dois vingt balles, peut-être ?

Elle finit par détourner la tête. Lui, en revanche, garde son regard rivé sur moi, avec intérêt et gourmandise. Il me détaille de haut en bas. Je hais ça. J'ai le sentiment d'être un bon steak bien tendre. Sauf qu'il ne le sait pas : dans cette pièce, la carnivore, c'est moi.

Il commence à m'adresser la parole. J'ai du mal à saisir son débit à la mitraillette. Dans le flot, je crois comprendre qu'il me demande ce que je fais là.

— J'attends… réponds-je en italien.

— Je vois… Et vous attendez quelqu'un ? Un petit ami qui travaille ici, peut-être ?

Il me drague, là ?

Vu son air malicieux, j'en conclus que oui. Il n'est pas moche. Plutôt élégant. L'archétype de l'Italien de base. Brun, teint hâlé, regard séducteur et sourire aguicheur qui complète le tout. Son costume cintré lui sied à merveille. Deux boutons déboutonnés au col, il arbore un look classe, mais pas trop sérieux pour autant. Le type d'homme à fuir. Il me suffit de poser mon regard sur sa Rolex sertie de plusieurs diamants pour comprendre à qui j'ai affaire. En même temps, il se fond bien dans le paysage.

Je n'en peux plus de cette odeur de lavande et de bois vieilli, sans parler de l'inconfortable fauteuil Louis XV dans lequel je me trouve. J'ai vite compris que je faisais tache lorsque je suis entrée dans cet endroit. Qui que fût mon paternel, il devait avoir un compte en banque bien fourni pour faire appel à une telle étude notariale. Tout pue la richesse ici. Je ne serais pas surprise de trouver du papier en feuille d'or dans les toilettes.

— Non, finis-je par lâcher dans un demi-sourire.

Un rictus malsain s'incruste sur son visage. Je me doute bien de ce qui se passe dans son esprit, mais je m'en moque. Il peut croire ce qu'il veut, je ne suis pas qu'un vagin sur pattes.

— Madame et monsieur Adessi ? lance soudain un type que je n'ai pas entendu arriver.

L'homme et la femme se lèvent tous les deux. J'ai droit à un petit clin d'œil de la part de l'apprenti séducteur. Certainement espère-t-il me retrouver ici tout à l'heure, à l'attendre. Tu peux courir. Je l'ignore et reporte mon attention sur l'homme en costard qui leur demande de le suivre. Maigre, des doigts fins qui tripotent une feuille comme si elle avait la gale, la cinquantaine passée, j'ai l'impression de voir la caricature maladroite d'un inspecteur des impôts. Ses lunettes sur le bout du nez, il redresse le menton vers moi.

— Mademoiselle Leclerc ?

J'opine.

— Très bien, si vous voulez bien me suivre aussi, lâche-t-il lentement.

J'attrape mon sac à dos, puis me lève à mon tour sous le regard ébahi du beau gosse et de celle que j'imagine être sa mère. J'admets que je suis moi aussi surprise, je m'attendais à être seule. Mais bon, qui suis-je pour croire que mon paternel n'aurait couché que moi sur son testament ? Nous prenons tous les trois la direction d'un bureau au fond d'un long couloir. L'homme à la Rolex me jette un bref regard par-dessus son épaule. Je les suis en silence. Celui que je suppose être le notaire s'installe enfin à un bureau. Je m'étonne de trouver un espace si grand pour seulement quatre personnes. Placé en bout de table, il étale ses nombreux dossiers et les trie en silence. Je préfère m'installer légèrement sur le côté pour garder un œil sur les deux autres visiteurs. Le notaire se racle la gorge, puis feuillette un document face à lui avant d'ouvrir la bouche :

— Nous sommes ici à la demande de Giuseppe Adessi, décédé le 10 janvier dernier. J'ai en ma possession le testament de M. Adessi stipulant ses volontés concernant son héritage, débite-t-il sans un regard pour nous.

Adessi… Voilà donc le nom de famille de mon père. Je savais bien que j'avais des origines italiennes, mais pas si haut de gamme. Maman ne m'a jamais dévoilé l'identité exacte de mon géniteur. Adessi… Un patronyme plutôt connu. Riche et puissant, qu'elle disait ? *Merde, et pas qu'un peu…* Une brève sueur froide dévale mon dos lorsque je songe à tout ce qui est relié à ce nom.

— Excusez-moi, mais qui est cette personne ? siffle soudain la femme en me pointant du doigt.

Je plisse les yeux tandis qu'elle m'ignore et toise le notaire.

— Il s'agit de Mlle Leclerc, la fille de M. Adessi.

Un gloussement rauque remonte le long de sa gorge.

— Pardon, sa quoi ? embraie le jeune homme. Il doit s'agir d'une erreur !

Le notaire ne les quitte pas des yeux avant d'émettre une moue contrariée. Il tourne ensuite une feuille de son dossier et s'adresse à moi :

— Emy Leclerc, née le 11 août 1997 à Nice, fille d'Isabelle Leclerc et de père inconnu, c'est bien vous ?

Je hoche la tête en creusant une joue. Ouais, c'est bien moi.

— Bien, nous pouvons donc commencer, tranche le notaire.

Les deux compères me toisent, la bouche entrouverte. Je me pourlèche les lèvres, incendiée par leurs regards. Le notaire enchaîne aussitôt. Il retrace la vie de mon père, ainsi que son large patrimoine. Je hausse les sourcils à plusieurs reprises face à la liste interminable de ses biens. Si j'obtiens ne serait-ce qu'une villa, je ne sais pas ce que je pourrai en faire. Toutefois, la plupart des logements en possession de mon père reviennent à l'Italienne grincheuse, celle que je suppose être sa femme. Quant à lui, serait-il… son fils ? Donc mon demi-frère ? J'ai l'impression d'évoluer dans un monde parallèle. Je viens de découvrir que mon père n'était autre que l'un des hommes les plus puissants du sport automobile mondial. Et un frère tombé du ciel me drague.

Non, il y a un truc qui cloche. Il ne semble pas dégoûté en me regardant, plutôt furax. Son air charmeur a disparu de son visage. Maintenant, j'ai l'impression de n'être qu'une gueuse. Quand j'y songe, il n'a pas été fait mention d'un fils lors du laïus du notaire, mais juste d'une femme…

— Concernant la Scuderia Adessi ainsi que l'ensemble des parts…

Je me fige. Ce n'est donc pas une blague. Mon père était le patron de l'une des plus grandes écuries de Formule 1 au monde.

Non mais sérieusement, où est la caméra cachée ?

Dans un réflexe, je plisse les yeux en direction des angles de la pièce, à la recherche d'indices. En même temps, qui aurait pu imaginer un tel scénario ? Ma gorge s'assèche, un milliard de questions me passent par la tête. J'ai soudain le sentiment de redevenir cette pauvre petite fille qui interrogeait sa mère sur l'existence de son père. Ce qui est certain, c'est que maman n'a jamais fait mention de tout cet argent et de la Formule 1 !

— La firme a été divisée en deux, poursuit le notaire.

Un soupir de soulagement s'extirpe des lèvres de Mme Adessi. Elle esquisse un faible sourire à l'intention de – je suppose – son fils. Le notaire continue :

— Reviennent à M. Riccardo Adessi, ici présent, beau-fils et adopté par Giuseppe Adessi le 23 juin 2003, vingt pour cent des parts de…

Adoption en 2003 ? Donc, ce n'est pas son vrai fils, ni mon demi-frère. Je souffle, rassurée. Un père suffit amplement.

— Et Mlle Emy Leclerc, ici présente, fille biologique de Giuseppe Adessi, confirmé par test ADN le 8 août 2023, hérite à hauteur de quatre-vingts pour cent des parts de la Scuderia Adessi et de toutes les infrastructures la concernant.

Mon cœur se stoppe. *Un quoi ?* Je n'ai pas rêvé, il a bien fait mention d'un test ADN. Je cogite aussitôt, cherchant à quel moment mon père aurait bien pu obtenir une infime partie de moi-même, mais l'évidence me frappe soudain. Ce n'est pas pour rien qu'il a débarqué quelques mois avant son décès. Il voulait me rencontrer dans un but précis. Il souhaitait s'assurer que j'étais bien sa fille. Une colère gronde en moi. *L'enfoiré !* Des images de notre échange défilent dans ma caboche. Il m'a d'abord paru abattu et mal à l'aise. C'est d'ailleurs uniquement pour cette raison que je lui ai laissé l'opportunité de me parler : par pure pitié. Nous avons bu un café, mais il m'a agacée au plus haut point quand il a balancé ses reproches à l'intention de maman. Je me suis barrée, le laissant moisir dans ses aigreurs. C'était il y a quelques mois, mais je ressens encore cette fierté de l'avoir laissé en plan. Comme un goût de revanche. Mais je n'imaginais pas qu'il était venu dans un but précis…

Après tout, c'était assez simple pour lui de récupérer mon ADN sur la tasse. Je fulmine, et mon rythme cardiaque augmente de plus belle lorsque j'analyse la deuxième partie de la phrase prononcée par le notaire.

— Vous plaisantez, j'espère ! enrage aussitôt Mme Adessi.

La gorge sèche, je détaille le notaire, tout aussi confuse.

— Non, il s'agit bien des volontés de Giuseppe Adessi, articule-t-il d'un ton neutre.

Un hoquet d'effroi s'échappe de la bouche de l'Italienne. Pour ma part, je ne réagis pas. Il me faut plusieurs secondes pour comprendre que je viens d'hériter de l'écurie de Formule 1 de mon père, la Scuderia Adessi.

MACLEAN

0 POINT

— Clay ?

Je lève les yeux, troublé. Mon père et l'équipe autour de lui attendent ma réaction, je suppose qu'il n'en est pas à son premier appel. Je hoche brièvement la tête pour leur signifier que je suis toujours là. Même si c'est un mensonge. La vérité, c'est que je n'arrive même pas à lire les lignes du contrat sous mes yeux. Mon esprit ne cesse de s'égarer. J'observe les personnes autour de cette table en fronçant les sourcils. *Tout ce monde était nécessaire ?*

J'imagine que oui, mais je n'ai pas le souvenir qu'il y ait eu autant de public lors de ma signature chez Adessi. Il n'y avait que mon manager, lui et moi. Je me souviens encore du regard de Giuseppe à l'époque, il paraissait confiant et surtout protecteur à mon égard. J'ose un coup d'œil vers le directeur, Edward Maclean. Cheveux blonds tirés en arrière, légèrement dégarni, accoudé à la table, les mains jointes qu'il frotte entre elles m'indiquent son empressement à en finir avec cette formalité. Il ne me quitte pas des yeux, puis esquisse un léger rictus en haussant les sourcils. Je le lui rends, plutôt penaud. Il n'a pas la bienveillance que j'ai pu connaître avec son rival. Sa forte carrure met à rude épreuve la chemise qu'il porte. Je m'attarde une petite seconde sur le sigle brodé sur la poche de poitrine : Maclean, entouré d'un ovale bleu et noir. Si on m'avait dit l'année dernière que je me retrouverais dans ce bureau, je ne l'aurais pas cru.

— Si cela vous convient, nous étudierons un renouvellement de contrat après la saison à venir, lâche de sa voix grave le grand patron. Nous serons à la fin de la compétition, nous aurons une vision plus claire de votre avenir au sein de notre équipe.

Je serre la mâchoire mais acquiesce. Je suis encore troublé par mon changement d'écurie. Au fond de moi, je culpabilise. La saison s'est achevée il y a quelques semaines, je n'ai pas eu l'opportunité de parler de l'avenir avec Giuseppe avant son décès. La Scuderia Adessi sans son mentor ne sera plus la même, mon père a raison. Je n'ai pas eu de retour de Riccardo sur un nouveau contrat, ce qui signifie qu'il ne tient pas à me voir conduire une fois qu'il aura entièrement pris le contrôle de l'écurie. De toute manière, je sais que je ne gagnerai pas avec lui aux commandes. Ce trou du cul ne pense qu'à l'argent. Tout ce qui compte pour lui, c'est le gros paquet de fric que ramène l'écurie chaque année. Je ne serais même pas étonné qu'il décide de la revendre.

— Très bien, conclus-je.

— Parfait, si tout le monde est d'accord, nous pouvons signer, enchaîne l'avocat de l'écurie.

Je me demande ce qu'Erico en penserait ? Je ne l'ai informé de rien. Cela fait plus de dix ans qu'il me suit, mais il est aussi un fidèle de la Scuderia en tant que manager général de son académie de formation de jeunes pilotes. Il n'aurait pas compris.

Je suis en train de le trahir. Pourtant, je n'ai pas le choix. Il s'agit de ma carrière et je tiens à gagner le championnat. Les écuries capables de m'emmener sur la plus haute marche du podium ne sont pas si nombreuses. Soit je patiente, en espérant que Riccardo me propose un nouveau contrat, tout en sachant que rouler sous ses ordres me donnera la nausée. Soit je signe chez leur rival. L'écurie Maclean est certainement la plus en pointe du moment. La preuve, leur précédent pilote a été sacré trois fois champion du monde.

Le choix est vite vu.

Je saisis le stylo à ma droite. Ma signature sur le papier est brève, précise, presque hargneuse. Je quitte la Scuderia. Je quitte ma famille de cœur, mais je prends en main mon avenir.

L'avocat récupère aussitôt le contrat avec un bref sourire, avant de le tendre à mon nouveau patron. Edward toussote gravement, attrape sa plume dorée et griffonne à son tour. L'homme à ma gauche se redresse et saisit le contrat. J'ai oublié son prénom, mais je crois qu'il est directeur technique.

— Nous annoncerons cette collaboration la semaine prochaine, enchaîne la community manager de l'écurie.

J'opine.

— En attendant, tout ceci reste confidentiel, ajoute-t-elle. Je vous tiendrai informé des futures conférences de presse. Beaucoup de monde risque de vous solliciter une fois l'annonce faite. Ce sera un tremblement pour la F1.

Un scoop horrible, tu veux dire ?

Je vois déjà les gros titres :

Clay Johnson met un coup de couteau dans le dos de la Scuderia Adessi.

Clay Johnson trahit la famille Adessi.

Giuseppe Adessi doit se retourner dans sa tombe.

J'aimerais plutôt un titre du genre :
Clay Johnson revient dans son pays d'origine.
Mais je sais que ça n'arrivera pas.

— Vous serez amené à répondre à des questions dérangeantes, continue-t-elle.

— Je sais.

— Il s'en sortira très bien, rétorque mon père avec un demi-sourire.

Je l'observe de biais. Papa semble plus nerveux que moi. Son front est brillant sous ses cheveux grisonnants et le tic nerveux de son pouce qui tapote la table en verre le trahit. Du moins pour moi. Il n'y a que son fils qui soit capable de déchiffrer ses mimiques. Pour les autres, il paraît impatient, comme s'il avait autre chose à faire aujourd'hui. Il garde toutefois ce sourire que je lui connais : franc et aimant. Mon père n'est peut-être pas un requin comme l'homme qui dirige ici, mais il est malin. C'était d'ailleurs son idée que je change d'employeur. C'est lui, le premier à m'avoir soufflé cette option, et je dois admettre que dans l'ensemble, il n'avait pas tort. J'ai sacrifié énormément pour arriver à ce niveau de la compétition, je ne peux pas laisser ce petit péteux de Riccardo mettre fin à ma carrière. J'imagine que plus d'une écurie lancera les hostilités après l'annonce de mon transfert. Mon père avait raison sur un point, ils attendent tous de savoir où je vais rouler. Le champion en titre a pris sa retraite cette année, et c'est sa place que j'occupe dorénavant. Je me doute que je suis pressenti comme le futur champion du monde. J'aurais juste aimé vivre ça avec Giuseppe. C'est à lui que je dois tout. Alors je sais que la presse ne me fera pas de cadeau.

— J'arriverai à gérer, conclus-je.

La community manager opine.

— Oui, je n'en doute pas.

— Nous serons là, enchaîne Edward. Vous faites maintenant partie de la famille.

Il se lève aussitôt. J'en fais autant et m'approche de lui alors qu'il me tend déjà la main. Un large sourire aux lèvres, il attrape la mienne et la serre tout en posant son autre paume sur mon poignet. Un geste qui se veut rassurant, je suppose. J'essaie de paraître heureux. Je me mens à moi-même. Une boule ignoble me serre le ventre. J'espère que ma rage de vaincre sera bien plus forte que ma culpabilité. Cette année est la mienne, je ne laisserai personne me barrer la route du titre de champion.

— Je vous appellerai courant de semaine prochaine pour la visite de l'écurie et les présentations avec les ingénieurs, reprend la manager.

Edward relâche ma main et tapote mon épaule.

— La team va vous adorer, se félicite-t-il. Enfin un pilote anglais chez nous !

J'opine, j'ai hâte de commencer les premiers essais. La trêve vient à peine de débuter et nombreux sont les pilotes en vacances. Moi, je vais bosser. M'entraîner, piloter encore et encore, pour être au maximum de ma forme quand le Grand Prix de Bahreïn entamera cette nouvelle saison. Les différentes personnes présentes viennent elles aussi me serrer la main. Heureux de cette collaboration à venir, ils me sourient tous et me félicitent. J'ignore le poste de la plupart. J'ai surtout l'impression de débarquer chez des inconnus. Mon père ne quitte pas son sourire, tout en s'attardant sur quelques poignées de main.

Papa a toujours été là, à me pousser. Giuseppe Adessi était son ami, et par amitié pour lui, celui-ci m'a pris sous son aile. Je sais que mon père pleure sa perte, tout comme moi.

Giuseppe était mon deuxième père. Sans lui, je n'aurais peut-être jamais eu l'opportunité de monter dans une monoplace. La Formule 1 est un monde de tyrans, mais c'est surtout un gouffre financier. Et sans l'aide et l'implication de Giuseppe, je n'aurais jamais atteint ce rêve. Il a façonné l'homme que je suis aujourd'hui.

Un pilote à l'aube de sa consécration.

Et même si je ne vais pas gagner le championnat sous ses couleurs, je le ferai pour Giuseppe. Pour lui rendre hommage. Pour lui prouver qu'il a eu raison de croire en moi.

J'émets un bref soupir en souriant poliment au staff présent. Ils se dirigent vers la sortie du bureau. Je les suis. Mon père est en grande conversation avec mon nouveau patron. Je fais mine de consulter mon portable. Je préfère rester en retrait pour l'instant. Comme si je devais digérer ce que je viens de faire. Je marche en silence, en direction de la sortie, et souris à qui croise mon regard. Devant les portes, Edward se tourne vers moi, puis me donne une dernière tape dans le dos en me disant à bientôt.

— J'ai hâte ! mens-je.

Il m'offre un clin d'œil suivi d'un pouce levé avant de nous abandonner. Dès que nous sortons de l'écurie, mon père souffle de soulagement.

— Tu as pris la bonne décision, lâche-t-il.

— Oui, réponds-je, plus convaincu. Mais pour l'instant, je suis encore un pilote de la Scuderia et j'ai des obligations à assumer. Comme ce cocktail avec toute l'équipe, ce soir.

— Tu souhaites que je t'accompagne ? s'inquiète-t-il tout en me suivant vers ma voiture.

— Non, ça ira, grimacé-je. Ton air béat leur mettrait la puce à l'oreille.

Il rit de bon cœur.

— Crois-moi, si je le pouvais, je l'annoncerais moi-même à Riccardo.

— Ah non, ne me gâche pas ce plaisir, ironisé-je. Et puis, au fond, je crois que c'est ce qu'il souhaite.

— Ouais… C'est dommage, soupire-t-il. Giuseppe a consacré sa vie à son écurie et Riccardo va tout faire foirer.

— Oui, il ne méritait pas ça. Et je suis navré de savoir que la Scuderia va connaître une saison difficile. La team est géniale, j'ai les boules pour eux. Sans compter que j'abandonne Lorenzo.

Papa esquisse un sourire en hochant la tête.

— Tu ne peux pas sauver tout le monde, Clay, souffle-t-il. Concentre-toi sur tes objectifs. Tu as pris la bonne décision, j'en suis persuadé.

— Ouais… sifflé-je, le cœur toujours aussi lourd.

— Tu dois partir quand ? Tu as le temps pour un repas à la maison ? Ta mère en serait ravie, dit-il, dans l'espoir de changer de sujet.

Je secoue la tête avant de scruter mon portable.

— Non, mon avion décolle dans deux heures. Je dois être à Milan avant 19 heures, et puis il va aussi falloir que je leur annonce.

— Tu es sûr de vouloir le faire ? On peut très bien attendre l'officialisation de Maclean la semaine prochaine.

— Papa… soufflé-je. Je ne peux pas faire ça à Erico. Je dois le dire, au moins à lui.

— Très bien, dans ce cas, on se voit la semaine prochaine ?

J'acquiesce. Mon père s'approche de moi pour m'enlacer. Je lui rends son étreinte puis déverrouille mon véhicule tandis qu'il file dans la direction opposée. Je m'attarde une seconde sur mon reflet dans la vitre. Un long soupir plus tard, je passe ma main dans ma tignasse désordonnée avant de grimper dans ma caisse. Cette voiture est peut-être ce qui me manquera le plus. Les Adessi sont vraiment de belles sportives et rouler avec a toujours été un plaisir.

Mais à partir d'aujourd'hui, je redeviens patriote. Alors je vais ravaler ma culpabilité et la transformer en rage de vaincre. Car je sais que je suis le plus qualifié, et ce qui est certain dorénavant, c'est que je vais gagner ce championnat du monde, quoi qu'il en coûte.

SCUDERIA ADESSI

0 POINT

Les lèvres pincées, je plie un jean. Ma valise posée sur mon lit, je suis en grande discussion avec ma mère tandis que je me prépare au départ. Elle est sceptique depuis mon retour. Et je la comprends. J'ai mis un moment à lui expliquer ce qui s'était passé, je devais d'abord digérer. J'ai encore du mal à y croire. Mon père a pris une décision stupide. Et en plus de ça, il ne me laisse pas vraiment le choix. L'accord est simple : j'hérite de l'écurie à hauteur de quatre-vingts pour cent et d'une grosse somme d'argent. À prendre ou à laisser. Tout ou rien. J'ai bien songé à tout ce que cet argent pouvait représenter pour mes proches. Maman a passé sa vie à se saigner pour joindre les deux bouts. Et je sais aussi ce que signifie un frigo vide, mon deux-pièces à peine meublé me le confirme. Toutefois, le fait d'hériter de l'écurie s'accompagne de quelques clauses spécifiques.

Durant une année, je serai la principale décisionnaire. Je n'ai strictement aucune idée du fonctionnement d'une telle structure, mais mon paternel a pensé que j'en étais capable pour une raison que j'ignore. J'ai été tellement surprise par ce testament que j'ai d'abord souhaité refuser. Mais… j'ai aussi songé à tout ce que cela pouvait représenter. Après tout, le contrat est plutôt simple. Ce n'est qu'une année, une saison complète de F1 où je suis supposée faire mes preuves. En cas d'échec, je disparais de la circulation. En cas de succès, la totalité de l'écurie m'appartient. Les mines dépitées de la veuve et de son fils ont suffi à me convaincre. J'ai accepté.

Je suis maintenant patronne de la Scuderia Adessi. Mon paternel a songé à tout, le notaire a été très clair à ce sujet. Un conseil s'est tenu peu avant son décès avec les partenaires fidèles de l'écurie et bien évidemment, la décision de mon père n'a pas été approuvée. Mais les associés n'avaient pas trop leur mot à dire, c'était lui le patron. Il l'a joué fine. Riccardo est également décisionnaire, même si ce n'est pas dans les mêmes proportions que moi. Je suppose que mon père voulait rassurer les sponsors. Toutefois, il ne leur a pas laissé beaucoup d'options : moi ou rien. Ça signifie que je dois amener la Scuderia à la première place du championnat constructeur, et tout m'appartiendra.

— Ton avion décolle quand ? interroge ma mère.

Je relève le menton, encore un peu dépassée par toute cette situation.

— Dans une heure.

Elle hoche la tête en grimaçant, puis vient s'asseoir sur le rebord du lit.

— Tu pouvais refuser l'héritage, Emy.

Oui, j'y ai songé. Mais en même temps…

Je plante mes yeux dans les siens. Maman me scrute avec tristesse. Ou inquiétude ? Certainement les deux. Je sais qu'elle a fui ce milieu il y a bien longtemps. La rencontre avec mon père fut brève et intense, m'a-t-elle toujours dit. Mais elle n'appartient pas à ce monde. Toutefois, subsistent encore des zones d'ombre. Maman ne me dit pas tout, je m'en doute. Elle garde ses petits secrets bien dissimulés, pour une raison que j'ignore. Je sais qu'elle ne voit pas tout ça d'un bon œil. Elle s'angoisse certainement pour moi. *Enfin, je crois.*

— Si j'avais refusé, je n'aurais pas pu botter le cul à tous ces hommes qui se croient plus intelligents que les femmes, répliqué-je. Non, j'ai pris la bonne décision.

Elle pouffe, amusée.

— Je te connais, ma fille. Tu adores prouver que tu es capable de tout un tas de choses. Mais là, ce n'est pas juste un garage de quartier, c'est plus grand, plus puissant et ça risque de mettre tes nerfs à rude épreuve.

Je la fixe, silencieuse. Elle n'a pas tort, mais plus l'enjeu est colossal et plus cela me plaît.

— Que veux-tu qu'il arrive ? Tout est bien huilé. Les équipes sont en place, les pilotes aussi. Je vais juste ajouter ma touche personnelle, ricané-je.

Elle lève les yeux au ciel.

— Et puis franchement… reprends-je. Tu ne trouves pas que c'est une sacrée opportunité ? Personne ne savait qui j'étais, et pour une fois dans ma vie, je vais être celle qui prend les décisions. Crois-moi, maman, je vais faire tout ce que je peux pour leur prouver, à tous, qu'ils ont tort. Une femme peut avoir sa place dans ce milieu.

Elle opine brièvement en me détaillant avec fierté.

— Je ne doute pas de toi.

— Et t'as vu nos comptes en banque ? m'amusé-je. Je ne le fais pas que pour moi, mais aussi pour toi. Tu le mérites, maman. Après tout ce que tu as fait, tu as le droit de souffler un peu sans compter chaque euro à la fin du mois.

Voyant les larmes perler au coin de ses yeux, je décide de me débarrasser des vêtements que j'ai dans les mains et m'approche d'elle pour l'étreindre.

— Je t'aime, Emy, susurre-t-elle contre mon oreille. Je suis fière de toi.

Je la serre un peu plus fort.

— Merci, réponds-je, le cœur lourd.

Maman est ma faille. Mon tout. Mes vulnérabilités, mes craintes, rien ne lui échappe. Pour tous les autres, je suis un démon. Et cela me va très bien ainsi. Elle me relâche, pose ses mains sur mes épaules et me sourit. Je m'attarde sur le vert intense de ses yeux. Les traits de son visage sont si peu semblables aux miens. Je tiens de mon père. Mêmes yeux bleus, même teint hâlé d'Italienne et certainement le tempérament qui va avec.

Je referme ma valise, plus déterminée que jamais. J'attrape ma veste en jean puis enfile mes Dr. Martens rouges. J'ai presque hâte de voir la tête de ma nouvelle belle-famille. Ce soir aura lieu le cocktail de reprise du championnat. Ça sera aussi l'annonce de ma nomination.

Le tournant de ma vie, je l'espère.

***

Mon taxi se gare devant l'enceinte de l'écurie quelques heures plus tard. Je m'accorde une poignée de secondes pour observer les bâtiments impressionnants. Une véritable petite ville s'offre à moi.

— *Signorina ?*

Je tourne la tête vers le chauffeur. Il me dévisage à travers le rétro intérieur.

— Oui ! Désolée, j'étais ailleurs, réponds-je tout en sortant un billet de vingt euros. Gardez la monnaie.

Il récupère l'argent, me salue, puis je sors du taxi, contourne la voiture et extirpe ma valise du coffre. Le chauffeur fait marche arrière, me laissant pantoise devant les grilles. Je repère le poste de sécurité et m'en approche. L'homme dans la guérite baisse sa vitre et se penche vers moi.

— Vous avez une invitation ? me débite-t-il dans un italien haché.

J'opine, puis extirpe de ma poche arrière un badge envoyé par courrier une semaine plus tôt. Il scrute la carte, les yeux ronds. On peut y lire en toutes lettres : Emy Leclerc, *direttore*[1]. Il reporte son attention vers moi, les sourcils froncés, puis me détaille de haut en bas. Je crois qu'il doute de mon badge, ça ne m'étonne qu'à moitié. J'ai relevé mes longs cheveux noirs dans un chignon négligé. Mon chemisier blanc est froissé par les dernières heures passées dans les transports. Je bous dans mon jean et j'ai le front moite. La température extérieure avoisine les trente-cinq degrés, je ne rêve que d'une chose : boire un verre d'eau bien fraîche avant de prendre une douche.

— Un instant, s'il vous plaît, lâche-t-il en saisissant un combiné.

— Comme vous voulez, réponds-je en haussant les épaules.

Je reporte mon attention sur les locaux de l'écurie en écoutant ce qu'il débite à demi-mot à son interlocuteur au bout du fil. Je suis sans doute un imposteur, il ignore comment j'ai réussi à me procurer un badge sécurisé. Je pouffe malgré moi. Au moins, ça prouve que je vais créer la surprise lors de l'annonce de ce soir. Il finit par raccrocher et se tourne vers moi, confus.

— Je vous ouvre tout de suite, balbutie-t-il. M. Adessi vient à votre rencontre.

Je lui souris en penchant la tête et récupère le badge qu'il me tend. Le portail massif s'ouvre aussitôt et je me faufile en tirant

1. Directrice

ma valise. Je jette un regard par-dessus mon épaule et salue l'homme d'un V avec mes doigts.

— Ciao !

Il sourit en serrant la mâchoire pour contenir sa crispation, ce qui m'amuse. Je m'avance vers l'imposant bâtiment qui me fait face. Tout de rouge et de noir. Le logo de l'écurie trône sur sa façade, sur plus de cinq mètres de haut. Je détaille l'animal qui sert d'image à la firme. Une panthère noire, griffes acérées et gueule ouverte, laissant paraître toute sa férocité. Scuderia Adessi est inscrit en dessous, dans une police fine et gracieuse. Le sigle est impressionnant et plus je marche vers le bâtiment, plus j'en prends plein les yeux.

Je m'arrête devant les portes principales au moment où elles s'ouvrent. Je me retrouve nez à nez avec Riccardo Adessi. Le jeune homme pourlèche ses lèvres et me détaille, intrigué. Mon allure semble l'amuser, mais il évite toute remarque et me tend la main.

— Bonjour, Emy. Bienvenue à la Scuderia Adessi.

Je récupère sa main tout en m'attardant sur la Rolex à son poignet. Son costume lui donne la prestance que je n'ai pas en cet instant. Un homme d'affaires. Redoutable. Imposant le respect. Mais pas pour moi. Je l'empoigne avec force.

— Merci, est-il possible de prendre une douche ? demandé-je.

— Oui, mais pas maintenant. Notre planning est serré. Nous allons d'abord rejoindre l'équipe de direction qui vous attend.

Évidemment. Rencontrer tout le monde alors que je pue le fennec. Je le toise, mauvaise, mais il m'offre un sourire hypocrite.

Connard.

— Très bien, allons-y.

Il entre avec moi dans le hall. Bien que je souhaite paraître détachée, j'ai du mal à ne pas arrondir les yeux. Plusieurs bolides de F1 sont alignés, créant une haie d'honneur jusqu'à l'accueil principal. Je ne peux m'empêcher de les admirer. La première voiture doit dater des années cinquante, l'âge d'or de la F1, puis elles se succèdent, les unes aux autres, jusqu'à la monoplace de la dernière saison. Un claquement de doigts fait revenir mon attention sur Riccardo, qui s'adresse à la femme à l'accueil.

— Merci de faire monter cette valise dans mon bureau, lui ordonne-t-il.

La jeune femme en tailleur s'exécute et se précipite de l'autre côté du comptoir pour récupérer mon bagage. Je m'engage avec Riccardo dans un ascenseur. Un léger silence nous sépare alors qu'il appuie sur le bouton du dernier étage.

— Je n'ai pas mon propre bureau ? interrogé-je.

Plus grand que moi, il me scrute de biais.

— Si. Juste en face du mien. Je vous rappelle que je suis moi aussi propriétaire, crache-t-il.

Génial. Je sens que je vais adorer l'avoir dans les pattes, lui !

— Oui, à vingt pour cent, rétorqué-je, aussi aimable que lui.

Le tintement de l'ascenseur ne lui donne pas l'occasion de répondre. Il file dès les portes ouvertes. Je le suis, m'attardant dans les couloirs où plusieurs portraits en noir et blanc sont accrochés : les pilotes ayant conduit pour la Scuderia tout au long des années. Je passe en revue les visages les uns après les autres, jusqu'au dernier.

Plutôt beau gosse !

— Mademoiselle Leclerc ?

Mon attention revient vers Riccardo. La main sur la poignée d'une porte ouverte, il m'invite à entrer. Je délaisse le beau pilote et marche dans sa direction en bombant la poitrine. Une fois que j'entre dans la salle, tous les regards se posent sur moi. Tous des hommes, hormis deux femmes. La première, je la connais déjà, c'est madame peau de vache, la veuve. Quant à la seconde, elle m'offre un sourire sincère. Les six autres personnes ont toutes, je crois, une lueur de curiosité dans le regard. Ce sont donc tous ces gens que je vais devoir convaincre cette année ? Mon père m'a peut-être offert un cadeau empoisonné, mais je lui prouverai que je n'en ferai qu'une bouchée, de ce beau monde.

C'est parti, Emy, bienvenue dans le monde impitoyable de la F1, me dis-je tout en pénétrant dans la salle, la tête haute.

***

La réunion dure une éternité. Tout est passé au crible : nos performances sur l'année écoulée, celles des pilotes, les stratégies des diverses écuries concurrentes. Même l'aspect marketing et communication est passé au gril. Les visages qui m'entourent me seront familiers toute cette année. Comme les trois plus gros investisseurs de l'écurie, qui n'ont, pour cette saison, pas leur mot à dire, grâce au testament de mon père. Je ne me leurre pas, je pars déjà avec un handicap. Il me suffit d'ailleurs de tourner mon visage légèrement sur la droite pour croiser celui, bien plus méprisant, de la veuve noire. Elle ne fait que me scruter depuis ce début de réunion, sans pour autant prendre la parole. Pour ma part, je réponds aux questions que l'on me pose, réagis parfois à certaines initiatives, comme ces suggestions de l'ingénieur en chef, qui propose plusieurs changements à mettre en place sur la nouvelle voiture. Il est parfois étonné que je sache de quoi il parle. Comme j'ai des connaissances en mécanique et que je rebondis sur ses initiatives, il me sourit régulièrement. Au moins, j'ai le sentiment d'avoir déjà un tout petit allié.

Toutefois, je dois admettre que la community manager se montre plutôt sympathique avec moi. Elle me sollicite à plusieurs reprises sur des projets de communication pour l'écurie. Au moins une à cette table qui ne me voit pas comme un boulet.

Après un dernier point concernant la soirée inaugurale de présaison à venir, Riccardo souhaite conclure la réunion, mais j'interviens, lui coupant la parole :

— Je tiens à garder l'anonymat durant ce début de soirée, dis-je.

Tous les regards convergent vers moi, pourtant je sais ce que je fais.

— Et pour quelles raisons ? s'étonne Riccardo.

— Ce sera mieux pour faire connaissance avec l'équipe, sans faux-semblants.

Les sourcils froncés, la veuve noire me dédaigne tandis que Riccardo hausse les épaules.

— Très bien, vous resterez anonyme jusqu'à mon discours, si ça peut vous amuser.

Un ricanement rauque sort de la gorge de sa mère, moqueur. Je l'ignore et souris simplement. Riccardo tourne ensuite son regard vers les autres, attendant une nouvelle réaction, mais le silence s'éternise.

— Bien, je crois que nous avons fait le tour. Emy reviendra vers vous selon les résultats obtenus lors du premier grand prix, indique-t-il aux trois investisseurs.

— Bien évidemment, complété-je, pas dupe de son stratagème de tout me coller sur les épaules.

— C'est d'ailleurs elle qui sera maintenant votre interlocutrice principale, ajoute Riccardo avec un petit sourire malsain.

Merci du cadeau. Les trois hommes en costard me scrutent en hochant la tête. J'ai l'impression d'être dans le bureau de mon banquier qui menace de supprimer mon découvert autorisé si je ne crédite pas rapidement mon compte. Je sais pourquoi ces hommes sont là. Tout ce qui compte pour eux, ce sera de ne surtout pas perdre d'argent durant cette saison. Riccardo est le premier à se lever et à serrer des mains. Sa mère se pavane en offrant des bises aux investisseurs et en les raccompagnant chaleureusement, à tel point qu'ils ne prennent même pas le temps de me saluer. La salle se vide, l'ingénieur en chef m'offre un geste de tête respectueux avant de quitter la pièce. J'ai peut-être réussi à le convaincre de ma bonne volonté.

— Gabriela ? tonne soudain Riccardo à l'intention de la community manager.

— Oui, répond-elle en remettant de l'ordre dans tous ses dossiers.

— Je te laisse le soin de montrer son bureau à Emy, en face du mien. Je vais déjeuner avec les investisseurs et ma mère, lâche-t-il sans me regarder.

Merveilleux. Je suis la paria. Et puis merde ! J'espère qu'il va s'étouffer durant le repas. Gabriela hoche la tête et il quitte la pièce comme un prince. J'émets un long soupir alors que je les vois tous, souriants, s'avancer jusqu'à l'ascenseur au bout du couloir.

— Ça ne s'est pas trop mal passé, lâche Gabriela en se plaçant à ma hauteur avec une brève risette.

Difficile de savoir ce qu'elle peut penser de moi.

— Enfin, je trouve que vous avez été très intéressée par le contenu de la réunion, bredouille-t-elle. Et pour ma part, je suis ravie de voir une autre femme que la mère Adessi à cette table.

Ses yeux bruns, dissimulés par une paire de lunettes épaisse qu'elle replace sur son nez, me semblent sincères.

— Merci, dis-je en lui tendant la main. Emy Leclerc, la nouvelle patronne, il paraît.

— Gabriela Donazio, s'enchante-t-elle. Je suis certaine que vous allez amener un vent de fraîcheur à cette écurie.

— Je vais faire de mon mieux, répliqué-je.

Gabriela hoche la tête, le sourire aux lèvres, avant de m'inviter à sortir et d'emprunter le couloir sur la gauche, direction mon bureau, je suppose.

MACLEAN

0 POINT

Erico se passe la main sur le front, décontenancé. Plus j'avance dans mon discours, plus il perd ses couleurs. Il ne cesse de gesticuler, ne tenant pas en place dans son fauteuil. Dès que je suis arrivé au siège de la Scuderia Adessi, je me suis dirigé vers son bureau, sans même saluer qui que ce soit. J'ai cogité durant tout mon voyage en avion sur la manière de lui annoncer la nouvelle. Comment pouvais-je faire comprendre au manager de l'académie Adessi qui m'a formé que j'allais les abandonner ?

Moi-même, je n'aurais pu prévoir ma réaction si les rôles avaient été inversés. Mais je me suis senti obligé de tout lui avouer. Erico est devenu mon ami au fil des années.

— Tu te doutes bien que j'enfreins les règles de confidentialité de Maclean en te l'annonçant, avoué-je.

Ses sourcils épais se froncent tandis qu'il redresse le visage. Sa main passe sur son crâne rasé et s'attarde sur sa nuque tandis qu'il gonfle les joues. Il desserre même sa cravate avant de souffler.

— Et je suppose que je dois la fermer ?

Je pouffe légèrement.

— Oui, ricané-je. Parce que là, je ne parle pas à mon manager, mais à mon ami.

Erico gratte sa barbe naissante.

— OK ! Je vais la boucler. Mais je t'en veux ! peste-t-il.

Je m'enfonce dans le sofa en soupirant. Le contraire m'aurait étonné. C'est comme si je lui plantais un couteau dans le dos. Après toutes ces années, si Giuseppe n'était pas mort, j'aurais dû continuer chez eux. La vérité, c'est que je n'ai reçu aucune confirmation de renouvellement de contrat. J'en ai voulu à Giuseppe un certain temps. Il avait toute la saison pour me proposer un nouveau contrat ou une prolongation. Mais comment lui en vouloir alors qu'il se débattait avec le cancer ? Au fond, il ne m'a rien proposé pour ne pas m'enchaîner et me laisser libre dans mes décisions. Du moins, c'est comme ça que je l'interprète.

— Je m'en doute, mais tu sais aussi que je ne pouvais pas passer à côté d'une telle opportunité.

— Tu seras certainement champion la saison prochaine, mais ça aurait pu être avec nous.

— Pas avec Riccardo aux commandes, grimacé-je.

Mon ami hoche la tête en pinçant les lèvres. Il aurait beau me sortir tous les arguments pour me convaincre de rester chez Adessi, la simple présence de Riccardo les dégommerait tous comme une boule dans un jeu de quilles.

— Je t'avoue que ça ne m'enchante pas qu'il devienne le grand patron. Il est…

— Imbu de lui-même ? Ignorant ? Con ? enchaîné-je.

Erico pouffe.

— Tout ça à la fois, je dirais.

Je sais que je n'ai pas pris ma décision à la légère et mon propre manager comprend les raisons qui m'ont poussé à le faire.

Mais ça me fend le cœur de le trahir. Il était là depuis le début. Quand Giuseppe s'est porté garant pour moi, j'ai aussitôt été admis à l'Adessi Driver Academy. Une école formant les futurs pilotes de Formule 1. Erico a suivi mon évolution et m'a poussé sans cesse pour que je me surpasse. C'est lui qui a négocié mon premier contrat, et depuis, il me soutient dans toutes mes décisions. Mais celle-ci… il ne s'y attendait pas.

— De toute manière, reprend-il, Riccardo va sans doute annoncer son intronisation ce soir. Des bruits de couloirs disent qu'il a hérité de tout. C'est certainement pour ça que ton contrat n'avait pas encore été renouvelé, le temps que tout soit ficelé chez les notaires.

— Donc j'ai bien fait, conclus-je.

Malgré sa mine déconfite, Erico se fend d'un sourire.

— Oui… Et *même* si tu es maintenant chez l'ennemi, je serai heureux pour toi si tu deviens champion du monde.

— *Quand* je deviendrai champion du monde, tu veux dire ? le taquiné-je.

Erico s'esclaffe bruyamment. Je ris de bon cœur avec lui puis me lève.

— Allez, viens là, dis-je tout en lui tendant les bras.

Mon ami contourne son bureau et, bien que plus petit que moi, il me donne une grosse tape dans le dos avant de me serrer contre lui.

— Oui, tu as raison, tu *seras* champion. C'est ton année, j'en suis persuadé.

— Merci, soufflé-je. On fêtera ça ensemble à la fin de la saison.

— Oui… soupire-t-il avant de relâcher son étreinte et de me scruter étrangement.

— Quoi ?

— Rien, je me dis juste qu'il faut que je trouve ton remplaçant, maintenant.

— Je te donne l'info une semaine avant tout le monde, ça va, tu es large ! ricané-je.

Il sourit tout en voulant me mettre une tape sur la tête que j'évite. Il se baisse ensuite et récupère son ordinateur portable.

— Pas de vacances pour moi, je vais devoir bosser.

— Désolé, mec. Mais si tu veux, j'ai un nom pour toi.

— Vraiment ? Et qui ?

Le sourcil arqué, il me détaille avec intérêt.

— Markus Müller !

Aussitôt, il éclate de rire.

— Même pas en rêve ! Je ne veux pas bosser avec ce type. Il est né avec une cuillère en or dans la bouche ! s'exclame-t-il, agacé.

Je retiens mon rire. Le pilote en question est le plus casse-pied du circuit. En plus de me coller aux basques, ce type est obsédé par sa petite personne. La plupart des pilotes gardent la tête froide, malgré l'adrénaline qui court dans leurs veines à chaque course. Je n'oublie jamais d'où je viens et encore moins les efforts que je vais devoir fournir pour me hisser en haut du championnat. Alors que Markus… tout lui est dû. S'il crashe la monoplace et qu'elle finit en tas de ferraille, ce sera la faute d'un ingénieur. S'il ne parvient pas à doubler alors que le DRS[2] est activé, tout sera mis sur le dos de la voiture. En gros, il n'a jamais rien à se reprocher. Mais ça aide de faire sa diva lorsque son père est patron d'une écurie. Le sport n'est qu'un divertissement pour lui, alors que pour les dix-neuf autres pilotes sur la grille, comme moi, c'est toute notre vie.

2. DRS pour *Drag Reduction System* (système de réduction de traînée). Dans une ligne droite, en abaissant l'aileron de la voiture, il est possible de gagner de nombreux kilomètres-heure et de favoriser les dépassements.

— OK, je déconne, mais j'ai tout de même quelqu'un pour me remplacer, réponds-je.

— Tu me diras ça plus tard. Maintenant, j'ai juste envie de noyer mon chagrin dans l'alcool. Et puis…

Il retrousse sa manche et scrute la montre à son poignet.

— Je crois qu'on est en retard, ajoute-t-il.

J'opine. La soirée a commencé sans nous, je pense qu'on doit me chercher parmi les invités. Aussitôt, j'attrape ma veste et l'enfile. Erico me suit dans les couloirs et nous descendons les trois étages à pied avant de filer dans le jardin de la Scuderia. Nous nous faufilons incognito parmi les invités. Je salue plusieurs ingénieurs avant de repérer Lorenzo. En grande discussion avec une serveuse, mon coéquipier est, comme toujours, le tombeur de ces dames. Malgré sa chemise chic et son air décontracté, je sais qu'au fond de lui, il est tout sauf un gentleman.

Je m'avance vers lui, amusé, tout en découvrant sa nouvelle victime. De longs cheveux bruns, une jolie robe noire moulant ses formes, des escarpins, et une silhouette fine. Elle semble l'écouter avec attention. Elle rit à l'une de ses blagues, j'admets qu'elle dégage un charme fou. Je me fais la réflexion qu'elle est plutôt bien habillée pour une simple serveuse. Toutefois, elle ignore le traquenard dans lequel elle se trouve. Lorenzo Moretti surjoue l'irrésistible pilote de Formule 1. Et il le dit lui-même : sa gueule d'ange attire toutes les femmes. Je m'active dans sa direction avant de passer mon bras autour de son cou. Surpris, mon coéquipier se tourne vers moi et arrondit les yeux. Je ne l'ai pas vu depuis deux semaines. Je pouffe en remarquant sa nouvelle coupe de cheveux. Il a décidé de se décolorer le haut du crâne, dans une houppe désordonnée et surtout blond platine. *Vraiment… et ça sera quoi ensuite ?* Vu son teint hâlé, j'imagine bien sa dernière destination. Il est sans doute encore parti flirter avec un mannequin aux Bahamas… Mais la trêve du championnat étant finie, le revoilà de retour au bercail, et célibataire, je suppose.

— Ah bah ! Tu tombes bien ! me lâche-t-il, le sourire aux lèvres.

— Vraiment ? m'amusé-je sans ôter mon bras de son cou.

— Oui, on parlait de toi, glisse-t-il tout en désignant la jeune femme.

Je reporte mon attention vers elle, puis bloque quelques secondes. De loin, je n'avais pas remarqué son regard. D'intenses yeux bleus me font face. Un nez bien dessiné, des pommettes rosées et une bouche pulpeuse m'offrent un sourire énigmatique. Elle me détaille avec une certaine curiosité. J'arque un sourcil, sensible à sa manière de me fixer.

— En bien, j'espère ? finis-je par répliquer sans la quitter des yeux.

Lorenzo se décale de ma poigne puis pouffe.

— Non, j'ai dit que tu n'étais qu'un gros con et que tu ne méritais pas ta place de titulaire. Je suis meilleur pilote que toi.

Je ris aussitôt en le dévisageant.

— Rappelle-moi combien de voitures tu as crashées cette saison ?

— Trois, ça va ! Ce n'est pas le pire score.

— Oui, oui. Et on peut parler de cette fois où tu es sorti du stand avec le pistolet de serrage de vis de pneus encore sur une roue ?

Ses yeux ne sont plus que deux fentes.

— On en a déjà parlé, c'est Fernando qui m'a donné le OK et il n'avait pas vu qu'Antonio était encore accroché à la roue.

— Tu aurais pu lui arracher le bras en démarrant.

— Il est encore en vie, rétorque-t-il, agacé.

Ça ne lui plaît pas, mais j'aime l'embêter. Cette histoire a fait les choux gras de la presse pendant une bonne semaine. Les journalistes souhaitaient à tout prix trouver le coupable d'une telle erreur. Lorenzo n'en a pas dormi pendant des jours lorsqu'une enquête a été ouverte au sein de la Scuderia. Et finalement, nous ne savons pas vraiment à qui imputer la faute. Cela dit, j'adore le taquiner sur l'incident.

— De toute façon, ce n'est pas le sujet, ajoute-t-il. Je te présente Emy. Elle est nouvelle chez nous et voulait rencontrer les pilotes.

Je croise à nouveau son regard. Elle nous détaille, amusée. Toutefois, elle ne paraît pas intimidée. La plupart des femmes que l'on rencontre nous idolâtrent, ce qui fait souvent le bonheur de Lorenzo. Et dire que je la prenais pour une serveuse… Je me demande bien sur quel poste elle a été embauchée. Je lui tends la main dans la foulée.

— Enchanté, Emy, je suis…

— Je sais qui vous êtes, me coupe-t-elle en captant ma main. Tout le monde connaît Clay Johnson.

— Oui, ma tête est connue, je vous l'accorde. En revanche, je n'ai aucune idée de qui vous êtes et de ce que vous faites à la Scuderia.

Elle me sourit en coin sans me quitter des yeux. Ma question semble l'amuser. Je ne me dérobe pas à son regard et m'égare sur la beauté de son visage. Soudainement, je trouve dommage de ne pas avoir l'opportunité de la croiser dans les couloirs de la Scuderia cette saison. D'ailleurs, je ne la reverrai peut-être plus après cette soirée, alors autant faire plus ample connaissance, non ?

SCUDERIA ADESSI

0 POINT

Il est plus beau qu'en photo. Je suis enchantée, car il n'a aucune idée de mon identité. À vrai dire, la plupart des personnes présentes ce soir l'ignorent, c'est ce que je souhaitais. La community manager a salué mon initiative de conserver l'anonymat jusqu'au discours de Riccardo. Les autres membres du comité directeur se sont contentés de me dévisager comme si j'avais trois têtes. Mon idée avait un seul but. Je sais à quel point les conversations sont bridées lorsque l'on fait face au grand patron. Et là, personne ne me prend avec des pincettes. J'ai hâte de voir leur tête quand je prendrai le micro un peu plus tard. Pour l'heure, aucun stress ne m'accable et je le dois sans doute à ce beau pilote.

— Je vais occuper un poste à responsabilité, lui dis-je.

Clay écarquille les yeux autant que Lorenzo. Ça me hérisse le poil. Le contraire m'aurait étonnée. Il suffit d'observer l'assistance pour comprendre que la testostérone y règne en maître. Bien que les jardins soient somptueux et à ciel ouvert, j'ai dû sentir pas moins d'une vingtaine d'after-shave différents en moins d'une heure. J'ai discuté avec beaucoup de monde. Des techniciens, des mécaniciens, des ingénieurs, mais également un chargé de marketing et le photographe officiel de l'écurie. J'ai essayé de retenir tous les prénoms, toutefois j'ai éprouvé quelques difficultés à saisir l'italien de certains. La plupart pensent que je suis une nouvelle stagiaire ou une assistante quelconque. J'ai pourtant pris soin de porter une robe de cocktail, même si j'admets que me voir dedans me fait bizarre. Je suis plus habituée au jean et au débardeur. Toutefois, je dis à qui veut l'entendre que je ne suis pas là pour faire des photocopies, ce qui en amuse plus d'un. Heureusement, quelques mécaniciens m'ont prise au sérieux lorsque j'ai engagé des conversations que seuls des techniciens pouvaient suivre.

— Et dans quelle branche ? interroge soudain Clay, piqué de curiosité.

Je creuse les joues, faisant mine de réfléchir.

— Comment expliquer mon futur travail avec des mots simples ? exagéré-je.

— Non, attendez, laissez-nous deviner, intervient aussitôt Lorenzo.

Le jeune homme au teint hâlé se gratte le front avant de glisser sa main dans ses cheveux décolorés. Il trifouille sa houppe désordonnée en fronçant les sourcils.

— Dans le marketing ? lâche-t-il.

Je secoue la tête, indécise.

— Ce n'est pas mon fort mais je crois que je serai amenée à donner mon avis sur le sujet.

Clay se tourne vers Lorenzo, qui ouvre de grands yeux, troublé que je ne réponde pas vraiment à sa question.

— Ingénieure, peut-être ? enchaîne-t-il.

Je fais mine de réfléchir. Les deux pilotes n'ont d'yeux que pour moi. Ce petit jeu me divertit autant qu'eux.

— Lorenzo ! hurle soudain une voix féminine, le faisant se retourner.

Je me dresse pour voir qui se dirige vers lui avec tant de hâte. Gabriela, la community manager, me glisse un léger sourire. Rivée à son portable, elle ne s'embarrasse pas de fioritures pour interrompre notre conversation en se plaçant devant Lorenzo.

— C'est ton tour, indique-t-elle en pointant un pouce derrière elle. Ils t'attendent pour la photo.

Le jeune pilote gonfle les joues, désabusé, puis se tourne vers Clay et moi.

— Je reviens dans un instant pour trouver votre nouveau poste chez nous !

Je pouffe en hochant la tête.

Si tu savais…

Il file aussitôt, nous laissant seuls, Clay et moi. Ce dernier récupère deux coupes de champagne et m'en tend une.

— À votre embauche !

— Au futur champion, réponds-je en faisant tinter mon verre contre le sien.

Clay m'offre un sourire carnassier. Une fossette se creuse, le rendant encore plus séduisant. J'avoue que j'en ferais bien mon quatre-heures. Tout à fait mon type d'homme. Grand, brun, charmeur… Tout ce que j'adore. Je m'égare dans ses yeux aux reflets dorés. Un délicat grain de beauté sur sa joue droite lui assure une touche de charme supplémentaire.

— Je l'espère, dit-il avant de boire une gorgée.

— Aucune raison pour que vous ne remportiez pas le titre cette année ! Avec Denver qui a pris sa retraite, le champ est libre.

— Pour que *tu remportes*, débite-t-il avec malice.

Je fronce les sourcils, dubitative, avant de porter le verre à mes lèvres. Il enchaîne :

— Pas besoin de me vouvoyer.

Bon point. C'est noté. J'opine tandis qu'il reprend :

— Et ça te plaît de travailler pour la Scuderia ?

— Pour l'instant, je n'ai pas encore pris mes marques, mais je suis certaine que je vais adorer. Nous serons certainement amenés à travailler ensemble.

— Tant mieux ! J'ai hâte, lâche-t-il d'un timbre suave.

Mon ventre se contracte aussitôt alors qu'il ne dévie pas son regard du mien. Ses mots sonnent comme une promesse. Le genre de promesse qui déclenche un petit film stupide dans ma caboche. Côté endurance… je pense qu'il peut sans souci faire le poids.

Emy, non ! me fustigé-je soudain.

Je n'ai pas encore pris mes fonctions que j'ai déjà envie de croquer dans ce pilote ! Je ne peux pas m'égarer ainsi. Je dois faire mes preuves cette année. Fricoter avec un pilote n'est pas la meilleure des idées. En même temps… Il n'y a rien de mal à allier plaisir et travail, non ?

Je m'apprête à répondre à Clay quand son visage se métamorphose. Il semble toiser quelqu'un dans mon dos. Je n'ai pas le temps de me tourner. Une main vient se poser sur ma cambrure et une voix s'impose dans mon oreille.

— Dans cinq minutes, tonne Riccardo.

Je me crispe en tournant le visage vers lui. Je lui adresse un simple hochement de tête assorti d'un pas en avant pour me débarrasser de sa main dans mon dos. Lui aussi a un mouvement de recul avant de porter son attention vers le pilote.

— Clay, lâche-t-il froidement.

— Riccardo, enchaîne aussi sec Johnson.

Je suis soufflée par ces salutations. Les plus impersonnelles que j'ai vues depuis longtemps. Ces deux coqs ne doivent pas trop s'apprécier…

Riccardo redresse sa manche et scrute sa montre, puis son regard m'intime de ne pas être en retard. Je pince les lèvres et acquiesce, ce qui le fait filer dans l'instant. Je l'observe déambuler autour de ses employés sans leur sourire ou même les saluer. Il se dirige vers sa mère et l'ingénieur en chef. Quelques messes basses accaparent mon attention. Ils doivent parler de moi puisque mère et fils ne me quittent pas des yeux. J'ai envie de foncer sur eux pour les faire taire. Je suis à peine arrivée qu'ils travaillent déjà à ma perte.

Crevez, bande de charognards !

— Je crois que j'ai trouvé ton poste dans la Scuderia, lâche soudain Clay, me ramenant à lui.

— Ah bon ?

— Ouais, et franchement, je te plains. Être la secrétaire de Riccardo, ce n'est pas un cadeau. Elles craquent toutes les unes après les autres et posent leur démission.

La secrétaire !

Une colère froide monte en moi, mais je me force à sourire poliment. Je dois être plus maligne que ça. Il peut bien penser que je suis la petite secrétaire, dans cinq minutes, il tombera de haut. Je ravale mes aigreurs et reviens plutôt à ce qui semble le déranger.

— Tu n'as pas l'air de l'apprécier, dis-je, feignant l'ignorance. Pourquoi ?

Il pouffe légèrement.

— OK, tu vas vite t'en rendre compte par toi-même, mais autant que je te briefe sur le personnage.

Il avale une nouvelle gorgée de champagne et pose sa coupe sur une table derrière lui. Je l'observe à la dérobée. Habillé d'un T-shirt à l'effigie de la Scuderia, tout de rouge et de noir, il arbore des avant-bras qui me semblent être durs comme du béton. J'imagine qu'il s'impose une préparation physique hors norme. Mon regard vogue ensuite sur ses mains. J'ai toujours adoré les mains d'homme, elles reflètent selon moi toute leur virilité. Et les siennes n'en manquent pas. Une bague noire à l'index droit et un bracelet en cuir sur le poignet ne jurent pas. J'ai presque envie d'entrelacer mes doigts avec les siens pour vérifier leur dextérité… ou la douceur de ses paumes.

— Riccardo n'est qu'un con imbu de lui-même, glisse-t-il.

Je hausse les sourcils, surprise par une telle franchise.

— Je n'ai jamais compris comment Giuseppe pouvait être proche de lui, ajoute-t-il. Ce mec s'en fout de la F1. Ce qui compte pour lui, c'est le train de vie que ça lui procure.

— Je crois que tu es aussi grassement payé par la Scuderia, non ? me surprends-je à répliquer.

Clay marque un temps d'arrêt avant de me sourire.

— Ouais, mon compte en banque est bien fourni, mais je ne conduis pas pour l'argent. J'ai toujours voulu faire ce métier. Je suis un passionné. Giuseppe était pareil. La Formule 1, c'était toute sa vie, et il m'a donné ma chance, à tel point qu'il est devenu un père pour moi. Mais Riccardo…

Tiens donc !

Ma foutue rancœur fait un triple salto dans ma poitrine. Une chaleur se diffuse dans mes joues, mais une fois encore, je ravale mon amertume. Mon père était un con question famille, mais de toute évidence, il s'en est créé une belle ici.

— Riccardo va couler l'écurie. Et un conseil, tu devrais quitter le navire avant de monter à bord.

Je le dévisage, confuse. Clay retrousse imperceptiblement le nez, agacé.

— Tu me conseilles de ne pas travailler pour la Scuderia ? demandé-je, sceptique.

Le pilote s'égare soudain dans ses pensées, mais finit par secouer la tête.

— Non, tu as raison, c'est…

— Bonsoir à tous ! nous coupe soudain la voix de Riccardo.

Je me tourne et le découvre sur l'estrade où je vais devoir le rejoindre. Un micro en main, il sourit poliment avant d'ajouter :

— Je suis ravi de tous vous revoir.

— Tu parles, murmure Clay à ma gauche.

J'ose un coup d'œil vers lui. La mâchoire serrée, il ne quitte pas Riccardo des yeux.

— Je voudrais commencer par rendre hommage à l'homme sans qui tout cela n'aurait pas été possible. Ce soir, il manque une personne chère à la Scuderia et cela m'attriste profondément.

Clay toussote. J'oscille d'une jambe sur l'autre, comprenant que je vais devoir gérer la rivalité entre les deux hommes. Peut-être Clay sera-t-il plus enclin à discuter avec moi plutôt qu'avec Riccardo. Je l'espère. Je me suis assez renseignée sur le sujet. Clay Johnson sera l'homme qui nous fera gagner le championnat. C'est le meilleur pilote actuel, et grâce à lui, je mettrai fin à tous les doutes me concernant.

— Giuseppe Adessi nous manquera profondément, c'était un grand homme. Le visage de toute une génération. Un leader et un mentor dans ce milieu. Je tiens à le remercier ici solennellement pour toute l'œuvre qu'il a accomplie au service de cette grande famille qu'est notre Scuderia.

Les applaudissements fusent parmi les employés. Je scrute les visages autour de moi. Beaucoup ont la larme à l'œil. Certains hochent la tête pour appuyer le discours de Riccardo. Personnellement, je la boucle, la rage au ventre. Comment tous ces gens réagiraient-ils s'ils savaient l'homme qu'il était ? Un père qui a abandonné sa famille.

— C'est avec fierté que je vous annonce que j'aurai l'immense honneur de reprendre sa succession.

Les applaudissements se font cette fois plus rares.

— Mais… ajoute-t-il, vous connaissiez tous si bien Giuseppe… Il nous a laissé une surprise.

Une surprise ? Je vais me le faire, ce petit con !

— Car je ne serai pas seul cette année. Je dois vous présenter Emy Leclerc, la fille de Giuseppe.

Le stress grimpe soudain en flèche. Plusieurs personnes cherchent ladite surprise dans l'assistance. Je n'ai pas le temps d'observer les réactions suscitées par le discours de Riccardo que sa main se tend dans ma direction. Je pose ma coupe de champagne derrière moi et croise le regard de Clay. La bouche béante, il me scrute, stupéfait.

— Maintenant, tu connais mon nouveau job, lui dis-je en esquissant un demi-sourire.

Je lui tourne le dos et m'approche de l'estrade sous le regard hébété de tous les convives. À moi de jouer maintenant…

MACLEAN

0 POINT

Je n'arrive pas à y croire. Je l'observe s'avancer tandis que l'on s'écarte sur son passage. Ai-je bien entendu ? Il vient d'annoncer qu'il ne serait pas seul aux commandes ou mes oreilles me jouent des tours ? Je ne quitte pas des yeux son dos nu. Sa robe moule ses formes à la perfection et dévoile une démarche pleine d'assurance. Je ne suis pas certain de pouvoir digérer la nouvelle. Pourtant, son visage aurait dû me mettre la puce à l'oreille. Les traits de son père et les mêmes yeux d'un bleu étincelant.

Riccardo lui offre sa main lorsqu'elle monte les quelques marches menant à l'estrade. Elle se tourne vers nous et affiche un sourire radieux. J'ai adoré cette bouche avant même de connaître les raisons de sa présence parmi nous. Je me sens piteux. Et dire que j'ai craché sur Riccardo… *Bordel, je viens de signer un contrat chez Maclean !*

Si j'avais su… Riccardo lui tend le micro, avec un sourire forcé. La pauvre, elle ne sait pas dans quoi elle s'est embarquée.

— Bonsoir à tous, commence-t-elle.

Son regard balaie l'assistance, puis elle sourit avant de reprendre :

— Comme l'a si bien résumé Riccardo, je suis une *surprise.* J'imagine qu'il pense encore qu'il va se réveiller de ce cauchemar.

Quelques rires fusent tandis qu'elle savoure l'effet de sa petite pique. *Elle me plaît !*

— Mais non, ce n'est ni une blague, ni un mauvais rêve, je suis bien la fille de Giuseppe Adessi. Et mon père, bien que vous ignoriez totalement mon existence, a décidé de faire confiance à sa famille. Riccardo et moi avons été désignés comme ses successeurs. Et…

Putain de Giuseppe… là, tu m'as eu ! Je l'imagine se fendre la poire de là-haut. Je ne peux m'empêcher de penser qu'il a désigné sa fille dans mon intérêt. Il savait que Riccardo et moi, c'était compliqué. Et plus d'une fois, il a dû intervenir pour calmer nos querelles. Je ferme les yeux en retrouvant ce sentiment de culpabilité que je pensais disparu. Soudain, un coup dans les côtes me ramène à la réalité. Sur ma droite, Lorenzo, le teint livide, fait un signe de tête en direction de l'estrade.

— Sérieusement ? crache-t-il, tout en avalant un amuse-gueule. On causait avec le grand patron et on ne le savait pas !

Je hausse les épaules.

— Elle nous a eus comme des bleus.

— Plus que ça ! C'est un cataclysme. Non, mais sérieux, tu la vois diriger l'écurie ?

Je reporte mon attention sur Emy. Souriante, elle continue son discours :

— Difficile de rivaliser avec mon père. Il m'a suffi de discuter avec nombre d'entre vous ce soir pour comprendre à quel point vous le chérissiez…

Une grimace déforme ses traits, mais elle sourit une fois encore par politesse. Je réfléchis un instant à cette jeune femme qui se tient là, alors que personne n'a jamais entendu parler d'elle. Peut-être a-t-elle été reniée par la famille Adessi. Dans ce cas, pourquoi ?

— Mais pourquoi Giuseppe l'a-t-il cachée ? demandé-je à Lorenzo.

Mon coéquipier tripote sa barbe naissante en ne la quittant pas des yeux.

— Peut-être qu'il voulait la préserver ?

— De quoi ? m'étonné-je.

Lorenzo grimace, certainement pas convaincu par sa proposition. Protéger sa fille de quoi, après tout ? De quelques voitures de sport et de voyages aux quatre coins du monde ? Non. Quelque chose me dit que se cache une autre raison derrière sa soudaine apparition.

— Quoi qu'il en soit, sachez que je ne suis pas étrangère à la mécanique automobile. Ne vous inquiétez pas, mon but est identique à celui de toutes les personnes ici présentes : remporter le championnat !

Des applaudissements fusent dans la foulée. J'observe autour de moi. Beaucoup de membres de la team ont les yeux qui brillent. Ils semblent déjà fascinés par cette nouvelle arrivante. Je peux le comprendre. Moi aussi, elle m'a retourné. Pourtant, je côtoie pléthore de jolies femmes. Être un pilote mondialement connu aide lorsqu'on décide de ne pas dormir seul un soir. Mais il y a autre chose dans ce regard bleu étincelant. Une aura étrange se dégage d'Emy. Comme si elle pouvait être la super copine, prête à vous tendre une bière et à descendre une pinte avec vous, en refaisant le monde, mais pas seulement… Sous son sourire éclatant, ses yeux de biche ou son joli minois, j'ai l'impression que se cache un redoutable prédateur. Elle a dit qu'elle n'était pas étrangère à la mécanique automobile ? Je me demande ce qu'elle faisait avant de débarquer ici. Car son ambition ne semble pas feinte. On ne la sent pas paniquée à l'idée de gérer près de trois cents personnes. Au contraire, elle a l'air prête à relever le défi.

— On va bien se marrer cette année, lâche Lorenzo avant de finir d'une traite sa coupe de champagne.

Toi, peut-être. Moi... pas sûr.

J'avale une gorgée supplémentaire de champagne, souhaitant noyer la gêne qui se creuse dans mon ventre. Lorenzo va me manquer. Cela fait presque quatre ans que je roule à ses côtés et je suis toujours aussi surpris par notre complicité. La plupart des coéquipiers, bien qu'ils soient dans la même écurie, ne perdent pas de vue le championnat. C'est d'ailleurs pour cette raison qu'il y a deux coupes au terme de la saison. Le championnat constructeur et celui des pilotes. Sur les vingt compétiteurs privilégiés qui roulent dans une monoplace, seulement deux ou trois peuvent prétendre remporter le titre de champion du monde. Et plus un pilote remporte de grands prix, plus il fait gagner de points à son écurie au championnat constructeur. En fin de saison, les revenus générés par le championnat annuel sont distribués entre les écuries. En clair, le premier touche une très grosse somme d'argent. Mais ce n'est pas qu'une question de fric ou de pilote. L'équipe constitue les piliers de l'édifice. Sans ingénieurs compétents, mécaniciens, analystes... la voiture ne pourrait pas battre des records de vitesse.

Cela fait si longtemps que j'appartiens à cette famille, j'ai du mal à me dire que je vais la quitter. Nos échecs, nos limites, j'en ai eu mon compte. Mais j'ai aussi apprécié les efforts fournis par toutes les personnes ici présentes. Chacun a son rôle à jouer. Certes, c'est moi qui tiens le volant, mais ce sont eux qui me permettent de me dépasser. Lorenzo et moi savons que la Scuderia Adessi nous a donné une chance incroyable.

Du même âge tous les deux, nous nous sommes liés d'amitié dès la première saison. Notre job a toujours été de faire gagner des points à l'écurie. Mais avec la retraite du champion du monde actuel, la donne a changé. Je rêve du graal : le titre mondial. Tous les pilotes de F1 ne respirent que pour ça. Et là, je dois saisir ma chance, même si je regrette de ne plus rouler aux côtés de Lorenzo la saison prochaine.

— Et nous pouvons compter sur nos deux talentueux pilotes pour remporter ce défi, renchérit Emy en nous pointant du doigt.

Ses yeux accrochent les miens. Un bref instant, son regard m'aspire. Elle me détaille avec conviction, presque hargneuse. Je ne parviens pas à me dérober. J'ai l'impression qu'il n'y a qu'elle. Le brouhaha ambiant, les quelques tapes dans le dos que je reçois de certains mécaniciens ne m'atteignent pas. Tout semble si lointain. Ce que je remarque, en revanche, ce sont ses lèvres qui s'ourlent avec confiance.

Mauvaise pioche, ma belle.

Je tourne soudain la tête en sentant un poids sur mon épaule. La main de Lorenzo. Il me jauge, un large sourire barrant son visage. Il est persuadé que cette année, nous jouerons la gagne au championnat constructeur. Il compte sur moi. Je ne me leurre pas, je sais que je suis actuellement le pilote le plus rapide en lice. L'écurie fonde tous ses espoirs sur moi. D'ailleurs, à la vue des mines réjouies alentour, l'optimisme est de rigueur. Les ingénieurs et les mécaniciens applaudissent à tout rompre. Lorenzo, quant à lui, fait ce qu'il sait faire de mieux : le pitre. Il adopte la posture d'un bodybuilder prêt à parader. Je ne serais pas étonné qu'il tombe la chemise, triomphant, pour faire admirer sa musculature.

— Sur ces mots, conclut Riccardo, nous vous souhaitons une bonne soirée.

Les nouveaux dirigeants quittent l'estrade et une musique de fond prend possession des enceintes. Je les scrute tandis qu'ils échangent quelques mots. Riccardo paraît tendu. Un rictus s'étire sur ses lèvres. Lui qui pensait toucher le pactole, il va devoir faire équipe avec elle. Avec l'avant-goût de ce soir, Emy semble avoir un foutu caractère. D'un côté, je jubile. Giuseppe a réussi un sacré coup de maître. Même dans la tombe, cet homme garde la main sur l'avenir de son écurie. Alors, s'il a décidé de placer cette jeune femme inconnue de tous à son poste, c'est pour de bonnes raisons. De toute ma vie, je ne l'ai jamais vu prendre une décision sans y avoir mûrement réfléchi. Le père Adessi, comme on l'appelait ici, régnait en mafieux sur son territoire. Il était capable de donner d'une main pour reprendre aussi vite de l'autre, si les résultats ne lui convenaient pas. Peut-être se doutait-il que Riccardo ne serait pas à la hauteur de sa succession.

Une chose est sûre, demain, tout le monde connaîtra le visage de la nouvelle patronne de la Scuderia Adessi. Je me demande comment cette jeune femme va faire sa place dans les paddocks. Depuis des années, j'ai fini par bien connaître les têtes pensantes et les dirigeants d'écuries… Tous plus farouches les uns que les autres. Certes, la Formule 1 est un grand sport, où le respect est primordial, mais nous savons tous que seule compte la victoire.

Peu importe le prix.

SCUDERIA ADESSI

0 POINT

Mon téléphone sonne pour la seconde fois. Ma mère l'observe en grimaçant. Installée avec moi pour le petit déjeuner, elle tient sa tartine en suspens.

— Tu devrais peut-être décrocher ?

J'hésite. Pas encore 8 heures et la seule chose qui vaille, c'est mon café. Je suis de retour à Nice depuis quelques jours. J'ai pris la fuite sous les conseils de Gabriela. Dès l'annonce de ma succession, les médias ont commencé à tourner en boucle sur le sujet. Je suis leur objectif premier. Depuis, les caméras campent autour du siège de la Scuderia pour obtenir une image de moi.

— Oui, soufflé-je en voyant le nom de Riccardo sur mon téléphone.

J'avale d'une traite mon breuvage serré et me lève pour rejoindre le couloir, avant de décrocher.

— Pas trop tôt ! vocifère Riccardo à l'autre bout du fil.

— Il est 7 h 30… ronchonné-je.

— Est-ce que tu as allumé la télé ? enchaîne-t-il aussi sec.

Encore un peu vaseuse, je soupire tout en me dirigeant vers le salon.

— Non, pourquoi ?

— Tu ferais bien de le faire illico, grogne-t-il.

Non, mais tu vas te détendre, le pouilleux !

J'attrape toutefois la télécommande, puis allume mon téléviseur. Je zappe sur la plus grande chaîne sportive. Clay apparaît tout sourire. Ce n'est pas du direct. Il s'agit d'images tournées la saison dernière, je suppose. J'augmente le volume mais bloque sur le bandeau en bas de l'écran. Après trois lectures, l'information me monte enfin au cerveau.

— Putain ! craché-je. Il a fait ça ?

Un léger ricanement au bout du fil me sort de ma torpeur. Mes yeux ne quittent pas le message qui se diffuse en boucle : Clay Johnson signe chez Maclean.

— Nous n'avons plus de pilote, peste Riccardo à l'autre bout du fil. Enfin, tu n'en as plus, puisque tu diriges à quatre-vingts pour cent. Cela ne me touche qu'à hauteur de vingt pour cent.

Un grognement sort de ma gorge en guise de réponse.

— Le staff de l'écurie t'attend pour prendre une décision. Réunion demain matin à la première heure.

— Mmmh, réponds-je, le regard obnubilé par le sourire de Clay.

Riccardo raccroche sans cérémonie. Les bras m'en tombent quand je découvre le visage d'Edward Maclean à l'écran, interviewé devant le siège de son écurie.

— Quelle annonce ! s'empresse un journaliste.

— Oui, nous sommes fiers et ravis de compter Clay Johnson parmi nous.

— Prendra-t-il la place de titulaire de Denver ? Est-il votre futur champion ?

L'homme bourru esquisse un faible sourire. Sa mallette à la main, le dirigeant s'arrête avant de passer les portes d'entrée.

— Nous avons bon espoir, oui.

Un sourire carnassier plus tard, il file dans ses locaux. Une colère gronde en moi. Je serre la télécommande si fort que j'éteins le téléviseur sans le vouloir.

— Quelque chose ne va pas ?

Je me tourne et découvre ma mère adossée à la porte, une tasse de café en main, le regard inquiet. Que lui dire ? Ça ne fait pas une semaine que je suis à la tête de la Scuderia Adessi et déjà les choses se compliquent. Sans Clay, les chances de remporter le championnat s'amenuisent dangereusement.

— Non, tout baigne, bougonné-je.

La ride du lion apparue sur le visage de ma mère prouve qu'elle ne me croit pas.

— C'était Momo, je vais faire un tour au garage, complété-je.

Les lèvres pincées, maman acquiesce. Je pose la télécommande et lui claque une bise sur la joue en passant devant elle. J'active le pas, la tête en fusion. Je suis dans la merde. J'imagine Riccardo jubiler. Je suis certainement moins qualifiée que la plupart des membres de la Scuderia, mais c'est bien moi qui vais devoir trouver une solution. Demain, ils m'attendent au tournant, et je dois à tout prix retourner cette crise à notre avantage.

J'attrape mon bleu de travail et me dirige aussitôt vers l'entrée. En cherchant mes vieilles baskets, j'entends un fond sonore depuis le salon. J'ose un regard depuis le couloir et découvre maman, assise dans le canapé, en train de suivre la chaîne sportive. La bouche entrouverte, elle m'appelle. J'émets un soupir.

— Je vais trouver une solution, maman.

Surprise par ma réponse, elle se tourne vers moi, le regard toujours aussi inquiet.

— Tu t'en vas en Italie ? me demande-t-elle en scrutant ma combinaison bleue sous le bras.

— Non, je vais au garage. J'ai besoin de réfléchir.

Maman ne cache pas son scepticisme, alors j'ajoute :

— Je partirai ce soir, j'ai une réunion demain matin à ce sujet.

Sa poitrine se soulève dans une longue inspiration. Je me doute qu'elle cherche ses mots, mais je ne lui laisse pas le temps de parler et ouvre la porte d'entrée.

— On se retrouve pour déjeuner, dis-je. Ne t'inquiète pas pour ça !

Aussitôt, je claque la porte et dévale les escaliers jusque dans la rue. Face à moi, la place du marché se remplit déjà, les divers étals se mettent en place. Le quartier Saint-Roch se réveille et, comme toujours, Nice entame une journée bruyante.

— Salut Emy, résonne soudain une voix rocailleuse.

Je me tourne et découvre Josiane, devant son kiosque de presse, une cigarette au bec, habillée d'un legging trop étroit pour ses cuisses et d'un haut léopard. Je lui rends son sourire en la saluant de la main. Je tourne la tête en direction de la ligne de tram et me mets en route. J'emprunte le boulevard Saint-Roch à un rythme soutenu, passe devant la pizzeria d'Antonio, puis le snack de José. Ce dernier prépare sa terrasse en disposant les chaises.

— Eh, Emy ! Momo m'a dit que tu étais en vacances, c'était bien ?

En vacances… si seulement.

— On peut dire ça, ouais ! lui réponds-je tout en poursuivant vers le garage en face de son snack.

— Cool ! Je te vois pour le déjeuner ?

— Sans doute…

Je croise ensuite Mme Duval qui tire son caddie. La vieille femme est toujours au taquet lors de l'ouverture du marché. Elle me salue à son tour de son accent pointu du Sud. Du haut de ses quatre-vingts ans, la matriarche du quartier nous connaît tous.

Je lui souhaite une bonne journée et bifurque dans la rue du Chanoine-Bailet. Je passe devant la boulangerie avant de m'arrêter face au garage. Les volets sont fermés et il n'y a pas de lumière à l'intérieur. Cela ne m'étonne pas. Momo n'ouvre qu'à 9 heures, mais j'ai besoin d'avoir les mains sales. Aussi, je sors mon trousseau de clés, déverrouille le rideau de fer puis le soulève. Quand j'entre dans le garage, l'odeur qui se dégage me soulage un bref instant. Huiles, pneus et cambouis s'infiltrent dans mes narines. Tout ce dont j'avais besoin. Je me dirige vers le fond de l'atelier et pénètre dans la dérisoire pièce qui nous sert de bureau. Je ne peux m'empêcher de faire une comparaison avec l'écurie italienne. Momo n'est certes pas un as de la Formule 1, mais c'est lui qui m'a tout appris. Du moins jusqu'à ce que je sache me débrouiller seule et lui fasse découvrir de nouvelles techniques. La mécanique automobile, c'est que de la logique. Pour régler un problème, il faut éliminer une à une les potentielles causes. Du moins, il s'agit de la méthode de Momo. La mienne, c'est écouter, analyser et trouver du premier coup.

Ni une ni deux, j'ouvre le registre des entrées et le prends sous le bras en retournant dans l'atelier. Je m'avance d'abord vers Bob et récupère mon petit arrosoir pour donner un peu d'eau à mon bonzaï d'amour. Mes doigts passent en douceur sur ses feuilles minuscules pour ôter la poussière accumulée ces derniers jours. Comment en vouloir à Momo de ne pas avoir pris soin aussi bien que moi de Bob ? Au moins, il l'a arrosé, c'est déjà ça ! Je scrute ensuite le monospace mentionné sur la liste : une simple vidange. Je pose le registre dans un coin et enfile aussitôt ma combinaison. J'attrape un élastique afin d'attacher mes cheveux en un chignon désordonné, puis je m'approche de la chaîne hi-fi. Je l'allume et lève les yeux au ciel lorsque du raï résonne à fond dans le garage.

Momo devrait vraiment consulter pour ses oreilles. Il écoute la musique bien trop fort. Je baisse un peu le son, change la playlist et lance *God's Plan* de Drake. Je ferme les yeux un instant et laisse les basses me transporter. Ni une ni deux, je retrousse mes manches en me déhanchant. Encore deux-trois pas de danse en bougeant les épaules et j'attrape une clé à molette. Je récupère le plateau à roulettes puis m'allonge dessus. Le véhicule est déjà surélevé, ce qui me permet de me glisser en dessous rapidement. Je prends une grande inspiration, oubliant tout le temps d'un instant. Je retrouve mes habitudes. J'aime ce garage plus que tout. Le premier tour de clé libère en moi un sentiment de plénitude.

***

La matinée avançant, j'ai fini par augmenter le volume. *Heat Waves* de Glass Animals résonne dans l'atelier. Je tape du pied en rythme en étudiant le filtre à huile à changer. Mes gestes sont automatiques, je sais exactement quoi toucher et à quel moment. Je baisse les paupières une petite seconde tout en fredonnant les paroles. Je reviens à la réalité au son des coups portés sur le capot. Je glisse aussitôt sur mon plateau à roulettes pour m'extirper de sous le véhicule. Mon regard croise celui de Momo, tout sourire.

— T'es plus en Italie ? me demande-t-il, amusé.

Je retrousse le nez en guise de réponse. Momo se décale pour me laisser me redresser. Il m'offre sa main pour m'aider.

— Je ne pensais pas te revoir ici un jour, ajoute-t-il, une lueur brillante dans les yeux.

Je grimace ironiquement.

— Et te laisser te démerder seul ? Non, je ne serai peut-être plus aussi présente, mais je tiens à ce garage. Tu finirais par faire faillite sans moi.

Il penche la tête, touché par mes mots, même si j'admets qu'ils étaient plus incisifs que je ne l'aurais voulu.

— Je pensais que tu avais mieux à faire avec tes bagnoles surpuissantes. Comme quoi, tu ne peux pas te passer d'une bonne vieille carcasse ! glisse-t-il en tapotant sur la portière du monospace.

Je ne lui ai rien caché. Il était au courant de tout, avant maman. Mohamed est mon ami depuis plusieurs années. Il m'a offert mon premier emploi. Son garage ne paie pas de mine, mais ici, nous sommes en famille. Nos clients sont les habitants du coin et il a toujours adapté ses prix en fonction de sa clientèle. Dans un quartier populaire comme celui-ci, nous savons que le prix réel d'une révision peut être insurmontable pour les revenus les plus modestes. C'est ce que j'ai tout de suite aimé chez lui. Il ne dit jamais non, il trouve toujours un arrangement. Nous avons parfois été payés sur plusieurs mois, mais je dois admettre que les extras, comme les pâtisseries orientales de sa femme, ont eu raison de moi. Momo revient d'ailleurs avec deux cafés et des cornes de gazelle que j'affectionne tant. Il s'adosse à une autre voiture.

— Alors, raconte-moi un peu… Si tu es là, c'est qu'il y a une raison. Je te connais, Emy, si tu décides de t'attaquer à une vidange avant 9 heures, c'est que quelque chose te contrarie.

— N'importe quoi, pesté-je. C'est quand je démonte tout un moteur que tu dois t'inquiéter.

Il rit de bon cœur avant de hocher la tête.

— C'est vrai, tu ne me l'as fait qu'une fois. Comment il s'appelait, déjà ?

— Qui ça ?

— Le mec qui t'avait foutue en rogne pour que tu désosses une bagnole.

Je hausse les épaules.

— Je ne m'en souviens plus.

C'est vrai. J'ai réussi à presque tout oublier, notamment la seule fois où je suis vraiment tombée amoureuse. Je sais juste une chose : ce n'est pas bon pour moi de baisser ma garde.

— Et donc ? insiste Momo.

Je croque dans ma pâtisserie, tout en réfléchissant. Certes, il me connaît bien. Face à son regard surmonté de sourcils épais, je sais que je ne peux pas lui mentir. Momo a peut-être plus de quarante ans, mais il a gardé son âme d'adolescent. Et plus d'une fois, il a ri avec moi sur mes déboires. Cela dit, hériter d'une écurie est le plus grand jusqu'ici. Mais là, je n'ai pas envie d'en causer. Je me sens déjà assez stupide comme ça.

— Bordel, qu'est-ce que j'aime Samira ! réponds-je tout en avalant la pâtisserie. Il faudra qu'elle me donne la recette un jour.

Momo n'est pas convaincu par ma tentative de diversion.

— Emy…

OK. Je ne pourrai pas y échapper. Il va me cuisiner jusqu'à ce que je lâche le morceau.

— Je suis dans la merde, ronchonné-je en mâchant.

Momo pince les lèvres. Il attend que je déballe tout. Au fil des années, il a appris à me connaître. Il sait que je ne lâcherai rien, sauf si je le décide moi-même. Alors, comme à son habitude, il me laisse de l'espace. Je sens mes épaules s'affaisser en songeant à la panade dans laquelle je me trouve. Comment remplacer le pilote le plus doué de sa génération en un claquement de doigts ? Je sais que je suis foutue. Pourtant, s'il y a bien une personne à qui je peux tout confier, c'est Momo.

— Je n'ai plus de pilote, marmonné-je la bouche pleine. Notre premier pilote s'est barré dans une autre écurie.

— OK… souffle-t-il, désolé pour moi.

Sa grimace me contracte le ventre. Un léger silence nous sépare, j'en profite pour boire une gorgée de café et faire passer la pâte d'amande qui me colle encore aux dents. Ou peut-être est-ce l'aigreur au fond de ma gorge ? La réponse de Momo est assez représentative de tout ce que je ressens. Un simple OK dépité, sans solution miracle.

— Et tes nouveaux employés ? Ils ont peut-être une idée, non ?

— Comme quoi ? ricané-je. C'est à moi de trouver quelque chose. Ce ne sont pas les techniciens ou même les ingénieurs qui vont dénicher un pilote. Ce ne sont pas eux qui vont franchir la ligne d'arrivée !

Momo grimace en haussant les épaules.

— Ouais, peut-être, mais eux, ils connaissent la voiture. Comme toi tu connais ces vieux tas de ferraille, dit-il en désignant le monospace fatigué.

J'ourle à peine les lèvres, mais réfléchis soudain à ce qu'il vient de me dire. Une pensée fugace traverse aussitôt mon esprit.

— Putain, Momo, t'es un génie !

Il se marre soudain.

— C'est ce que me dit souvent ma femme : je suis un génie, mais trop con pour m'en rendre compte.

Je me jette dans ses bras en l'embrassant sur la joue à plusieurs reprises. Il a dit tout ce qu'il me fallait et il a raison. C'est la voiture qui compte. La monoplace, le moteur et toute l'équipe qui s'en occupe. Ni une ni deux, je le quitte et retire ma combinaison avant de sortir mon portable. Les tonalités s'enchaînent jusqu'à ce qu'on décroche.

— Mademoiselle Leclerc ? Bonjour ! Ravi que vous me rappeliez après tous les messages que je vous ai laissés.

Je peine à ne pas sourire. Il y a quelque temps, je le fuyais comme la peste. Maintenant que mon compte en banque est bien fourni, l'humeur de mon banquier a changé.

MACLEAN

0 POINT

Malgré mon départ, j'ai tenu à venir discuter avec Erico. La Scuderia Adessi est encore ma famille jusqu'à la fin de la semaine, et si je peux apporter ma contribution pour mon remplacement, je le ferai.

— Liam Austin, alors ? soupire-t-il.

— Tout à fait…

Mes deux mains rivées aux accoudoirs de mon fauteuil, je ne le quitte pas des yeux.

— Sur ce coup, tu dois me faire confiance, insisté-je.

— Liam est encore trop jeune. Il n'est pas prêt. La pression que ça va lui foutre… Je ne suis pas certain qu'il puisse la supporter.

Certes, Liam Austin n'a que vingt ans, mais sa jeunesse peut être un atout : il déborde d'ambition et d'énergie, il veut faire ses preuves. Cet Australien en a sous le coude. Je me reconnais un peu en lui, il se défonce tous les jours pour progresser.

— Il a remporté le championnat F2, il est prêt.

Erico grimace face à mon enthousiasme.

— Tu sais que je ne suis pas décisionnaire. Je peux soumettre ton idée à la direction, mais Riccardo…

— Emy, le coupé-je. C'est à elle que tu dois faire la proposition. Ne t'avise pas de l'évoquer devant Riccardo, on sait tous les deux qu'il se pense plus intelligent que tout le monde. Emy, elle, t'écoutera.

— Oui… soupire-t-il, mais ça me fait quelque chose de te voir partir.

— On se verra toujours sur les paddocks, réponds-je avec un clin d'œil.

Il esquisse un sourire.

— Je suggérerai Liam, c'est entendu. Je te fais confiance là-dessus. Tu le connais mieux que moi.

Je m'enfonce dans mon siège, satisfait. Je savais bien qu'Erico me prêterait une oreille attentive. Ce jeune pilote est prometteur. Je ne serais pas étonné qu'il détrône Lorenzo de sa nouvelle place de titulaire. Je pense qu'il est parfait pour me remplacer.

— Demande une entrevue avec la patronne au plus vite, ajouté-je. Il ne doit pas vous filer entre les doigts.

— Ça a l'air de te tenir à cœur, s'amuse Erico.

Un peu. J'y songe depuis plusieurs jours, oui. Ça fait des années qu'Erico me connaît, je n'ai pas toujours besoin de mettre des mots sur ce que je ressens. Je culpabilise depuis l'arrivée de la nouvelle patronne. Mon ami finit par secouer la tête avant de se lever. Il récupère sa mallette, ainsi que son portable et plusieurs fiches de pilote.

— Bon, je vais aller faire un petit tour à l'académie et discuter avec Liam.

J'opine, satisfait, avant de me redresser à mon tour.

— Et toi, qu'est-ce que tu vas faire ? me demande-t-il.

— Je vais descendre voir les mécanos.

— Tu peux oublier, me lâche-t-il dans une grimace. Maintenant que tu es chez Maclean, tu ne mettras pas un pied dans l'usine. Désolé, mais tu fais désormais partie de la concurrence.

Je hoche la tête en pinçant les lèvres. Le contraire m'aurait étonné. Je peux comprendre. Il n'est pas rare qu'un pilote sortant finisse en paria avant le lancement d'une nouvelle saison. Tout ce qu'il pourra voir ou entendre dans les locaux pourrait servir à sa nouvelle écurie.

— … Je comprends.

Erico me lâche une tape dans le dos, navré, puis s'avance pour m'ouvrir la porte. Une fois dans le couloir, il me tend la main. Je la récupère et le tire vers moi pour une accolade.

— À dans deux mois, lâché-je avec un clin d'œil.

— Oui, et sois en forme pour Bahreïn !

Je ricane, pas inquiet le moins du monde. Le premier grand prix de la saison se tiendra sur le circuit international de Sakhir. On verra quelle écurie aura fait du bon travail durant la trêve. Je vais avoir du pain sur la planche, car demain, je serai dans les locaux de Maclean pour le début de la préparation. Je suis excité à l'idée de découvrir toute l'équipe. Erico me relâche avant de filer dans le couloir, en direction du centre académique. Je lui adresse un dernier salut de la main et prends le chemin de l'ascenseur. Une fois l'appel lancé, je prends une grande inspiration et laisse mon regard voguer dans le couloir.

Ces locaux vont me manquer…

Je me revois cinq ans plus tôt, des étoiles plein les yeux. Peu de personnes ont la chance d'évoluer dans une écurie comme celle-ci. La sélection est impitoyable pour les pilotes comme pour le staff. Les meilleurs techniciens ou ingénieurs viennent du monde entier pour travailler en ces lieux. La Scuderia Adessi a toujours été ma seconde maison, mais je suis sûr que je la quitte dans mon intérêt.

Le tintement de l'ascenseur me ramène à la réalité. Les portes s'ouvrent et je sors soudain de ma séquence nostalgie. Emy me fait face, tout aussi surprise que moi. Elle redresse les épaules mais ne bouge pas d'un poil. J'hésite une petite seconde, puis finis par me faufiler dans la cabine. Elle ne se décale pas d'un millimètre et m'observe me glisser à côté d'elle. J'appuie sur le bouton, mal à l'aise, tandis que la nouvelle patronne ne me quitte pas des yeux.

— Bonjour… Clay, finit-elle par lâcher, pleine de rancune.

Je déglutis, gêné aux entournures. Elle est vêtue d'une spectaculaire combinaison noire, serrée à la taille par une ceinture épaisse. Je m'attarde un instant sur son décolleté, sans aucune préméditation. J'entrevois la dentelle de son soutien-gorge. Ses cheveux lâchés en cascade sur ses épaules se mêlent à sa tenue, qui, j'admets, lui sied à ravir. Jusqu'à ses Converse noires qui tranchent habilement. Je finis par accrocher le bleu de ses yeux.

— Bonjour, Emy, tu passes une bonne journée ? réponds-je en essayant d'être chaleureux.

La jeune femme ne se laisse pas amadouer et, sans signe avant-coureur, appuie furieusement sur le bouton d'arrêt de l'ascenseur. La cabine stoppe sa course dans une secousse. Je n'ai pas le temps de réagir qu'elle plante déjà son index sur mon torse.

— Espèce de sale traître ! crache-t-elle. Ça va ? Comment tu le vis ? Heureux de te mettre à dos ceux qui t'ont toujours soutenu ?

Quelques secondes pour reprendre mes esprits et lui asséner :

— Que je sache, ce n'est ton écurie que depuis quelques jours. Alors, tu m'excuseras, mais je ne te dois rien !

Les narines retroussées, elle fulmine. On sent l'électricité dans cet espace exigu.

— Effectivement, je ne suis pas là depuis longtemps. Suffisamment pour voir à quel point tu fous tout le monde dans la merde !

— Non, c'est toi et Riccardo que j'ai foutu dans la merde. Pas toute l'équipe.

— Ah oui ? Et Lorenzo, tiens ? vocifère-t-elle. On en parle ? De ton meilleur ami qui voit ça comme la pire des trahisons…

Je souffle de manière exagérée et tente de remettre en route l'ascenseur, mais elle s'interpose, furibonde.

— La moindre des choses aurait été de nous prévenir avant que Maclean se pavane devant les caméras.

— Tu crois que j'avais besoin de votre accord pour décider de mon avenir professionnel, peut-être ? ironisé-je.

— Justement, je t'aurais peut-être évité de commettre la plus belle connerie de ta vie.

C'en est trop, j'explose de rire. *Elle délire !* Sa poitrine monte et descend à un rythme effréné, mais ses yeux ne me quittent pas. Je m'approche d'elle en serrant les mâchoires. Bien qu'elle m'agace au plus haut point, la situation pourrait être propice à bien d'autres choses… surtout si elle continue à me fixer ainsi. Avec colère… et convoitise ? Je ne rêve pas, c'est bien de l'envie que je lis sur son visage.

— Je n'ai pas fait d'erreur, réponds-je avec défi. Je serai sacré champion du monde.

Une lueur brillante dans les yeux, elle penche la tête sur le côté.

— Tu es si sûr de toi, c'est adorable.

À quelques centimètres l'un de l'autre, nous nous toisons.

— Ne te vois pas vainqueur si vite, reprend-elle. Tu ne gagneras pas sans nous.

Elle est sérieuse ? Je ne la pensais pas si… piquante. Une femme qui veut faire l'étalage de son pouvoir : j'ai connu plus compliqué dans ma vie.

— Tu es en train de me lancer un défi, là ?

Sa langue claque sur son palais. Emy se recule d'un pas en arquant un sourcil. Son sourire en coin est clairement en train de me répondre oui. Et même si ma fierté en prend un coup, je ne maîtrise pas mon ventre qui se serre sous ce regard incandescent.

— Très bien, c'est ce qu'on verra, conclus-je, un rien bravache.

J'appuie rageusement sur le bouton et remets l'ascenseur en marche. Nous passons les quelques étages qu'il reste à descendre à nous scruter. Peut-être que c'est l'espace qui me donne ce sentiment d'oppression, mais j'avoue qu'elle doit y être aussi pour quelque chose. Moi qui pensais qu'elle n'aurait pas la carrure pour tenir une écurie… Emy ne baisse pas le regard. Pendant une seconde, j'en veux à cet ascenseur d'être arrivé si vite à destination. Jusqu'où cette tension aurait-elle pu nous mener ? Mais d'un geste sec de la main, elle m'invite à sortir. Je reprends mon souffle en retrouvant le hall. Elle m'emboîte le pas avant de s'arrêter. Les bras croisés, elle effectue un bref mouvement de tête pour m'indiquer la sortie.

— N'oublie pas de rendre ton badge à l'entrée, lâche-t-elle.

Je ricane, à la fois amusé et bluffé par ce petit bout de femme, mais je ne me laisse pas démonter pour autant. J'avance vers la porte principale sans un mot. Une fois à l'extérieur, je ne peux m'empêcher de jeter un rapide coup d'œil par-dessus mon épaule. Emy se tient toujours à la même place. Elle sourit et me salue négligemment de la main. Elle me cherche ?

Très bien. Elle va me trouver.

MACLEAN

0 POINT

Je déambule dans les locaux de Maclean. Mon accompagnateur n'est autre que mon futur ingénieur de course. Jack est plus petit que moi, plus âgé aussi. Il arbore une quarantaine tonique. C'est un homme nerveux. Il marche vite, sourit de manière forcée, et me décrit brièvement mon nouveau lieu de travail pour l'année à venir. Après avoir rencontré les employés au bureau d'études, au département aérodynamique, au simulateur ou même à l'espace montage, j'ai l'impression d'être en excursion scolaire. J'ai eu du mal à retenir la plupart des prénoms de ces gens tous vêtus de la même chemise avec l'écusson de l'écurie. Ils m'ont tous accueilli chaleureusement, avec chacun son mot gentil. Mon ingénieur ne s'attarde pas. Je le sens stressé, alors que j'ignore la raison qui le met dans cet état.

Avec Jack, nous empruntons une passerelle qui nous mène à une autre aile de l'usine lorsque son téléphone retentit. Le Britannique grimace légèrement, mais me fait signe qu'il doit décrocher. J'opine, tandis qu'il se place un peu à l'écart. En hauteur, j'en profite pour m'accouder à la rambarde. Je scrute l'usine de montage en contrebas. Alors que chez Adessi, le rouge est partout de mise, ici, c'est le bleu qui règne en maître. Ces nouveaux locaux me mettent presque mal à l'aise. Comme si je démarrais une année scolaire dans un collège que je ne connais pas. J'ai le sentiment d'être un adolescent, attendant que le temps fasse son œuvre pour s'habituer à son nouvel établissement.

— Excuse-moi, toussote Jack dans mon dos.

Je me tourne vers lui avec un bref sourire.

— Ce n'est pas grave, lui signifié-je, prêt à reprendre notre visite.

— Je vais devoir te laisser, nous avons une réunion de crise et… Bref. Je passe un petit coup de fil, je crois qu'Alexandre est là, je vais voir s'il peut prendre le relais.

Je fronce les sourcils, déstabilisé par l'air soucieux sur son visage. Mon ingénieur de course semble ne plus savoir où se mettre. Il aimerait décamper à vitesse grand V. Certes, je connais Alexandre Meunier, mon futur coéquipier. J'ai passé plusieurs saisons à l'affronter pour la deuxième place du championnat. Je m'étonne de devoir suivre cette visite guidée en sa compagnie. Une situation pour le moins inédite.

— D'accord, est-ce que je dois le rejoindre quelque part dans l'usine ?

Jack secoue la main, confus.

— Non, ne t'inquiète pas, il te retrouve ici. Je vais le prévenir.

J'acquiesce tandis qu'il se confond une nouvelle fois en excuses et m'abandonne la minute suivante.

Bon. Pour une première journée, j'avais espéré mieux.

Je l'observe trottiner vers des bureaux. J'espère qu'il sera moins stressé durant les grands prix. Mon ingénieur de course sera mon lien avec toute l'équipe. C'est uniquement lui qui me parlera à la radio pendant les courses. J'espère qu'il tiendra bien son rôle. Je ne peux m'empêcher de penser à la Scuderia et à José, très efficace à ce poste. Je balaie toutefois cette pensée lorsque je vois Alexandre sortir d'un bureau et s'avancer vers moi, tout sourire.

Cheveux bruns et courts, plus grand que moi, sensiblement du même âge. Le Français est réputé pour sa bonhomie. Il ne s'est jamais montré agressif contre son ancien coéquipier et leader. Sous contrat depuis plusieurs années avec Maclean, il s'est toujours cantonné dans son rôle de second, il n'a jamais dépassé les limites. Un coéquipier loyal pour l'ancien champion du monde. Il faisait notamment en sorte de bloquer d'autres pilotes dans son sillage, comme moi. Et il a fait gagner de nombreux points à l'écurie, tout cela dans l'ombre du champion. J'ai pourtant toujours entretenu de bonnes relations avec lui. Nous étions rivaux, mais cette fois-ci, nous allons devoir faire équipe. Je me doute que je n'aurai pas la même relation avec lui qu'avec Lorenzo, pourtant je suis persuadé que tout se passera bien.

— Hi ! lâche-t-il avant de me faire un check. Content de te voir.

Il parle un anglais avec un fort accent français, mais je n'ai pas trop de mal à le comprendre.

— Moi aussi, réponds-je en lui offrant une accolade.

Alexandre se passe la main sur la nuque. Habillé d'une polaire à l'effigie de l'écurie, avec plusieurs écussons, d'une casquette et d'un bas de jogging, il semble ici comme chez lui.

— Alors, comme ça, je dois te faire visiter ? s'empresse-t-il de me dire, une lueur malicieuse dans les yeux.

— Ouais, mais si tu veux, on peut aller manger un truc. Je crois que j'ai assez vu de pièces aseptisées pour aujourd'hui, ricané-je.

Il rit de bon cœur.

— Ouais, ça doit te changer du rouge de la Scuderia.

Exactement, pensé-je. Alexandre replace sa casquette et me lâche un sourire.

— Allez, viens. La cafèt est pas loin.

Marchant à côté de moi, il engage tout de suite la conversation :

— Moi qui pensais qu'ils allaient prendre quelqu'un en F2 pour remplacer Denver.

— Pas de chance pour toi, c'est moi !

Son ricanement ne trompe personne. Je m'entends bien avec la plupart des pilotes, mais je sais que cette saison sera différente. Je n'ai pas le droit à l'erreur. Plus maintenant. Les autres pilotes s'en doutent. Si j'ai toujours été le bon copain de la troupe, maintenant, je vais devenir l'homme à abattre. Ça ne m'inquiète pas, c'est le jeu. Tantôt d'une humeur taquine ou fraternelle, nous n'oublions pas que nous pilotons tous pour gagner.

— Ouais, grince-t-il. Mais ça ne signifie pas que je vais me laisser faire.

Le contraire m'aurait étonné.

Je me garde pourtant de le lui dire. Alexandre s'arrête au bout d'une minute et ouvre une porte menant à l'espace détente. Quelques sofas, tables et distributeurs agrémentent la pièce. Il file aussitôt vers l'un d'eux et se commande une boisson avec un badge.

— On t'a filé le passe-partout ?

— Le quoi ? demandé-je, ne comprenant pas ce à quoi il fait référence.

Alexandre arque un sourcil, amusé, avant de me montrer son bipeur.

— Un nain qui te permet de boire et manger à volonté ici, ça ne te dit rien ?

Je secoue la tête. Lui ricane. Ne comprenant rien, je mets ça sur le compte de l'humour frenchy. Il me tend une bouteille d'eau et m'indique un fauteuil. Je m'enfonce dans le sofa en me rendant compte que ça fait des jours que je n'ai pas pris une minute pour me poser. Depuis mon retour en Angleterre, je n'ai cessé de faire des va-et-vient entre ma famille et les conférences de presse. Sans compter ma dernière visite à la Scuderia Adessi, en catimini, pour glisser le nom de Liam à Erico.

— C'est un peu tendu aujourd'hui, lâche soudain Alexandre.

Je l'interroge du regard. Il poursuit :

— Le staff est débordé. C'est pour ça que tu te retrouves seul pour ton premier jour.

— Oui, j'ai eu le sentiment d'être abandonné.

— C'est le bon mot, siffle Alexandre avant de prendre une gorgée de sa boisson. Ils courent tous comme des poulets sans tête depuis quelques jours. Je suis aussi un peu livré à moi-même.

— C'est-à-dire ?

Mon nouveau coéquipier me dévisage comme si ma question était stupide. J'arrondis les yeux, cherchant à en savoir plus.

— T'es pas au courant ? s'enquiert-il.

— Non, de quoi ?

— Putain ! s'esclaffe-t-il soudain. T'es le mec à l'origine de la guerre froide et tu ne le sais même pas ? Non, tu me charries, là ?

Je me recule, confus. Je n'ai aucune idée de ce à quoi il fait allusion. J'aurais manqué quelque chose ?

— C'est quoi le problème ? réponds-je plus sèchement.

— OK, Clay… s'amuse-t-il. Pour faire bref, depuis l'annonce de ta signature chez Maclean, six de nos meilleurs ingénieurs ont posé leur démission.

Quoi ?

Je suis estomaqué, mais Alexandre poursuit :

— Ils sont débordés en bas, la voiture n'est pas prête pour la nouvelle saison, et avec six départs avant le premier grand prix, autant te dire que le staff est tendu comme un string.

Alexandre me scrute froidement. Son regard suffit à me faire comprendre que je suis un coupable idéal.

— Attends, t'es sérieux là ? Tu crois que c'est de ma faute ?

Chacun dans notre sofa, nous nous toisons quelques secondes. Il finit par hausser les épaules en grimaçant.

— C'est quand même étrange comme coïncidence, lâche-t-il. Tu signes et deux semaines après, pouf ! Tout le monde fout le camp !

Alexandre ne cherche pas à masquer sa contrariété mais reste courtois. Pour ma part, je n'ai aucune idée de ce que tout cela signifie. Est-ce que les ingénieurs démissionnaires ne souhaitaient pas travailler avec moi ? Et si oui, pour quelles raisons ?

Mais où est la logique derrière tout cela ? Ce n'est pas le pilote qui fait l'écurie, mais l'écurie qui fait le pilote. Je ne vois donc pas en quoi ces démissions pourraient être reliées à ma petite personne. À moins que…

Une image dérangeante s'impose soudain à moi. Le sourire moqueur et menaçant d'Emy lorsqu'elle m'a raccompagné dans le hall de la Scuderia.

Putain ! Elle a mis ses menaces à exécution.

SCUDERIA ADESSI

0 POINT

Je transpire comme un petit cochon. La chaleur écrasante de Bahreïn finira par avoir ma peau. Ce circuit planté au beau milieu du désert est le premier grand prix de la saison. Si j'avais su qu'il ferait si chaud, je n'aurais pas mis un jean. À peine ai-je posé les pieds sur le tarmac que j'ai eu du mal à respirer tant l'air est étouffant. En route vers le circuit, la climatisation de notre taxi n'est pas suffisante.

— S'il vous plaît, pouvez-vous mettre plus fort ? demandé-je à notre chauffeur.

Ce dernier jette un regard dans son rétroviseur, avant de sourire, de hocher la tête et de me répondre « oui » en arabe. Dans la foulée, il augmente le volume de la musique. Je lève les yeux au ciel et jette ma nuque en arrière, dépitée. Un bref ricanement sur ma droite me fait toutefois tourner la tête. Installé à côté de moi, Riccardo ne quitte pas son sourire narquois, alors que la chanson résonne plus fort.

— Ce n'est pas drôle, je crève de chaud, pesté-je.

— Il fera plus chaud encore sur le circuit, j'espère que tu as prévu des tenues légères.

— Pourrais-tu arrêter ça ?

— Arrêter quoi ? s'agace-t-il.

— Tes allusions pourries, craché-je. Je ne suis pas ton quatre-heures.

L'Italien ricane faussement.

— Je n'ai pas envie de te manger, j'ai surtout envie que tu dégages.

Il a au moins le cran d'être honnête. Je soupire, excédée.

— Ouais, ça, je l'ai bien compris, mais désolée, tu vas devoir faire avec moi toute la saison. Alors tu ferais bien de serrer les fesses. D'autant que pour l'instant, tu n'as pas grand-chose à me reprocher.

Les yeux de Riccardo se plantent dans les miens. S'ensuit une petite joute dérisoire. Je ne serais pas étonnée que nous en venions aux mains, tant l'atmosphère est emplie de haine réciproque. Toutefois, Riccardo s'enfonce à nouveau dans son siège et remonte les manches de sa chemise.

— Ouais, j'avoue que ta stratégie était bien vue. Sans ingénieurs compétents, Maclean aura du mal à suivre la cadence. J'ai hâte d'être à la conférence de presse.

Je pince les lèvres avant de le mettre en garde :

— N'espère pas récolter les lauriers. C'est mon fric qui a fait la différence.

— Oui, d'ailleurs, c'était une idée stupide.

— Autant que de me nommer à la tête de l'écurie ? Notre cher père avait peut-être plus confiance en moi qu'en toi, craché-je.

— Nous ne sommes pas frère et sœur, siffle-t-il entre ses dents.

— Heureusement pour toi, réponds-je. Parce que si tu étais mon frère, j'aurais moins de remords à t'arracher les yeux.

La mâchoire serrée de Riccardo m'indique qu'il aimerait certainement bien m'en coller une. Moi aussi, j'ai bien envie de lui rabattre son caquet. Pour l'instant, la situation prouve à quel point mon père biologique avait raison d'avoir plus confiance en moi qu'en lui. Riccardo n'a pas bougé le petit doigt à l'annonce de la démission de Clay. Il n'a rien fait ces dernières semaines pour rattraper la situation. C'est moi qui étais dans l'usine, tous les jours, à suivre les progrès des ingénieurs. C'est moi encore qui ai débauché les employés de Maclean. Certes, les chèques que j'ai dû signer ont fait trembler mon banquier, mais c'était la meilleure option pour espérer rester en tête. Aucune course n'a encore démarré et pourtant, avec la trahison de Clay, nous étions déjà mal engagés. J'ai juste trouvé une parade. Et j'ai aussi décidé qui le remplacerait. Ces dernières semaines, Riccardo n'a fait que critiquer mes décisions, mais j'ai agi, au moins. Alors, je commence à en avoir assez de devoir me montrer sympathique avec lui. Je ne vais pas tenir toute l'année. Soit je me retrouve avec un cadavre sur les bras, soit je fais la paix avec lui.

— OK… soupiré-je. On ne se supporte pas mais on doit faire équipe. Peut-on au moins faire semblant devant la team ? Et je te donne ma parole que nous ne dégringolerons pas dans le classement, dis-je en lui tendant la main.

— La saison est longue, Emy, répond-il, peu convaincu. Ce n'est pas parce que tu as eu une bonne idée que tout sera si simple.

— Oui, justement, est-ce qu'on peut au moins compter l'un sur l'autre au lieu de se mettre des bâtons dans les roues ?

— Pourquoi je ferais ça ? s'agace-t-il. J'ai passé ma vie sur les circuits avec ton cher papa et c'est comme ça qu'il me remercie ? En me faisant l'aumône de vingt pour cent ? Non, démerde-toi.

OK. Ça sera le meurtre, alors.

— Je ne suis pas mon père, et figure-toi qu'il ne m'a même jamais aimée. Je ne comprends toujours pas son testament, mais peut-être qu'il envisageait qu'on puisse bosser ensemble, craché-je. Mais pas de problème, je vais me démerder toute seule, je n'ai pas besoin de ton aide. Tu peux crever.

Il écarquille les yeux, stupéfait.

— Je peux crever ?

— Ouais, et la bouche ouverte ! Meurs, je m'en cogne, réponds-je avant de tourner la tête vers la vitre.

Riccardo la boucle, pour mon plus grand plaisir, tandis que nous arrivons aux abords du circuit. Je m'égare sur les palmiers qui ornent l'entrée des paddocks. La voiture stoppe et notre chauffeur se tourne vers nous tout sourire en désignant la paume de sa main.

— C'est lui qui va payer, signifié-je en pointant Riccardo, puis je m'extirpe de la voiture.

Je l'entends pester, mais je l'ignore. Mes épaules s'affaissent une fois à l'extérieur. Je ne sais pas si je survivrai à ce week-end. J'espère que notre hôtel dispose d'une piscine, car j'ai besoin de me rafraîchir. Mais avant ça, les qualifications vont être décisives. Je suis tendue, j'en ai bien conscience. Le monde entier aura le regard braqué sur cette première course. Les paris vont s'envoler, j'espère que notre cote va rester au plus haut.

— Emy, me hèle soudain Riccardo.

Il m'attend pour pénétrer dans l'antre de la F1. Je le rejoins, déjà ruisselante. Au moins, il ne m'a pas abandonnée. Nous allons offrir l'image d'un duo solide. Nous nous dirigeons tous les deux vers l'entrée arrière des paddocks et une troupe de journalistes se jette déjà sur nous. Riccardo attrape mon poignet et me tire vers lui tandis qu'il se fond dans la masse.

— Emy ? Emy Leclerc ! braille un journaliste, tandis que Riccardo ne lâche pas mon poignet pour avancer.

Je reste dans son sillage tant bien que mal. Notre stratégie est claire. Je ne prendrai la parole que lors de la conférence de presse qui aura lieu dans l'après-midi.

— Qu'est-ce que ça fait d'être à la tête de la Scuderia Adessi ?

— Comment sentez-vous cette première course ?

— Et Clay ? Quelles sont vos relations avec lui dorénavant ?

— Nous répondrons à toutes ces questions à 15 heures, tonne Riccardo en me tirant un peu plus vers lui.

Les journalistes s'agglutinent autour de nous, les questions fusent, mais je me contente de sourire poliment et m'infiltre avec lui de l'autre côté des grilles, dans l'espace réservé aux membres des équipes. Au bout de quelques pas, il me relâche et m'offre un regard étrangement chaleureux.

— Ça va ? me demande-t-il.

Qu'est-ce que ça peut lui foutre ?

— Ouais, très bien. Je vais gérer, ne t'inquiète pas pour ça.

— OK, je meurs, j'ai compris…

Il m'arrache un léger sourire et nous poursuivons notre chemin. Nous croisons plusieurs membres d'équipes adverses. Certains me dévisagent étrangement, tandis que d'autres me sourient. Je ne m'attarde pas et continue jusqu'à notre QG. Je n'aurais jamais cru que voir cette panthère géante au milieu de l'allée me procurerait autant de bien-être. J'ai hâte de me retrouver au calme. Nous pénétrons dans l'espace Adessi. Je repère aussitôt Lorenzo, Erico et Liam. Riccardo salue de loin et se faufile à l'étage. Pour ma part, je me dirige vers mes pilotes. Le jeune Liam est le premier à me sourire.

— En forme, les garçons ? interrogé-je.

Lorenzo est sûr de lui.

— Je pète le feu, j'ai hâte ! La voiture est parfaite.

Je souris, heureuse d'apprendre que j'ai pris la bonne décision technique. Je remarque d'ailleurs un peu plus loin trois ingénieurs que j'ai débauchés en train de siroter leur café. Ils m'offrent de sympathiques salutations en inclinant la tête plus que de raison. Je le leur rends, la poitrine soudain plus légère. Quelques mécaniciens qui passent par là me disent bonjour à leur tour. Je réponds brièvement, serre quelques mains, mais reporte mon attention sur Liam. Je n'ai pas encore beaucoup discuté avec lui. Sur les conseils d'Erico, le manager de notre académie de pilotage, j'ai décidé de le nommer second pilote pour cette saison. Liam est, d'après ses dires, l'un des plus prometteurs de sa génération. Ce seul argument a suffi à me convaincre.

— Et toi ? Prêt ? demandé-je.

Ses yeux verts s'ancrent dans les miens. Malgré ses traits fins, son jeune âge ne le dessert pas. Sa carrure lui confère une belle prestance. Grand et athlétique, cet Australien a tout de l'archétype des hommes de son pays. Blond, les cheveux retombant sur le front, un sourire aguicheur, une large mâchoire et des dents parfaites. Il aurait certainement pu se lancer dans le mannequinat.

— J'ai hâte. Merci, madame Leclerc.

— *Emy*. Ici, ça sera Emy, nous sommes en famille, lui dis-je avec un clin d'œil.

Gabriela me fait des signes. La community manager s'approche. Elle paraît stressée mais prend le temps de saluer les garçons avant de croiser à nouveau mon regard.

— Emy ? Nous allons nous préparer, me lance-t-elle.

J'acquiesce puis reporte brièvement mon attention sur les pilotes.

— Je compte sur vous, les gars ! dis-je avant de suivre Gabriela.

Lorenzo lève le pouce tandis que Liam hoche la tête promptement. Cela me rassure. Ils sont dans de bonnes dispositions, ils vont exceller sur le circuit. Ce duo devrait faire des miracles.

Je suis Gabriela dans des escaliers, puis nous passons plusieurs portes avant de nous arrêter devant l'une d'entre elles. Mon nom figure sur une plaque argentée apposée à côté de la poignée. Elle extirpe un gros trousseau et ouvre ce que je devine être mon bureau. Une fois à l'intérieur, je pouffe malgré moi en remarquant le portant au beau milieu de la pièce. Il est saturé de fringues.

— Gabriela, c'était nécessaire, tout ça ?

L'Italienne se tourne vers moi en pinçant les lèvres.

— Désolée, je ne connaissais pas ta taille.

Je m'avance et saisis le premier cintre. Un tailleur aubergine à points verts. Je grimace aussitôt.

— Ça, on peut oublier, ironisé-je en reposant la tenue qui irait à ma grand-mère.

— C'était l'idée de Mme Adessi, se justifie-t-elle.

La veuve veut vraiment ma peau.

— Ouais, elle peut se brosser pour que je porte ça, réponds-je en saisissant un autre cintre.

Je souris, plus confiante vis-à-vis de cette simple jupe noire et de la chemise blanche arborant l'écusson brodé de l'écurie.

— Je savais que tu préférerais quelque chose de sobre, me confie Gabriela avec une petite lueur dans le regard.

Je lui rends son sourire tandis qu'elle cherche une paire d'escarpins. Elle m'en tend une, mais je ne cache pas ma répulsion.

— Je sais, souffle-t-elle. Ce n'est pas vraiment ton style, mais tu dois en imposer. La conférence…

— Oui, je sais, la coupé-je. Je dois montrer que je suis capable de gérer la Scuderia et ça passe aussi par le choix d'une paire de chaussures…

— Tu seras magnifique avec.

Je n'épilogue pas et commence à retirer mes baskets. Gabriela reste là, mais fixe son attention sur son portable qu'elle ne semble jamais quitter. Je m'habille assez vite et soupire en me découvrant dans un miroir. La community manager redresse le regard vers moi et me sourit, satisfaite.

— Parfait, s'enchante-t-elle.

Je dévisage l'imposture devant moi. Je rêve de prendre un élastique, d'attacher mes cheveux et d'enfiler un bleu de travail pour être plus à l'aise, mais j'ai maintenant une autre image à défendre. Celle d'une patronne.

— Rappelle-toi, me motive Gabriela. Tu es l'avenir de la Scuderia.

— Pour un an, rétorqué-je, amère.

— Je suis persuadée que non, me souffle-t-elle. Ça fait du bien d'avoir une femme ici.

Sous ses cheveux bouclés et ses lunettes bien trop épaisses pour son visage, elle me sourit avec sincérité. En vérité, je crois qu'elle attendait une alliée féminine depuis longtemps.

— Merci, dis-je. Merci pour ta gentillesse.

Elle m'offre un clin d'œil puis s'avance vers la porte.

— De rien, montre-leur à tous que la Scuderia est entre de bonnes mains, répond-elle en ouvrant le battant en grand.

Je m'avance d'un pas déterminé et croise Riccardo, qui m'attendait dans le couloir. D'un simple signe de tête, il m'indique être prêt. Côte à côte, nous prenons la direction de la salle de conférence. Je bombe la poitrine, plus sûre de moi. C'est mon moment. Celui où je vais enfin prendre la parole et prouver que j'ai ma place ici.

SCUDERIA ADESSI

0 POINT

— Attendez-vous de Lorenzo de meilleures performances que Clay ?

Merde, mais c'est quoi, cette question ?

Une demi-heure que je me fais cuisiner dans un interrogatoire plus ou moins pertinent. Il était convenu que je prenne plus souvent la parole que Riccardo pour asseoir ma position de dirigeante de l'écurie. Après m'avoir brièvement fait évoquer mon parcours et ce que je représente pour la Scuderia, ces vautours de journalistes s'attaquent à l'équipe. Je commence à ne plus supporter ce sourire figé sur mon visage. J'ai envie de me lever, de leur faire un bras d'honneur et de fuir. Mais je préserve les apparences et réponds avec courtoisie, rien que pour agacer Riccardo à mes côtés. Lui n'attend qu'une chose : que je me plante en beauté. Et le pire dans tout ça, c'est que Maclean ne nous a pas encore rejoints. La conférence de presse était prévue en deux phases. D'abord la Scuderia, pour discuter de mon poste et de mes fonctions, et ensuite, Edward Maclean devait nous rejoindre. Les caméras et appareils photos braqués sur moi me donnent la nausée et je n'ai pas encore passé le plus difficile.

— Nous attendons de Lorenzo ce que nous avons toujours attendu de lui, de l'implication et de la loyauté, finis-je par dire pour couper court.

Une autre main se lève, je braque aussitôt mon regard vers la journaliste. La seule femme de l'assistance. Le reste de la salle est masculin, ce qui ne m'étonne pas vraiment. Je la pointe du doigt pour lui donner la parole, elle se lève aussitôt et m'adresse un léger sourire.

— Mademoiselle Leclerc, commence-t-elle, comment comptez-vous vous imposer face à vos rivaux ? Vous n'avez ni l'expérience, ni la maîtrise de la Formule 1. En quoi pensez-vous vous démarquer cette saison ?

Et moi qui pensais qu'elle pouvait être de mon côté... *Grognasse.* J'ose un bref regard vers Riccardo, avant de lui sourire. Ce dernier jubile, c'est indéniable. Il se redresse un peu sur sa chaise, attendant ma réponse.

— Certes, réponds-je. Je n'ai pas l'expérience de mon père. Je n'ai ni des années de travail sur les paddocks ni une connaissance de la mécanique de haut niveau, mais je sais ce qu'est le labeur. À la Scuderia, nous sommes convaincus que le travail paie.

Un rictus fleurit sur les lèvres de la séduisante journaliste. Je poursuis :

— J'ai pleinement conscience qu'être une femme dérange dans ce milieu. Mais je compte bien m'imposer. Ce sport a besoin de douceur féminine, plaisanté-je.

La salle rit presque à l'unisson. J'ai fait mon petit effet. La journaliste se rassied, tandis que plusieurs mains se lèvent. Riccardo désigne un autre journaliste. J'écoute brièvement la question qui le concerne, mais je bloque sur l'entrée de la salle. Clay vient de faire son apparition et croise aussitôt mon regard. Mon ventre se noue. Ma gorge s'assèche.

Merde ! Ressaisis-toi, idiote !

Indéniablement, sa présence me perturbe. J'admets que depuis notre altercation dans l'ascenseur, j'ai souvent pensé à lui. Ce pilote m'agace autant qu'il m'attire. Et ses yeux dorés qui me scrutent me mettent mal à l'aise.

— Mademoiselle Leclerc ? me ramène soudain à la réalité une voix.

Je braque mon attention vers un journaliste, confuse.

— Excusez-moi, je n'ai pas écouté la question.

— Quelles relations entreteniez-vous avec votre père ? Beaucoup de personnes ici présentes ont été surprises d'apprendre que Giuseppe Adessi avait une fille.

Je me fige. Un sourire perfide s'étire sur le visage du journaliste d'une cinquantaine d'années. J'imagine qu'il doit couvrir depuis longtemps la F1 et l'annonce de ma succession a dû pour le moins le surprendre. Toutefois, je ne vais pas étaler le linge sale familial ici. J'ose un regard vers Clay. Il croise les bras et relève légèrement le menton. Il paraît tout ouïe. Gabriela m'avait prévenue… mais je ne pensais pas que les journalistes seraient aussi incisifs.

— Les relations que j'entretenais avec mon père ne regardent que moi et ma famille, asséné-je en jetant un bref regard à Riccardo. Ce n'est en aucun cas un sujet qui concerne la Formule 1 ou la saison à venir. Mais sachez que si mon père a décidé de me placer à la tête de son écurie, c'est qu'il avait de bonnes raisons.

Le journaliste, dubitatif, hoche la tête avant de se rasseoir. *Et toc ! Toi aussi, meurs !* Je reporte aussitôt mon attention sur Clay, qui ne me quitte pas des yeux. Un frisson parcourt mon échine. Il semble fasciné, mais aussi en rogne. D'autres journalistes se lèvent dans la foulée pour poser leurs questions, mais l'entrée d'Edward Maclean fait taire tout le monde. Il serre la main de Clay, un large sourire sur le visage, puis se dirige vers nous. Je m'attarde sur cet homme qui sera mon meilleur ennemi durant toute la saison. Il m'a volé notre pilote et son sourire commercial m'agace déjà. Il nous offre, à Riccardo et moi, une brève salutation en hochant la tête et s'installe avec nous de l'autre côté de la table. Son index boudiné tapote sur le micro pour s'assurer qu'il fonctionne. Il entrelace ensuite ses doigts entre eux et s'accoude à la table avant de sourire, attendant les premières questions. Aussitôt, toute la salle se lève. Je croise le regard de Riccardo. Nous comprenons tous les deux que le pire de la conférence est pour maintenant.

— Monsieur Maclean, est-il vrai que plusieurs de vos ingénieurs ont décidé de partir à la Scuderia ?

Intérieurement, je jubile…

— Je démens totalement ces rumeurs.

— Pourtant, votre ancien ingénieur en chef a été aperçu dans les locaux de la Scuderia.

— Cela ne signifie pas qu'il a été engagé chez eux, tonne-t-il de sa voix grave.

— Peut-être que cela est trop dur pour vous de l'admettre, dis-je soudain, coupant court au brouhaha des journalistes.

Edward Maclean tourne vivement la tête dans ma direction. Une veine sur son front palpite, son visage se crispe.

— Nous avons Clay, grogne-t-il. Un pilote qui saura faire fi des difficultés rencontrées.

Je pouffe.

— Oui, vous avez un pilote, mais plus d'équipe, réponds-je du tac au tac.

Riccardo toussote à ma gauche. Je ne sais pas s'il souhaite me calmer ou rire, mais je m'en moque. Ce con d'Edward

Maclean a commis une erreur en récupérant Clay et je compte bien le lui faire savoir.

— L'écurie Maclean est bien plus grande que ce que vous pensez. Ce n'est pas une jeune femme ici en tant que touriste qui va dicter ce que je dois faire ou non.

Petit. Vil. Sournois.

Meurs, toi aussi !

— Peut-être que la touriste passe un agréable séjour, contrairement à ce qu'on pourrait croire. Surtout si elle est entourée des meilleurs.

Il n'a pas le temps de répondre qu'une autre question fuse, puis encore une. Edward Maclean est la cible que j'espérais. Pour mon plus grand bonheur, il bégaie sur certaines. Ce n'est que lorsque l'une de ces questions m'est destinée que je reprends la parole.

— Mademoiselle Leclerc, confirmez-vous ces informations ?

Edward Maclean fuit mon regard. Je secoue la tête en retour avant de prendre la parole :

— Ce n'est pas à moi de confirmer quoi que ce soit. Ce que je peux vous dire, en revanche, c'est que nos ingénieurs sont prêts et qu'ils ont fait des prouesses sur la monoplace. Vous aurez l'occasion de le découvrir tout à l'heure.

Si je pouvais m'applaudir moi-même, je le ferais. Les yeux taquins et brillants de certains journalistes m'amusent énormément. Mais je ne quitte pas du regard la personne qui m'intéresse le plus dans l'assemblée. Clay me scrute toujours, la mâchoire serrée. Sans sa trahison, je n'aurais pas débauché autant de monde. Nous nous défions une fois de plus. J'ignore les questions suivantes, bien trop captivée. Heureusement, Gabriela nous fait soudain de grands signes, sonnant le glas de cette conférence de presse. Riccardo prend aussitôt la parole :

— Ce sera tout pour nous. Merci à vous et bon week-end.

Il est le premier à se lever, abandonnant Edward Maclean à son sort. Je me redresse à mon tour, et descends de l'estrade sans un regard pour le patron de l'écurie adverse. Ce n'est que lorsque j'arrive à la sortie que je perds de ma superbe. Clay est toujours là, les bras croisés. Riccardo passe devant lui, sans un regard pour son ancien pilote. Moi, au contraire, je m'arrête à sa hauteur. Habillé d'un T-shirt Maclean et d'un jean, il tire sur sa casquette pour la replacer, avant de reculer et de me scruter de haut en bas. Son regard inquisiteur sur mon corps me perturbe. Mes joues s'échauffent, toutefois je ne baisse pas les yeux.

— Le spectacle t'a plu ? demandé-je.

— Pas trop mal pour une novice, lâche-t-il avec un sourire en coin.

Encore sur l'estrade, Edward Maclean soupire en levant les yeux au ciel face à une énième question.

— Mieux que ton patron, rétorqué-je.

— C'est la chance du débutant, coupe aussi sec Clay.

Mon ventre se contracte. Son air indomptable m'électrise plus qu'il ne m'agace. Il se contente de couler son regard sur moi, me détaillant encore et toujours. Mon traître de cœur s'emballe, mais je me redresse, feignant l'indifférence avant de demander :

— Comment est ta voiture, Clay ? Elle a au moins quatre roues ou les stagiaires ont oublié ce détail ? Sans ingénieurs, je me doute que ce doit être compliqué de confectionner une monoplace…

Sa mâchoire se serre. La pièce est soudain tombée du bon côté. Il peut bien me faire croire que je ne suis pas à la hauteur, les bruits de couloirs vont bon train. Son écurie serait en piteuse posture et la voiture pas à la hauteur de l'événement.

Gabriela m'a confié hier soir que leur monoplace pourrait être en grande difficulté pendant les qualifications. Clay secoue la tête, agacé, alors j'enchaîne :

— Et un aileron ? En a-t-elle un ?

J'ai droit à un regard assassin en guise de réponse, mais j'ajoute :

— Non ? Merde, ça craint… J'espère au moins qu'ils n'ont pas oublié le moteur, m'amusé-je.

— Tu peux bien jubiler, Emy, la voiture arrivera à tenir la cadence sur toute la saison, ne t'inquiète pas pour ça.

— Des paroles ! Les chronos diront la vérité. Encore une fois, c'est juste dommage que tu doives te contenter de si peu.

Et dommage qu'on ne puisse pas se voir tous les jours comme je l'avais espéré.

Malgré l'électricité palpable, je balaie aussitôt cette pensée de mon esprit. Il faut que j'arrête de déconner… Clay, en revanche, semble percevoir cette faille en moi, car il adoucit ses traits, presque amusé. Il émet un bref ricanement avant de répondre :

— À ce soir, Emy. Et bonne chance pour ta première course.

Aussitôt, il tourne les talons, ne me laissant pas la possibilité de lui répondre. Mes yeux ne le quittent pas tandis qu'il s'éloigne en direction des paddocks. Lorsqu'il disparaît de mon champ de vision, j'extirpe tout l'air de mes poumons et me tourne, prête à partir moi aussi. Je croise aussitôt le regard de Gabriela. En retrait, elle m'observe.

Depuis combien de temps est-elle là ?

Je m'approche et elle me tend une bouteille d'eau avec un léger sourire.

— Quoi ? demandé-je.

Gabriela hausse les épaules, amusée.

— Rien du tout, répond-elle.

Nous avançons toutes les deux, parcourant l'allée des paddocks.

— Ouais, mais ton air semble signifier autre chose, glissé-je.

— Je ne me permettrais pas de faire une remarque indécente à ma patronne…

Je hoche la tête avant de boire une gorgée.

— J'ai besoin de la franchise d'une amie, pas d'une employée.

Gabriela esquisse un faible sourire. Elle paraît touchée par mes mots. Peut-être ne l'a-t-on jamais vraiment considérée comme telle auparavant ? Il est vrai que les écuries de F1 sont reconnues pour leur aspect familial et fraternel, mais qu'en était-il sous la direction de mon père ?

— Très bien, alors j'ôte ma cape de community manager ?

— S'il te plaît, oui. Je préfère avoir un avis sincère.

Gabriela replace ses cheveux désordonnés tout en tenant un rythme de marche effréné, avant de me lâcher :

— Je pensais qu'il ne se passerait pas une semaine avant que des journalistes te demandent s'il y a une idylle entre Clay et toi.

Mon cœur rate aussitôt un battement.

— Quoi ?! Mais pourquoi ?

— Vous vous dévorez des yeux, s'amuse-t-elle. En fait, je te comprends, c'est vrai que Clay est… enfin bon, c'est Clay. Mais méfie-toi, nous ne devons pas pactiser avec l'ennemi et encore moins coucher avec !

Elle ricane, et mon visage me brûle tant la gêne me dévore. OK. Je me suis échafaudé quelques petits scénarios débiles, mais… merde !

— Ça se voit tant que ça qu'il me plaît ? gémis-je en m'arrêtant devant notre QG.

Gabriela pince les lèvres, hésitant à me répondre.

— Un peu, oui.

Je déglutis, mal à l'aise.

— Merci pour ta franchise, réponds-je.

— Pas de quoi ! Maintenant, je remets ma cape de community manager, lâche-t-elle, enjouée. Tu dois rapidement te rendre sur les stands. Les qualifications démarrent dans une heure. La team va avoir besoin de toi pour la soutenir.

J'acquiesce, soudain plus sereine, et reporte ensuite mon attention sur ma tenue, gigotant mes pieds dans ces escarpins que je ne supporte plus.

— OK, mais d'abord je me change.

***

Je fais tinter mon verre pour la dernière fois avec ceux de Liam et Lorenzo. Les qualifications ont été parfaites. Lorenzo partira en pole position suivi de Liam, en deuxième place. Ensuite, ce sera un pilote allemand, Müller, et bien plus loin… Clay et son coéquipier, Alexandre Meunier, doublés par des pilotes dont je n'ai pas retenu les noms. Clay démarrera sixième sur la grille de départ demain. La team est survoltée. Nous fêtons tous cette petite victoire dans le bar de l'hôtel. Riccardo a même souri. Chose dont je ne le pensais pas capable. Gabriela doit être à son cinquième mojito, mais nous nous en fichons. Mis à part les pilotes et certains mécaniciens, qui sirotent des cocktails sans alcool, nous fêtons tous l'événement.

— À Emy ! hurle soudain Lorenzo en levant son verre.

— À Emy, scande tout le bar.

J'ai droit à mon compte de sourires chaleureux. Je hoche la tête en guise de réponse, me sentant surtout gênée. Oui, j'ai fait un pari audacieux. Je n'ai pas eu de scrupules à payer au prix fort ces ingénieurs de premier plan. Même si je n'ai pas piloté, c'est aussi un peu ma victoire. Notre victoire à tous. Je prends une grande inspiration, sereine. Il faudrait un miracle demain pour que Maclean rivalise avec les monoplaces Adessi. Alexandre Meunier est douzième. Mais nous ne pouvons pas nous reposer sur nos lauriers. Voir Clay se hisser en sixième position doit m'alarmer. Même avec une voiture très moyenne, il arrive à tirer son épingle du jeu. Cela en dit long sur son niveau de pilotage. Je chasse néanmoins cette pensée et profite de l'instant.

Au bout d'une heure, la fatigue aidant, plusieurs employés ont déjà quitté les lieux, dont les pilotes. J'abandonne à mon tour Gabriela, en grande conversation avec un ancien ingénieur de Maclean.

— Bonne nuit, Emy.

— À vous aussi, réponds-je avant de me diriger vers l'ascenseur menant au dernier étage de l'hôtel.

Au cours de la montée, mes épaules s'affaissent, je ressens le poids du stress disparaître. Je rêve de retrouver mon lit. Je n'ai pas abusé de l'alcool ce soir. Tant mieux, je ne tiens pas à avoir la gueule de bois demain pour ma première course. Je longe le couloir, fatiguée, avant d'ouvrir la porte de ma chambre d'hôtel. J'hallucine devant l'espace dont je dispose. Une suite, juste pour moi ? Je n'imaginais pas dormir dans un tel espace il y a encore quelques semaines. Je suppose que ce sera mon quotidien dorénavant. Je déboutonne ma chemise en étirant ma nuque. J'ôte ensuite ma jupe et me trimballe en collant. J'hésite à me faire couler un bain en entrant dans la salle d'eau. La baignoire est immense, posée sur des pieds à l'ancienne. Elle est magnifique. Toutefois, en relevant le visage vers l'horloge de l'autre côté de la pièce, je grimace.

Pas pour cette fois.

Mieux vaut aller me coucher. J'attache mes cheveux, sors ma trousse de toilette de ma valise et extirpe ma brosse à dents avant de la fourrer en bouche avec du dentifrice. Je m'approche de la baie vitrée, souhaitant admirer la vue, mais je déchante en remarquant plusieurs hôtels, collés les uns aux autres. Je dispose d'une vue imprenable sur la tour face à moi. Mon regard vogue de-ci, de-là jusqu'à ce qu'un hoquet d'effroi me fasse avaler du dentifrice. Je ne rêve pas ! Je plisse les yeux, comme si cela suffisait à améliorer ma vision. Mais non, je ne suis pas folle. Dans l'immeuble d'en face, je remarque Clay, accoudé à la rambarde de son balcon. Et il regarde dans ma direction. Me voit-il ou bien scrute-t-il juste le paysage ? Un bref salut de sa main ôte tout doute. Je me fige, avant de décamper de la fenêtre à vitesse grand V.

Merde, merde, merde !

Je baisse mon regard sur ma tenue. Un simple soutien-gorge et mon collant. Bon sang, heureusement que je ne me suis pas foutue à poil. La brosse à dents toujours dans la bouche, je commence à sentir le dentifrice me piquer le palais. Je songe aux options qui s'offrent à moi. Le lavabo est trop loin. De plus, il y a une fenêtre entre lui et là où je me trouve. Le peignoir accroché à la porte de la salle de bains ne me permet pas non plus d'esquiver la situation.

Tant pis !

Je fonce sans un regard en arrière et m'enferme dans la salle de bains. Le souffle court, je crache mon dentifrice, me rince la bouche puis attrape ce foutu peignoir. Je l'enfile les mains tremblantes, avant de le nouer fermement à ma taille. Un soupir de soulagement s'extirpe de mes lèvres.

Il était en train de me mater…

Je pouffe, aussi fébrile qu'excitée, avant d'ouvrir la porte. Mon attention se reporte aussitôt sur le balcon de l'immeuble d'en face. Je déchante. Clay n'y est plus. Je scrute les pièces de sa suite avant de le retrouver dans sa chambre. Il retire son T-shirt. Bien qu'une vingtaine de mètres nous séparent, je n'ai pas de mal à distinguer sa musculature. Clay semble m'ignorer. De dos, il s'attaque maintenant à son pantalon et le déboutonne. Alors que je pense avoir une vue imprenable sur son postérieur, il se fige soudain, tourne la tête dans ma direction et me lance un grand sourire. Dans la foulée, il lève la main et appuie sur l'interrupteur de sa chambre. Le vilain ! Je me surprends à rire toute seule après quelques secondes à attendre que la lumière se rallume.

Bon. Un point partout ?

21

MACLEAN

0 POINT

Danger Zone de Kenny Loggins résonne dans mes écouteurs tandis que je ne quitte pas des yeux la grille de départ. Les mécaniciens font les derniers réglages. C'est la cohue. Tout ce petit monde est sous tension. Les pneus sont pouponnés, chauffés par des housses. Un mécanicien devant chacun d'eux s'assure de la bonne température. Des cameramen profitent des derniers instants avant la course pour capter les meilleures images. Plusieurs pilotes sont en discussion avec leurs ingénieurs de course. Chacun cherche à dompter le stress comme il peut. Certains plaisantent, tandis que d'autres parlent une dernière fois stratégie. La grille est chauffée à blanc. Une fourmilière me fait face alors que j'augmente le volume. Assis par terre, mon casque entre les jambes, j'ai moi aussi ma méthode. Mon père, un peu plus loin, bloque mon ingénieur de course qui s'apprêtait à venir dans ma direction. Papa n'a jamais manqué l'une de mes courses et il sait très bien que ce n'est pas le moment de me parler. Tout ce dont j'ai besoin, c'est écouter la musique à fond et me concentrer. Bien que j'apprécie les tubes actuels, j'ai toujours le même rituel. Certainement dû à mon père qui est un grand fan des morceaux des années quatre-vingts… J'entends encore ces grands groupes cracher dans les enceintes du circuit de karting de ma famille. Mon enfance a été bercée par Queen, Van Halen, Kiss… Et rien ne me procure finalement plus de concentration que ce petit instant.

Kenny Loggins hurle dans mes oreilles alors que je prends une grande inspiration. Mes pieds battent le rythme tandis que ma tête se vide. Dans quelques minutes, je serai dans une autre ambiance. J'ai toujours apprécié cet avant-course. Tandis que tout le monde s'active, je suis dans mon coin. Seul face à cette frénésie. Je ne songe même pas à la manière d'aborder ce premier virage ni même à qui doubler avant la fin du premier tour. Mon regard vogue plutôt sur les projecteurs qui illuminent la piste. Je hume les odeurs de l'essence, du labeur et de l'adrénaline. Les milliers de personnes dans les gradins ne loupent rien du spectacle. La nuit est noire. Le circuit de Bahreïn est réputé pour être l'un des plus difficiles. La chaleur du lieu oblige les stratèges à revoir leurs plans. Les moteurs ou les pneus seront soumis à rude épreuve sur un asphalte brûlant. Le défi consiste à faire le moins d'arrêts au stand possible. Et c'est là que la stratégie entre en jeu. Je connais mes options, Alexandre et moi en avons assez discuté avec les ingénieurs. Nous savons tous les deux de quelle manière rouler et comment récupérer les premiers points de la saison. Toutefois, je balaie ces pensées. Pour l'instant, je ne suis que Clay, le mec qui commence à avoir un cul carré à force d'être assis. J'étire mon dos, montant encore un peu plus le volume de la musique.

Je repère soudain Emy, qui marche en direction de Lorenzo, tout sourire. Je repense avec plaisir à la nuit dernière. Je n'aurais pas imaginé finir ma soirée à la reluquer en petite tenue. Elle me remarque, mais détourne aussitôt les yeux. Je pouffe, observant ses joues rougir. Elle porte une chemise rouge et un short en jean noir moulant à la perfection ses fesses que j'ai regretté de ne pas avoir vues hier soir. Lorenzo l'accueille d'une accolade chaleureuse. Mon meilleur ami ne quitte pas son sourire grandiose. Il a de quoi être heureux. C'est l'une des premières fois qu'il part en pole position. Je les laisse à leur discussion et reporte mon attention sur Liam, plus loin. Il discute avec son préparateur physique. Malgré son jeune âge, je suis heureux de le voir parmi nous. Erico a bien fait de suivre mon conseil. Je suis persuadé qu'il va mettre tout le monde d'accord, une fois le départ donné.

Je fredonne les dernières paroles avant de me lever. Je replace mon protège-nuque, retire mes écouteurs et saisis mon casque au sol. Je délaisse ma musique, qui fait place à une autre mélodie. Celle de l'effervescence. Je tire sur le câble de mon oreillette et zippe ma combinaison jusqu'au menton. Je regarde ensuite par-dessus mon épaule. De l'autre côté du grillage, les stands de chaque écurie grouillent de techniciens. Des casques antibruit sur les oreilles, chacun se prépare au départ. Edward Maclean, posté sur une chaise haute, me lance une brève salutation avant de reporter son attention sur l'ingénieur assis à côté de lui. Je bombe le torse et m'avance vers ma monoplace.

Sixième position.

Quel enfer…

J'avais espéré démarrer en tête de peloton. Je vais devoir mettre les bouchées doubles pour tirer le meilleur de ma F1. Certes, la voiture a son importance, mais le pilote a son rôle, lui aussi. Je suis conscient que sur la grille, je suis le plus expérimenté. À quelques pas de ma voiture, je prends le temps de l'observer. Mon ventre se contracte devant les couleurs criardes de l'écurie. J'ai suffisamment roulé avec elle pour savoir qu'elle n'est pas assez performante. Mon père s'approche. Il attrape ma main, me tire vers lui et me lâche une tape dans le dos.

— Tu vas tout déchirer, me souffle-t-il au creux de l'oreille.

Je lui marmonne un « OK ». Il me relâche, et aussitôt, Jack me fait face. Il attrape mon oreillette sans un mot, vérifie le câble et me la tend. Je la place dans mon oreille.

— Tu m'entends bien ? s'assure-t-il.

— Parfait, réponds-je.

Il me parle une dernière fois de notre stratégie, mais je l'ignore, me concentrant sur le bout de la grille. Emy est maintenant avec Liam. Moi qui pensais qu'elle n'était là que pour l'argent, je suis étonné de la voir si proche de ses pilotes. Ce n'est pas Edward qui viendrait m'encourager pour ma première course dans son écurie. Riccardo, non plus, n'est pas capable de fouler le macadam. On me tape sur l'épaule, me ramenant à la réalité. Un technicien s'avance vers moi, pour que je prenne place dans la voiture. J'ose un regard en direction de Lorenzo.

— Oui, j'arrive, signifié-je avant de me diriger vers mon meilleur ami.

Emy et Liam m'observent passer devant eux. Je les scrute brièvement, mais trottine vers Lorenzo. Mon ami me sourit. D'un seul coup, je l'attrape et le serre dans mes bras. La foule hurle, ne manquant rien de mon geste. Lorenzo m'a accompagné durant cinq ans. Inimaginable de ne pas faire notre câlin d'avant-course. Ce dernier me serre la taille et me soulève en riant.

— Je te manque quand même, avoue ! ironise-t-il avant de me relâcher.

— Je voulais te souhaiter bonne chance, dis-je.

— À toi aussi, Clay, répond-il avec un sourire sincère.

Les mécaniciens autour de sa voiture me sourient, eux aussi, touchés par mon attention. Je les salue, puis tourne les talons avant de hurler à Lorenzo :

— Ne la crashe pas, hein !

J'entends son rire dans mon dos. Malgré la pression qui grimpe petit à petit en moi, je ricane.

— Compte là-dessus et rendez-vous au premier virage ! me crie-t-il en retour.

Je repasse devant Liam. J'offre un clin d'œil à Emy. Elle me scrute, la bouche entrouverte, mais je fais comme si cela ne m'atteignait pas et me dirige vers ma voiture. Un de mes mécaniciens s'adresse à moi :

— C'est parti, Clay, installe-toi.

J'enfile mon casque, et grimpe sur le capot de la voiture avant de m'infiltrer dans l'espace. Contrairement à ce que l'on pourrait croire, nous ne pilotons pas assis. Je suis en réalité presque allongé. Je me glisse sur le siège et place mes jambes sur les pédales au bout. La gauche pour le frein, la droite pour l'accélérateur. Je n'ai pas d'embrayage, tout est dans la manette sur mon volant. Ce sont mes doigts qui vont faire la différence. Mes jambes, elles, sont bien calées, prêtes à appuyer au bon moment. Je baisse ma visière. Le bruit devient soudain plus sourd, mais j'entends le principal. Mon mécanicien en chef, accroupi sur la monoplace, s'avance vers moi pour me harnacher. La concentration se rappelle à moi tandis que ses mains s'assurent que tout est en ordre. À chaque fois que je monte dans une voiture, je prends des risques. Ce sont les voitures les plus rapides du monde. Elles sont aussi les plus dangereuses. Un pouce levé m'indique que tout est en place. Maintenant, il n'y aura que moi et ma monoplace. La grille de départ se vide en un claquement de doigts. Tout ce beau monde disparaît, ne laissant que les vingt pilotes et leurs voitures livrés à eux-mêmes. Les mécaniciens affectés aux roues retirent les couvertures au dernier moment. Chaque seconde de chauffe a son importance. Les voitures dévoilent leurs pneumatiques, déclenchant déjà certainement les suppositions des commentateurs de course. Pour ma part, je partirai en gomme dure. Les pneus les plus à même de me faire faire le moins d'arrêts possible. Je n'ai aucune idée de ce que chaussent mes concurrents, mais mon ingénieur me l'indique aussitôt dans l'oreillette. Il me parle des trois coureurs devant moi, qui ont décidé de commencer la course avec des gommes intermédiaires. Je prends l'information, sans vraiment m'en soucier. Liam et Lorenzo, en revanche, ont opté pour la même stratégie que mon écurie. Ils tiendront donc plus longtemps sur la première partie de course.

Je chasse toutefois cette pensée lorsque le bruit assourdissant des formules 1 devant moi se fait entendre. Lorenzo est le meneur pour le tour de chauffe. Il s'élance, faisant zigzaguer sa monoplace pour vérifier son adhérence et chauffer un peu plus ses pneus. Le premier virage arrive, les suivants s'enchaînent. La course ne démarrera qu'après ce premier tour de mise en route. J'en profite moi aussi, accélérant, freinant, tournant mon volant de droite à gauche pour préparer ma voiture. Je m'imprègne du circuit que je connais par cœur. Ma mémoire est mon principal allié en course. Je connais chaque courbe, chaque virage, chaque bosse… Tout est inscrit dans ma tête. Lorsque nous retrouvons la ligne d'arrivée, chacun de nous se place sur sa position. Ma respiration accélère alors. Je ne quitte pas des yeux les feux au-dessus de nous. La course va démarrer et mes membres sont en alerte. Comme l'a si bien dit Lorenzo, tout peut basculer au premier virage. C'est à cet instant que je vais devoir tirer mon épingle du jeu. Le premier feu s'allume, faisant grimper l'adrénaline. Les uns après les autres, je les observe devenir rouges. Je clos une petite seconde les paupières et ralentis ma respiration. Les yeux ensuite rivés sur les feux, je serre mon volant. Dès qu'ils s'éteignent, une rage de vaincre coule en moi. Mon pied écrase avec fureur la pédale et je m'élance, comme si le diable lui-même était à mes trousses.

SCUDERIA ADESSI

0 POINT

Mes ongles sont en piteux état, tant je les ronge. Trente tours viennent de s'écouler. Bien arrimée sur mon tabouret, je ne quitte pas le moniteur devant moi. Depuis les stands, je suis la course sans ciller. J'ai la gorge sèche, mais boire reviendrait à éloigner mes yeux de l'écran. Chose impossible. Je préfère mourir de soif. Riccardo est non loin de moi, je m'étonne qu'il suive scrupuleusement le déroulement de la course.

Pour l'instant, tout nous sourit. Lorenzo tient bien sa place de leader. Liam a rencontré quelques difficultés, mais il a réussi à repasser en deuxième position. J'ai cru défaillir lors du lancement de la course. Le premier virage a été une angoisse ultime. Heureusement, rien de fâcheux n'est arrivé aux pilotes de la Scuderia. Clay, lui, a réussi à doubler deux monoplaces. Il est maintenant quatrième et ne lâche pas le coureur allemand. Je scrute les secondes qui séparent Lorenzo de Clay. L'écart s'est creusé. Nous sommes en tête, mais tout n'est pas joué. Le *pit stop*[3] doit intervenir dans un tour, nous savons qu'il doit être parfait. Chaque arrêt au stand fait perdre du temps aux pilotes, alors j'espère que les mécaniciens sont prêts pour tutoyer les records de rapidité. Je me tourne vers eux. Tous rivés à l'écran de télévision, ils ne manquent rien de la course. José, à ma droite, continue d'indiquer les infos à Lorenzo. Adrian, sur ma gauche, se charge de Liam. Je suis tous leurs échanges dans mon casque. Je ne parle pas. Ce n'est pas mon rôle. Un seul mot de ma part pourrait les déconcentrer. Et pourtant… ce n'est pas l'envie qui me manque. En revanche, je suis les conversations des autres ingénieurs de course avec leurs pilotes. Et je n'ai rien loupé de l'abandon d'Alexandre Meunier à la suite d'un problème moteur. Je n'oublie pas non plus les hurlements de joie de mes mécaniciens dans mon dos, au moment où la monoplace du Français a soudain cessé d'accélérer.

L'écurie Maclean ne dispose maintenant que d'un pilote en lice. Clay s'accroche comme une tique. Il a bon espoir de doubler Müller. Toutefois, pour notre plus grand plaisir, l'Allemand ne se laisse pas faire.

— Box, box, box ! scande José à ma droite.

C'est le moment. Je ne quitte pas des yeux mon écran, Lorenzo s'engage aussitôt dans la voie des stands. L'obligation

---

3. *Pit stop :* Désigne en anglais un arrêt au stand s'effectuant de la manière suivante : la voiture s'insère dans la voie des stands, où la vitesse est limitée. À l'arrivée au box, une vingtaine de mécaniciens s'affairent aussitôt. À l'aide de lève-vite, deux mécanos, l'un placé à l'avant, l'autre à l'arrière, soulèvent la voiture, qui pèse au minimum 743 kg, pilote compris. Quatre mécaniciens dévissent simultanément les écrous des roues, puis d'autres insèrent dans la foulée les nouvelles roues. Chaque pistolet envoie ensuite un signal électronique quand la nouvelle roue est fixée. Si un pilote ne parvient pas à en rattraper un autre en piste, son écurie peut décider de le rappeler au stand en premier. L'objectif est de lui permettre de rattraper son retard grâce à des pneus frais – donc théoriquement plus rapides – pendant que son rival s'arrête à son tour. Si celui-ci ressort des stands derrière celui qui s'est arrêté le premier, on parle d'« *undercut* ». L'inverse est un « *overcut* ». Chaque *pit stop* est considéré en F1 comme une course contre la montre (un arrêt s'effectue en un peu plus de trois secondes).

de rouler à soixante kilomètres-heure me contracte le ventre. Je ne rate pas le chrono, mais quand la voiture arrive dans mon dos, je me tourne, le souffle coupé. Lorenzo s'arrête, et les techniciens enchaînent. Les pneus sont changés en un claquement de doigts, et aussitôt, il repart.

— Deux secondes cinq ! hurlé-je pour la team.

La plupart des hommes lèvent le poing en signe de victoire. Mais aussitôt, ils se préparent pour le second arrêt. Liam suit dans la foulée sous l'instruction de son ingénieur de course. Là encore, tout file rapidement. Ce sont à peine trois secondes qui s'écoulent. Le cœur tambourinant, je souris au staff. Ils ont de quoi être fiers de leur performance. Nous ne perdons pas de place au classement. Lorenzo conserve la tête de la course, suivi de Liam.

Une voix dans mon casque attire mon attention. Depuis le début, je ne loupe aucune conversation des écuries adverses. Nous avons tous le droit d'écouter ce que les uns et les autres se racontent, créant parfois des stratégies improbables pour troubler les rivaux, comme le fait d'annoncer un arrêt au stand qui n'aura jamais lieu. Toutefois, j'écoute cette fois-ci avec attention l'ingénieur de Maclean informer Clay des arrêts de Lorenzo et Liam. Le pilote ne répond pas, mais j'entends son ingénieur ajouter :

— Plan B.

J'ignore leur stratégie, raison pour laquelle ce sport est si prenant. Il m'a fallu à peine une course pour être totalement conquise. Clay peut avoir plusieurs options en fonction des choix des autres pilotes. Cela ne m'étonne pas de voir sa voiture filer dans la voie des stands. Il passe devant moi et s'arrête quelques mètres plus loin. Aussitôt, les mécaniciens Maclean s'activent, mais l'un d'eux semble avoir un problème.

Les dixièmes de seconde filent à vive allure jusqu'à ce qu'enfin Clay ait le feu vert pour démarrer. Sur le chemin pour retrouver le circuit, je l'entends pester, demander à son ingénieur ce qui vaut un arrêt si long. Ce dernier se fend de brèves excuses, tandis que mon sourire ne quitte pas mon visage. En me tournant vers le staff, je remarque les yeux brillants de Riccardo. Il jubile. Bien que cet idiot m'insupporte, il reste présent pour suivre la course et chaque petite victoire semble le ravir.

***

Dans les derniers tours de circuit, la pression est si forte que j'ai du mal à respirer. Lorenzo a effectué un travail incroyable. Liam m'a étonnée aussi. J'embrasserai Erico dès la fin de la course pour l'avoir choisi. Je bénis ce jeunot qui a fait l'unanimité des commentateurs. Il a gardé la deuxième position, malgré la pression plus que déstabilisante de Müller. Clay, quant à lui, talonne Müller. Je l'ai entendu hurler à plusieurs reprises. Insulter l'Allemand pour lui avoir coupé la voie. Ou même avoir zigzagué devant lui. Une enquête des commissaires est d'ailleurs en cours à ce sujet. Aucun pilote ne doit dévier de sa trajectoire en zigzaguant, et les commissaires risquent de pénaliser l'Allemand. Nous attendons tous les informations à ce sujet, car une pénalité lui coûterait le podium.

— Mes pneus souffrent, se plaint Liam.

— Un tour encore, Liam, tu y es, tiens bon, répond aussitôt Adrian en anglais.

Je me penche pour que l'ingénieur de course me remarque et lève le pouce en guise d'encouragement.

— On est tous très fiers de toi, ici, ajoute-t-il à l'intention du pilote.

— Merci pour votre confiance, répond-il en italien.

Je souris bêtement. José, à ma gauche, affiche le même sourire stupide que moi. Il informe Lorenzo de l'écart avec Liam. Il ne reste même pas la moitié d'un tour, tous les techniciens se lèvent un à un pour courir vers la grille. Je les laisse faire, amusée. J'ose un regard derrière moi et retrouve Riccardo à côté de Gabriela. Tous les deux, le sourire aux lèvres, ne quittent pas l'écran géant des yeux. Je n'ai qu'une envie : courir, moi aussi, auprès de tout le staff pour saluer Lorenzo et Liam lorsqu'ils vont franchir la ligne d'arrivée. Mes jambes flageolent. J'hésite, mais je ne crois pas que ce soit bien vu dans ma position… Toutefois, dans un élan, je jette mon casque, descends de mon tabouret sous les yeux exorbités de José et d'Adrian puis fonce.

Rien à foutre !

Je cours comme une dingue, droit vers la ligne d'arrivée. Je peine à grimper les murets de béton, mais un mécanicien me remarque. Il ouvre d'abord de grands yeux avant de me tendre la main et de me hisser. Je m'accroche aux grilles de sécurité et me penche en avant comme tous mes employés qui m'entourent. Un drapeau italien est brandi par l'un d'eux. Le pouce levé ou le poing en l'air, ils crient en chœur lorsque Lorenzo fait son apparition. Il se déporte près de nous, le poing en l'air lui aussi, tandis que le drapeau à damier est agité. Le sifflement de sa monoplace me donne des frissons alors qu'il file et franchit la ligne d'arrivée devant mes yeux. Mes cheveux tourbillonnent sous le souffle, je hurle ma joie. Liam suit quelques secondes plus tard. L'allégresse que je ressens en cet instant est incroyable. Jamais je n'ai eu une si forte pression dans la poitrine. J'ai l'impression de ne jamais avoir été aussi heureuse de toute ma vie. Je redescends des grilles en même temps que les mécaniciens, avec hâte. Ils se jettent dans les bras les uns des autres en criant. Je les observe d'abord en retrait, souriante, mais l'un d'eux me tire vers lui et me soulève. Il est si euphorique ! Je ris, abasourdie par cet instant. Le bruit fulgurant dans mon dos me fait toutefois tourner la tête. Müller passe à son tour la ligne, Clay dans son sillage. Les autres monoplaces suivent dans un mouchoir de poche. Le bruit est assourdissant, et pendant une seconde, je regrette mon casque, mais j'ai la banane. Le mécanicien me relâche, encore tout fou, et fonce vers un autre pour le soulever. Je prends aussitôt une grosse goulée d'air en levant mes mains au-dessus de ma tête.

Le soulagement.

Voilà ce qui me traverse en premier l'esprit. Je suis soulagée. Maintenant, plus personne n'osera reprocher quoi que ce soit à la Scuderia Adessi. *Notre première course et deux pilotes sur le podium !* Ça fera taire n'importe lequel des plus sceptiques.

Je tourne la tête en voyant du mouvement. Tout notre stand se vide. Les gens courent en direction du bout de l'allée des stands. Je tombe soudain sur Riccardo. Un sourire en coin, il baisse la tête dans ma direction. C'est peut-être ridicule, mais son geste suffit. Gabriela se précipite à son tour. Je la suis et marche avec le troupeau. Une fois au bout, la vision de Lorenzo et Liam se prenant dans les bras me fait lâcher une larme. Tout le staff les entoure derrière les grilles de sécurité. Je n'aurais jamais cru vivre quelque chose d'aussi intense. Les deux pilotes sont en transe, ils ne cessent de prendre dans leurs bras les mécaniciens, les uns après les autres. Même Gabriela a droit à son étreinte. Soudain, mon prénom résonne. Lorenzo retire sa cagoule. Tout transpirant, il me répugne quelque peu, mais fonce droit sur moi, les bras écartés, prêt à m'attraper. Je n'ai pas le temps de m'enfuir qu'il m'accroche déjà.

— Tu as fait une course incroyable ! dis-je tandis qu'il me relâche.

— On a tous fait une course incroyable, répond-il, le sourire aux lèvres.

Riccardo arrive et le prend même dans ses bras. Cela doit remonter à des années, un doublé de deux pilotes de la Scuderia Adessi. Je suis si heureuse d'avoir contribué à pareil exploit.

— Tu montes avec nous ! enchaîne Lorenzo à mon intention.

Je fronce les sourcils, ne comprenant pas ce qu'il veut dire. Dans la foulée, il pointe le podium du doigt.

— Tu vas fêter la victoire avec nous, s'accorde Liam qui nous rejoint.

Pas d'autre choix que de les suivre. Je ne sais pas vraiment à quoi m'attendre, mais ça me fait chaud au cœur qu'ils me veuillent auprès d'eux. Je comprends soudain la dévotion pour la F1 de mon père. C'est un monde intraitable pour le peu que j'en ai vu, mais c'est aussi du grand frisson, et je ne crois pas que j'arriverai à me lasser de ça.

MACLEAN

15 POINTS

Müller a été pénalisé. Mon ingénieur de course me le confirme au moment où je termine le tour de piste qui me ramène aux stands. Cinq secondes qui lui coûtent le podium. Ce qui signifie que je termine à la troisième place. Certes, ce n'est pas le résultat que j'espérais, mais je vais devoir m'en contenter. Je ramène ma monoplace devant le panonceau 3. Je ne sors pas tout de suite de ma voiture. La frustration. Voilà ce qui anime chaque parcelle de mon corps. Je sais que j'aurais pu mieux faire. Mais j'ai aussi conscience que j'ai fait avec les moyens du bord. Sans une voiture performante, je ne pourrai pas soulever la coupe de champion du monde. Je respire lentement, cherchant à faire le vide dans mon esprit.

— Ce n'était que la première course, me rassuré-je.

— Oui, et tu t'en es bien sorti.

Je ne m'attendais pas à la réponse de mon ingénieur dans l'oreillette. Je parlais pour moi-même. La seconde suivante, je relève la tête et retrouve un léger sourire. Liam et Lorenzo se jettent dans les bras l'un de l'autre, euphoriques. Malgré ma déception, je tire tout de même satisfaction de la joie de mon meilleur ami et de Liam. Ils le méritent tous les deux. Je lève soudain mes deux mains, attrape les barres de protection et me hisse. Je m'extirpe de la monoplace tandis que j'observe Lorenzo enserrer Emy plus loin. Elle doit être au summum de la joie… Je détourne le regard et reporte mon attention vers mon staff. Tous agglutinés aux grillages, ils semblent toutefois satisfaits de cette première course. Je trottine vers eux et leur rends leur joie. Oui, nous ne sommes pas premiers, mais chaque podium a son importance. Aujourd'hui, malgré l'abandon de mon coéquipier, je vais apporter quinze points précieux à mon écurie. Ce n'est que la première course, il y en a encore une vingtaine qui m'attend. Je sais que je vais devoir me défoncer davantage avec une voiture plutôt récalcitrante. Mais je pose de bonnes bases pour le classement des pilotes. Je viserai toujours le podium, car je n'ai pas le choix. Les dix premiers pilotes à l'arrivée d'un grand prix comptabilisent des points, certes. Mais ce sont les trois sur le podium qui récupèrent le plus grand nombre, autant pour eux que pour leur écurie. Heureusement, il y aura d'autres occasions tout au long de l'année. Je devrais réussir à prendre la tête du championnat pilote. Tout peut encore arriver.

Je serre plusieurs mains, fais un nombre incalculable d'accolades, avant de souffler un bon coup et de prendre le chemin de la direction de course. Liam et Lorenzo, déjà en place, suivis par plusieurs autres pilotes, s'avancent pour leur pesée réglementaire. Je retire mon casque. Dégoulinant de sueur, j'ôte également ma cagoule. Malgré la température, l'air devient une bénédiction pour mon visage. Je retire aussi mon équipement technique. Mes écouteurs sont posés sur une table à l'entrée, alors que Donatello s'avance vers moi. Le Brésilien, d'une écurie de bas de peloton, me félicite. Je serre les mains de plusieurs pilotes afin de les féliciter pour leur course. Comme ils sont les uns derrière les autres, je n'ai pas le temps d'aller voir Lorenzo. Je m'avance à mon tour et me pose sur la balance, espérant ne pas avoir trop perdu durant cette course. Cette pratique a été instaurée principalement pour deux raisons : une médicale et l'autre technique. Les courses sont si intenses qu'un pilote perd en moyenne quatre kilos. Le fait de monter sur la balance m'a parfois coûté des complications. Une trop grande perte de poids équivaut à un suivi médical rigoureux les jours suivants. Cela aidera surtout mon préparateur physique pour mes prochains entraînements. À cela s'ajoute la pesée de ma monoplace. Elle aussi va avoir le droit à un suivi de sa ligne. Si cette dernière est plus lourde que prévu par le règlement, je peux être disqualifié. Toutefois, j'espère que les ingénieurs n'ont pas oublié cette règle…

Je scrute brièvement mon poids sous l'œil d'un agent de la FIA[4] et souris. *Trois kilos en moins. Pas trop mal.* Je sais déjà ce qui m'attend comme entraînement les prochains jours. Je récupère mon casque, que j'avais posé, et retrouve Edward un peu plus loin. Je m'éloigne de l'effervescence de fin de course pour le rejoindre. Le PDG relève les épaules avant de faire un pas vers moi et de me tendre le bras pour une accolade.

— Tu t'es bien débrouillé, me lâche-t-il.

Je fais attention à ce que personne n'entende ce que je m'apprête à dire.

— Nous avons de gros problèmes, indiqué-je tout bas. La voiture n'a pas suivi la cadence, j'ai mal au crâne à force d'avoir subi les secousses. Sans compter que j'ai chassé de l'arrière plusieurs fois. Et Alexandre…

---

4. FIA : Fédération internationale de l'Automobile. Elle est chargée de l'organisation et de la certification de nombreuses compétitions à travers le monde. C'est elle aussi qui met en place les règlements de course et s'assure de leur respect pour la sécurité de chaque coureur.

— Meunier est déjà en conversation avec le staff sur les problèmes rencontrés, répond Edward. Rassure-toi, ce n'est qu'une question de temps et de préparation, mais nous avons déjà une idée des solutions à apporter aux monoplaces. Le Grand Prix d'Arabie Saoudite ne se fera pas dans les mêmes conditions.

— OK, très bien, réponds-je, toutefois peu convaincu.

J'ai en tête le comportement des voitures de la Scuderia. La conduite évolue tellement d'une F1 à l'autre, je dois encore m'adapter à cette nouvelle monoplace.

— Va profiter de ton podium, lâche Edward, souriant. Nous aurons le temps de revoir tous ces détails.

J'acquiesce tandis qu'il me tape dans le dos. Alexandre Meunier est dans le carré des interviews, un peu plus loin. Mon coéquipier grimace, expliquant, je suppose, les raisons de son abandon. Je salue Edward avant de prendre moi aussi cette direction. Je m'approche en premier de Lorenzo, en grande discussion et tout sourire devant une caméra. Mon meilleur ami se tourne vers moi lorsque je pose ma main sur son épaule.

— Clay ! me lâche-t-il, enjoué, avant de prendre ma main.

— Bravo, dis-je en serrant la sienne.

Je m'apprête à me positionner plus loin mais le journaliste me hèle :

— Johnson, attendez ! Que pensez-vous de cette première course ? Cela ne vous a-t-il pas déconcentré de concourir contre votre ancien coéquipier ?

J'esquisse un pâle sourire avant de poser ma tête sur l'épaule de mon ami, comme un enfant qui réclamerait un câlin à sa mère.

— Nous roulons tous les uns contre les autres. Et Lorenzo sait que je n'ai pas dit mon dernier mot.

Ce dernier éclate de rire avant de me faire une pichenette sur la joue. Je pouffe à mon tour. Si les caméras ne nous entouraient pas, nous lèverions notre majeur tous les deux pour nous insulter. Cinq ans à ses côtés m'ont montré à quel point nous nous adorons, mais nous sommes aussi capables de nous vouer un amour vache.

Sur ces mots, je m'éloigne et me place face à d'autres journalistes. Je réponds brièvement à leurs questions. Ils cherchent à savoir comment j'ai pu m'en tirer mieux que mon coéquipier. Mes réponses restent évasives. Je ne mentionne en aucun cas les difficultés de l'écurie Maclean, encore moins les efforts que nous allons devoir fournir. Au contraire, je parle de notre confiance dans les prochaines courses. Une fois mon devoir accompli, je m'éloigne pour me préparer au podium. Au milieu des paddocks, je remarque Emy, elle aussi en interview, Gabriela en retrait. La patronne croise mon regard et s'arrête soudain de parler. Je m'approche sans la quitter des yeux. Malgré la pression subie ces dernières heures, j'admets que son regard bleuté ajoute une dose d'adrénaline supplémentaire. Si insistant... Un léger frisson parcourt mon échine. Elle me détaille avec application. Je me contracte. J'ai beau être épuisé ou collant de sueur, elle me dévore des yeux. Quelque chose chez cette femme me fascine autant qu'il me met en rogne. Elle est sublime, certes, mais c'est surtout son tempérament qui m'attire plus qu'il ne le devrait. Je passe devant elle, tandis qu'elle peine sans doute à répondre aux questions des journalistes. Je souris comme un simple d'esprit et me dirige avec hâte vers le podium.

***

En retrait derrière le podium, j'attends que l'on m'appelle. Emy, Liam et Lorenzo, juste à côté de moi, sont silencieux. Emy m'observe à la dérobée, ce qui a le don d'élargir mon sourire. Je ne dis rien et me contente d'attendre sans la quitter des yeux.

Je remarque Lorenzo dans son dos qui m'observe d'un œil curieux. Mon meilleur ami affiche un sourire taquin avant de reporter son attention sur Emy. Il ricane tout seul, suscitant soudain l'intérêt de cette dernière, mais elle n'a pas le temps de dire quoi que ce soit que mon nom est scandé. Je grimpe sur le podium. Le prince de Bahreïn m'accueille et me tend la coupe, un grand sourire aux lèvres. Les gradins face à moi sont survoltés. Les fans hurlent leur joie en brandissant les couleurs de Maclean. Le staff plus bas scande aussi sa fierté. Je récupère la coupe, tout sourire, et la soulève au-dessus de ma tête. La foule suit mon geste en criant à son tour. Une énorme bouteille de champagne à mes pieds, je patiente en souriant. Je salue plusieurs mécaniciens lorsque Liam est appelé. Le jeune pilote a les yeux brillants en récupérant sa coupe. Je l'observe, un peu attendri, content qu'il soit là. Mais lorsque le nom de Moretti est hurlé au micro, la foule devient hystérique. Lorenzo se pointe en trottinant, heureux comme jamais. Il lève et baisse les bras en incitant la foule à le suivre. Il m'amuse. Lorenzo a rarement connu la victoire, il mérite son quart d'heure de gloire. Il lève sa coupe comme si c'était son premier-né. Je ris de bon cœur face à ses pitreries. Emy suit ensuite, sous la demande du prince. Elle récupère son trophée constructeur, intimidée. Nous nous tenons tous les quatre sur le podium, tandis que l'hymne italien retentit en l'honneur de Lorenzo. Ce moment solennel fait pleurer plusieurs de mes anciens mécaniciens. La Scuderia Adessi peut être fière, et ils le méritent. Je connais chacun d'eux, alors je suis tout aussi ému qu'eux en cet instant. Ce n'est qu'à la fin de l'hymne que je saisis ma bouteille, prêt à arroser tout le monde. Lorenzo me devance et fait cracher le premier son magnum de champagne en direction de Liam. Tous les deux s'arrosent généreusement avant de se tourner de concert vers moi. Une bagarre enfantine suit, mais je n'oublie pas le plus important. Emy en retrait. Je m'approche d'elle et l'arrose, elle aussi. Les mains devant son visage, elle crie, stupéfaite, jusqu'à ce que mon champagne s'épuise. La bouteille en main, j'avale une gorgée avant de la lui tendre.

— À tes sous-vêtements, dis-je, moqueur.

Ses doigts attrapent la bouteille sans qu'elle me quitte des yeux. Le défi que je lis sur son visage m'amuse énormément. Elle boit à son tour avant de rétorquer :

— À ta troisième position, ironise-t-elle.

La saleté ! Je ne peux m'empêcher de sourire tandis qu'elle me rend la bouteille. Je me penche vers elle pour lui souffler à l'oreille :

— Frustrée de ne pas avoir tout vu hier soir ?

Son sourire s'étire sur son visage.

— Peut-être bien… lâche-t-elle avant de s'éloigner pour rejoindre Lorenzo et Liam.

Je bois une autre gorgée, amusé. Elle m'offre un regard par-dessus son épaule avant de m'ignorer. Je reporte alors mon attention vers le prince de Bahreïn, qui souhaite me féliciter.

Dans un coin de mon esprit, je garde les mots d'Emy comme un nouveau défi.

SCUDERIA ADESSI

43 POINTS

Les basses résonnent fort. Je me déhanche sur le canapé du carré VIP, une coupe de champagne à la main. Je profite de la soirée. Riccardo n'était pas d'accord, mais je l'ai forcé à sortir le porte-monnaie pour louer une partie de ce night-club. L'équipe le mérite. Le rabat-joie sirote son champagne un peu plus loin, le regard rivé sur la piste de danse. Je jette moi aussi un coup d'œil. Lorenzo se frotte à une jeune femme. Liam se démène, lui aussi, autour du staff. Il n'y a que Riccardo et moi, en retrait, sur la banquette, mais les voir s'amuser vaut le détour. Entre les mécaniciens qui ont fait la danse des canards, d'autres qui chantent à tue-tête et quelques ingénieurs qui ont vidé un magnum de champagne à trois… Nous décompressons tous. Demain sera une autre affaire. Nous serons de retour en Italie, et pour ma part, je prendrai le premier avion pour Nice. Après un week-end comme celui-ci, j'ai besoin de retrouver mon port d'attache. Tout était si exceptionnel ici, je ne tiens pas à oublier d'où je viens.

Mes épaules suivent le rythme et je sirote mon champagne. Un mouvement sur ma droite me fait dévier le regard. Riccardo se rapproche de moi pour me glisser à l'oreille :

— Tu ne veux pas danser ?

Je secoue la tête en guise de réponse.

— Toi, vas-y ! indiqué-je.

Il me lance un regard amusé. Je lève les yeux au ciel avant de me pencher à nouveau vers lui :

— Quoi ? Ton balai dans le cul t'en empêche ?

— Mon balai t'emmerde, grince-t-il.

Je ris, bien qu'il ne le voie pas tant l'obscurité règne.

— Alors quoi ? Ce n'était pas une bonne idée ? demandé-je. Regarde-les !

Son attention se porte sur plusieurs membres de notre staff qui dansent bras dessus, bras dessous.

— Ce n'était pas dans les habitudes de Giuseppe.

Je grimace en songeant soudain à mon paternel.

— Mon père est mort. C'est toi et moi qui prenons les décisions maintenant. Tu as quoi ? La trentaine, et alors ? Tu es déjà trop vieux pour t'amuser un peu ?

Riccardo reprend une gorgée de champagne avant de se pencher à nouveau vers moi.

— Ce n'est pas dans mes habitudes, hurle-t-il. Je vais rentrer, ne sois pas en retard pour le vol de demain.

Je hausse les épaules. Tant pis pour lui. Il se lève, hésite une petite seconde et finit par fouiller dans la poche intérieure de sa veste. Il sort son portefeuille et me tend une carte noire avant de se baisser à ma hauteur.

— C'est la Scuderia qui régale, ajoute-t-il. Prends juste garde à ce que tout le monde soit bien dans l'avion demain.

Je saisis la carte de crédit avec un sourire victorieux. C'est un sale con, mais je vais finir par l'apprécier, surtout s'il me donne le saint Graal.

— Bonne soirée, Riccardo, réponds-je, toujours souriante.

Les jeux de lumière éclairent assez son visage pour que je distingue une marque de gentillesse sur ses traits. Puis il avale une dernière gorgée, pose son verre et décampe. Je l'observe se faufiler entre les employés. Certains le retiennent pour danser, mais il les esquive et file dans la foule. De mon côté, je baisse les paupières et me laisse porter par la musique. Un moment de plénitude. L'alcool aidant, la tête me tourne quelque peu. Toutefois, je rouvre les yeux lorsque je sens quelqu'un s'affaler lourdement sur le sofa. Gabriela attrape une coupe, la remplit de champagne et avale tout d'une traite. La community manager accro aux réseaux sociaux vient de me couper le souffle.

— T'avais soif ! ris-je.

— Oui ! Je danse depuis deux heures, je n'en pouvais plus.

Elle sort son portable pour filmer une petite vidéo. Elle se lève pour avoir une vue de toute l'équipe. Je ne doute pas une seconde que le clip finira dans la minute qui suit sur nos réseaux sociaux. Ensuite, elle se tourne vers moi et m'incite à la suivre sur la piste de danse.

— J'arrive ! hurlé-je avant de me lever.

Elle me tend sa main, que j'attrape volontiers, puis nous nous faufilons dans le groupe. Je danse à ses côtés tandis qu'elle continue de filmer. Je souris en voyant certains ingénieurs à la cinquantaine généreuse se trémousser. Ce moment fait du bien à tout le monde. Moi la première, j'oublie tout le stress du week-end et me laisse envahir par l'euphorie générale. Je danse, me déhanche, sans trop en faire non plus. Je suis tout de même entourée de mes employés. Face à la mine pas très fraîche d'un ancien ingénieur Maclean, je me détends un peu plus. *Lui, il ne doit pas en être à son premier verre.*

***

La piste de danse est toujours aussi bondée. Après plusieurs pauses pour m'hydrater, je réalise à quel point Gabriela est endurante. Ce bout de femme est branché sur mille volts. Liam a lâché le troupeau il y a longtemps. Plusieurs mécaniciens et ingénieurs ont fini par le suivre, au point qu'il ne reste que Gabriela, Lorenzo et moi. L'Italienne ne manque pas d'attraits : elle danse parfois comme si elle était possédée. J'ai fini par me détendre en voyant les membres du staff s'éclipser les uns après les autres. Et maintenant, avec plus d'un verre à mon actif, je me fiche de me déhancher seule sur la piste. Lorenzo accroche soudain ma nuque et me tire gentiment vers lui. Il sent l'alcool à plein nez. Les yeux luisants, il me sourit de toutes ses dents en me hurlant dans les oreilles :

— Je suis trop content que tu sois la patronne !

Je souris en tentant de le repousser légèrement, mais il s'accroche, me faisant tanguer.

— Merci, je suis heureuse si tu te sens bien.

— Mais Emy… il faut que tu me dises un truc !

Sa tête dodeline de gauche à droite, comme s'il avait du mal à faire la mise au point sur mes yeux.

— Il se passe un truc avec Clay ?

Sérieux ? Merde, il faut vraiment que je fasse gaffe ! Je secoue la tête, feignant l'incompréhension.

— Pourquoi tu dis ça ?

Lorenzo se dandine, avant de négligemment pointer son verre dans une direction.

— Parce qu'il est là. Et ce n'est pas moi qui lui ai demandé de venir…

Mon cœur s'affole. Je tourne aussitôt la tête dans la direction qu'il indique. La bouche ouverte, et toujours accrochée à Lorenzo, j'aperçois Clay. Posté un peu plus loin, en hauteur, il observe la piste. Je déglutis et Lorenzo me lance d'une voix pâteuse :

— Il n'est pas là pour moi. Je le connais, ce petit trou du cul. Il a toujours refusé de me suivre en night-club. Ce qui veut dire qu'il a une idée derrière la tête !

Il exécute un petit pas de danse et me désigne de l'index. La chaleur me monte au visage tandis que je reporte mon attention vers Clay. Lorenzo aurait-il raison ? Après tout, il le connaît mieux que moi… Je le mate à la dérobée. Accompagné par Alexandre Meunier, il sirote son verre en coulant son regard sur la foule. *Est-ce qu'il me cherche ?* À cette idée, une brève euphorie s'empare de tout mon être.

— Je le ramène ici ! crie soudain Lorenzo.

— Non ! hurlé-je en essayant d'attraper son bras.

Mais mon pilote fout déjà le camp et se faufile pour l'atteindre. Mon corps se raidit alors que je cherche une échappatoire. Le visage de Riccardo s'infiltre aussitôt dans mon crâne. Je ne peux pas les laisser seuls ici. Lorenzo tient à peine sur ses deux jambes et il est hors de question que je lâche mon pilote fétiche. Seulement, ce n'est pas avec mon mètre soixante que je vais faire sortir cet athlète qui fait deux têtes de plus que moi. Je tourne le visage à la recherche de Gabriela. Elle s'agite toujours, ignorant ce qui se trame. Je me dirige aussitôt vers elle et l'attrape par la main. Elle est surprise, mais s'accroche à moi pour ne pas tomber.

— Ah, Emy ! Super, viens, danse avec moi !

Elle m'agrippe, les yeux tout aussi vitreux que ceux de Lorenzo.

— Il faut qu'on y aille ! hurlé-je.

L'Italienne me fixe soudain comme si j'avais trois têtes.

— Non ! Pourquoi ? On est bien ici ! martèle-t-elle avant de recommencer à danser.

Fait chier ! Je lui rappellerai cet écart plus tard. Je reporte aussitôt mon attention vers le haut de la piste. Lorenzo indique notre direction à Clay et Alexandre. Le pilote anglais croise soudain mon regard. Il lève son verre à ma santé, un sourire carnassier sur le visage. Je me sens aussi piégée qu'une biche dans les phares d'une voiture. Qu'a dit Gabriela ? Ne pas pactiser avec l'ennemi et ne surtout pas coucher avec ?

OK… Je peux me retenir.

Je ne suis pas encore assez saoule pour tomber dans ce piège, alors je calme les papillons qui dansent dans mon ventre et me tourne vers Gabriela. J'attrape la main de l'Italienne et la fais tournoyer. Autant m'amuser jusqu'au bout.

MACLEAN

15 POINTS

Les jeux de lumière illuminent son visage. Je ne la quitte pas des yeux. Je m'apprêtais à me coucher lorsque je suis tombé sur la vidéo de Gabriela mise en ligne sur le compte de la Scuderia Adessi. Il ne m'a fallu que quelques secondes pour reconnaître le club dans lequel ils se trouvaient. Je n'ai jamais été un grand adepte des boîtes de nuit, mais je me souviens avoir déjà fréquenté cet établissement. J'ai d'abord hésité, mais il ne m'a fallu que quelques minutes pour faire valser ma couverture. Toutefois, j'ai mis plus d'une demi-heure à convaincre Meunier de me suivre. Je n'allais pas me pointer tout seul ici. Hors de question de passer pour un psychopathe. Même si j'admets que pendant un instant, je me suis senti assez con. Et maintenant, Emy semble être mal à l'aise. C'est tout ce que j'aurais pu espérer de mieux. Lorenzo passe son bras autour de mon cou.

— Qu'est-ce que tu fais là ? lâche-t-il.

— Meunier voulait sortir, mais pas tout seul, mens-je.

Lorenzo explose de rire avant d'attraper ma joue et de la secouer.

— Prends-moi pour un con ! Je te connais par cœur, Clay, t'as une idée derrière la tête…

Pas qu'une, à vrai dire.

Je ne suis pas là par hasard, je compte bien en apprendre plus sur cette femme qui m'a mis dans une mauvaise posture dès le début du championnat. Pour l'instant, je n'avais vu Emy que comme une chanceuse. Hériter d'une telle fortune n'est pas rien, mais je ne m'attendais pas à ce qu'elle sorte les griffes à ce point. Son petit coup bas à l'encontre de Maclean me reste en travers de la gorge. Je me demande bien si j'en suis la raison principale. Je ne vais pas me mentir, l'ambiance dans les locaux est délétère. On me regarde de travers, comme si on m'en voulait d'être chez Maclean. Alors si Emy a semé la zizanie juste pour mes beaux yeux, je tiens à le savoir.

— Tu es bourré, réponds-je à Lorenzo pour faire diversion.

— Tu es perspicace ! Mais ça ne fait pas de moi un débile. Je prends note que tu me mens sur la raison de ta présence ici. Aurais-tu un petit faible, Johnson ? dit-il en pointant la piste du nez.

— Pour Emy ? grincé-je en arquant un sourcil.

Mon regard vogue vers Gabriela et la patronne d'Adessi. Elles semblent bien s'amuser.

— Précisément ! s'enchante Lorenzo.

Je hausse les épaules en guise de réponse. Mon meilleur ami ricane, clairement pas convaincu.

— C'est ce qu'on va voir.

Je le suis en souriant. Certes, Emy a des atouts, mais je ne perds pas de vue qu'elle pourrait me faire perdre le championnat. Et s'il y a une chose qui compte plus que tout, c'est bien ça.

Meunier nous emboîte le pas tandis que Lorenzo se dirige vers la piste en se trémoussant. Il se faufile dans un groupe de personnes et nous nous retrouvons soudain face à Emy qui explose de rire. Je n'ai pas le temps de dire quoi que ce soit que Lorenzo hurle à Emy :

— Il est venu pour toi !

Mon sang ne fait qu'un tour. *Petit enfoiré !* Les sourcils d'Emy se froncent tandis qu'elle coule un regard sur moi en s'arrêtant de rire. Lorenzo me contourne ensuite et attrape Meunier pour rejoindre Gabriela. Ce salaud de Moretti devra faire face à ma vengeance, je me le promets. Mais pour l'instant, je me sens comme un con, tandis qu'Emy s'approche de moi. Elle se hisse sur la pointe des pieds et colle son visage à mon oreille.

— Tu veux danser ? Si tu es déjà là… ricane-t-elle.

Je détourne la tête en arquant un sourcil. Elle est sérieuse ? Vu son air mutin, oui. Mes poils se dressent lorsqu'elle glisse sa main dans ma cambrure. J'esquisse un faible sourire et attrape son autre main pour la faire tournoyer. Elle s'écrase ensuite contre mon torse, souriante. *Love Me Now* d'Offenbach résonne dans la salle bondée. Entre rapprochements sensuels et sauts de joie, tout le monde y va selon son humeur. De mon côté, je reste focalisé sur Emy. Ses lèvres encore légèrement rouges m'offrent un sourire grandiose. Je ne sais pas si je rêve, mais elle semble avoir oublié toute animosité envers moi. Peut-être est-ce l'alcool qui coule dans ses veines ?

Au fond, je m'en fiche. Je récupère sa main tandis qu'elle se déhanche et se rapproche toujours plus de moi. Je glisse ma paume dans le bas de son dos et la fais bouger sur un rythme lascif de gauche à droite. Joue contre joue, je me laisse porter par la musique. Je ne sais pas si ce sont les basses qui tambourinent à ce point ou mon cœur qui virevolte dans ma poitrine, mais une brève quiétude s'empare de moi. Quelqu'un pourrait nous voir, mais au fond, je m'en fiche. Je suis ici dans un seul but, connaître la vérité. Et j'avoue que je me sens bien contre elle. Je hume un parfum délicat et sucré dans le creux de son cou. Ses mains dans mon dos remontent lentement. Une simple caresse qui a le don de m'électriser.

Putain, Clay ! T'es pas là pour jouer, pensé-je.

Toutefois, j'ignore ma lucidité et l'envoie valdinguer. Emy se détache de moi et bouge les épaules en fermant les yeux, tout en me tenant du bout des doigts. Sa queue de cheval plantée sur le haut de sa tête suit chacun de ses mouvements. Je prends quelques secondes pour observer son visage dégagé. Ses lèvres pulpeuses qui murmurent les paroles, ses paupières qui s'ouvrent et se ferment en rythme, ses épaules dénudées… Tout dans cette fille me plaît plus que je ne veux l'admettre. Mon ennemie supposée. Pourtant, je ne cache pas mon attirance pour elle. Je m'approche et lui saisis la taille un peu plus fermement.

— Pourquoi tu tiens tant à la Scuderia ? demandé-je.

Elle ricane avant de se hisser sur la pointe des pieds et d'accrocher ma nuque.

— Pour tout le monde, je ne suis qu'une gamine capricieuse. Mais je ne suis pas cette personne, j'ai dû me battre. Mon père m'a légué un empire, à moi de prouver à tout le monde que je vaux mieux que lui.

— Donc, tout ça, c'est pour rendre fier ton papa ?

Elle se fige soudain.

— Mon père n'est pas mon père. J'ignore pourquoi il m'a légué tout ça, mais ce que je sais, c'est que je ne vais pas tout abandonner. Une femme peut avoir sa place en F1.

— Je ne dis pas le contraire, m'amusé-je. Tu l'as prouvé rien qu'en volant les ingénieurs de Maclean. C'est bien ce que tu as fait, non ?

Elle hausse les épaules, ignorant ma question. J'insiste :

— Combien leur as-tu donné pour qu'ils quittent Maclean ? Cent ? Deux cent mille pour chaque contrat signé chez toi ?

Elle éclate soudain de rire. Ses mains sur ma nuque, elle bouge la tête en rythme avec un sourire taquin.

— La victoire n'a pas de prix, susurre-t-elle.

Sa voix a le don de me faire frissonner.

— D'accord, tu ne me diras pas combien tu les as payés, maugréé-je. Mais je ne suis pas un pilote ignare. Ce que je veux savoir, c'est si tu as fait tout ça parce que je suis parti ?

Son rire résonne contre ma joue.

— Tu crois vraiment que j'ai fait tout ça pour toi ?

Je recule légèrement la tête pour planter mon regard dans le sien. Nous nous dévisageons quelques secondes, avant qu'elle me tire à elle et passe sa main sur ma nuque pour une surprenante caresse.

— Peut-être bien que si tu n'avais pas été si con, je n'aurais pas fait ça. Sache que je ferai tout ce qui est en mon pouvoir pour maintenir Maclean loin derrière au classement.

Sa détermination me sidère. J'admets soudain avoir eu tort. Les yeux de son père avaient peut-être la même couleur, mais son regard était moins intense que le sien. Emy approche sa bouche de mon oreille.

— Clay, tu es venu ici juste pour me demander ça, ou pour autre chose ?

Je pouffe malgré moi avant de me reculer pour bien l'observer. Sa mine mutine la trahit. Ses yeux coulent sur moi avec avidité. D'un geste, je la ramène contre mon torse.

— Et toi ? Tu danses avec moi pour me mettre en garde ou pour autre chose ? m'enquiers-je.

Un léger rire s'échappe de ses lèvres, provocateur.

— Si on met de côté le fait que tu es un con, tu es plutôt sexy.

D'un pas, elle recule tout en gardant sa main dans la mienne. Elle continue de bouger en m'ignorant, comme si son aveu n'avait eu aucun impact. C'est faux, je sens encore son souffle chaud contre mon oreille. Je ne doute pas de mon sex-appeal, il me suffit de claquer des doigts pour avoir n'importe quelle fille, j'en ai bien conscience. Un pilote attire. Mais ce n'est pas pour rien que je suis encore célibataire. J'ai bien vécu, je ne vais pas le nier, mais toutes ces femmes n'ont jamais provoqué en moi l'étincelle. J'ai souvent pensé qu'elles me fréquentaient plus pour la gloire ou le fric que pour ma personnalité. En revanche, Emy, elle, n'a pas besoin de moi. Au contraire, elle souhaite me voir échouer. Son compte en banque doit même être plus fourni que le mien. Et elle a surtout ce petit truc qui m'intrigue.

— Serais-tu en train de jouer avec moi ? soufflé-je.

— Je danse ! Et je profite de notre première victoire, tu devrais peut-être faire la même chose, la prochaine course risque d'être encore plus difficile pour toi.

Je savais bien qu'il y avait anguille sous roche.

— Et danser avec l'ennemi ne te fait rien ?

Elle pouffe.

— Qui a dit que tu étais mon ennemi ? Mon ennemi, c'est Maclean. Toi, tu es juste un idiot.

— Donc, je ne suis qu'un pion stupide ? ris-je.

— Un pion stupide et sexy, corrige-t-elle.

— Je ne suis pas aussi idiot que tu le penses.

Elle recule son visage en fronçant les sourcils.

— Ah oui ? Tu n'auras qu'à me prouver le contraire, alors, me lâche-t-elle avec un clin d'œil.

Aussitôt, elle recule tandis que la musique change. Du bout des doigts, je la retiens, mais elle retire sa main, me salue et tourne les talons avant de disparaître dans la foule. Dépité au milieu de personnes que je ne connais pas, je passe ma main sur ma nuque avant de relever le menton. Je cherche Alexandre. Je le repère un peu plus loin, accompagné de Lorenzo et Gabriela. Emy s'approche d'eux et glisse quelque chose à l'oreille de Lorenzo. Ce dernier sourit, amusé. Puis, en un instant, ils désertent la piste tous les trois. Meunier se retrouve dans la même situation que moi. Planté comme un idiot. Je tente d'évacuer de mon esprit les images d'Emy qui se déhanche. Je suis venu pour en apprendre plus, mission accomplie. Cette femme n'est pas une poupée insipide qui va se laisser amadouer facilement.

Je vais donc devoir me montrer plus malin à l'avenir…

SCUDERIA ADESSI

43 POINTS

Je claque la porte de mon appartement, épuisée. Je me débarrasse de ma valise dans un coin de l'entrée et appuie sur l'interrupteur. Un silence religieux règne, ce qui me fait le plus grand bien après un tel week-end. J'ôte mes Vans, les balance sous ma console à l'entrée et effectue quelques étirements pour soulager mon cou. Il est 11 heures du matin, ce dont j'ai envie, c'est disparaître sous ma couette. Toutefois, je sais que maman m'attend. Je lui ai promis de déjeuner avec elle dès mon retour. Et je vais tenir parole. Surtout qu'en ce moment, je n'ai plus le temps pour rien. J'ai l'impression de manger, de respirer et de vivre Formule 1. J'aimerais bien éclaircir certaines choses avec ma mère. Depuis ma nomination à la tête de la Scuderia, maman est plus distante. Je sais bien qu'elle s'inquiète pour moi, mais je me doute qu'il y a une raison qui explique son comportement.

J'avance dans le couloir de mon modeste deux-pièces vers la chambre. Dès que j'ai été embauchée dans le garage de Momo, j'ai rapidement trouvé cet appartement à cinq minutes à pied du travail. Et pour couronner le tout, il est situé à côté de celui de ma mère. Je suis restée dans le même quartier, c'est tout ce qui comptait pour moi à l'époque. J'ai maintenant les moyens de me payer une villa à Nice, mais je n'ai pas le courage de me lancer. C'est ici chez moi, même si tout est hors d'âge. Comme mon armoire à la porte cassée que je n'ai jamais remplacée, faute de moyens. Aujourd'hui, j'aurais l'impression de la trahir si je la changeais. J'ignore d'ailleurs le battant encore en vie qui ne se referme plus correctement et sors de mon armoire un jean et un pull court. J'attrape ensuite des sous-vêtements dans un tiroir et fonce dans la salle de bains. La pièce est sombre, comme toujours, avec un luminaire blafard, mais je m'en fiche et tourne la molette pour faire couler l'eau. Je me déshabille en faisant craquer mon dos.

— Bon sang, je ne sais pas si j'arriverai à tenir ce rythme, dis-je à mon reflet dans le miroir.

J'ai une sale mine. La faute à la nuit dernière. Il était presque 5 heures du matin lorsque j'ai enfin posé ma tête sur l'oreiller de l'hôtel. Tout ça pour prendre l'avion quelques heures plus tard pour un vol de plus de six heures. À cela s'ajoute le décalage horaire. Ici, le soleil brille au zénith, alors que pour mon corps et ma tête, il est presque l'heure de se coucher. J'ignore toutefois ma fatigue et me glisse sous le jet. Je profite de la chaleur de la cabine de douche. L'eau qui ruisselle sur mon visage me fait un bien fou. Mes pieds semblent aussi me remercier. Je ne m'en rendais pas compte avant d'être sous la douche, mais tout mon corps est tendu. Je reste de longues minutes là, sans rien faire, à songer à ce week-end. La course. La victoire. Clay.

Clay Johnson.

Le pilote sexy. Le coureur qui me fait un peu peur, aussi. Un bref sourire illumine mon visage à la pensée de la nuit dernière. J'ai encore du mal à croire qu'il ait débarqué en pleine nuit dans cette discothèque, juste pour moi. Lorenzo a été catégorique : il ne sort jamais. Bien qu'en piteux état en arrivant à l'aéroport, mon premier pilote m'a encore taquinée par rapport à Clay. Il m'a harcelée de questions à son sujet et il a beaucoup répondu à ses propres interrogations. Dont l'une que j'ai du mal à oublier :

« Il doit beaucoup t'aimer pour venir en boîte, non ? »

Le fil de la conversation se déroule dans ma caboche tandis que j'attrape le gel douche. Lorenzo m'a souri bêtement plus d'une fois, pestant même à l'idée que Clay puisse me plaire. Car d'après lui, c'est certain, il me plaît.

Foutu Lorenzo.

Il faudra que je discute sérieusement avec lui. Je suis sa patronne, je ne dois pas me laisser déborder par ses réflexions. Surtout que non, c'est faux.

Tu parles !

Je peux bien mentir à tout le staff. Mais au fond de moi… c'est vrai que Clay m'attire. Peut-être à cause de son assurance ? De son regard hypnotisant ? De son sourire taquin ? *Oui, voilà, c'est simplement physique.* Et sa combinaison qui lui donne un cul d'enfer…

Je pouffe en songeant à sa paire de fesses que je n'ai pas pu m'empêcher de reluquer. Mon esprit s'égare aussi sur la soirée. Me sentir si près de lui m'a électrisée. Danser avec lui était une idée débile, mais en même temps… je ne pouvais pas jouer les statues. Au moins, je suis persuadée de l'avoir déstabilisé. Donc je crois que nous sommes ex aequo. Je secoue la tête en attrapant un shampoing presque vide avant de me laver les cheveux. Je tente de balayer les souvenirs de Clay, me concentrant sur ce que je vais dire à ma mère quand je vais la retrouver. Je dois rester focus sur ma famille et mes objectifs.

— Donc, on va éviter de fantasmer sur Clay, dis-je à voix haute pour me réprimander.

***

Maman ne m'entend pas pénétrer dans son appartement. Je sens une bonne odeur de cuisine avec Marvin Gaye en fond sonore. Je fronce les sourcils, puis extirpe mon portable de mon sac, confuse. Aurait-elle un rencard ? Je vérifie la date, mais non, elle est supposée déjeuner avec moi. Amusée, je m'avance vers la cuisine. Maman se déhanche légèrement en touillant le contenu d'une casserole.

— Salut ! crié-je soudain.

Elle sursaute, faisant valser de la sauce tomate autour d'elle. Elle se tourne vers moi, les yeux exorbités.

— Bordel, Emy !

— Désolée, c'était plus fort que moi, ricané-je tout en m'avançant pour la prendre dans mes bras.

Ma mère me rend mon étreinte tandis que je jette un rapide coup d'œil à la casserole.

— Mmmh, bolognaise ?

— Oui, répond-elle en hochant la tête, satisfaite. Je me suis dit que ça te ferait plaisir.

Je confirme, le sourire aux lèvres, avant de me diriger vers le frigo.

— J'ai pris un rosé, m'indique-t-elle.

Je remarque aussitôt la bouteille qui me fait de l'œil, bien fraîche. Je la sors et commence à l'ouvrir. Maman récupère dans la foulée deux verres à vin et les dépose sur la petite table de la cuisine. Une fois ceux-ci remplis, elle s'approche et fait tinter le sien avec le mien, un sourire malicieux barrant son visage.

— À ta première victoire ?

Je lui souris, touchée.

— Tu as regardé ?

— Oui, répond-elle avant de prendre une gorgée. Je ne voulais pas manquer ta première course et je suis fière de toi.

— Ce n'est pas moi qui étais dans les voitures, tu sais, m'amusé-je. Et puis je croyais que ça te dérangeait !

Ma mère pince soudain les lèvres et retrousse son nez en haussant légèrement les épaules.

— Ce n'est pas toi le souci. C'est juste que je m'étais promis de ne plus jamais regarder une course de F1.

Je déglutis, mal à l'aise, tandis que maman grimace.

— Tu ne veux pas m'en parler ? insisté-je. Je suis grande, maintenant. Je vais avoir vingt-six ans, il est loin le temps où je te demandais qui était mon père.

— Je sais, soupire-t-elle.

Elle s'installe à la table, le regard dans le vague. Ses souvenirs semblent chahuter dans son esprit. Je n'ai jamais vraiment insisté dès lors que j'ai été assez grande pour comprendre que mon père ne faisait pas partie du paysage. Certes, plus d'une fois, j'ai pleuré et jalousé les enfants qui avaient leurs deux parents, mais j'ai vite compris que ce n'était pas la faute de ma mère. Je crois surtout qu'elle a beaucoup souffert de ne jamais avoir pu vraiment vider son sac à ce sujet.

— Tu devrais tout me raconter, ajouté-je. Je t'assure que ça ne changera jamais la vision que j'ai de toi, et puis… il n'est plus là.

Un long soupir s'échappe de ses lèvres. Sa mine triste me remue. Je m'en veux soudain de vouloir lui tirer les vers du nez. Je m'apprête à lui dire que ça n'a plus d'importance, mais elle répond :

— C'est peut-être ça, le problème, le fait qu'il ne soit plus là.

Elle passe ses mains sur son visage, comme pour bloquer les larmes qui commencent à pointer dans ses yeux.

— Je crois que j'ai toujours gardé espoir au fond de moi. J'étais jeune… souffle-t-elle. Avec le recul, je ne sais pas si j'ai pris la bonne décision.

Je fronce les sourcils sans la quitter des yeux, attendant qu'elle poursuive. Je distingue soudain en elle quelque chose que je n'ai jamais observé : de la culpabilité.

— Je voulais lui annoncer, commence-t-elle. Ça ne faisait pas des années que nous étions ensemble, mais nous étions jeunes et amoureux. À cette époque, l'écurie était à son père, Giuseppe passait tout son temps auprès de lui. Il était déjà conscient des responsabilités qui pèseraient un jour sur ses épaules.

J'avale une gorgée de rosée, attentive.

— À cette période, il n'était pas question de fonder une famille, c'est à peine si j'avais réussi à le faire tomber amoureux de moi, ricane-t-elle. Nous nous étions rencontrés par hasard, je travaillais comme vendeuse dans une boutique de luxe à Monaco, et un jour, pendant qu'il était en vacances, il est venu acheter un cadeau pour sa mère. J'étais de très mauvais conseil. Mais je crois que c'est ce qu'il a aimé.

Maman s'égare à nouveau dans ses souvenirs quelques secondes avant de reprendre.

— Une chose en entraînant une autre, nous avons fini par nous mettre ensemble, mais je n'avais jamais rencontré sa famille. Je n'étais pas du même monde que lui… Il s'agissait du fils Adessi ! J'avais déjà du mal à croire qu'il puisse m'aimer, moi. Giuseppe avait beaucoup de travail, il était très motivé et voulait prouver à son père qu'il arriverait à tenir l'écurie, à l'avenir. Mais il trouvait toujours le moyen entre chaque course de venir à Nice et passer du temps avec moi.

Elle prend une gorgée à son tour.

— Tu ne l'as jamais accompagné sur un grand prix ?

— Non, son père était présent et… je pense qu'il ne souhaitait pas dévoiler notre relation.

— Mouais, grincé-je. Donc, tu n'étais pas assez bien pour lui.

Maman hausse les épaules.

— Je n'en sais rien. Lorsque nous étions ensemble, tout était parfait. Mais quand j'ai appris que j'étais tombée enceinte par accident, ça faisait déjà plus d'un an que nous étions en couple et je n'avais toujours pas rencontré sa famille.

— Quelles excuses il trouvait pour ne pas t'emmener chez lui ? m'agacé-je.

— Le travail principalement, et puis sa famille voulait absolument qu'il épouse une Italienne. Mais quand j'ai su pour toi, je lui ai posé un ultimatum.

Je fronce les sourcils, curieuse, tandis que maman reprend une gorgée.

— Si Giuseppe n'était pas capable de me présenter à sa famille, jamais il n'aurait accepté un enfant. J'ai donc insisté pour qu'il me ramène en Italie, mais il a refusé, prétextant que ce n'était pas encore le bon moment, alors que ça faisait plus d'un an…

L'aigreur est palpable sur son visage. Mon cœur se serre pour elle. *Sa déception a dû être atroce…*

— Ce jour-là, j'ai su que c'était fini. Je devais arrêter de rêvasser. Alors j'ai disparu. J'ai déménagé le plus vite possible et n'ai plus donné signe de vie.

— Tu ne lui as jamais dit que tu étais enceinte ? osé-je demander.

— Je ne voulais pas, non, répond-elle en secouant la tête. Je voulais me débrouiller seule et… je ne souhaitais pas qu'il me choisisse juste parce que j'attendais un enfant. Hors de question que nous restions ensemble par dépit ou par obligation.

Elle se tait soudain avant de plonger son regard dans le mien, tétanisée.

— Je voulais avorter, bredouille-t-elle, terrifiée que cela puisse me faire du mal. Mais ce jour-là, devant la clinique, je n'ai pas pu aller jusqu'au bout. Tu n'avais rien demandé, tu n'étais qu'un être innocent, je… je…

— Maman… soufflé-je en prenant sa main pour la rassurer.

Une larme s'échappe et coule le long de sa joue.

— Je suis tellement désolée, ma puce, dit-elle avant de serrer ma main. Si j'avais agi différemment, si je lui avais dit, peut-être…

— Non, arrête, la coupé-je. Tu n'as rien fait de mal. Au contraire, tu as fait preuve de courage, tu as affronté ta peine, seule, pour devenir mère.

Je lui souris, cherchant à simplement lui faire comprendre que je ne lui reproche rien. Maman a toujours fait ce qu'elle a pu, et elle a réussi avec brio.

— Je comprends mieux maintenant pourquoi tu n'étais pas à l'aise ces derniers temps, ajouté-je.

— En apprenant sa décision de te nommer à la tête de la Scuderia Adessi, j'ai eu l'impression… C'est comme s'il m'avait montré qu'après toutes ces années, il m'aimait encore et qu'il aurait été là, si j'avais pris la décision de lui avouer ma grossesse. Je ne sais d'ailleurs pas comment il a réussi à te trouver ! Je pense que… il ne m'a jamais vraiment perdue de vue.

Maman est secouée par un sanglot. Dans un réflexe, je me lève pour la prendre dans mes bras. Des larmes perlent aussi au coin de mes yeux quand je songe à tout le mal qu'elle a dû s'infliger en silence. Les regrets ont dû ronger chaque parcelle de son corps ces dernières semaines. Je me doutais bien que maman cachait quelque chose, mais je n'imaginais pas ça. Je pensais plutôt que sa rage contre lui était intacte. Et pas qu'elle se détestait elle-même…

Sans compter l'animosité que je gardais enfouie, moi aussi, envers lui. Mon père se savait condamné. Il aurait pu prendre n'importe qui pour sa succession, en commençant par sa veuve ou Riccardo, mais non. Il m'a désignée, moi. Maintenant, je comprends pourquoi. En réalité, ce n'est pas moi qu'il a choisie, c'est maman.

— Maman, tout ça est loin. Tu as pris la décision qui te semblait la meilleure et je ne te blâmerai jamais pour ça. Tu m'as donné assez d'amour pour que je comprenne que je n'ai pas besoin d'avoir un père. Je t'avais toi et c'était tout ce qui comptait pour moi.

— Mais tu l'as haï, alors que si ça se trouve…

— Comme tu viens de le dire, si ça se trouve. Avec un si, on refait le monde. Ne t'inquiète pas, maman, je vais bien et tu peux ôter ce poids de tes épaules. Je pense que j'aurais même réagi comme toi, si j'avais été à ta place, dis-je en essuyant une larme de son visage.

Elle relève les yeux vers moi. Elle me remercie en silence, puis pose sa main sur ma joue avant de la caresser, le regard tendre.

— Je voulais tout t'offrir, que tu sois heureuse.

— Et tu l'as fait, réponds-je. Nous n'avons jamais été millionnaires, mais nous avons toujours eu l'essentiel. Nous étions là l'une pour l'autre.

Maman hoche tristement la tête.

— Et maintenant, c'est à moi de prendre soin de toi, ajouté-je. La Scuderia t'appartient autant qu'à moi, et si tu es d'accord, tu vas m'accompagner. Je pense qu'il aurait voulu que tu sois auprès de moi.

De nouvelles larmes s'échappent de ses yeux, mais elle semble soulagée. Elle me prend dans ses bras. Je clos les paupières. Pour la première fois de ma vie, je la console. Cela prouve à quel point ma mère est une femme formidable. C'est pour m'épargner qu'elle n'a jamais rien dit.

MACLEAN

15 POINTS

Attablés avec le patron, plusieurs ingénieurs et statisticiens, Alexandre Meunier et moi mettons en place la stratégie de course. Nos craintes sont un peu apaisées après le gros travail fourni par les ingénieurs. La voiture a subi un check-up complet, des améliorations substantielles ont été apportées. Edward a également tenu parole, il a déniché une pépite pour rejoindre la team. Le nouvel ingénieur en chef, Eliot, nous détaille d'ailleurs les mesures effectuées par les mécaniciens au moment où nous sommes réunis dans cette pièce. Meunier l'écoute avec attention, même s'il grimace plus d'une fois en entendant les stratégies mises en place. Le plan est simple. Pour l'instant, j'ai plus de points au championnat que lui, ce qui fait que je suis privilégié. Edward Maclean appuie cette décision. En retrait, il n'ouvre la bouche que pour signifier son accord ou non. Pour ma part, je m'adresse essentiellement aux techniciens pour m'assurer des nouvelles fonctionnalités de la monoplace. J'ai bien senti des faiblesses sur la précédente course et j'espère vraiment disposer d'une voiture compétitive.

— Détrônez-moi juste Adessi, conclut Edward en se levant, ayant remarqué la community manager derrière la porte vitrée.

Tout le monde acquiesce tandis que le grand patron se dirige vers la sortie. Il s'arrête toutefois et se tourne vers Alexandre et moi.

— Et je ne veux pas de rivalité entre vous sur la piste. La priorité est à l'équipe aujourd'hui.

Je hoche promptement la tête, même si je me doute que sa remarque ne m'est pas destinée. J'ai cru comprendre que Meunier n'était pas ravi de me voir à ses côtés pour cette nouvelle saison. Il est ainsi cantonné dans son statut de second pilote. Je peux comprendre sa frustration. J'aurais du mal à le digérer si les rôles étaient inversés. Maclean quitte ensuite la pièce.

— Tu sais ce que tu as à faire, Clay, insiste l'ingénieur tactique.

— Oui, mais je veux partir en *tendre*.

Il grimace, car il opte pour les pneus intermédiaires depuis le début. Pourtant, ma décision n'est pas anodine. Après les essais d'hier, je partirai en troisième position. Ce qui est une très bonne place de départ. J'aurai toute l'aspiration du *pole man*, le premier virage sera décisif. Je pourrai doubler Lorenzo… Pour les stratèges, dont le but est de nous faire faire le moins d'arrêts possible, la gomme ultra tendre n'est toutefois pas préconisée. Mais en me dégageant du peloton dans les premiers virages, j'aurai le moyen de creuser l'écart avec les autres pilotes.

— Clay, je ne pense pas que…

— Qu'il parte en tendre, intervient soudain Alexandre avec un sourire. Je resterai en médium, vous aurez dans ce cas-là deux stratégies plutôt qu'une.

Les ingénieurs le dévisagent, réfléchissant à cette solution.

— Très bien, lâche l'un d'eux.

J'approuve d'un mouvement de tête. Toutefois, le sourire goguenard de Meunier me confirme qu'il semble plus ravi que moi. Il est le bon élève pour cette réunion à huis clos, ça ne fait aucun doute, mais je sais aussi que ma solution est la meilleure. Je suis persuadé que la course tranchera en ma faveur. Je dois mettre toutes les chances de mon côté, donc le choix des pneus est stratégique. De plus, je connais les habitudes de la Scuderia, je ne serais donc pas étonné de les voir partir en médium dès le début. La piste est adaptée à ce choix, Lorenzo et Liam occupent les deux premières places sur la grille. Ils ont toutes les raisons d'opter pour ce type de pneu. Cela leur assurera un grip au sol assez fort, sans pour autant se mettre en danger pour les arrêts au stand. *C'est donc à moi d'être plus malin…*

Meunier discute des zones de DRS avec son ingénieur de course. Pour ma part, je n'ai plus rien à ajouter. La suite dira si j'ai eu raison ou tort. Après quelques minutes encore à peaufiner les différentes stratégies, nous finissons par tous nous lever. Tout le monde souhaite au plus vite retrouver le paddock et les mécaniciens en charge de la voiture. Pour Meunier et moi, c'est notre moment de calme. Chacun fait ce que bon lui semble avant la course. Meunier me salue.

— À tout à l'heure sur la piste !

Je le regarde sans vraiment lui répondre. Il jubile, certainement convaincu qu'il parviendra à me doubler avec son choix de pneumatiques. Mon copilote sera juste derrière moi et je ne me leurre pas. Tandis que j'aurai Lorenzo en ligne de mire, lui se focalisera sur ma monoplace pour me doubler. Je soupire, nostalgique de ma relation avec Moretti. Au moins, nous ne nous mettions pas des bâtons dans les roues… En changeant d'écurie, je me doutais bien que je serais confronté à ce type de problème. La course prime avant tout.

Je quitte à mon tour la salle de réunion et descends vers l'espace détente. En arrivant, je tombe sur mon père au téléphone.

Je lui fais un bref signe de main pour lui signifier que j'ai fini et il se lève. Souriant, il hoche plusieurs fois la tête avant de raccrocher et de venir vers moi.

— C'était ta mère, m'indique-t-il. Elle a eu un souci sur le circuit aujourd'hui. Deux de nos karts se sont rentrés dedans, ils sont HS.

— J'en rachèterai des nouveaux.

— C'est bien ce que je lui ai dit, mais tu connais ta mère. Quand je ne suis pas là, elle perd ses moyens.

Je souris. Mon père range son téléphone portable dans la poche avant de sa chemise puis avale son café d'une traite.

— Qu'est-ce que tu veux faire ? me demande-t-il.

— Je dois aller signer quelques autographes et ensuite, comme d'habitude.

Après toutes ces années, il me connaît par cœur. Je vais m'isoler, comme toujours, et il sera mon ange gardien.

— OK, je t'accompagne.

Nous partons vers l'extérieur en direction des gradins. Marchant le long des paddocks, je ne fais plus attention à l'effervescence qui y règne. Sur mon passage, je serre quelques mains, offre des tapes dans le dos à d'autres pilotes, discute avec l'un ou l'autre de leurs dernières escapades. Mon père est toujours dans mon sillage, participant parfois à la conversation. Je m'apprête à reprendre notre marche quand j'aperçois Emy au loin. Un smoothie dans les mains, elle sirote son breuvage tout en discutant avec une femme. Je fronce les sourcils, intrigué. Je ne l'ai jamais vue. Je connais chaque personne à la Scuderia, mais cette blonde d'une cinquantaine d'années est inconnue au bataillon. Je ne la quitte pas des yeux tout en marchant. Emy ne m'a pas remarqué, bien trop occupée par cette nouvelle personne dans le monde de la F1. Une alerte résonne en moi.

Je sais qu'elle est capable de tout. Qui que soit cette femme, elle doit certainement être ici pour de bonnes raisons. J'espère juste que son embauche ne va pas me causer du tort une fois de plus.

— C'est pas vrai ! s'exclame soudain mon père.

Je l'observe tandis qu'il file au galop vers Emy.

— Isabelle, Isabelle !

Je suis médusé. Mon père fonce vers Emy et la femme qui l'accompagne. *Merde, il la connaît ?* Je m'approche sur la pointe des pieds.

— Isabelle, c'est moi ! lâche mon père tout sourire en arrivant à leur hauteur.

— Russel ? s'étonne-t-elle.

Emy coule un regard sur moi tandis que je me place en retrait de papa.

— Oui ! Oh, bon sang, je n'arrive pas à y croire ! Mais que fais-tu ici ?

— Je… Eh bien, j'accompagne ma fille, lâche-t-elle en indiquant Emy d'un geste de la main.

Ça, pour une découverte !

— Vous vous connaissez ? coupe soudain Emy en s'adressant à sa mère.

Elle jette un bref regard vers moi, contrariée.

— Oui, Russel… était un ami de Giuseppe et…

— Et on en a vécu pas mal, des choses ! glisse mon père, le regard brillant.

— Des choses, c'est-à-dire ? m'interposé-je, à la fois curieux et dégoûté qu'il puisse y avoir eu une relation entre mon père et la mère d'Emy.

— Rien de bien méchant, ricane papa. J'étais déjà avec ta mère. Oh, bon sang, quand elle va savoir ça ! lâche-t-il tout en regardant Isabelle. Au fait, je te présente mon fils, Clay.

Il se tourne vers moi, tout fier. Isabelle sourit par politesse, mal à l'aise, avant de me tendre sa main, que je saisis.

— Je l'avais deviné. Tu es le portrait craché de ta mère, me glisse-t-elle.

Je lui souris, comprenant que ceci n'est plus une blague. Elle connaît bien maman.

— Qu'est-ce qu'on s'est marrés ! ajoute mon père. Elle ne te pardonne toujours pas d'avoir été meilleure qu'elle sur notre propre circuit !

Isabelle esquisse un sourire, gênée.

— Sur notre circuit ? interrogé-je.

— Oui, on formait une belle équipe, Giuseppe, Isabelle, ta mère et moi. Giuseppe nous l'a présentée rapidement et on s'est tout de suite entendus. Quand j'y pense, ça fait quoi ? Vingt-cinq ans ?

— Presque vingt-six, répond-elle.

Mon regard croise celui d'Emy. Au moins, elle semble tout aussi décontenancée que moi.

— Oui, c'était le bon vieux temps, soupire-t-il.

Mon père affiche un sourire attendri. Quoi qu'ils aient pu vivre il y a presque trente ans, ce petit groupe semble avoir été soudé.

— C'était il y a longtemps, ajoute-t-elle avec un léger sourire. On a tous changé et…

— Giuseppe n'est plus là, glisse-t-il faiblement.

Les deux nostalgiques s'observent un petit instant. La peine de mon père reste palpable. Giuseppe était son meilleur ami. Et surtout, il m'a pris sous son aile. Mon père lui sera redevable pour l'éternité, d'après ses dires. Il a toujours aimé la Formule 1, je le sais, mais il n'était pas assez bon pilote pour y faire carrière. Alors quand son fils a souhaité faire partie de cette famille, il a tout mis en œuvre pour l'aider à réaliser ses rêves. Même si au fond, je sais qu'il vit tout ça par procuration, je ne pourrai jamais assez remercier mon père pour tout ce qu'il a fait pour moi. Il est même allé jusqu'à hypothéquer la seule chose qui lui appartenait pour financer mon ascension : le circuit de kart familial. Ce n'est que lors de ma première année en F1 que j'ai pu lever cette hypothèque. Je me souviens n'avoir pratiquement rien dépensé de mon salaire. Tout ce qui comptait pour moi, c'était rendre à mon père ce qui lui appartenait.

— On n'a jamais compris pourquoi tu avais disparu du jour au lendemain, reprend-il, tout en scrutant Emy d'un œil curieux.

Ils s'observent un instant en silence.

— J'aurais dû m'en douter, murmure-t-il ensuite en reportant son attention sur Emy.

Une petite gêne s'installe soudain. Je prends le temps de l'observer. La ressemblance d'Emy avec Giuseppe m'a frappé. Mais pour ce qui est de sa mère, j'ai du mal à trouver ce qui les lie. Isabelle est une grande blonde, plutôt svelte, malgré sa cinquantaine passée. Les yeux verts, des pommettes généreuses, elle arbore un sourire chaleureux. Emy, elle, est petite avec des yeux d'un bleu étincelant et une longue chevelure noire.

— Ça vous dirait de dîner avec nous ce soir ? propose soudain mon père. Pour rattraper le temps perdu…

Je rêve ! S'il y a bien une règle que mon paternel connaît par cœur, c'est la loyauté pour mon écurie. *Et on ne déjeune pas avec l'ennemi !* Quand je songe que c'est lui qui m'a poussé à signer chez Maclean. Il a l'air de l'oublier.

— Je ne crois pas que… bredouillé-je.

— Euh… rétorque Emy avec hésitation.

— On sera ravies, oui ! tranche soudain Isabelle, une lueur brillante dans les yeux.

— Parfait, enchaîne aussitôt mon père, tout aussi enthousiaste.

Putain… J'ose un regard vers Emy. Elle creuse les joues, contrariée. Mais dans la foulée, mon père claque une grosse bise à Isabelle, avant de sortir son portable.

— Donne-moi ton numéro, je t'appelle pour te donner l'adresse du restaurant.

Incrédule, je toussote, dans le bref espoir que mon père oublie cette idée. Même Emy insiste du regard auprès de sa mère, mais cette dernière l'ignore. Ils s'échangent leurs numéros, comme deux adolescents bien trop heureux de se retrouver. Je n'ai pas le temps de rétorquer quoi que ce soit que les deux femmes nous tournent le dos pour suivre leur chemin. Il faut quelques secondes à mon cerveau pour comprendre ce qu'il vient de se passer avant que je me retourne vers mon père, furax.

— Pourquoi tu as fait ça ? demandé-je.

— Fait quoi ? feint-il.

— Les inviter ? Tu sais quand même qui est Emy Leclerc ?

— Bien sûr que je sais qui elle est ! Mais désolé, je m'en fiche. Il s'agit d'Isabelle, là, et de ma vie. Pas de la course.

— Ce n'est pas une bonne idée, maugréé-je. Je viens à peine d'intégrer Maclean, et ce soir, je dîne avec la directrice de la Scuderia Adessi ?

— Ne dis pas n'importe quoi ! Et puis, il faut toujours garder un œil sur ses ennemis…

Je déglutis avec peine. Certes, il s'agit d'une idée stupide, mais une partie de moi a bien envie de passer la soirée avec Emy Leclerc. Pas pour les raisons qu'imagine mon père. Après tout, j'essaie de faire taire cette voix intérieure depuis des semaines, mais je sais que j'ai un problème. Lorenzo avait raison… J'ai un gros faible pour elle.

SCUDERIA ADESSI

61 POINTS

Devant le téléviseur qui diffuse la course, je serre les dents en voyant Clay franchir la ligne d'arrivée en première position. Lorenzo et Alexandre complètent le podium dans cet ordre. Mes mains se crispent. Depuis le dépassement de Lorenzo par Clay au tout premier virage, j'y ai toujours cru. J'ai gardé l'espoir que Moretti repasse devant. Mais Clay s'est envolé, creusant l'écart au fil des tours. Si Liam n'avait pas eu cet accrochage au quarantième tour, je serais plus détendue. Mais mon second pilote a été percuté par Müller. Résultat : abandon pour les deux accidentés. Meunier occupant la cinquième position à ce moment-là, il s'est hissé en troisième place. Et voilà que je vis un cauchemar depuis, impuissante. Deux monoplaces Maclean vont monter sur le podium, alors que la Scuderia Adessi n'en comptera qu'une seule. Le calcul est vite fait dans ma tête. Heureusement que Lorenzo a réalisé le meilleur tour en course, nous rapportant un point supplémentaire. Mais Maclean nous talonne au championnat constructeur.

Les équipes sortent du stand, fonçant vers la ligne d'arrivée pour féliciter Lorenzo. L'espace se vide en quelques secondes. Je ne bouge pas, toujours rivée à mon écran. Je me refais le film de ce qui vient de se passer. Maclean a retrouvé des couleurs en une seule course. Et avec notre jeune pilote hors jeu, difficile de les garder à distance.

— Ça ira mieux à la prochaine, me souffle soudain maman.

Je tourne la tête et me force à lui sourire.

— Nous n'avons pas le choix, ça *doit* aller mieux.

Mon regard se perd derrière elle. Riccardo se tient en retrait, accompagné de sa mère. Sa présence m'insupporte. Elle n'a fait que dévisager maman, la haine palpable sur les traits de son visage. Quant à moi, comme toujours, elle me dédaigne de son air hautain. Assis sur un tabouret, Riccardo passe ses mains sur son visage puis affiche un sourire plutôt satisfait. Ils doivent savourer ma défaite, ces deux-là ! Je m'avance vers eux, agacée.

— Tu dois être content, grincé-je à l'intention de Riccardo.

L'Italien s'enfonce sur son tabouret et croise les bras, plein de dédain. Sa mère émet un ricanement perfide.

— Tu crois ? me toise-t-il.

— Sinon, pourquoi tu souris ?

J'ai droit à un nouveau rictus, plus malsain cette fois-ci.

— Je t'avais dit que la compétition serait rude.

— Et vous n'êtes qu'au début, ajoute la veuve noire, satisfaite.

Elle, je vais finir par la dépecer. Dans un ultime réflexe, je mords le coin de ma lèvre pour éviter de l'insulter. Impossible de libérer ma rage ici, devant tous les membres de l'équipe. Riccardo fait mine de m'ignorer un bref instant en scrutant la montre à son poignet, avant d'ajouter, curieux :

— Où est Liam ?

Après son abandon, notre second pilote est d'abord venu vers moi, penaud, s'excusant pour cet accident. Mais après avoir visionné cinquante fois les images, j'en suis sûre : il n'est en rien fautif. Müller ne lui a pas laissé assez de place. C'est l'Allemand qui a percuté sa calandre.

— Avec Gabriela, dis-je. Il répond aux journalistes.

Riccardo hoche brièvement la tête. Sa mère garde son attention focalisée sur moi, toujours aussi mal intentionnée.

— J'espère pour toi que tu l'as briefé sur les réponses qu'il doit donner.

Quoi ! Je suis censée faire ça ? En vérité, ça ne m'a pas traversé l'esprit. Je fais confiance à mon jeune pilote, mais la veuve noire qui pouffe me fait soudain douter. Peut-être aurais-je dû mettre Liam en garde. Il ne peut pas se lâcher sur l'écurie ou les progrès que nous devons encore faire. Maintenant que j'y songe, j'ai peur qu'il se fasse cuisiner par les journalistes sur la victoire de Maclean. Je redresse la tête avec un sourire coincé.

— Je suis sûre qu'il s'en sort très bien, réponds-je. Mais nous avons un problème avec Maclean. Leur monoplace est bien meilleure que ce qu'on supposait, on va certainement devoir…

— *Tu* as un problème, fanfaronne-t-il. Le mien est minime en comparaison, il n'est que de vingt pour cent.

Il se lève dans la foulée. J'enrage intérieurement. Il jette un bref regard à ma mère, en retrait. J'ai bien compris qu'elle n'était pas la bienvenue dans l'écurie. *OK, je peux le comprendre.* Pour Riccardo, la famille Adessi, c'est lui et la veuve noire, certainement pas cette inconnue. Mais depuis que j'ai appris la relation que mon père entretenait avec ma mère, je me fiche royalement des états d'âme de ce duo infernal. Maman a tout à fait le droit d'être ici. Que ça leur plaise ou non.

— Voyons le bon côté des choses, reprend-il. Tu vas économiser un peu d'argent. Pas de fiesta ce soir.

Je plisse les yeux, mauvaise, prête à lui répondre, mais Riccardo enfile sa veste, tend son bras à sa mère et me tourne le dos.

— Où est-ce que tu vas ? enragé-je.

— Je rentre. Je n'ai pas envie d'assister à ça. Bonne chance avec les journalistes.

Connard !

— Putain de lâcheur, réponds-je en le suivant.

L'Italien pense sans doute se réfugier avec sa mère dans notre QG. Je ne tiens pas à me laisser faire. J'attrape son bras pour le stopper. Il se retourne, plus qu'agacé. Incrédule, la veuve noire s'apprête à cracher son venin.

— Attends-moi un peu plus loin, maman, j'arrive, dit-il.

Malgré sa haine palpable pour moi, elle relâche le bras de son fils et s'éloigne. Riccardo surjoue un sourire. La soudaine lueur de satisfaction qu'il tente d'afficher me donne des envies de meurtre, sans sommation.

— Tu sais très bien te débrouiller avec les vautours, me lâche-t-il avec un sourire en coin. On se retrouve au bureau lundi. Bonne fin de week-end, Emy.

Je me fige. Si l'allée centrale n'était pas bondée, je lui mettrais mon poing dans la gueule. Mais non, j'enfonce mes ongles dans ma paume, je canalise mon trop-plein d'énergie avec les moyens du bord. Nous avons une image de marque à défendre. Celle d'une écurie soudée et forte. Foutaises !

Il me le paiera, ce trou du cul.

— À lundi, répliqué-je sur un ton aussi sournois que le sien.

Il m'adresse un clin d'œil et me tourne le dos avant de filer. J'émets un long soupir puis opère un demi-tour pour retrouver ma mère. Elle m'accueille avec une petite mine. Si ça ne tenait qu'à moi, j'irais me blottir dans ses bras, pour souffler et évacuer la pression subie depuis le début de course. Au lieu de ça, je lui souris, je fais bonne figure pour la galerie.

— Je vais devoir me taper les journalistes accros au sang, et ensuite on sort ! On se rejoint à l'hôtel tout à l'heure.

Maman acquiesce en silence. Quant à moi, je me prépare à souper de la mine réjouie d'Edward Maclean. Un paon autour de tous les vautours. Je file à mon tour en direction du podium. S'il y a bien une personne qui doit s'en vouloir, c'est Lorenzo. Rien de pire qu'un pilote en perte de confiance. Il va avoir besoin de moi.

***

— Tu n'étais pas obligée de venir, tu sais ?

J'ose un coup d'œil vers ma mère. Nous marchons toutes les deux dans la rue en direction du restaurant. Je hausse les épaules. Que lui répondre ? Me désister ? Et manquer une occasion de passer une soirée avec Clay ? Certainement pas. En plus, ma mère semble déjà m'avoir démasquée. Elle s'est empressée de parler de lui à peine les avons-nous quittés tout à l'heure. *« Il est pas mal, non ? Plutôt ton style ? »*

Bien évidemment qu'il est canon ! Tout ce que j'ai fait, c'est grimacer et simuler l'indifférence. Je crois que je me suis trahie, sur ce coup. D'où son air mutin, dans l'attente de ma réponse.

— Et ne pas en apprendre plus sur ton passé ? Impossible.

Elle rit de bon cœur. Je l'attrape par le bras et lui donne un petit coup de hanche.

— Ça te fait quoi ?

— C'est-à-dire ? m'interroge-t-elle.

— De retrouver un vieil ami de Giuseppe.

— Ça me rend nostalgique.

— Parce que tu étais belle et fraîche ? la taquiné-je.

— Eh !

Maman me rend mon coup de hanche en souriant.

— Je suis toujours belle et fraîche !

— Bien sûr, réponds-je en lui claquant une bise sur la joue.

Nous arrivons devant le restaurant. Je scrute la devanture, quelque peu surprise. Je n'ai pas encore eu l'occasion de dîner dans un étoilé, même si mon compte en banque me le permet. Une pizza ou un sandwich me conviennent très bien.

— J'espère que tu as faim, ajoute ma mère.

Je hausse les épaules. À vrai dire, mon appétit s'est fait la malle depuis la course. J'ai la gorge nouée. J'ai réussi à esquiver plusieurs questions dérangeantes des journalistes par une pirouette, mais je ne perds pas de vue que la Scuderia va devoir mettre les bouchées doubles. Ce dîner n'est certainement pas une bonne idée. Si quelqu'un nous reconnaissait dans le restaurant ? J'imagine déjà les gros titres de demain.

Le repas de la trahison

Ou mieux que ça :

Clay Johnson flirte avec la Scuderia : trahison pour Maclean

Je souris en songeant au potentiel battage médiatique. De toute évidence, Clay a plus à perdre que moi. Raison pour laquelle j'entre avec une certaine légèreté. Le maître d'hôtel nous accueille et demande à ma mère notre nom.

— Nous avons une réservation au nom de Johnson, indiqué-je.

— Oui, ils sont déjà là, nous répond-il dans un français parfait.

J'arrondis les yeux, stupéfaite. Pourtant, je viens bien de lui parler en anglais. Le père de Clay aurait-il eu une délicate attention ? Possible.

— Vous pouvez me suivre, nous indique-t-il avec un sourire chaleureux.

Ma mère arrondit les yeux, amusée. Elle marche devant moi. Dans son sillage, je prends le temps d'observer l'espace. Une hauteur sous plafond démesurée. Des lustres faisant chacun près de deux mètres de large. Une débauche de luxe effarante. Les tapisseries sombres me rappellent les fresques de Versailles. Le choix du restaurant semble avoir été dicté en notre honneur. On ne manque pas de remarquer la touche française du lieu : classe et distinguée. L'homme s'avance vers le fond de la salle. Je remarque aussitôt Clay, de biais, son père à côté de lui. Ils ne nous remarquent pas, en grande discussion tous les deux, et je ne loupe rien du sourire du pilote pour son paternel. Je me demande quel genre de relation ils entretiennent ? Son père est présent à toutes ses courses, ce qui en dit long sur l'admiration qu'il doit porter à son fils. Ou alors s'agit-il d'une relation toxique ? À l'image de ces parents agents, prêts à tout pour leur enfant, même à oublier leur rôle premier : les protéger.

— Si vous voulez bien me donner vos manteaux, dit soudain le maître d'hôtel en tendant sa main.

Cela a le don de faire se tourner Johnson père et fils. Clay accroche aussitôt mon regard. Il dévie toutefois sur mon corps lorsque je retire ma veste. Peut-être aurais-je dû porter quelque chose de moins osé ? Son air satisfait me conforte toutefois dans le choix de ma robe. Décolletée, sombre et près du corps, elle change de couleur selon l'angle de vue, passant d'un bleu nuit à un noir profond. J'ignore comment cela est possible, mais j'ai bu les mots de la vendeuse lorsqu'elle me l'a proposée. Et je ne me suis pas trop fait prier pour l'acheter dans une boutique à l'aéroport. Elle est chic, bien trop pour moi d'ailleurs. Mais j'apprends à me mettre en valeur.

Je remarque que Clay a lui aussi décidé de miser sur l'élégance. Chemise blanche impeccablement cintrée, pantalon brun, Rolex au poignet, ne manque que la cravate pour se trouver face à un homme d'affaires redoutable. Son père est tout aussi distingué.

— Ravi de te revoir, lâche-t-il à l'intention de ma mère.

Maman retire à son tour son manteau, et il se lève pour lui faire la bise.

— Moi aussi, répond-elle, le sourire aux lèvres.

Je reste plantée derrière elle alors que le père de Clay la contourne pour m'embrasser également. Clay salue à son tour ma mère, debout lui aussi. J'hésite une seconde à faire un pas vers lui. Dois-je vraiment lui tendre ma joue ? Si un paparazzo passe par là, il est évident que oui !

Le premier pas vient de lui, et plus surprenant encore, il passe sa main dans mon dos pour m'approcher. Je me laisse faire, ressentant un délicieux courant dans mes reins. La première bise claque près de mon oreille, créant un mini-tumulte dans mon ventre.

— Jolie tenue, souffle-t-il à sa seconde bise.

Je me sens soudain en position de force, je crois que je vais apprécier cette soirée.

MACLEAN

55 POINTS

Le plat de résistance arrive tandis qu'Isabelle et mon père poursuivent leur conversation. Ils refont le monde, se remémorant leurs souvenirs communs, riant souvent à des anecdotes qui m'échappent. Je comprends surtout que papa est ravi. Il a même appelé maman en visio pour qu'elle salue Isabelle. Il est d'ailleurs toujours en ligne avec elle, la mère d'Emy et lui se partagent l'écran. Isabelle semble heureuse de discuter avec ma mère. Elles devaient être proches. Pour ma part, je reporte mon attention sur mon assiette. J'ai peu d'appétit et m'ennuie plutôt. La seule chose qui m'égaie se trouve de l'autre côté de la table. Emy, comme moi, participe peu à la conversation. Je pourrais presque lui proposer une table voisine, juste pour elle et moi. Je me contente de l'observer, elle qui tente de se donner une contenance avec son assiette et ses couverts.

— Tu n'as pas faim ?

Le bleu étincelant de ses yeux qui me jaugent me déstabilise. Sa ride du lion qui apparaît lui donne soudain un air dur.

— Non, tranche-t-elle aussi sec. Plus depuis la course.

— Navré de t'avoir coupé l'appétit, ricané-je.

— C'est surtout Müller et les deux Ades…

Elle se tait soudain, se rendant certainement compte qu'elle allait franchir la limite. Je fais comme si je n'avais pas remarqué et m'intéresse plutôt à Müller. Le pilote allemand a aussi tendance à me porter sur les nerfs.

— Ce n'était pas réglo, ce qu'il a fait, dis-je. Liam ne méritait pas de se faire sortir comme ça.

Emy reste silencieuse et reporte son attention sur son assiette.

— Quoi ? m'enquiers-je. Je n'ai pas le droit d'être honnête ? Si Müller m'avait sorti de la même manière, j'en serais venu aux mains avec lui.

Elle hausse les sourcils.

— J'aurais bien aimé voir ça.

Je ne la quitte pas des yeux. *Que croit-elle ? Que je suis en sucre ?* Ce ne serait pas la première fois que je me prends la tête avec un pilote, cela m'a même valu quelques pénalités dans le passé.

— De toute manière, ce n'est pas lui qui remportera le championnat.

— Bien évidemment, ça sera toi, ironise-t-elle.

— Tout à fait.

Nous ne nous quittons pas des yeux. La rage exsude de tous les pores de sa peau. Elle aimerait bien prendre ma tête et l'écraser dans mon assiette. Sa poitrine qui monte et descend lentement m'indique qu'elle semble lutter contre quelque chose. Une pensée incongrue m'assaille. Je m'imagine balancer cette table qui nous sépare pour lui faire comprendre que, non, il n'y a pas meilleur pilote que moi. Mon esprit s'égare dans un baiser passionné, nos souffles se liant l'un à l'autre, ses mains m'agrippant avec ferveur, en redemandant encore… Mais je me reprends en un éclair et me racle la gorge. *Tu déralles à plein tube !* Je tente de reprendre un fil de conversation.

— Dommage pour ce poisson, ça a l'air bon, feins-je en piquant dans son assiette.

Elle arrondit les yeux.

— Gagner cette course ne te suffit pas, il faut aussi que tu voles mon repas ?

— Tu as dit que tu n'avais pas faim ! Et puis c'est toujours meilleur chez les autres, réponds-je en mâchant.

C'est vrai que c'est délicieux. Emy a commandé un saumon braisé. Sa chair tendre entre mes dents me donne presque l'envie de croquer dans la sienne également. Elle prend soudain une grande inspiration avant de me sourire sournoisement, puis d'un geste, elle plante sa fourchette dans ma viande. Et elle récupère toute la tranche d'un seul mouvement.

— Tu as raison, lâche-t-elle. C'est toujours meilleur chez les autres.

Elle s'empresse de couper ma viande et d'en porter un morceau à ses lèvres.

— C'est succulent, lâche-t-elle.

Elle vient de marquer un mauvais point. Je lorgne mon assiette vide, nerveux. *OK.* La colère commence à grimper en moi tandis que je braque mon regard sur elle.

— Rends-moi ma viande, ordonné-je.

— Non, je vais la garder, en fait, c'est ça que j'aurais dû commander, plaisante-t-elle. Qu'est-ce qui m'a pris de prendre du poisson ? Je suis une carnivore !

Elle rit à sa propre blague. J'ourle à peine les lèvres tant elle m'agace, et dans un geste sec, je plante ma fourchette dans ma nourriture.

— Rends-moi ma viande, sifflé-je entre mes dents pour la seconde fois.

— Perds la prochaine course, et elle est à toi, répond-elle avec un sourire provocateur.

— Tu peux rêver !

— Dans ce cas, oublie ton repas, dit-elle en posant sa main sur la mienne pour me faire lâcher prise.

Mon ventre se contracte à son contact. La tête penchée, elle insiste du regard. Ma pensée stupide de tout à l'heure ressurgit dans mon crâne. J'expire fortement alors qu'elle remonte sa main sur mon poignet. Certes, elle serre toujours aussi fort, mais cela ressemble plus à une caresse qui me fait vriller. Elle n'est pas loin de planter ses ongles dans ma peau.

— Mais qu'est-ce qui vous prend ? tonne soudain mon père.

Avec Emy, nous tournons la tête de concert. Nos parents nous observent étrangement. La main d'Emy se dégage en douceur de mon poignet, mais elle me griffe avec lenteur au passage, provoquant un frisson dévastateur dans mon dos. Tout sourire, elle s'empresse de répondre à mon père :

— Nous partagions nos assiettes ! Clay me disait qu'il préférait mon poisson et il m'a gentiment proposé sa viande en échange.

Le sourcil arqué de mon père ne leurre personne. Il croise mon regard, peu convaincu. Je déglutis comme un gamin pris en faute.

— Oui, voilà, c'est ça. Je me suis trompé, j'aurais dû commander du poisson, marmonné-je.

— Voilà ! Bon appétit, Clay, me lâche-t-elle avec un clin d'œil.

Je ressemble à un ado en rut. Je me suis fait berner par ce démon.

Ça doit être la robe… Emy est un peu trop sexy à mon goût. Je lui rends toutefois un sourire aussi hypocrite que le sien et coupe un bout de poisson avant de le porter à ma bouche.

— Si tout va bien, tant mieux, déclare Isabelle avec bienveillance.

Nous hochons la tête tous les deux, sans pour autant nous quitter des yeux.

— Mais c'est notre faute aussi, reprend mon père. Vous devez vous ennuyer.

Je fais mine que non, mais mon père ajoute à l'intention d'Emy :

— On pourrait parler un peu de toi, que faisais-tu avant de…

— De diriger la Scuderia ? coupe Emy.

Mon père opine, quelque peu mal à l'aise.

— J'étais mécanicienne.

J'ose un regard vers elle, surpris.

— Oh ! Vraiment ? lâche-t-il.

— Oui, Emy est un petit génie avec une clé Allen, lâche sa mère.

Non, sans blague ! Je songe soudain à notre première rencontre. Lors de son petit discours, elle avait bien précisé que ce métier ne lui était pas inconnu. Au moins, elle disait la vérité. Je ne me serais jamais douté qu'elle puisse aimer se salir les mains. Emy reprend une gorgée de vin avant de sourire poliment.

— Je travaille encore au garage, ajoute-t-elle. J'aime beaucoup trop la mécanique pour m'arrêter.

— Étonnant ! s'amuse mon père.

— Lucide, ajouté-je en croisant le regard d'Emy.

Elle me jauge quelques secondes, troublée, avant de froncer les sourcils, plus mauvaise. Je réalise soudain que ma réponse peut avoir un double sens : elle fait bien de garder son job, car j'espère qu'elle quittera son poste de directrice. Ce n'est pourtant pas ce que j'ai voulu insinuer.

— Lorsqu'on aime quelque chose, ce n'est plus un métier, mais une passion, me justifié-je.

Elle abonde dans mon sens d'un mouvement de tête appuyé.

— Et tu as un garage ? interroge mon père.

— Oui, à Nice, à deux pas de chez moi. Mais ce n'est pas le mien.

— Comment ça ? m'étonné-je.

— Je travaille avec un collègue, répond-elle brièvement.

— Momo est plus qu'un collègue ! s'exclame sa mère.

Plus qu'un collègue ? Vraiment ? C'est quoi, alors ? Je me crispe tandis qu'Emy hausse les épaules en riant. Elle m'examine un bref instant. Pour ma part, je tente de me ressaisir et de faire taire cette soudaine jalousie.

— Momo et elle sont comme cul et chemise, il lui a tout appris ! Il serait ravi de venir aussi, tu devrais peut-être l'inviter pour la prochaine course, propose Isabelle.

Non.

— Oui, tu as raison, répond-elle, chaleureuse.

Je déglutis, ravalant ce sentiment qui s'infiltre en moi. *C'est quoi ton problème ?* Cette fille est un problème à elle toute seule, alors en quoi connaître sa vie pourrait me toucher ?

— Il sera trop content ! ajoute Isabelle.

— Oui, mais avant, je veux faire quelque chose pour lui au garage.

— Faire quoi ? me surprends-je à demander avec un peu trop d'entrain à mon goût.

Ils se tournent tous vers moi, confus. Je ravale ma salive, mal à l'aise.

— Je ne vois pas en quoi cela te concerne, lâche-t-elle, amusée.

Je me racle la gorge, piqué au vif. Elle a raison, je ne comprends pas pourquoi j'ai ouvert la bouche.

— Juste par curiosité, réponds-je en haussant les épaules.

Je fuis son regard, tombant ensuite sur celui d'Isabelle. Un léger sourire aux lèvres, elle me détaille avec attention.

— En tout cas, je trouve ça super que tu sois mécanicienne. Ça a dû te changer de te retrouver dans ce milieu, embraie mon père.

— Oui, répond Emy. Je suis pourtant habituée à la testostérone, mais je ne m'attendais pas à autant de rivalité.

Mon père rit de bon cœur.

— Effectivement, la Formule 1 est un monde de requins, mais je trouve que tu y trouves bien ta place.

Je rêve ou il vient de lui faire un compliment ? J'ose un regard vers mon père, perplexe. Il m'ignore et ajoute :

— Je comprends maintenant le choix de Giuseppe, une femme mécanicienne à la forte personnalité… J'aurais fait comme lui. Riccardo est bien sympa, mais il n'a pas les épaules pour tenir une telle écurie.

Offre-lui des roses tant que tu y es ? Je fais claquer ma langue contre mon palais, ahuri.

— Merci, monsieur Johnson, c'est très gentil à vous.

— Oui, très, grincé-je.

Mon père pouffe avant de me taper dans le dos.

— Détends-toi ! Nous ne sommes pas sur un circuit. Et profite donc de la bonne compagnie !

— Je suis détendu ! m'agacé-je.

Emy croise mon regard alors que j'avale un nouveau morceau de saumon.

— Tu n'étais pas censé l'être ? me demande-t-elle.

— Il n'était pas très ravi, non. Pour lui, on ne dîne pas avec l'ennemi.

Non, mais il joue à quoi ?

— L'ennemi ? s'étonne Emy.

— Je suis chez Maclean et tu diriges la Scuderia Adessi. De toute évidence, nous sommes rivaux.

— Tu es pilote. Mon rival s'appelle Edward Maclean, tranche-t-elle aussi sec.

Isabelle reprend une gorgée de vin en haussant les sourcils avant de toussoter.

— Pouvons-nous parler d'autre chose ? Tiens, Clay, où vis-tu ? Je suis curieuse. Tu as un pied-à-terre quelque part ?

— Je… bredouillé-je. J'ai vendu ma villa en Italie et…

— Il est venu s'installer à nouveau en Angleterre, enchaîne mon père. Pour la plus grande joie de sa mère.

— Effectivement, elle doit être ravie !

— Et toi, Isabelle, je suppose que tu es toujours à Nice ?

— Oui, et toujours au même endroit, s'amuse-t-elle.

— Ce n'est pas vrai ! ricane mon père.

Ils se lancent ensuite dans un nouveau sujet de conversation concernant son quartier et sa vie. J'ose un regard vers Emy. Elle mâchouille un bout de viande, le nez rivé à son assiette. J'hésite à lui faire du pied pour qu'elle croise mon regard. Pourtant, je n'en fais rien. Je m'en veux pour ma maladresse. Elle cherchait à faire la paix avec moi ? Peut-être bien… Son ton était assez sec, j'ai la conviction de l'avoir déçue. Depuis le début, je savais que ce repas était une mauvaise idée. Maintenant, j'en suis convaincu. Emy est certes sympathique et elle me paraît avoir la tête sur les épaules pour diriger la Scuderia, mais elle a oublié l'essentiel. Nous ne sommes pas amis en Formule 1, nous sommes tous rivaux. Alors pourquoi le fait de l'avoir blessée me touche autant ?

SCUDERIA ADESSI

62 POINTS

— Et que penses-tu de le placer ici ? demandé-je.

Gabriela penche la tête en réfléchissant. Assise dans un fauteuil face à mon bureau, son ordinateur portable sur les genoux, elle remonte ses lunettes sur le haut de son nez.

— Pas trop mal, mais Bob risque de manquer de lumière, non ?

Les poings sur les hanches, je regarde mon bonzaï, puis cherche dans mon bureau l'endroit le mieux adapté. Gabriela n'a pas tort, les fenêtres sont de l'autre côté de la pièce, je me baisse donc et attrape Bob. Peinant à le tenir – il fait son petit poids, mine de rien –, je marche avec précaution. La community manager m'observe avec un léger sourire mutin. Elle est censée m'annoncer le planning de la semaine, mais j'admets que notre complicité naissante nous fait perdre un peu le fil. Elle vient de chaudement me recommander sa recette de lasagnes, il y a à peine dix minutes. Plaçant mon bonzaï près d'une vitre, je m'arrête en entendant la porte s'ouvrir avec fracas.

— C'est quoi ce bordel ! hurle Riccardo en déboulant dans la pièce.

Je tourne la tête vers lui en forçant mon sourire. Gabriela s'enfonce dans son fauteuil.

— Quoi ? demandé-je, feignant la surprise.

Affublé de l'un de ses habituels smokings, tiré à quatre épingles, mon demi-frère démoniaque s'avance de quelques pas. Son eau de Cologne importune mes narines. La fureur déborde de son visage alors qu'il observe l'espace autour de lui. Il pense certainement rêver !

— Qu'est-ce que tu fais dans mon bureau ?

Voilà, nous y sommes.

— Tu veux dire *mon* bureau ? Je suis en train de revoir la décoration. Le tien est là-bas, réponds-je en pointant négligemment du doigt le couloir.

À quelques centimètres de moi maintenant, Riccardo plisse les yeux et me domine de toute sa hauteur.

— Gabriela, merci de nous laisser, siffle-t-il entre ses dents.

— Non, riposté-je alors qu'elle commence à se redresser pour filer. Tu restes !

J'avance d'un pas et relève la tête, peu soucieuse d'affronter Riccardo de si près.

— Comme tu me l'as si bien fait comprendre, entamé-je, les problèmes de la Scuderia ne te concernent qu'à vingt pour cent. N'étant pas le décisionnaire principal, je ne vois pas pourquoi tu aurais le bureau du président général, feu *mon* père.

Sa mâchoire se contracte, il semble chercher son souffle. Après le grand prix, ce lâche m'a laissée aux prises avec les charognards de journalistes, il s'est bien moqué de moi. Alors, à peine de retour en Italie, j'ai décidé de prendre le contrôle. Pour mon plus grand plaisir, il ne s'est pas présenté au bureau hier. J'ai donc eu tout loisir de songer à ma petite vengeance personnelle. Et nos bureaux étant situés l'un en face de l'autre, séparés par un couloir, je me suis surprise à observer la grandeur du sien. Mon espace à moi étant bien moins vaste, j'ai vite pris ma décision.

— Tu vas tout remettre comme c'était avant, grince-t-il.

— Tu peux aller te faire voir, riposté-je à quelques centimètres de son visage.

— Euh… je crois que je vais vous laisser gérer ça, bredouille Gabriela.

— Hors de question, tu ne bouges pas ! Nous n'avons pas fini notre débrief. Et puis Riccardo va s'en aller, n'est-ce pas ? le menacé-je.

Il se recule d'un pas, au bord de l'apoplexie.

— Tu vas me le payer, grogne-t-il.

— Et attends-toi à d'autres mesures de ma part.

— Tu ne me fais pas peur. Tu n'es là que pour une saison. Aussitôt arrivée, aussitôt oubliée !

— Peut-être, mais je vais en profiter pour te pourrir la vie. Un an, c'est long, Riccardo… balancé-je, sarcastique.

— Put…

Il se tait soudain, réalisant sans doute que m'insulter devant notre employée n'est pas la meilleure des choses à faire. De mon côté, je jubile. Riccardo recule encore, au summum de la rage. Il me détaille comme s'il venait de me rencontrer.

— Dommage, on aurait pu bien s'entendre, cingle-t-il en plissant les yeux et en baissant son regard sur ma poitrine.

Il se fout de moi, là ? Rien que d'y songer, j'ai des sueurs froides. Un sentiment de dégoût s'immisce en moi.

— Meurs, réponds-je avec un sourire.

Si Gabriela n'était pas là, je pense que je lui aurais foutu mon majeur dans le trou de nez. Après un énième regard assassin, il secoue la tête et tourne les talons. Il s'arrête toutefois près de Gabriela et la menace du doigt.

— Tu ne dis rien sur ce qui s'est passé ici.

La community manager hoche vigoureusement la tête avant de se replonger sur l'écran de son ordinateur. Il file ensuite, faisant claquer la porte, puis la sienne juste après. Plantée au beau milieu de mon magnifique bureau, je me mets soudain à rire, ravie. Gabriela me fixe, les yeux écarquillés. Je rigole de plus belle. Sa tête déconfite vaut le détour, mais surtout, je suis en extase. Un faible gloussement me parvient, et aussitôt Gabriela met une main devant sa bouche, gênée d'avoir ri à son tour.

— Il le méritait, cet enfoiré ! ricané-je encore.

Gabriela arrondit la bouche, étonnée, avant de me suivre dans mon hilarité.

— C'est vrai qu'il aurait pu rester répondre aux journalistes, avoue-t-elle.

— Évidemment ! J'ai bien compris qu'il veut me voir échouer, alors autant qu'il passe la pire année de sa vie.

— Tu te vois déjà partir ? demande-t-elle en grimaçant.

— Soyons honnêtes toutes les deux, je ne suis ici que parce que mon père l'a décidé. Son testament était très clair, j'hérite de la Scuderia pour une année seulement, et la décision appartiendra ensuite aux membres du conseil et aux investisseurs. Ce sont eux qui désignent le président. Je ne me fais donc pas trop d'illusions.

— Et qui sont les membres du conseil ? m'interroge-t-elle.

Je grimace en songeant que Riccardo ainsi que sa mère en font partie. Il y a également de gros investisseurs, la plupart des hommes d'affaires qui souhaitent voir leur mise gonfler en même temps que nos points au championnat. Certains membres du staff, qui font en quelque sorte partie des murs, ont eu la possibilité d'investir, eux aussi, dans la firme. Tous ces gens connaissent bien la famille Adessi. Pour eux, je ne suis qu'une touriste de passage.

— Des gens qui ne voteront pas en ma faveur, finis-je par répondre avec un petit sourire.

Gabriela hoche la tête, quelque peu navrée. Je prends une grande inspiration et lève les bras en l'air avant de m'exclamer :

— Mais en attendant, je suis là ! Et je vais faire de mon mieux, ajouté-je avec un clin d'œil.

La community manager me rend un sourire franc. J'en profite aussitôt :

— D'ailleurs, au boulot ! Que faisons-nous cette semaine ?

Elle s'empare de son ordinateur portable, qu'elle pose sur le bureau pour que je puisse voir l'écran.

— Nous avons plusieurs rendez-vous, dont une interview sur une chaîne TV. Après plusieurs demandes de leur part, je leur ai dit que tu n'étais disponible qu'à une seule condition.

Je fronce les sourcils. Elle enchaîne :

— Qu'il est hors de question de poser des questions sur ton passé familial. Ils devront mettre en avant la place de la femme dans le milieu de la F1 et ailleurs.

Je suis ravie de ces conditions.

— Voici donc le type de questions que l'on va te poser, ajoute-t-elle en me tendant un papier sorti de son sac.

Je lis en diagonale. La plupart sont effectivement axées sur la place des femmes de pouvoir, mettant en parallèle mon statut avec celui de femmes célèbres évoluant elles aussi dans un monde d'hommes. Je suis étonnée de lire un passage sur Marie Curie. Bien que je n'aie pas son cerveau, je me trouve honorée d'être comparée à une figure aussi importante.

— L'émission aura lieu sur RAI 1.

— Ce sera en direct ? demandé-je, soudain soucieuse.

Gabriela m'offre un petit sourire compatissant.

— Non, elle sera diffusée quelques jours plus tard.

Je souffle de soulagement. Certes, je suis consciente qu'il s'agira de mon quotidien cette année, mais je ne suis pas encore très à l'aise. Et la télévision… bon sang, je ne m'attendais pas à devoir gérer une émission rien que pour moi.

— Donc, c'est bon pour toi ?

Je valide, satisfaite et ravie qu'elle sache sans débat ce qui me correspond le plus.

— Bien, nous devons aussi parler d'un sujet un peu plus complexe, poursuit-elle en pianotant sur son portable.

— C'est-à-dire ? m'inquiété-je.

Gabriela bascule sur une nouvelle fenêtre affichant la une d'un grand site sportif français. Je lis les premiers mots, reconnaissant sans mal la photo qui les accompagne. J'ose un regard vers la community manager. Tout chez elle me dit : Je t'avais bien prévenue ! La photo est sans équivoque. Clay a sa main dans le bas de mon dos. Il me fait une bise avec un air malicieux. J'ignorais qu'il souriait à cet instant. Mis à part un serveur, personne n'aurait pu prendre cette photo. Nous étions à l'écart, assez éloignés du reste de la salle…

— Une idylle à naître ? finit par demander Gabriela en reprenant les mots du titre.

Je l'ignore, prise par la lecture du début de l'article. Il est dit que nous étions seuls, que nous avons dîné et abondamment plaisanté.

— C'est faux ! m'agacé-je.

— Quoi donc ? s'étonne Gabriela.

— Nous étions quatre : ma mère, Clay, son père et moi.

— Un dîner de famille ? s'amuse Gabriela. Le titre aurait pu être bien pire, alors !

Je reste sans voix.

— *Les présentations officielles pour ce nouveau couple ? L'accord des parents pour les tourtereaux ?* lâche-t-elle avec un air déconfit.

Mes épaules s'affaissent. Elle n'a pas totalement tort. Là, il n'est question que d'une photo et de petits mensonges mettant en avant notre complicité. Il est même écrit que nous nous dévorions des yeux. *Au secours !*

— Écoute… lâche Gabriela en soupirant. Je sais que c'est ta vie privée, mais il va falloir que tu me dises si oui ou non il y a quelque chose, que je puisse démentir toutes les rumeurs à ce sujet.

Je la fixe intensément.

— Non ! Vraiment ? souffle-t-elle, stupéfaite.

— Ce n'est pas ce que tu crois ! me défends-je. Il n'y a rien. Il ne se passe rien.

— Alors pourquoi tu fais cette tête ?

Je gonfle les joues avant de marmonner :

— Peut-être parce que j'aimerais bien qu'il se passe quelque chose.

Elle se tait quelques secondes interminables. Je ravale ma salive, m'en voulant aussitôt de ma sincérité.

— T'es amoureuse de Clay ?

— Non ! m'agacé-je.

Elle se retient de rire.

— Il ne faut pas abuser, grogné-je. Amoureuse est un bien grand mot, mais oui, il me plaît.

— Donc, vous avez bien dîné tous les deux ? C'était un rencard ?

— Pas du tout ! Ma mère et son père sont amis, nous les avons accompagnés, voilà tout. Et…

Je soupire, réalisant que tout ceci me gêne bien plus que je ne l'aurais imaginé.

— Du coup, je ne fais pas retirer l'article pour diffamation ? s'empresse-t-elle de demander.

— Nous avons bien mangé tous ensemble. Ça, ce n'est pas un mensonge. En revanche, non, il n'est pas question d'une idylle entre nous.

Gabriela hoche la tête et réfléchit quelques instants tandis que je finis de lire l'article.

— Peut-être qu'on peut retourner ça à notre avantage, reprends-je.

— Comment ça ?

— Moi, je n'ai pas grand-chose à me reprocher. Clay était à la Scuderia. Mais si Maclean apprend ça… Ça risque de l'agacer que son pilote fricote avec la directrice de son ancienne écurie.

Gabriela émet un sourire carnassier.

— OK, alors on garde l'article ! Si ça peut foutre la merde chez eux, c'est tout bénef pour nous.

— Exactement, réponds-je avec un clin d'œil.

La community manager se détend et referme son ordinateur portable.

— Et maintenant, tu veux bien me raconter ce faux rencard ? Sans oublier ce faible pour Clay, je veux tout savoir !

Je plisse les yeux. J'aurais dû me douter que l'Italienne était friande de ragots.

— D'accord, mais ça reste entre nous…

La main sur le haut du front, elle me fait un salut militaire. Je suis prise au piège, mais d'un côté, j'en ai marre de garder ça pour moi.

— J'ai envie de le baffer, mais il a ce petit truc en plus qui m'attire aussi, grincé-je.

Gabriela ricane aussitôt. Et il ne faut pas moins d'une seconde pour qu'elle me pose une nouvelle question à son sujet, cherchant à savoir ce qui m'attire chez lui. Pour l'instant, mis à part sa gueule, son petit cul et sa ténacité, je ne vois pas trop. Mais plus j'y songe, plus je me surprends à lui trouver des qualités, comme l'honnêteté… Clay a été franc avec moi depuis le début, m'agaçant plus d'une fois, certes. Mais maintenant, je me demande bien ce qu'il doit penser de moi. Je ne suis pas stupide. L'article n'est pas totalement mensonger. Clay m'a bien mangée du regard toute la soirée.

MACLEAN

156 POINTS

Il aura fallu trois grands prix pour que je sois pleinement dans la course au titre. Lorenzo m'arrose généreusement de champagne. Tous les deux sur le podium avec Alexandre, nous rapportons trente-trois points à notre écurie aujourd'hui. Edward Maclean a le sourire aux lèvres. Euphorique, il m'a soulevé vers le ciel à peine sorti de ma monoplace. Nous ne sommes plus qu'à un cheveu de la Scuderia au classement constructeur. À la prochaine course, nous pourrions passer devant. Tout le staff hurle sa joie, tandis qu'Alexandre brandit une fois encore son trophée. L'espace menant au podium est envahi par une marée bleu et noir : les couleurs de mon écurie. Mais Moretti n'est pas en reste. Aujourd'hui, il a gagné sur le circuit de Miami. Toutefois, je reste dans le tableau de marche pour le titre de champion du monde. Et il y a encore beaucoup de courses.

La bouteille de champagne en main, je bois une longue gorgée. L'alcool frais me fait un bien fou. Je suis ruisselant de sueur, le cœur tambourinant, encore pris par ma course. Elle s'est déroulée parfaitement, sauf que je n'ai pas réussi à doubler Lorenzo.

Pour cela, il m'aurait fallu au moins cinq tours de plus. La première place sera pour la prochaine…

— À notre podium ! lâche Meunier, un grand sourire aux lèvres, en amenant son magnum vers moi.

Je fais tinter le mien avec le sien, avant de boire une nouvelle gorgée. Il m'assène une forte tape dans le dos, me faisant cracher une partie de mon champagne. J'éclate de rire, amusé par ses facéties. Notre entente était parfaite aujourd'hui. À nous deux, nous avons maîtrisé Liam, qui échoue à la cinquième place, derrière Müller. Une fois derrière le pilote allemand, le petit Australien n'a plus réussi à le doubler, pour notre plus grand plaisir, faisant monter Alexandre sur le podium. J'espère que notre bon résultat suffira à atténuer la rage de Maclean à mon encontre. Il a eu du mal à digérer l'article paru sur Emy et moi. Je me doutais bien que la Scuderia ne démentirait pas. Pourquoi le ferait-elle, après tout ? Cela joue en sa faveur, et j'admets que ce petit con de journaliste a bien foutu la pagaille dans mon écurie. J'ai eu droit à un sermon de la part du grand patron. Je me suis senti comme un gamin de cinq ans. Fou de rage, Edward s'est empressé de m'appeler alors que je dînais en famille. Heureusement, les explications de mon père ont atténué sa colère, mais j'ai bien compris que la confiance était brisée.

D'ailleurs, depuis, je sens qu'Emy a changé de comportement avec moi. Elle ne se gêne plus pour venir me parler, peu importe qui m'entoure. Je me demande même parfois si ses intentions sont sincères.

Un feu d'artifice me fait soudain relever la tête. *Ces Américains… Toujours obligés d'en faire des tonnes.* Malgré le soleil au zénith, je pouffe, mais un coup dans l'épaule me fait tourner la tête.

— Prêt pour la fête de ce soir ? me demande Lorenzo tout sourire.

— Je suis vraiment invité ? m'amusé-je.

Mon meilleur ami fronce les sourcils, comme si ma question était stupide. J'ai bien conscience de la date du jour. J'admets que son appel de la semaine dernière m'a bien fait rire. Il m'a parlé de son idée géniale et je figure sur sa longue liste d'invités. J'imaginais surtout qu'il finirait par changer d'avis, car la Scuderia pourrait considérer son invitation comme une trahison.

— Bien sûr ! Allez, ne fais pas le gars qui n'en a plus rien à foutre. Tu as toujours été là, et cette année aussi. Surtout avec ce que j'ai prévu pour mon anniversaire !

— Laisse-moi deviner, ricané-je. Est-ce qu'il y a des filles au programme ?

— Plein ! Mais j'ai mieux que ça.

Je l'interroge du regard en remuant la tête.

— Tu verras ce soir…

Nous passons encore quelques instants sur le podium pour prendre le temps d'observer la foule dans les gradins. J'ai parfois du mal à me dire que certaines personnes se déplacent pour me soutenir. J'admets qu'il est compliqué désormais de me balader dans la rue sans que l'on m'accoste. La face sombre du succès, je suppose. Saluant les fans dans les gradins, je me décide ensuite à quitter le podium. Une fois passé derrière, je remarque aussitôt Emy, en discussion avec Lorenzo. Elle le félicite pour sa victoire à l'abri des regards. Elle ne semble pas insensible à mon irruption. Une décharge se répand aussitôt dans mon dos. C'est comme ça depuis notre fameux dîner. Nous nous regardons, n'échangeons que quelques mots, mais son regard suffit à activer ma machine à fantasmes. Je me suis étonné de voir à quel point j'étais proche d'elle sur la photo de l'article. La vérité m'a sauté aux yeux : j'aurais aimé l'être encore plus.

Depuis, je ne manque pas d'imagination. Je pense à elle bien plus d'une fois par jour. L'interdit active l'envie, je suis en train d'en faire l'expérience. Pourtant, cette fois encore, je fais mine de l'ignorer et descends les marches qui me font quitter le podium. Je me dirige ensuite vers le carré des journalistes, prêt à répondre aux questions. J'ai hâte que tout ça se finisse, pour rejoindre Lorenzo. Aujourd'hui, c'est son anniversaire, je suis heureux qu'il souhaite ma présence à ses côtés. Ce soir, je vais un peu me lâcher.

Oublier la compétition entre nous.

Oublier la pression.

Oublier mes objectifs, et juste m'amuser.

***

Je gare ma voiture aux abords de la baie de Miami, quelque peu stressé. Certes, je suis invité, mais je crains d'être mal accueilli. Tout a si vite changé en si peu de temps. Avant, j'adorais passer du temps avec l'équipe Adessi. Aujourd'hui, j'ai peur qu'ils me considèrent comme le traître. Je consulte ma montre, hésitant. Je ferais mieux de faire demi-tour. J'inventerai un bobard pour justifier mon absence auprès de Lorenzo, je suis persuadé qu'il le comprendra. En relevant le visage, je scrute l'allée. Le coucher de soleil est magnifique, dans les tons rosés et orangés, les derniers rayons se faufilent avec douceur sur l'eau. La marina face à moi, je savoure l'instant. Je comprends mieux maintenant l'excitation de Lorenzo. De nombreux bateaux sont amarrés, dont plusieurs yachts impressionnants. Cela ne m'étonnerait pas que le plus gros de tous soit ici pour lui. Je ne quitte pas du regard la baie et remarque deux silhouettes familières.

Je plisse les yeux, comme si ce geste stupide me permettait de mieux voir. Dans une robe légère et blanche, les cheveux tirés dans une queue de cheval, Emy s'avance, et je ne manque rien de sa démarche assurée. À côté d'elle, Gabriela, dans un pantalon cintré et une chemise tout aussi blanche, rit en faisant de grands gestes du bras. Je n'avais pas imaginé qu'elles pourraient devenir proches toutes les deux. Gabriela est plutôt extravertie, je ne doute pas de ses compétences pour dérider la petite Française.

Le coup de pouce qui me manquait. Savoir qu'Emy se dirige vers le ponton me donne soudain de la motivation. J'ouvre la portière et m'extirpe de la voiture. Je replace mon bachi sur ma tête ; je me sens plutôt mal à l'aise dans cette tenue, mais Lorenzo a été clair. C'est tout en blanc et en tenue de marin que ses invités doivent se présenter à sa fiesta. Marchant le buste haut, je me dirige moi aussi vers le ponton. Je fais mine d'être sûr de moi, mais la vérité, c'est que je ne suis pas à l'aise. La compétition s'est accélérée avec la course d'aujourd'hui, je sais que bientôt, peu de personnes m'apprécieront encore. Je vais être l'homme à abattre, mais c'est aussi ce que je souhaite.

Je n'ai pas trop de mal à trouver le yacht en question, la musique résonne déjà si fort. À ce que l'on entend, je n'ai aucun doute. Lorenzo et son adoration pour les tubes italiens… *L'Italiano* de Toto Cutugno résonne dans toute la baie. Je souris en entendant les convives déjà en train de chanter en chœur. Je l'admets, l'Italie me manque. Rien qu'en écoutant cette voix rauque chanter les bienfaits de sa patrie, j'ai des frissons. Je suis né en Angleterre et j'ai moi aussi une grande adoration pour mon pays, mais les Italiens sont incroyables. Je ne pourrai jamais oublier les soirées pizza à la Scuderia ou bien les chansons fredonnées par les mécaniciens, peu importe la gravité de l'instant. Tout chez eux se vit à fond. Rien dans la demi-mesure. Ils parlent fort, rient, chantent à tout va. C'est aussi ça qui fait de la Scuderia Adessi une grande famille. Ils chantent toujours, peu importent les défaites. Et Lorenzo ne fait pas exception, je l'adore aussi pour ça. Sa joie de vivre devrait être un modèle pour chacun de nous.

Les épaules un peu plus légères, je monte sur la passerelle. Le sourire aux lèvres, je découvre une bonne partie du staff, les bras en l'air, chantant le refrain tous en chœur. Lorenzo se trouve au milieu, tournant sur lui-même et s'écorchant la voix lui aussi. Je m'adosse dans un coin. Pour l'instant, personne ne me remarque et ça me convient. Je profite du spectacle, de mon meilleur ami qui hurle à pleins poumons sa fierté d'être italien, mais il se tourne soudain et accroche mon regard. Ses yeux s'arrondissent, un large sourire se dessine sur son visage, puis il s'approche de moi, les bras ouverts.

— *Lasciatemi cantare*[5] ! me hurle-t-il en s'avançant vers moi.

— *Perché ne sono fiero, sono un italiano*[6], réponds-je en le prenant dans mes bras et en dansant avec lui.

J'ignore soudain ceux qui m'entourent, le sourire de Lorenzo me rassure. Il semble heureux de me voir. La chanson continue, tous s'égosillent autour de nous. Le jeu d'épaules de Lorenzo me fait même éclater de rire. Tout est si solennel pour lui avec cette chanson. Autour de nous, ce ne sont que sourires et chaleureuses tapes dans le dos. Certains mécaniciens ont l'air ravis de me retrouver. Toutes mes inquiétudes s'envolent à l'instant où Francesca, la mère de Lorenzo, se jette sur moi et attrape mes deux joues avant de me faire une grosse bise. Je salue aussi

5. *Laissez-moi chanter.*

6. *Parce que j'en suis fier, je suis un Italien.*

son père et son petit frère d'une franche poignée de main. Et je remarque Emy, en retrait, qui ne me quitte pas des yeux. Mon souffle se coupe. La patronne d'écurie ne relâche pas sa pression visuelle.

Je ne regrette plus ma venue. Pendant un bref instant, j'ai l'impression d'être de nouveau à la maison, entouré de ma famille de cœur, de gens bienveillants. Je veux tout oublier ce soir. Je ne suis plus pilote pour quelques heures. Et je brûle de faire oublier à Emy qu'elle dirige une prestigieuse écurie.

SCUDERIA ADESSI

157 POINTS

— Arrête de le dévorer du regard, grogne Gabriela à côté de moi.

— Ce n'est même pas ce que je fais, répliqué-je.

L'Italienne pouffe avant de reprendre une gorgée de son cocktail. Heureusement pour moi, la musique est assez forte pour que l'on ne nous entende pas.

— C'est ça, ouais. Depuis son arrivée, tu ne le lâches pas des yeux.

— Je regarde tout le monde, me défends-je.

— Emy, je suis consciente que tu peux me virer à tout instant, mais je croyais que tu voulais de la franchise entre nous.

Son ton accusateur ne me plaît pas du tout. Je plisse les yeux en retour, l'air mauvais.

— Effectivement, tu as raison, je peux tout à fait te renvoyer.

Gabriela a un bref mouvement de recul, mais elle ne se laisse toutefois pas démonter.

— Tu ne le feras pas. Tu m'apprécies beaucoup trop, pérore-t-elle.

— Peut-être pas tant que ça, surtout si tu ne me fous pas la paix avec Clay.

— C'est toi qui ne peux pas t'empêcher de le mater. Moi, je constate juste les choses et j'essaie de te secouer un peu les neurones. Tu devrais me remercier.

— OK, soufflé-je. Et alors quoi ? Tu veux que je l'ignore toute la soirée ?

Gabriela reprend une gorgée de son cocktail en haussant les épaules.

— Ne couche pas avec lui, c'est tout ce que je te demande. Clay…

Elle hésite quelques secondes avant de lever les yeux au ciel.

— C'est un pilote, Emy ! reprend-elle. Et beau gosse, qui plus est, que crois-tu ? Des femmes, il en a eu des centaines.

Je ravale ma salive, me sentant soudain stupide.

— Ne gâche pas ta notoriété, ajoute-t-elle. J'ai envie de te retrouver l'année prochaine.

— Ça ne sera pas le cas. Je te l'ai déjà dit, je ne suis là que pour un an.

— Laisse-moi espérer !

J'esquisse un faible sourire avant de lui donner un léger coup de coude.

— C'est sympa de ta part, mais prépare-toi à retrouver Riccardo.

Elle soupire avant de gonfler les joues.

— D'ailleurs, il n'est pas là ? m'enquiers-je.

— Non, Lorenzo ne m'a pas demandé de lui envoyer d'invitation.

— Ah, bien fait ! crié-je soudain, satisfaite.

Elle me dévisage, alors que je lève mon poing en signe de victoire.

— On le sait, c'est toi la chouchoute de l'équipe. Donc, tu vois, peut-être bien que tu seras encore là l'année prochaine.

Ses mots me donnent du baume au cœur. Je pourrais la prendre dans mes bras pour la remercier, mais non, ce n'est pas mon genre. Je me contente d'un regard qui se veut bienveillant. Je reporte ensuite mon attention sur la piste. *Baila Morena* de Zucchero résonne maintenant. Je ne suis ici que depuis quelques minutes, et je commence déjà à me demander si je vais pouvoir supporter longtemps la musique italienne. Je n'ai jamais vraiment pris le temps de m'attacher à mes racines. C'étaient surtout celles de mon père. Bien que maman ne m'ait pas caché que j'étais à moitié italienne, je n'ai pas éprouvé le besoin de traverser la frontière. J'émets un long soupir en y songeant. Maintenant, je dois avouer que ma vision a changé. Déjà, grâce à la plupart des personnes présentes ici. À commencer par Lorenzo et Gabriela. Sans ces deux-là, j'aurais déjà fui en abandonnant l'écurie. Mais je sens que toute l'équipe compte sur moi et je ne la laisserai pas tomber. Il ne s'agit pas que de Riccardo ou moi. La Scuderia Adessi emploie près de cinq cents personnes, donc autant de familles comptent sur nous. Alors Riccardo peut bien aller se faire voir, je ferai en sorte que pendant mon règne d'une année, personne ne craigne pour son emploi. Nous serons premiers au championnat, je m'en fais la promesse. Pour eux, pour maman, et même pour mon père. Je sais maintenant qu'il comptait sur moi, et malgré toutes ces années perdues, je n'ai pas envie de le décevoir…

— Oh, regarde ! Les petits fours arrivent, tu en veux ? me lance soudain Gabriela en pointant du doigt le buffet qui commence à être garni par des serveurs.

Elle fonce aussitôt, ignorant si je la suis. Dans la foulée, quelqu'un tape sur un micro pour vérifier son bon fonctionnement. Je tourne la tête et remarque Lorenzo, debout sur un canapé. Mais personne ne fait attention à lui. Gabriela est comme la plupart des invités, accrochée au buffet. Certains continuent de parler, de rire, tandis que Lorenzo tape une seconde fois sur son micro.

— Taisez-vous ! plaisante-t-il soudain.

Ni une ni deux, la majorité des invités se tournent vers lui. Avec sa tenue de capitaine, on peut difficilement l'ignorer. Son couvre-chef m'arrache un sourire, on peut y lire en italien : « Lorenzo, grand seigneur ».

— Merci, souffle-t-il en fixant les invités agglutinés au buffet. Non mais regardez-moi ces morfals ! Je n'ai pas encore lancé le top départ que déjà, vous paniquez. Ne vous en faites pas, il y en aura pour tout le monde.

Quelques rires fusent. Accoudée au bastingage, je jette un bref coup d'œil vers Clay. Je m'en veux à l'instant où je pose mon regard sur lui, mais c'est plus fort que moi. Son costume d'un blanc immaculé me perturbe – ou bien est-ce le fait qu'il ne soit pas habillé dans son habituelle combinaison de pilote, si attirante et sexy ? Mais je dois me faire à l'idée que ce n'est pas l'uniforme qui me rend toute chose en sa présence. *Quoique… en petit marin, il n'est pas mal non plus.* Un verre à la main, il paraît détendu et attend les facéties à venir de son ami.

— Je voulais juste vous remercier d'être ici avec moi, reprend Lorenzo. Si vous êtes présents, c'est que vous faites partie de mon élite.

Nous sommes plusieurs à lever notre verre à sa santé.

— En fait, soit je me ruinais en louant le yacht le plus grand du monde, soit je faisais une sélection…

— Comme si tu ne gagnais pas assez d'argent ! hurle son père, hilare.

Lorenzo éclate de rire, puis pointe son doigt dans ma direction.

— Papa, je vais te présenter ma patronne ce soir, tu en discuteras avec elle !

Je manque de m'étouffer avec ma propre salive. Je cherche à me cacher derrière un homme à forte carrure, mais l'index de Lorenzo est bien dirigé vers moi.

— La voilà ! Emy, il faut m'augmenter pour que je fasse de plus grandes fêtes !

Je secoue la tête, tous les regards braqués sur moi. Tous ou presque me sourient chaleureusement. Après tout, beaucoup de convives sont mes employés. Le père de Lorenzo, volubile, me fait de grands signes de main. Lorenzo enchaîne ensuite, taquinant quelques invités, puis ordonne au capitaine de quitter la baie avant de lancer :

— Que la soirée commence ! Merci à tous pour votre présence.

Il relâche ensuite le micro et saute de son canapé. Je prends la direction du buffet et y retrouve Gabriela, la bouche déjà bien pleine. La musique reprend, et alors que je pensais retrouver des tubes plus actuels, je grimace en entendant *Sarà perché ti amo*.

— Crois-tu que l'on pourra changer de style musical dans la soirée ? demandé-je à Gabriela en m'incrustant près d'elle.

L'Italienne se tourne vers moi, estomaquée, prête à répliquer.

— Je n'y songerais pas si j'étais toi, me répond une voix grave dans mon dos.

Je me pourlèche les lèvres sans me retourner. Je sais qui se trouve dans mon dos. Clay se faufile à côté de moi et attrape un petit four, qu'il glisse aussitôt dans sa bouche. Je me sens soudain fébrile.

Bordel, j'ai l'impression de baver devant Brad Pitt.

C'est le regard de Gabriela qui me remet dans le droit chemin. L'Italienne semble prête à sortir sa hache pour me trancher la tête.

— C'était une simple suggestion, réponds-je en récupérant un toast.

— Avec un yacht rempli d'Italiens et Lorenzo qui ne jure que par ça ? Tu ne tiens pas à la vie, c'est ça ? se moque-t-il.

Je plisse les yeux.

— Qu'est-ce que ça peut te faire ? répliqué-je pour faire écho aux paroles de la chanson diffusée à fond sur les enceintes.

Je lui tourne le dos pour reprendre une mignardise.

— *Sarà perché ti amo*[7], rétorque Clay contre mon oreille, en glissant sa main contre mes reins.

Je frissonne avant de me crisper, surprise. Je l'admets, je ne m'attendais pas à ça ! Mais au moment où je me tourne vers lui, Clay a disparu. Je ne trouve que les yeux exorbités de Gabriela.

— OK, je ne pensais pas que vous en étiez à ce stade, grimace-t-elle.

— Il n'y a rien entre nous, répliqué-je sèchement. Enfin… je crois.

— D'accord, alors ignorons le fait qu'il vient de te dire qu'il t'aime.

— Il a juste répété les paroles de la chanson.

— *Ça doit être parce que je t'aime.* Il l'a dit, oui ou non ?

— Ça ne veut rien dire, grogné-je.

— Si tu le dis ! rétorque l'Italienne en écartant les bras.

Elle se tourne ensuite comme une diva, une main en l'air, et remonte ses lunettes sur son nez. Mon ventre se contracte

---

7. *Ça doit être parce que je t'aime.*

quand je repense à la paume de Clay dans mon dos. Mon esprit carbure à plein régime. Je tente de me raisonner. Il m'a juste taquinée avec cette chanson, voilà tout !

Alors pourquoi j'ai chaud ? Au point où les gens autour de moi m'étouffent. Je préfère m'éloigner pour retrouver mes esprits. J'attrape toutefois une coupe sur le plateau d'un serveur. *J'ai besoin d'air !*

J'ai besoin de noyer ma tête sous de l'eau glacée pour éviter de penser à Clay qui susurre à mon oreille. *Je suis faible.* Une petite fille apeurée par un pilote un peu trop sexy.

— Non, il faut que j'arrête de délirer comme une pucelle sous ecstasy ! grogné-je contre moi-même en me dirigeant vers un pont inférieur.

Mes pas sont vifs, mes joues me brûlent. Heureusement pour moi, la brise marine fait rapidement son effet. Je m'avance vers la proue du navire. Face à la mer, je prends une grande inspiration et ferme les yeux. Dans ma caboche, le combat fait rage. Clay et son attraction tentent de me faire mettre un genou à terre.

— Tu n'es pas une poupée Barbie ! me fustigé-je.

Il ne doit pas y avoir de Ken et encore moins d'amourette dans mon esprit délirant.

Tu es un dragon. Tu dois être féroce.

— Un dragon monstrueux qui arrache des têtes et mange des pilotes au petit déjeuner ! ajouté-je, plus sûre de moi.

Un ricanement dans mon dos me tétanise soudain.

— J'espère que j'aurai bon goût, alors…

Je ravale ma salive, figée. Je n'ose pas me retourner. Je lève les yeux au ciel et mon regard accroche la lune. Je ne sais pas ce que j'ai fait à l'univers, mais clairement, ce soir, mon karma n'est pas au meilleur de sa forme…

MACLEAN

156 POINTS

Toujours dos à moi, Emy ne bouge pas. Mon sourire s'élargit. J'ai hésité en la voyant descendre vers le pont inférieur, mais j'ai bien fait de la suivre. Je suis soulagé de savoir que je ne suis pas le seul à ressentir quelque chose, et en même temps surpris. Adossé au bastingage, je ne loupe rien de ses poings qui se serrent alors qu'elle hausse la tête vers le ciel. Ses épaules se carrent comme si elle prenait une grande inspiration, puis elle se tourne enfin vers moi. Ses yeux d'un bleu intense s'ancrent dans les miens. Les lèvres pincées, Emy m'offre un sourire forcé avant de pencher la tête de côté.

— À mon avis, tu me filerais une intoxication alimentaire.

Je pouffe, amusé. Elle hausse les sourcils, fière de son effet.

— Je suis persuadé que non. Tu pourrais au moins l'admettre.

— Quoi donc ?

— Que je te plais, et que tu n'étais pas en train de te convaincre du contraire à l'instant.

Ses yeux ne sont plus que deux fentes.

— Je ne vois pas de quoi tu parles.

Je m'approche à moins d'un mètre d'elle et la détaille, amusé.

— Tu parlais de toi, il me semble. Comment as-tu dit déjà ?… Ah oui, une pucelle sous ecstasy.

— Oui, et alors ?

— Et tu vas me faire croire que tu t'es dit tout ça juste comme ça ? Que ça n'a rien à voir avec le fait que je me suis approché de toi ?

Emy se crispe. La redoutable cheffe d'écurie a disparu. Son souffle haché soulève sa poitrine. Le désir brille un instant dans son regard avant qu'elle ne l'éteigne en secouant brièvement la tête.

— Je te fais de l'effet, avoue-le.

— Si cela signifie que j'ai envie de t'arracher la tête, la réponse est oui.

Je ricane, amusé par son mordant.

— Ah oui… un dragon, c'est bien ça ?

— Exactement.

— Et si on mettait de côté les rivalités pour ce soir ? proposé-je.

Pendant un bref instant, je la sens hésitante.

— On pourrait passer la soirée ensemble, et mieux se connaître, non ? ajouté-je.

— Pourquoi est-ce que je ferais ça ? rétorque-t-elle sur un ton aigre-doux.

— Peut-être parce qu'au fond de toi, tu en as envie ?

— J'ai envie de beaucoup de choses, Clay.

— Comme quoi ?

— Là, par exemple, j'aimerais bien te jeter par-dessus bord, lâche-t-elle innocemment.

Je commence à la connaître. L'attaque est sa meilleure défense, et j'ai le sentiment que je n'arriverai pas à lui faire cracher le morceau. Je ne tiens pas à abandonner pour autant. Emy m'attire bien plus que de raison, et je veux savoir ce qui se cache derrière cette terreur brune au regard azur. Je contemple l'océan d'un noir d'encre. La baie n'est plus visible. Si je finissais à l'eau, je retrouverais difficilement la terre ferme.

— Tu me détestes à ce point d'avoir gagné les dernières courses ? m'amusé-je.

— Un point, Clay.

Je peine à garder mon sérieux. Effectivement, un point sépare nos deux écuries au championnat constructeur. Une lutte prévisible, je n'allais pas rester sans rien faire et végéter au classement. Ce titre de champion du monde, je le veux plus que tout.

— Et tu souhaites ma mort pour ce misérable point ?

— Je veux gagner, tranche-t-elle aussi sec.

— Donc, oui, tu souhaites ma mort, conclus-je.

Je m'approche encore, avant de la contourner et de me placer devant elle. Emy suit mon mouvement et me fait face résolument. Dos à l'océan, je me trouve à quelques centimètres d'elle.

— Alors, vas-y, pousse-moi par-dessus bord, parce que je vais encore gagner des courses et finir par dépasser ton écurie.

Ses yeux s'écarquillent un bref instant. Je la sens soudain vulnérable. Je savoure. J'écarte même les bras, cherchant à la provoquer davantage. Elle ne sait trop quoi faire pour retrouver de la contenance. Je lève les yeux vers le pont supérieur, où se trouvent la plupart des invités.

— Personne ne nous observe, ils sont bien occupés là-haut. Il n'y a que toi et moi. Alors tu peux le faire sans crainte, conclus-je.

Je sens la fraîcheur océanique dans mon dos. J'ose un bref coup d'œil par-dessus mon épaule avant de grimacer, feignant l'inquiétude.

— Je risque même de passer sous les hélices, ajouté-je, sarcastique.

Mon regard croise à nouveau le sien. Emy creuse une joue, hésitante, puis sourit. Dans la foulée, elle relève les mains, prête à me pousser. Tout se passe si vite ensuite. Un réflexe pour me décaler. De côté, j'attrape son poignet dans la seconde, tandis qu'elle perd l'équilibre et bascule en avant. En un clignement de cils, nos positions sont inversées. Emy se tient sur les talons, dos au bastingage. Le haut du corps dans le vide, elle hoquette, les yeux exorbités. Je la tiens fermement. Sa main accroche mon avant-bras. Je prends appui sur mes jambes pour la retenir. Incrédule, je lui hurle au visage :

— Tu as vraiment voulu me pousser !

Elle s'accroche à moi du bout des doigts, la détresse s'immisce sur ses traits.

— C'est toi qui me l'as demandé, se défend-elle.

— Je ne pensais pas que tu le ferais ! ris-je, abasourdi et horrifié.

Ses talons ripent alors qu'elle tente de se redresser, mais sans mon aide, elle n'y parviendra pas.

— Retiens-moi, Clay, me supplie-t-elle.

Un ricanement rauque remonte le long de ma gorge alors que je la lâche brièvement. Elle hurle en retour, ce qui a le don de me faire éclater de rire.

— Alors, comment on se sent maintenant, petit dragon ? me moqué-je.

— Arrête ça, grogne-t-elle en s'accrochant plus fort à mon bras.

— Non, tu vois, je pense que c'est le bon moment pour négocier.

— Qu'est-ce que tu veux ? grince-t-elle, le regard fou.

— Un peu plus de délicatesse de ta part, je t'en prie. Ce n'est pas comme si je pouvais te lâcher sans le faire exprès. Je suis susceptible, fais attention.

Son regard sombre étire juste mon sourire.

— Premièrement, excuse-toi.

— De quoi ? s'agace-t-elle.

— D'avoir voulu me tuer !

Les lèvres pincées, elle jette encore un regard par-dessus son épaule.

— … Pardon, murmure-t-elle.

— Je n'ai pas bien entendu. Tu disais ?

— Pardon, Clay Johnson, d'avoir voulu ta mort.

— Ma mort, déchiqueté par les hélices d'un yacht, précisé-je.

— N'exagère pas, ronchonne-t-elle. Tu ne serais pas passé sous le bateau, tu aurais juste barboté un peu et j'aurais fini par donner l'alerte après ton petit plongeon accidentel.

— Au bout de combien de temps ? demandé-je, suspicieux.

— Je ne sais pas ! Ce n'est pas important, s'exclame-t-elle.

— J'insiste, tu aurais prévenu les autres au bout de combien de temps ?

— Une heure. Deux, peut-être, finit-elle par avouer, le regard furieux.

— Vilaine Emy, grincé-je. Je vais peut-être te lâcher et te pousser, alors.

D'un coup, je desserre ma prise. Emy bascule un peu plus en arrière en criant. Mais je souris en la maintenant soudain plus fort.

— Arrête ! hurle-t-elle.

J'ose un regard par-dessus mon épaule, craignant qu'on ait entendu ses cris. Heureusement, la chanson *Volare* des Gipsy Kings semble accaparer tout le monde là-haut.

— D'accord, si tu acceptes mon deuxième point.

— Je me suis déjà excusée, ce n'est pas suffisant ? lâche-t-elle, hargneuse.

— Attention ! Je t'ai dit que j'étais susceptible.

Elle roule des yeux. Je fronce les sourcils en retour, souhaitant paraître plus redoutable qu'elle.

— D'accord, souffle-t-elle.

— Passe la soirée avec moi, dis-je du tac au tac.

Elle me scrute, soudain confuse. Je ne lâche pas son poignet et le haut de son corps revient un peu vers moi.

— Pourquoi ? demande-t-elle.

— Parce que contrairement à toi, je n'ai pas peur d'admettre que tu me plais.

Ses épaules semblent se détendre un peu.

— Gabriela me tue si je fais ça, grommelle-t-elle.

— Qu'est-ce que Gabriela a à voir là-dedans ?

Elle hésite. J'insiste du regard.

— D'accord… c'est d'accord, capitule-t-elle en levant les yeux au ciel.

Ni une ni deux, je la ramène vers moi d'un geste brusque. Je glisse mon autre main pour la saisir à la taille. Sa main toujours dans la mienne, elle ne me lâche pas. Son souffle frais s'échoue sur mes lèvres. Quelques centimètres nous séparent, un courant électrique parcourt mon échine. Sa bouche est si proche. Il suffirait d'un mouvement et je la goûterais. Emy inspire profondément. Les joues rougies, elle doit avoir froid, ou chaud ? Elle semble hésiter, elle aussi. La tension est si palpable entre nous que j'ai le sentiment que mon cœur va éclater dans ma poitrine.

Trop, c'est trop !

Tant pis, je me lance.

Je m'apprête à l'embrasser, mais la voix de Lorenzo me stoppe dans mon élan.

— Qu'est-ce que vous faites tous les deux ? lâche-t-il hilare, du ponton supérieur.

Emy se recule et relève la tête. Je l'imite, souhaitant soudainement la mort de mon meilleur ami.

— Tu choisis le bon moment, grincé-je à son intention.

— Ah ? J'ai interrompu quelque chose ? s'amuse-t-il. OK, je disparais !

Aussitôt dit, aussitôt fait. Il tourne le dos et s'éclipse tandis que mes épaules s'affaissent. Emy est maintenant à bonne distance de moi. Je lui tends mon bras pour l'escorter. Après un bref moment de flottement, elle s'approche et le saisit.

— C'est pas grave, ce n'est que partie remise, la taquiné-je.

Ses joues sont à nouveau rouges, mais cette fois-ci, je sais que ce n'est pas de fureur. Je ne la pensais pas capable de me balancer par-dessus bord, mais j'admets qu'elle me plaît encore plus maintenant. J'ai la soirée pour la convaincre qu'elle ressent la même chose.

SCUDERIA ADESSI

157 POINTS

Accrochée au bras de Clay, je remonte sur le pont supérieur. J'ai les joues en feu. L'air frais me brûle les poumons. J'ai peur du regard que l'on va porter sur moi. Pire, je crains d'avoir cédé bien trop vite, mais je n'avais pas le choix. Je suis surtout atterrée par mon incapacité à garder mes idées claires.

Clay a raison sur un point, je l'apprécie. Ou plutôt, il m'attire. Mais je préfère crever plutôt que le lui avouer. La gamine qui sommeille en moi est pourtant tout excitée de se retrouver contre lui. Mon traître de cœur, lui, savoure son parfum avec une convoitise inavouée. Je me sens en sécurité escortée par cet homme à la belle stature. Moi qui n'ai jamais eu besoin de quiconque pour me sentir en sécurité. Cet homme qui brave le danger chaque fois qu'il monte dans une Formule 1 met à mal mes belles certitudes. Serais-je devenue comme toutes ces femmes qui veulent vivre sous la protection de leur amant ?

Je délire !

Il n'est pas question d'amant !

Je secoue la tête énergiquement au moment où nous retrouvons tous les convives autour de la piste de danse. Je balaie rapidement les invités des yeux et tombe aussitôt sur le regard accusateur de Gabriela. Mis à part lui offrir une grimace, je la boucle. Pourquoi me défendre ? Après tout, j'ai envie de passer du temps avec Clay.

Quelques regards des membres de mon équipe me tordent les tripes. Certains sourient tandis que d'autres, perplexes, nous étudient longuement. Clay ne s'arrête pas et nous amène un peu à l'écart, à l'intérieur du yacht. Une légère inquiétude s'infiltre en moi. Où compte-t-il aller comme ça ? Je m'apprête à le lui demander quand il finit par me lâcher le bras pour s'asseoir sur un canapé dans un petit salon. La lumière tamisée provient de quelques abat-jour habilement disposés. La décoration est comme le reste du yacht : bien trop chic pour moi. Je lorgne le sofa avec incertitude. C'est le genre de canapé sur lequel on craint de faire une tache ou un accroc, et d'avoir à racheter l'ensemble. Je jette un rapide coup d'œil alentour. Je ne sais pas si c'est vraiment ce que je souhaite. Nous sommes seuls, en tête à tête. Une première depuis notre altercation dans l'ascenseur chez Adessi. Jusqu'à maintenant, une tierce personne permettait toujours de préserver les apparences… J'ai l'impression d'évoluer sans filet. Les invités de Lorenzo sont à distance, la musique nous parvient légèrement étouffée.

— Quoi ? me lâche-t-il, les deux bras écartés en signe de bonne volonté.

Je secoue la tête.

— Je veux juste discuter un peu, ajoute-t-il, amusé. Là-bas, c'est impossible avec le bruit.

Je soupire ostensiblement, puis m'installe à côté de lui. Je me retrouve gentiment piégée, mais je suis ravie d'être à l'abri des regards. Au moins, Gabriela ne viendra pas me faire la morale. La musique gagne en intensité et surtout en modernité.

Les invités doivent se déchaîner sur la piste, personne ne se soucie de nous. Pour ma plus grande joie, les tubes italiens ont laissé la place à des groupes plus actuels. Je suis agréablement surprise d'entendre *I feel it coming* de The Weeknd.

— Tu es encore toute rouge, tu veux que j'aille te chercher un truc à boire ? me demande soudain Clay.

Ses deux billes dorées me détaillent des pieds à la tête. Un léger sourire au coin des lèvres, il attend une réponse de ma part. Je hoche la tête, sans un mot. Il s'éloigne, m'offrant ainsi un bref moment de réflexion. Je peine à me focaliser sur une idée précise.

Je lui ai accordé une soirée, pas une nuit, me rassuré-je.

Un frisson me parcourt quand je songe au psychodrame sur le pont inférieur. Nous étions si proches. Bien trop proches. Je me revois hésiter. J'aurais pu parcourir l'infime espace qui séparait nos bouches. Et Lorenzo est intervenu ! Sans lui, j'aurais cédé. Je m'en veux pour cette bien piètre résistance. L'amour n'est pas une option pour mon esprit perturbé. J'ai bien d'autres objectifs que de flirter. Clay a cru discerner une faille en moi. Je dois lui prouver qu'il se trompe.

Enfin… si j'y arrive ?

Je me relève pour surveiller le buffet que l'on aperçoit par la baie vitrée du petit salon. Clay est en train de préparer un plateau avec du champagne et je ne sais quelle nourriture. Lorsqu'il pénètre dans le salon, il se débarrasse de nos victuailles sur une table basse et prend soin d'abaisser les épais rideaux. Mon rythme cardiaque s'accélère. C'est officiel, je suis piégée.

— Je me suis dit que le dragon aurait peut-être envie de manger.

Je scrute les amuse-gueules avec convoitise avant de récupérer la coupe. Je crois que j'en ai besoin.

— Merci, tu es *si aimable*, réponds-je en insistant sur le sarcasme.

— Si on considère que j'aurais pu te lâcher dans l'océan et qu'à la place, je te ramène à manger, alors oui, je suis parfait.

— Tu es toujours aussi imbu de toi-même ?

Clay s'installe à côté de moi en ricanant.

— Plaisanter ne fait pas de moi un prétentieux.

J'arque un sourcil, peu convaincue.

— Il y a des pilotes bien plus narcissiques que moi, se défend-il en pointant l'index dans la direction de la piste de danse et de Lorenzo.

— Tu dénigres ton ami ? m'étonné-je.

— Il n'y a pas de mal à appeler un chat un chat. Certes, Lorenzo est mon meilleur ami, mais nous sommes radicalement différents. Je suis bien plus discret que lui, par exemple.

— Peut-être… Mais tu es quand même un pilote avec un boulard bien trop gros pour tes épaules.

— C'est comme ça que tu me vois ?

Je hausse les épaules avant de prendre une gorgée.

— Tu es persuadé de remporter le championnat cette année.

— Je n'ai jamais dit ça.

Mouvement de recul, yeux en l'air, je surjoue l'incrédulité.

— Ce sont les pronostics de la plupart des commentateurs, admet-il. C'est vrai que je suis le pilote le plus à même de remporter le championnat, mais ça ne signifie pas que j'y arriverai.

— Compte sur moi, là-dessus.

Son rire mi-figue mi-raisin me détend soudain.

— Pourquoi tiens-tu tant à me voir perdre ?

— J'ai mes raisons.

— C'est à cause de ton père ?

— Non, réponds-je sèchement.

— Alors quoi ?

La rage revient petit à petit en moi.

— Pourquoi es-tu allé chez Maclean ? demandé-je.

— C'est donc ça, la raison ? peste-t-il. Tu m'en veux d'avoir quitté la Scuderia ?

Je le fusille du regard sans un mot. C'est certain, son changement d'écurie a bien foutu la pagaille. Par sa faute, j'ai débauché plusieurs ingénieurs. Mon compte en banque s'en souvient encore. Sans son départ, je n'aurais pas autant de tension sur mes épaules. Je n'ai pas d'autre choix que de finir première. J'ai sans doute vécu quelques semaines dans le déni, mais au final, j'aime énormément ce que je fais. J'adore être sur les circuits, les montées d'adrénaline à chaque course comme si j'étais moi-même dans la monoplace… Je me sens plus équilibrée, mieux dans ma peau depuis que je dirige l'écurie. J'ai fini par comprendre que je voulais garder mon poste plus que tout. Mes chances sont minces si je ne finis pas première du championnat constructeur. Avec un titre lors de ma première année à la tête de la Scuderia Adessi, même le plus réticent des investisseurs ne me refusera pas le poste de directrice. Ce sera ma revanche. Celle de ma famille. Celle de ma mère.

— Je suis parti à cause de Riccardo, finit-il par avouer. Sans ton père, je savais qu'il foutrait tout en l'air. Hors de question que je mette ma carrière entre ses mains.

J'arrondis la bouche, stupéfaite. Je ne m'attendais pas à une telle sincérité de sa part. Je peux comprendre son point de vue, j'ai moi-même envie d'empailler Riccardo chaque jour que Dieu fait.

— Tu étais proche de Giuseppe ? ne puis-je m'empêcher de lui demander.

Ma question semble le surprendre. Il tarde à me répondre,

— Tu ne l'appelles pas papa ?

— Pourquoi le ferais-je ?

— J'en conclus que tu ne le considères pas comme tel.

— Devons-nous vraiment parler de ça ? Aucun intérêt à disserter sur la relation que je pouvais entretenir avec mon paternel.

Un sourire compatissant s'installe sur ses lèvres. Clay se recule dans le canapé et passe sa main sur le dossier avant de bien se tourner vers moi.

— C'est là où tu te trompes, commence-t-il. Ça m'intéresse beaucoup d'en connaître plus sur toi.

Je déglutis, mal à l'aise. Comment arrive-t-il à faire ça ? Je me sens si petite et fragile !

Sorcellerie.

— Mais pour répondre à ta question, reprend-il, oui, j'étais très proche de ton paternel. C'est grâce à lui que je me trouve où je suis aujourd'hui. Giuseppe m'a pris sous son aile. Il m'a offert cette chance incroyable d'intégrer la Scuderia Academy, et de rouler très tôt dans une Formule 1. Il m'a toujours poussé à me dépasser.

— Tu en as eu, de la chance, ironisé-je.

Clay se rembrunit, sans doute surpris par mon ton bien trop piquant. J'avale une gorgée de champagne dans l'espoir de ravaler l'aigreur qui remonte dans ma gorge.

— Qu'est-ce qu'il t'a fait ?

J'hésite à ricaner tant il n'imagine pas l'homme qu'il était réellement.

— Rien, me contenté-je de répondre.

— Ce n'est pas ce que tu laisses entendre.

— Justement, il n'a *rien* fait. Il n'a jamais rien fait pour ma mère ou moi. C'est tout ce que je retiens.

Je peine à le regarder droit dans les yeux. J'espère que ma réponse lui suffira, je ne tiens pas à m'étaler sur le sujet.

— Alors dans ce cas-là, pourquoi aurait-il décidé de faire de toi la patronne de tout ce qui avait de l'importance à ses yeux ? Tu ne l'as peut-être pas connu comme moi, mais une chose est certaine, il n'a jamais pris une décision à la légère. Donc, à mon humble avis, tu comptais plus pour lui que ce que tu veux bien croire.

Mes doigts se crispent sur ma coupe de champagne. Clay ne me lâche pas du regard tandis que je reste muette. Ses yeux expriment une chaleur réconfortante, il semble vraiment se soucier de ce que je peux ressentir.

— Peut-être bien, finis-je par admettre.

— Sans compter qu'en quelques semaines, tu as prouvé que tu étais digne de sa dernière volonté. Je n'ai pas pris le temps de te le dire, mais bravo pour le coup que tu as fait à Maclean.

— T'es sérieux ? plaisanté-je.

Il hoche vivement la tête en attrapant un amuse-gueule.

— Tu as foutu un sacré bordel dans l'écurie en débauchant nos ingénieurs.

Je gonfle la poitrine, pas peu fière de ses propos, mais je reste sobre.

— Tant mieux.

— Ah ! Tu admets donc que c'est bien toi qui as fait le coup ? me demande-t-il en pointant sur moi un doigt accusateur.

Non, mais je rêve !

— Je croyais que ce soir, tu voulais mettre de côté nos différends, grogné-je. J'aurais dû me douter que c'était trop beau…

Son rire franc résonne dans la pièce.

— Ce que j'aimerais surtout savoir, c'est si tu as fait tout ça pour moi ?

— *Pour toi ?* m'étranglé-je. À cause de toi !

Je m'avance suffisamment pour pouvoir lui planter mon index sur le torse.

— Si tu n'avais pas été un gros traître, je n'aurais pas eu besoin de réagir comme ça !

— Donc, je suis le coupable, s'amuse-t-il en approchant dangereusement son visage du mien.

— Oui, et tout désigné !

— C'est pour cette raison que tu me détestes à ce point ?

Son souffle s'échoue près de mes lèvres. Il attend ma réponse sereinement, semble-t-il. Je suis submergée par un mélange de colère et de panique. Je me trouve surtout bien trop près de lui. Mes mains ont la tremblote.

— Non… oui ! balbutié-je.

— Non ou oui ? lâche-t-il avec un sourire narquois.

La vérité, c'est que je ne le déteste pas. À vrai dire, comment pourrais-je le haïr alors qu'il réveille tant de choses en moi ?

— Peut-être bien les deux, conclus-je.

— Dommage… Moi, je ne t'en veux pas.

— Menteur, grincé-je.

— Pourtant, tu le vois bien, j'arrive à remonter au classement du championnat même si tu t'évertues à me barrer la route, répond-il avec un clin d'œil.

L'enfoiré !

MACLEAN

156 POINTS

Ses yeux ne sont plus que deux fentes. J'esquisse un sourire, fier de moi, avant de m'approcher un peu plus.

— Tu n'as pas d'humour.

— Parce que tu trouves ça drôle ? s'étonne-t-elle.

— Oui, plutôt. Ce sont surtout tes réactions démesurées qui me font rire.

Malgré son air revêche, je garde le sourire. J'admets, j'aime bien l'agacer.

— J'aime bien ça, ajouté-je.

— Quoi ? Ma haine envers toi ?

— De la haine ? Je suis sûr que ce n'est pas ça. J'apprécie surtout l'état dans lequel je te mets.

Elle reste sans voix. Je l'avoue, le tact et les bonnes manières m'ont quitté. C'est plus fort que moi. Je tiens surtout à ce qu'elle avoue ce qu'elle pense de moi. Je suis un minimum lucide, je lis des choses dans son regard. Celui qu'elle m'offre de temps à autre, à la dérobée, avant de reprendre contenance.

— Tu es si sûr de toi que tu crois me faire de l'effet. Alors oui, je vais être honnête : tu me fatigues.

— Ce n'est pas ce que tu ressentais sur le pont inférieur, quand tu étais collée à moi. Et de mon côté, je vais faire preuve de franchise. Je te trouve attirante, et peut-être que si j'avais su que tu serais là cette saison, je n'aurais pas changé d'écurie.

La bouche entrouverte, elle me dévisage. Je fais mine de l'ignorer, et reprends une bouchée.

— Mon problème a toujours été Riccardo, continué-je. Pas toi. C'est surtout toi qui as décidé de devenir un ennui pour moi. Si tu me laissais rouler sans me mettre des bâtons dans les roues, on aurait peut-être pu, je ne sais pas… devenir amis ?

Elle pouffe de façon un peu trop théâtrale.

— Non, ça, c'est pas possible.

— Oui, tu as raison, moi non plus, je n'ai pas envie d'être ton ami. Je songeais plutôt à autre chose.

Sa langue claque sur son palais tandis que je m'enfonce dans le divan sans la quitter des yeux.

— Mais à quoi joues-tu ? peste-t-elle. Qu'est-ce que tu as derrière la tête ?

— Je n'ai pas de plan.

— Ah oui ? Alors, explique-moi pourquoi soudainement, tu es adorable, tu me fais des confidences et tu cherches à me connaître. Que caches-tu ? C'est Maclean qui te fout la pression à ce point, il souhaite quoi ? Que tu joues avec mon petit cœur et que, peut-être, une fois que je serai déçue, j'abandonnerai la F1 ?

Oh, oh, oh ! OK, ça va trop loin pour moi.

— Tu as déjà pensé à devenir scénariste pour le cinéma ? Non, parce que ton imagination est survoltée !

Elle pince les lèvres, confuse, puis s'apprête à me répondre, mais je la devance :

— Il n'y a rien. Pas d'entourloupe, pas de crasse, pas de plan. J'ai juste envie de discuter avec toi. Je sais que je n'ai pas été très sympa durant le dîner avec les parents, je voulais un peu me rattraper.

— D'accord, souffle-t-elle, hésitante.

Un silence plane. Elle se perd dans ses pensées et finit par sourire.

— Cela dit, ta viande était vraiment délicieuse. Je ne te l'aurais jamais redonnée, même si tu m'avais promis de foirer la course suivante.

Je lui rends son sourire. Elle se passe la main sur la nuque, visiblement perplexe.

— Il n'y a toujours eu que toi et ta mère ? demandé-je, curieux.

En un instant, une lueur de tristesse envahit son visage. Je m'en veux d'avoir posé ma question d'inquisiteur.

— Oui, que nous deux, soupire-t-elle.

— Il n'a jamais voulu faire ta connaissance ?

Emy se recule sur le canapé, j'en profite pour rebondir :

— Excuse-moi, c'était déplacé. Tu n'es pas obligée de répondre.

— Je n'en sais rien, ça appartient au passé, avoue-t-elle. Ça fait longtemps que je ne me pose plus cette question.

— Je suis désolé que nous n'ayons pas connu la même personne, avoué-je sur un ton compatissant.

— Oui, peut-être, mais tu as raison sur un point. S'il m'a nommée, c'est qu'il avait certainement de bonnes raisons.

— J'en suis certain, dis-je sans pouvoir m'empêcher de poser ma main sur la sienne.

Emy regarde mes doigts sans affect. J'hésite à les retirer, mon geste n'était pas prémédité. J'ai juste senti son mal-être face à ce père absent, ça m'a touché. Sa jambe frôle la mienne alors qu'elle ne dit toujours rien. Sa poitrine monte et descend à un rythme lascif. Je recule ma paume en douceur, pensant qu'elle l'importune. Mais ses doigts effleurent les miens, cherchant à garder le contact. Pour la première fois, j'hésite à agir. Mes propres battements de cœur m'insultent, me rappelant que je devrais faire quelque chose. Mais Emy retire sa main en m'adressant un sourire contrit.

— Merci, bredouille-t-elle. Je ne pensais pas que j'aimerais autant diriger la Scuderia.

Je me racle la gorge, quelque peu penaud.

— Tu as été piquée par la fièvre de la F1, je suppose.

La fièvre. *C'est vraiment ce que j'ai trouvé de mieux à dire ?* À croire que c'est moi qui ai trop chaud. Cela dit, j'ai soudainement envie de me lever et de respirer un bon bol d'air frais. Soit ça, soit je l'embrasse pour lui faire comprendre que j'ai envie de plus.

— Oui, il y a de ça, dit-elle. De toute manière, je n'ai pas le choix.

— C'est-à-dire ? m'enquiers-je.

— Si tu gagnes, je perds. Il n'y a pas d'autre solution, je dois gagner.

— C'est le principe d'une compétition. Il ne peut y avoir qu'un gagnant.

— Pas tout à fait. Toi, tu auras une seconde chance, l'année prochaine ou l'année d'après. Moi, je n'ai que cette saison.

— Qu'est-ce que tu veux dire par là ? demandé-je, soudain troublé.

Emy grimace, se frotte le menton, avant de soupirer :

— Laisse tomber, tu n'as pas besoin de savoir tout ça.

— Et pourquoi ?

— Parce que ça ne te regarde pas, conclut-elle plutôt sèchement.

— Je vois. OK pour discuter, mais pas trop de confidences non plus.

— Exactement, ricane-t-elle.

— Quel dommage, je voulais tout savoir sur toi.

Je me fends d'une petite moue, feignant la tristesse et la contrariété. Emy n'entre pas dans mon petit manège.

— Tu en sais déjà assez comme ça.

— D'accord, Emy. Et sinon, tu as déjà pensé à rouler ?

Elle fronce les sourcils, intriguée. Il est évident que je me sens bien en sa compagnie et que je ne suis pas très loin de la faire céder. Mais de toute évidence, Emy a encore quelques réserves à mon sujet. Il ne tient donc qu'à moi de me montrer sous mon meilleur jour et de la laisser venir à moi.

— Conduire une monoplace ?

— Ouais.

Sa mine change. Elle gonfle les joues, perplexè.

— Non, ça ne m'a pas traversé l'esprit.

— Ça te dirait d'essayer ?

— Comment ça ? ricane-t-elle. Tu comptes me faire rouler dans une Maclean ?

— Non, il ne faut pas déconner non plus, pouffé-je. Mais comme tu le sais, ma famille possède un circuit, et j'ai quelques voitures là-bas.

— Tu es en train de m'inviter ?

— Oui, on peut dire ça. Ça te permettra peut-être de gérer la frustration. Toi et moi sur un circuit, que le meilleur gagne ! dis-je avec un clin d'œil.

La bouche entrouverte, elle ne semble pas savoir quoi répondre. Je m'attarde sur ses yeux d'un bleu étincelant et sa peau de pêche. Cette femme est la plus belle que j'ai vue jusqu'à maintenant, alors que j'ai déjà côtoyé des mannequins… Mais il y a quelque chose d'unique chez Emy. Une aura particulière, un pouvoir d'attraction hors du commun.

— Comme si je pouvais arriver à te battre !

— Gros challenge, effectivement, admets-je. Et du karting ? Tu en as déjà fait ?

Cette fois-ci, une lueur taquine brille dans son regard.

— Oui, là, c'est plus dans mes cordes.

— Alors vendu ? réponds-je en lui tendant la main.

Elle la scrute une petite seconde. Je ne la quitte pas des yeux, alors que mon esprit monte en température. Je n'ai qu'une envie, passer mon autre main derrière sa nuque et l'attirer à moi.

— D'accord, mais je te préviens, ça ne fait pas de nous des amis.

— Bien évidemment… Demain, je retourne chez Maclean et je cherche les meilleures solutions pour remporter le championnat du monde. Et toi, tu feras ce que tu sais faire de mieux, me foutre des bâtons dans les roues. Mais on peut quand même s'autoriser quelques trêves, tu ne crois pas ?

— En fait… commence-t-elle. C'est à toi que je plais, et non l'inverse.

Je ris de bon cœur.

— Si tu le dis, mais je crois que tu mens. Je suis peut-être un pilote imbu de lui-même, comme tu aimes à le dire, mais ça ne fait pas de moi un aveugle. Et désolé de te le dire, tes yeux te trahissent. Je te plais.

— … Mouais, rassure-toi comme tu veux.

— Non, c'est juste un constat.

— D'accord, souffle-t-elle. J'aime bien ton regard et ta ténacité.

Oh !

— En voilà une confidence ! m'amusé-je.

— Ne te sens pas pousser des ailes pour autant !

Je lève mes deux mains en signe de reddition.

— Autre chose, peut-être ?

Elle hausse les sourcils et fait mine de réfléchir avant de retenir un sourire.

— Ta combinaison te fait de belles fesses, débite-t-elle en articulant ses mots.

Je penche la tête en arrière, hilare.

— Ça, ça vaut au moins dix points !

— N'exagère pas ! Deux, peut-être, tout au plus, grogne-t-elle.

Je m'accoude en l'admirant. Emy redresse les épaules, mettant une distance froide entre nous. Impossible de retirer ce sourire niais de mon visage.

— Ton postérieur n'est pas mal non plus, reprends-je.

— Tu m'as reluquée ?

— Je te rappelle que tu t'es enfuie en courant dans ta chambre d'hôtel, me donnant par la même occasion une vue imprenable sur tes fesses.

Si elle pense que j'ai oublié ce petit instant suspendu dans le temps à Bahreïn, elle se met le doigt dans l'œil. J'y songe même assez régulièrement.

— Ce qui me fait dire que ta poitrine n'est pas mal non plus, ajouté-je.

— Pervers, siffle-t-elle.

— Ah non ! C'est toi qui as décidé de te déshabiller devant la fenêtre grande ouverte. Inconsciente, tu as de la chance que ce soit moi qui aie tout vu.

— De la chance ?

— Oui, ça aurait pu être un vrai pervers qui aurait fini par te kidnapper.

— Et c'est moi qui ai une imagination démesurée ? me tacle-t-elle avec un sourire fourbe.

— Touché.

Nous nous sourions un bref instant, comme deux adolescents. Je me sens aussi démuni qu'un gamin qui peine à franchir le pas. Un bruit d'explosion nous fait soudain sortir de notre torpeur. Nous sursautons tous les deux en tournant de concert la tête vers l'extérieur. Je soulève le rideau de la baie vitrée de notre petit salon. Les invités sont agglutinés de dos, aucun ne nous regarde. Tous ont le regard levé vers le ciel. Nous entendons une nouvelle détonation. Emy se met sur ses pieds dans la foulée et s'avance vers la vitre.

— Un feu d'artifice ! lance-t-elle.

— Ah ! décidément… sacré Lorenzo, ricané-je.

— J'ai toujours adoré ça, avoue-t-elle en ouvrant la baie vitrée.

Elle se tourne vers moi, un sourire en coin, attendant, je crois, une réaction de ma part. Je la rejoins rapidement. Je la suis lorsqu'elle se faufile entre les convives et se place dans un coin en retrait. Elle est déjà captivée. Je la détaille tandis que les couleurs s'épanouissent sur son visage. Elle a cette lueur de petite fille dans les yeux. Je sais bien qu'elle est loin d'être douce et innocente. Peut-être est-ce ce que j'aime le plus chez elle, finalement. *Qui s'y frotte s'y pique.* Reste juste à savoir si je ne vais pas perdre trop de plumes dans cette affaire.

SCUDERIA ADESSI

190 POINTS

— *Bienvenue au Grand Prix de Monaco ! La température extérieure est de vingt-cinq degrés, le ciel est dégagé. Je suis persuadé que nous allons assister à une course fantastique sur ce circuit mythique.*

— *Tout à fait !* renchérit le coprésentateur que je regarde sur l'écran grand format du QG. *Nous attendons tous la prise de pouvoir de Maclean, actuellement à seulement trois points derrière la Scuderia. Mme Leclerc et son équipe n'ont pas le droit à l'erreur aujourd'hui, s'ils veulent conserver la tête du classement.*

Je détourne le regard, la gorge sèche. Comme si la pression sur mes épaules n'était pas assez grande. Certains de mes mécaniciens sont aussi scotchés sur le téléviseur. Je souris avec confiance avant de leur lancer :

— Allez tout le monde, nous savons ce que nous avons à faire aujourd'hui !

Certains sifflent en guise d'encouragement. Ils se replongent ensuite tous dans leurs routines d'avant-course. Je m'avance dans le stand en ignorant la mère Adessi, qui, comme d'habitude, ne masque pas son hostilité à mon égard. *Meurs, grognasse.*

J'ignore où se trouve Riccardo, mais il ne doit pas être bien loin. De toute façon, je m'en fiche et fonce en direction de mon tabouret attitré, aux abords du circuit. Je salue José, déjà accaparé par ses nombreux écrans de contrôle.

— Où est Lorenzo ? m'enquiers-je, ayant déjà remarqué Liam proche de sa monoplace, mais pas mon pilote numéro un.

— Il signe des autographes, dit-il en consultant sa montre, il ne devrait pas tarder à arriver.

Je tapote l'épaule de José pour lui transmettre des ondes positives pour la course. J'observe ensuite les gradins face à nous. En tournant la tête, j'aperçois les balcons monégasques pris d'assaut par les spectateurs. Le commentateur avait raison sur un point. Le circuit de Monaco est mythique. Il fut le premier à se dérouler dans le cœur d'une ville. Chaque année, la municipalité refait ses routes pour accueillir les vingt voitures les plus rapides du monde. Ce circuit est réputé pour la difficulté à y effectuer des dépassements. Les lignes droites sont peu nombreuses et les écarts entre les pilotes peuvent vite se creuser. Il est donc très compliqué de s'emparer de la tête de la course, à moins de faire preuve d'ingéniosité et de prendre des risques. C'est pour cette raison que je cherche Lorenzo. Clay partira en pole position, Lorenzo derrière lui. Mon pilote va devoir se montrer agressif dans les premiers tours pour espérer lui arracher la première place. Nous n'avons pas vraiment le choix, et il le sait. Notre réunion d'avant-course était claire : presque tout repose sur ses épaules. Il doit doubler Clay à tout prix.

Toutefois, je ne peux m'empêcher de penser que Clay Johnson est bien meilleur que lui. Il nous l'a prouvé, encore une fois, lors du Grand Prix d'Espagne il y a une semaine. Il l'a emporté haut la main, ramenant son écurie sur nos talons au classement. Je n'oublie pas notre soirée et la gentillesse dont il a fait preuve, mais je ne perds pas de vue qu'il reste notre rival numéro un.

— Te voilà ! hurle soudain Gabriela en trottinant vers moi.

La jeune femme essoufflée pose sa main sur mon épaule avant de se pencher comme si elle avait un point de côté. Je la dévisage, amusée.

— Qu'est-ce qui t'arrive ?

— Tu ne regardes jamais ton portable ? s'agace-t-elle.

Confuse, j'extirpe mon téléphone de ma poche. J'ai plus de dix appels en absence. Huit de sa part et deux de Momo.

— Merde, Momo !

— Oui, exactement, soupire-t-elle. Il est à l'entrée des paddocks et m'a appelée au secours, mais sans passe…

Je prends tout de suite conscience de mon oubli coupable, bien trop concentrée ces dernières heures sur la course à venir. J'appelle mon ami aussitôt et il décroche à la première tonalité.

— J'arrive tout de suite ! signifié-je, penaude.

— Je me suis demandé si tu m'avais fait faire tout ce chemin pour rien, ricane-t-il.

— Tu exagères, ce n'est qu'à quarante minutes de Nice, grogné-je en prenant le chemin de l'allée des paddocks, Gabriela dans mon dos.

Je traverse le stand de la Fédération Internationale de l'Automobile. Lewis Smith, son grand patron, m'adresse une œillade tandis qu'il se grille une cigarette.

— Grosse journée, Emy ? me demande-t-il, voyant mon pas pressé.

— Autant que vous, je suppose !

Il éclate d'un rire gras. Pour l'instant, j'ai eu affaire à lui une seule fois, lors de la présentation officielle de mon écurie. J'ai vite compris qu'il faisait la pluie et le beau temps sur les circuits.

Sans la FIA, les règlements n'existeraient pas. Ce sont ses services qui pèsent chaque gramme de la voiture avant et après la course, tout comme les pilotes d'ailleurs. Ce sont eux encore qui tranchent lors d'un conflit entre écuries. Ils peuvent distribuer des pénalités aux pilotes lors de manquements au règlement, et ainsi changer le cours d'une course ou du championnat. Je crois que Lewis Smith m'apprécie. J'imagine qu'il me trouve exotique. Quoi qu'il en soit, je préfère l'avoir dans ma poche que l'inverse. Je presse le pas en direction des hautes grilles qui enserrent le circuit. Momo est coincé derrière, la mine déconfite. Je m'approche de lui, un sourire aux lèvres, avant de faire de grands gestes à un agent de sécurité.

— S'il vous plaît, ouvrez-lui, il est avec moi, dis-je tout en brandissant son passe.

Le gorille ne se fait pas trop prier et entrouvre la grille pour laisser passer Momo. Ceci fait, je saute dans les bras de mon ami.

— Désolée, encore.

— Ça va, je ne vais pas me plaindre de voir une course gratos !

Je lui tape dans l'épaule tandis qu'il me relâche. Je me tourne ensuite vers Gabriela, qui m'a suivie fidèlement.

— Je te présente Gabriela, la community manager de l'écurie, et voici Momo, mon ami de toujours.

— Et patron ! précise-t-il.

Je plisse les yeux, piquée au vif. Momo n'est pas peu fier de sa sortie.

— Et effectivement, c'est mon patron, dans son garage à Nice, ajouté-je en grimaçant.

— Ravie, enchaîne Gabriela en lui tendant la main.

— Merci à vous de l'avoir prévenue, sans vous, je restais coincé ici.

— Ne dis pas n'importe quoi, j'aurais fini par m'en rendre compte, marmonné-je avant de reprendre le chemin de notre QG.

Rigolard, Momo se porte à ma hauteur. C'est son premier grand prix de Formule 1, il en prend plein les yeux.

— Comment va Samira ? Et Ines et Mehdi ?

— Ils vont bien, les enfants pensent qu'ils vont finir par me voir à la télé, ricane-t-il. Ah !… et Samira m'a demandé de te donner ça de sa part.

Il retire son sac à dos, l'ouvre et me tend une boîte en plastique. Je suis aux anges et m'empresse de retirer l'opercule.

— J'aime plus ta femme que toi, dis-je en croquant dans une corne de gazelle.

— Je sais que c'est faux, pouffe-t-il.

Je me garde de lui dire qu'il a raison, et continue de marcher tout en m'empiffrant. Ce n'est que lorsque j'entends prononcer mon prénom dans mon dos que je m'arrête. J'ai à peine le temps de me tourner. Clay trottine déjà vers moi.

— Merde, merde, merde… soufflé-je en engloutissant la fin d'une corne de gazelle.

La bouche pleine, je fais mon possible pour tout garder, luttant contre une toux menaçante. Momo finit par me taper dans le dos tandis que Clay arrive à notre hauteur. Il est toujours aussi sexy. Je fais de mon mieux pour rester en vie. Mon ami qui me déboîte les omoplates fait tout son possible. Je reprends mon souffle, me sentant soudain ridicule. Momo est le premier à me faire de gros yeux, tandis que Gabriela me tend sa bouteille d'eau, mal à l'aise. Je l'attrape, avale une goulée et reporte mon attention sur Clay.

— Dommage, lâche-t-il en pinçant les lèvres. J'étais aux premières loges.

— Pour quoi ? bredouillé-je, la gorge en feu.

— Assister à ton décès, me pique-t-il, taquin.

— Comme si tu pensais vraiment ce que tu dis, pesté-je.

Clay se contente de sourire et salue Gabriela d'un clin d'œil. Ensuite, il tend spontanément la main à Momo.

— Enchanté, je ne crois pas vous connaître, je suis…

— Clay Johnson, l'interrompt Momo, qui se saisit virilement de la main du pilote.

— Oui, c'est ça, ricane Clay.

Tout à fait décontracté, Momo sort alors son portable.

— S'il vous plaît, est-ce qu'on peut prendre une photo tous les deux ? Mes enfants ne vont pas me croire sinon.

— Bien sûr, répond Clay.

Il place son bras autour du cou de mon ami. Plus grand que lui, il se baisse à sa hauteur et prend la pose. Je suppose qu'il a fait ça toute sa vie. Un sourire amical, puis il se déplace tandis que mon ami étudie le cliché, ravi.

— Et vous êtes ? demande Clay.

— C'est Momo, mon traître d'ami, tranché-je.

J'attrape une corne de gazelle et la fourre dans ma bouche pour m'empêcher de dire trop d'âneries.

— Oui, j'ai entendu parler de vous, ajoute Clay, bien trop sympathique à mon goût.

— Ah oui ? répond Momo.

— Oui, coupé-je. Que veux-tu, Clay ?

Le pilote plante ses yeux dans les miens, goguenard.

— J'ai essayé de t'appeler.

Ah, oui. Effectivement…

Cette semaine, quand la standardiste de l'écurie m'a annoncé Clay Johnson en ligne pour moi, j'ai décidé de ne pas lui parler. Par fierté d'abord, mais surtout par crainte. Je me suis sentie suffisamment embarrassée en sa compagnie lors de l'anniversaire de Lorenzo, je n'avais pas envie de revivre cette sensation de sitôt.

— Ah bon ? Je n'ai pas eu de message de ta part, feins-je.

Clay semble peu convaincu.

— Est-ce que je peux te parler maintenant ?

Gabriela croise mon regard et gonfle une joue. J'ose un regard vers Momo, rivé sur son portable, certainement en train d'envoyer son trophée à sa femme et ses enfants. Je soupire, mais finis par me mettre un peu à l'écart avec lui. Clay m'étudie de toute sa hauteur, satisfait. Une fois hors de portée des oreilles de Gabriela et de Momo, il se lance :

— Que penses-tu de… dans trois semaines ?

— Pour quoi ?

— Pour le Grand Prix de Grande-Bretagne. Une fois le week-end passé, je t'emmène sur mon circuit familial.

Merde… Il y tient donc vraiment ? J'attrape une autre corne de gazelle, comme si le fait de me mettre quelque chose en bouche pouvait me faire gagner du temps. Mon ventre se crispe à l'idée de nouveaux moments d'intimité avec lui. Et mon traître de cœur s'enflamme.

— Je pensais que tu m'avais fait cette proposition pour la forme.

— Non, j'y tiens, assure-t-il. Donc c'est d'accord pour toi ?

J'avale ma bouchée, hésitante, puis finis par hocher la tête.

— Parfait, lâche-t-il, avant de poser son pouce sur la commissure de mes lèvres.

Je me fige, les yeux écarquillés. Il récupère ensuite son doigt, qu'il lèche.

— Tu avais du sucre glace sur le visage.

Mes joues s'échauffent illico. Je ravale ma salive avec peine en fuyant son regard.

— Emy ! grogne Gabriela dans mon dos.

Je me tourne vers elle qui indique sa montre.

— Bonne course, Clay, finis-je par lâcher avant de le planter là.

J'ose un regard par-dessus mon épaule. Les bras croisés, un large sourire barrant son visage, il me regarde partir. Je presse le pas pour rejoindre Momo et Gabriela. Elle en profite pour se coller à moi et siffler entre ses dents :

— Ce n'est plus qu'une question de temps…

— Avant que quoi ? demande Momo.

— Qu'elle ne cède à ses avances, renchérit-elle.

— J'ai manqué quelque chose ? demande Momo, un sourire carnassier sur le visage.

— Non, et non ! réponds-je. Je ne vais pas céder, et non, tu n'as rien manqué !

— Mais tu comptes bien aller sur son circuit, non ? m'interroge Gabriela, suspicieuse.

— Tu caches des oreilles bioniques sous ta chevelure ? maugréé-je.

— Je sais lire sur les lèvres ! D'ailleurs, pourquoi crois-tu que les plus grands chefs d'État cachent souvent leur bouche pour parler ? Pour éviter que des personnes comme moi comprennent ce qu'ils disent.

— Sans déconner ? s'étonne Momo. C'est génial !

— Oui, se pavane Gabriela.

— Non, c'est une atteinte à ma vie privée, rétorqué-je. Tu m'espionnes.

— N'exagère pas ! Tu n'as qu'à te dire que je suis ton ange gardien.

— Mais bien sûr, pouffé-je, peu convaincue.

— Il t'a invitée ? nous coupe Momo.

— Oui…

— Et elle lui a dit qu'elle irait, lâche Gabriela, pleine de reproches.

— J'espère bien ! Même moi, je voudrais un rencard avec Clay Johnson, plaisante Momo.

Je lève les yeux au ciel.

— Momo, tu ne devrais pas trop l'apprécier, grincé-je. Il a planté un couteau dans le dos de la Scuderia, c'est le pilote à abattre.

— Tu ne semblais pas trop vouloir l'assassiner quand il a posé son pouce sur ta bouche, se moque-t-il.

— C'est bien ce que je disais, elle va céder, glisse Gabriela.

— C'est certain, confirme Momo.

— Mais merde ! De quel côté es-tu ? m'agacé-je.

Mon patron passe son bras autour de mon cou et me tire à lui.

— Du tien, je suis toujours de ton côté, Emy. Mais si tu veux parler de Clay Johnson, le célèbre pilote qui te drague, sache que je suis là.

Je me défais de son étreinte en bougonnant. Heureusement, nous arrivons à notre stand ; je ne suis pas mécontente de clore cette conversation qui ne mène nulle part. Après tout, fantasmer sur Clay n'est pas consommer. Et qui resterait de glace devant sa belle gueule et son charisme de pilote ? Il a même réussi à ensorceler mon Momo. Soudain, j'ai presque envie de me retrouver déjà au Grand Prix de Grande-Bretagne…

La mine sombre de Riccardo, qui nous toise, un café en main, finit par me faire redescendre sur terre. Il s'avance vers moi sans tergiverser. Gabriela file aussitôt, sentant les ennuis arriver. Lorsqu'il s'agit de me faire la morale, pas de souci, mais lorsque Riccardo débarque en pétard, plus personne !

— Où est Lorenzo ? grogne Riccardo en se plaçant à ma hauteur.

Je jette un regard autour de moi.

— Il n'est toujours pas là ?

— Non, et il ne répond pas à son portable, peste Riccardo.

Je soupire un bon coup avant d'extirper mon téléphone de ma poche. Je cherche aussitôt son numéro dans mon répertoire et lance l'appel. Mon pilote décroche à la deuxième sonnerie.

— Où es-tu ?

— J'arrive ! Je me suis fait surprendre par des groupies.

Je lève les yeux au ciel, le souffle chaud de Riccardo sur mon visage.

— Dépêche-toi, il ne te reste plus beaucoup de temps, râlé-je.

— Je cours, je vole ! Promis, Emy, je suis là dans deux minutes.

Je raccroche et range mon portable sous le regard furieux de Riccardo.

— Il est en route, signifié-je.

— J'aimerais bien savoir pourquoi il n'a pas répondu à mes appels.

— Peut-être parce que je suis sa préférée, réponds-je avec un sourire fourbe. Les petits garçons sont toujours plus proches de leur maman que de leur papa. Surtout si papa est grincheux.

Momo pouffe à côté de moi. Riccardo ose un regard plein de mépris. J'en profite aussitôt :

— Au fait, Momo, voici Riccardo, mon faux demi-frère qui me casse les pieds.

— Enchanté, glisse Momo en lui tendant sa main.

Riccardo la scrute quelques instants avant de la saisir. Il le dévisage, et je me doute de la raison. Il n'a aucune idée de ce que Momo représente pour moi, mais je n'ai aucun compte à lui rendre. Comme il me l'a si bien fait comprendre, je dirige l'écurie, avec les bons comme les mauvais côtés. Ce qui signifie que je peux inviter qui je souhaite. Alors je me cogne de ses grands airs hautains. J'invite Momo à rejoindre les mécaniciens avec moi, ils s'affairent comme des petits fous sur les monoplaces. Mon ami a les yeux qui brillent en découvrant leurs outils. Il siffle devant la voiture, subjugué, avant d'interroger un mécanicien à ses côtés. Les deux hommes échangent assez vite ensemble, parlant mécanique, bien évidemment. Je souris avec tendresse, sachant mon ami au comble du bonheur. S'il savait ce qu'il se passe actuellement dans son garage… Ce n'est pas pour rien que je l'ai invité à passer ce week-end à Monaco. Cela me permet de faire faire en douce des travaux dans l'atelier. Momo mérite le meilleur, et ça fait un moment que j'ai cette petite idée en tête. Alors, à son retour au boulot lundi, il aura la joie de découvrir un tout nouvel atelier, à la pointe de la technologie. Tout ce que j'ai eu à faire, c'est prévenir les voisins pour qu'ils n'alertent pas Momo du remue-ménage dans son garage. J'ai dépensé une belle somme, mais il mérite le meilleur. Nous savons tous les deux que chaque euro compte pour faire vivre son affaire. Pourtant, ça ne l'a jamais empêché d'offrir gratuitement ses services à des personnes dans le besoin. Ici, sur les grands prix, les monoplaces sont de jolis jouets. Mais pour des millions de personnes, qui en ont besoin pour aller travailler, l'entretien et la réparation de leur véhicule sont vitaux. Momo a toujours su qu'il ne serait jamais un mécanicien hyper qualifié capable de trifouiller un moteur V12, mais il a fait de son mieux pour trouver son bonheur.

À quarante ans, marié, père de deux enfants, il se lève tous les matins avec la même passion. Ce petit garage est toute sa vie, et il m'a donné ma chance lorsque je ne l'espérais plus. La vérité, c'est que peu de garages engagent des femmes. Les préjugés ont encore la vie dure, mais pas pour lui. Aux yeux de Momo, j'avais juste des doigts en or, et il m'a fait confiance. Je lui dois bien un retour sur investissement. C'est pourquoi j'ai décidé d'acheter le local dont il était locataire et le lui offrir. Et pour aller au bout des choses, j'ai fait procéder à des travaux de modernisation express. Mon ami ne mérite qu'une chose, faire sans peur du lendemain ce qu'il aime : réparer des voitures.

MACLEAN

205 POINTS

— Putain, enfin ! crié-je à mon ingénieur de course au moment où je franchis la ligne d'arrivée en première position juste devant Meunier, qui me talonne de peu. La montée d'adrénaline est encore à son paroxysme. Je ne sais pas si j'arriverai à redescendre de sitôt. En m'imposant sur le circuit de Monaco, je passe en tête du classement pilote, détrônant Lorenzo. Chose que j'espérais depuis la première course…

— On est super heureux, ici, Clay ! hurle Jack dans mon oreillette.

— Bravo à toute l'équipe, réponds-je.

— Bravo à toi pour cette course, lance soudain la voix grave d'Edward Maclean. Aujourd'hui, vous avez fait un super boulot, Alexandre et toi.

J'en ai des frissons dans tout le corps. C'est bien la première fois qu'il s'adresse directement à moi dans la voiture. Je l'imagine extatique sur son tabouret en bord de piste. Avec notre formidable doublé, Maclean passe devant la Scuderia Adessi pour le championnat constructeur. Je devrais être au comble du bonheur, pourtant je sens une pointe de culpabilité s'immiscer dans ma poitrine en songeant à Emy. Elle va encore plus me haïr…

Mais bon, la course, c'est la course.

J'effectue mon tour d'honneur dans la principauté, le palpitant à fond. Le poing en l'air, je salue les spectateurs dans les gradins et sur les centaines de balcons. Une fois de retour sur la grille de départ, je me place face au panonceau numéro un. Je m'extirpe dans la foulée de ma monoplace et lève les bras en l'air en signe de victoire. Meunier vient se garer à côté de ma voiture la minute suivante, suivi par Lorenzo. Mon ami échoue à la troisième place. Je n'ai qu'une envie, aller le féliciter pour sa superbe course, mais Meunier me barre le passage, lui aussi fou de joie. Il ouvre ses bras en grand, et me prenant au jeu, je lui saute dessus.

— Pas mal pour un Anglais, ricane-t-il en me tapant plusieurs fois dans le dos.

— Pas mal pour un Français !

Il me relâche ensuite pour savourer un bain de foule avec la team. Aux abords, ils n'attendent que ça. Tous vêtus de T-shirts bleu pastel, les membres de l'écurie Maclean ne pouvaient rêver meilleur dénouement. Je fonce moi aussi dans leur direction. Je reçois un nombre incalculable de tapes sur le casque ou dans le dos. Les techniciens sont tous au taquet, et ils ont de quoi l'être. Aujourd'hui, nous avons enfin réussi à travailler en harmonie. Nous avons redressé la barre. Malgré nos débuts difficiles, je dois admettre que Maclean a su tirer son épingle du jeu. Les meilleurs ingénieurs dans l'écurie d'Emy n'auront pas réussi à abattre une telle équipe. La voiture a mis plusieurs grands prix avant de disposer de la même tenue de route que celles de la Scuderia. Maintenant, ce sont les pilotes qui vont faire la différence. *Mon job.* Le moment de vérité que j'attendais.

Pour moi, la course s'est déroulée idéalement. En tête du début à la fin. Les arrêts au stand n'ont rien changé. Liam peut nourrir des regrets, lui qui a dû abandonner. Sans ses pépins techniques et son abandon, Meunier aurait eu du mal à finir deuxième. Et il a eu beaucoup de chance de ne pas s'être fait doubler par Lorenzo.

Je jette un regard par-dessus mon épaule. Moretti salue sa team, avant de s'approcher d'Emy, plus en retrait. Je distingue de l'amertume sur son visage, mais je suis étonné lorsqu'elle le prend dans ses bras et lui parle dans le creux de l'oreille, comme une mère pourrait le faire avec son fils déçu. Troublé par cette vision, je serais curieux de savoir ce qu'elle a bien pu lui dire, car Moretti se redresse, un sourire victorieux aux lèvres, et file pour sa pesée. Emy le couve du regard, toujours à l'écart, la mine songeuse. Je décide de me diriger vers elle, mais le directeur de course me hèle soudain :

— Johnson ! Où est-ce que tu vas comme ça ?

La file des pilotes m'attend. Ils sont tous les uns derrière les autres pour subir les vérifications de fin de course. Je ne peux me dérober à mes obligations. J'ose un regard vers Emy, mais elle fait à peine attention à moi. Meunier pose alors sa main sur mon épaule, encore euphorique.

— On fête ça, ce soir ? Les mecs veulent déjà aller à ce fameux club…

— Sans moi, le coupé-je, les boîtes, ce n'est pas trop mon truc.

— Tu te fous de moi ? Et la dernière fois, c'était pour quoi, alors, tout ton cinéma pour que je vienne avec toi ? Tu avais besoin qu'on te tienne la main pour voir tes petits copains ? Ou ta petite copine ?

— Ma quoi ? m'étonné-je.

— Emy. Tu crois que je n'ai pas remarqué comment vous dansiez, tous les deux ? Tu fais ce que tu veux, Clay, crois-moi, je me fous de ta vie privée, mais Edward ne voit pas ça d'un bon œil.

— Edward s'en cogne, du moment que je fais gagner des points à l'écurie, réponds-je plus sèchement que je ne le voudrais.

— Sur ce coup, je suis d'accord avec toi. De toute façon, je crois que ta petite chérie est déjà chasse gardée, s'amuse-t-il.

— Quoi ? Qu'est-ce qui te fait dire ça ?

Meunier hausse les épaules.

— Des bruits de couloirs disent que Riccardo et elle…

J'explose de rire.

— Ça m'étonnerait !

Le Français récupère son casque en secouant la tête.

— Je te dis juste ce que j'ai entendu. Pour le reste, ce n'est pas mon problème. Tu viens quand même boire un verre après pour fêter notre doublé ? me demande-t-il.

Je hoche la tête, saisissant mon casque à mon tour. Mon coéquipier se dirige aussitôt vers les paddocks et me laisse aux prises avec mes pensées… Je ne crois pas une seconde à ces rumeurs. C'est évident qu'Emy ne supporte pas Riccardo. Enfin… je pense…

***

— T'es où, mec ?

— Dans ma piaule, me répond Lorenzo à l'autre bout du fil. Je viens de me prendre un bain, je traîne à poil sur mon lit king size.

Je ricane.

— Je peux passer ?

— Qu'est-ce qui ne va pas ? s'inquiète mon ami. C'est à cause de la course, tu t'en veux ?

J'hésite une petite seconde, mais il reprend :

— Clay, c'est le jeu. Tu as été meilleur aujourd'hui, tant mieux pour toi. Ça ne veut pas dire que je t'aime moins.

— Tu dis ça comme si on était mariés.

— C'est toi qui as demandé le divorce et quitté notre nid d'amour. Mais je ne t'en veux plus. Je t'ai pardonné. Et puis c'est moi qui garde le chien !

J'éclate de rire, tout comme mon ami.

— Tu parles de Riccardo ? C'est cadeau, tu peux garder le clébard, mais laisse-moi la tigresse.

— Ouh… Dois-je comprendre que tu fais allusion à Emy ?

— Peut-être…

— Je vois, toi, tu as besoin de causer. OK, je remballe ma bite, je fous un caleçon et je t'attends.

— Le Plaza Hotel, comme chaque année ? demandé-je.

— Toujours. Chambre 405. Je t'attends, ramène à boire.

Dans le quart d'heure qui suit, je me retrouve devant son hôtel. Je file en vitesse à l'accueil et commande au room service avant de prendre l'ascenseur en direction du quatrième étage. Dans le couloir, je me demande bien qui dort dans les chambres voisines de celle de Lorenzo. Liam ne doit pas être loin. Et Emy ?… Je ne vais pas non plus camper dans le couloir en espérant la voir apparaître. Je soupire un bon coup et toque à la 405. Lorenzo m'ouvre en peignoir, un large sourire sur les lèvres. Notre accolade est tout aussi sincère que celle sur le podium, il y a quelques heures.

— Et les bières ? s'alarme mon ami.

— J'ai commandé, le room service ne va pas tarder.

Satisfait, Lorenzo s'avance dans la pièce avant de se jeter sur le lit. Je l'imite et me pose à côté de lui. Nous avons voyagé ensemble pendant cinq saisons. Nous en avons passé, des soirées dans la piaule l'un de l'autre, à refaire le monde. Nous avions toujours le même rituel, le téléviseur allumé, chacun une bière à la main, posés sur un lit king size comme un vieux couple.

— Alors, c'est quoi ton souci ? demande-t-il aussitôt.

J'hésite une petite seconde avant de saisir la télécommande et d'allumer l'écran géant face à nous. Je me défais de mes baskets et me mets plus à l'aise.

— Emy, soufflé-je.

— Je me demandais quand tu allais finir par m'en parler. Alors, quel est ton problème avec elle ?

— Je n'en ai pas, je crois que c'est elle qui en a un avec moi.

— Évidemment ! Tu t'attendais à quoi de la part de la nouvelle patronne après ta trahison ? De la tendresse, une pipe peut-être ? me taquine-t-il.

Une vision déplaisante s'incruste dans mon esprit.

— Ouais, je m'en doute, soufflé-je. Mais j'aimerais bien savoir un truc. Est-ce qu'elle fricote avec Riccardo ?

Son éclat de rire me surprend, mais dans la foulée, on toque à la porte. Lorenzo se lève, tout en continuant à rire comme un vieux singe. Il ouvre la porte, toujours aussi hilare, remercie le gars qui nous ramène les bières, lui file un billet et s'empare des canettes.

— Toi, t'es dans la merde. T'as l'air jaloux.

Je plisse les yeux en attrapant la Corona qu'il me tend.

— Mais si tu veux mon avis, la seule chose qu'Emy a envie de faire à Riccardo, c'est lui dévisser la tête du corps… avec une hache de préférence.

Je me rends compte de la stupidité de ma jalousie, et mes épaules s'affaissent, soudain moins lourdes.

— Ils ne s'entendent pas ? feins-je innocemment.

— Pas vraiment ! Emy a débarqué de nulle part et il doit partager sa place avec elle. Selon les bruits de couloirs, si elle n'obtient pas de très bons résultats à la fin de la saison, Riccardo reprendra seul les rênes. Alors autant te dire qu'il n'attend qu'une chose.

— Qu'elle foire !

— Exact, mon ami.

Je me remémore soudain les mots d'Emy à propos de la pression qui pesait sur elle cette saison. Maintenant, je comprends mieux ce qu'elle insinuait.

— Comment tu sais ça ? Elle te l'a dit ?

— Gabriela, avoue Lorenzo. Elle s'est confiée à elle, je crois qu'elles sont amies.

— Et toi, tu as fait quoi pour savoir ça de Gabriela ? demandé-je en plissant les yeux.

— Eh ! Ne me regarde pas comme ça ! Promis, je n'ai rien fait de sexuel avec elle. C'est Gaby, on se parle beaucoup plus depuis que tu es parti, voilà tout.

— Donc, tu m'as remplacé par la community manager ? le taquiné-je.

— Que tu es possessif ! se moque Lorenzo.

Je ne réponds pas, préférant boire, mais mon ami reprend :

— Bon… Et si tu me parlais un peu de ta relation avec Emy ? s'enchante-t-il en se replaçant sur le lit.

Ses yeux pétillent. Je ne peux pas me dérober. Mais après tout, c'est Moretti, je sais qu'il gardera tout pour lui. Alors je soupire, prends une gorgée, et m'apprête à me faire cuisiner. *Je sens même que je vais finir la nuit dans son pieu…*

— D'abord, raconte-moi ce qu'elle t'a dit après la course ?

Mon ami fronce les sourcils, songeur.

— Elle m'a dit de ne surtout pas me comparer à toi. Que tu avais des qualités et que j'avais les miennes. Qu'il me suffisait juste d'avoir plus confiance en moi. Qu'elle, elle avait entièrement confiance en mes capacités et qu'elle sera toujours là pour m'aider à m'en rendre compte quand je douterai de moi.

Je suis abasourdi.

— Elle parle comme son père, reconnais-je.

— Ouais, soupire-t-il. C'est d'ailleurs pour ça que je vais me défoncer, mon gars. On est amis, Clay, mais sur le circuit, compte sur moi pour te mener la vie dure, j'ai envie qu'elle reste à son poste.

Les mots d'Emy viennent de me toucher, même s'ils ne m'étaient pas destinés. Je prends pleinement conscience qu'elle a sa place dans ce milieu, et même si elle n'apprécie pas son père, elle lui ressemble plus qu'elle ne l'imagine. Lorenzo a raison de me mettre en garde. Je partage son ambition. Moi qui pensais que cette saison serait un boulevard vers le titre, que je remporterais le championnat haut la main… Je me rends soudain compte que si j'y parviens, ma victoire aura peut-être un goût amer pour beaucoup de personnes, moi y compris.

SCUDERIA ADESSI

236 POINTS

— Alors, cette course vous a plu ? demande Gabriela.

Je grimace en attrapant une nouvelle frite. Momo, quant à lui, est ravi. Tous les trois dans sa chambre, nous avons commandé au room service. Je préfère passer la soirée ici, plutôt que seule dans ma chambre à ruminer. J'ai encore du mal à digérer que Maclean soit passé devant nous. De retour au bureau, lundi, je vais organiser une réunion de crise pour trouver des parades à leur irrésistible ascension. Je ne doute pas de l'équipe, je suis persuadée qu'ils peuvent être encore meilleurs, et ils ont envie de l'être. Nous devons juste réfléchir autrement. Jusqu'à maintenant, j'ai agi dans l'ombre, en m'appuyant sur la team, mais de toute évidence, il me suffit de voir les autres chefs d'écurie pour comprendre comment se gagne la partie. La FIA a son rôle à jouer dans le classement. Même si j'ai été étonnée de voir certains patrons quémander une pénalité à la direction de course contre un pilote, en l'occurrence Müller, ils ont obtenu gain de cause. L'Allemand a écopé de dix secondes de pénalité lors de la dernière course. Donc je vais devoir me montrer plus incisive et pointer chaque détail qui pourra coûter des pénalités à Maclean.

— Tu ne finis pas ton burger ? me demande Momo, me ramenant à la réalité.

Je secoue brièvement la tête. Il récupère aussitôt le reste de mon burger, et croque dedans en me dévisageant.

— Ça ne va pas ? s'inquiète-t-il.

— Je réfléchissais à la manière de mettre des pénalités à Maclean.

Gabriela rit de bon cœur mais elle s'arrête lorsque je croise son regard. Elle s'essuie les lèvres avant de déclarer :

— C'était la spécialité de ton père. Il ne laissait rien passer, et je dois dire qu'il s'entendait très bien avec Smith.

— Le directeur de course ?

— Oui. Plus d'une fois, j'ai été étonnée par les pénalités qu'il a réussi à infliger.

— Il paraît que la pomme ne tombe jamais très loin de l'arbre, ajoute Momo avec un clin d'œil.

— Je vais voir ce que je peux faire, soufflé-je.

— Même si je sais déjà ce que tu vas me répondre, je crois que tu devrais en parler à Riccardo, lâche Gabriela.

— Pourquoi ? Je dois lui demander l'autorisation, peut-être ?

— Non, mais de ce côté-là, il est coriace. Ces dernières saisons, ce n'était plus ton père qui traitait avec la FIA, mais lui. Même si je sais que ça ne te fait pas trop plaisir, Riccardo a quand même quelques avantages et Giuseppe lui a appris beaucoup de combines.

— Je vois… Tu as raison, mais ça ne m'enchante pas.

Avec sa moue navrée, Gabriela s'approche de moi.

— Vous devriez faire équipe.

— C'est lui qui ne le veut pas. Je ne vais pas non plus me rouler par terre ou lui gratter les fesses !

Momo éclate de rire à ma droite.

— C'est dingue comme la F1 ne t'a pas changée. Au garage, c'est pareil, tu préfères t'obstiner pendant des heures plutôt que venir me demander mon avis.

— Parce que je sais que je peux trouver la solution toute seule.

— Oui, c'est vrai, mais du coup, tu mets plus de temps, alors que si tu m'en parlais, tu y arriverais plus vite.

— Il n'y a pas à dire, tu as bien ta place en tant que patronne d'écurie, ajoute Gabriela. Vous avez tous des ego surdimensionnés !

— Fais attention à ce que tu dis si tu comptes garder ton job, la mets-je en garde.

Au lieu de se sentir mal à l'aise, la community manager me toise.

— C'est toi qui as dit que tu voulais une amie. Et les amies se disent la vérité.

J'ai du mal à garder mon sérieux et je finis par pouffer.

— OK, tu l'emportes sur ce coup-là.

— Donc, tu parleras à Riccardo ?

— Ouais, grincé-je.

Gabriela m'offre un sourire sincère avant de s'affaler dans son fauteuil, le ventre bien rond.

— J'ai qu'une envie, c'est me mettre au lit, maintenant !

— À quelle heure est votre vol ? demandé-je.

— Tu ne rentres pas avec nous ?

— Non, je retourne chez moi à Nice, avec Momo.

— Ah oui, j'avais oublié la petite surp…

— Chut ! m'exclamé-je en mettant mon index sur la bouche.

Gabriela s'arrête à temps, confuse.

— La quoi ? enchaîne Momo, troublé.

— Rien du tout, coupé-je.

Mon ami me scrute, suspicieux.

— Qu'est-ce que tu as encore fait ?

— Rien !

— Notre vol est à huit heures, embraie Gabriela, dans l'espoir de changer de sujet. Donc, je vais aller me coucher, il est déjà…

Elle observe la montre à son poignet et arrondit les yeux.

— Bien tard ! ajoute-t-elle en se levant pour venir faire une bise à Momo. J'ai été ravie de te connaître. Et rassurée qu'Emy n'ait pas que moi comme amie.

Momo éclate de rire.

— C'est sûr qu'elle n'est pas très douée pour s'en faire ! La preuve, je suis son patron, son collègue et son ami, me tacle Momo.

— Oui, je vois ça ! approuve Gabriela. Espérons qu'elle arrive au moins à se faire un petit copain.

— Ah ! ça… c'est encore plus compliqué.

— C'est bon, vous avez fini ? Je suis là et je vous entends, raillé-je.

Malgré l'air amusé sur leurs visages, ils arrêtent leurs moqueries sur-le-champ. Gabriela vient me saluer à mon tour, nous souhaite une bonne nuit et file dans sa chambre. Je me retrouve seule avec Momo. Il coule un regard que je connais par cœur, celui d'un père de famille qui s'inquiète.

— Tu veux qu'on en parle ?

— De quoi ?

— De ton nouveau rôle ici ?

— Qu'est-ce que tu veux savoir ? réponds-je en soufflant.

— Est-ce que tu vas bien ?

— Je me sens parfois perdue, admets-je de façon crispée. J'ai peur de ne pas être à la hauteur.

— Pour ce que j'en ai vu aujourd'hui, je te trouve très bien. Tu n'es plus la petite adolescente qui a débarqué dans mon garage pour un stage. Tu es une femme déterminée et ça ne te fait pas peur de travailler avec des hommes. Au contraire, je sais que tu es à l'aise comme un poisson dans l'eau dans ce milieu.

— Ça me plaît beaucoup, avoué-je.

— Normal ! À moi aussi, ça me plairait.

— Mais je ne suis là que pour un an, rétorqué-je, amère.

— Continue de faire ce que tu fais, je suis sûr qu'ils changeront d'avis.

— Pas avec Clay chez Maclean… S'il continue comme ça, il va gagner.

— Et c'est pour ça que tu t'interdis d'approcher de lui ?

Je ne trouve rien à lui répondre, il reprend donc :

— Eh, je te connais. Je sais quand tu as le béguin.

— Justement, on va appeler ça un simple béguin.

— Peut-être que pour lui…

— Non, le coupé-je. C'est non. Peu importe ce qu'il peut ressentir, il reste le pilote de l'équipe adverse.

— Oui, je comprends, répond-il en pinçant les lèvres. Mais ce serait dommage que tu t'empêches d'être heureuse.

— Il ne m'a pas demandée en mariage, que je sache, donc ne te fais pas tout un scénario.

Momo prend acte, mais il ne peut s'empêcher de poursuivre après quelques secondes de réflexion.

— Et t'amuser ? Tu n'as pas le droit ?

— Quoi ? Je devrais juste passer du bon temps dans son lit, peut-être ?

— Ce n'est pas ce que je dis, souffle-t-il. Mais je vois bien qu'il te plaît, et peut-être que tu as envie d'être plus proche de lui.

— Ce dont j'ai envie n'a aucune importance.

— Mais tu as quand même accepté son invitation en Angleterre, n'est-ce pas ?

— Je peux toujours annuler.

— Ce ne serait pas très gentil, il semblait ravi de te proposer, me tacle Momo.

— Ouais, bon ! J'irai ! Mais juste parce que…

— Tu en as envie ?

Que lui répondre ? Il vient de m'acculer dans les cordes.

— Bonne nuit, Momo, on se retrouve demain, dis-je pour couper court.

J'ai droit à un doux sourire bienveillant avant qu'il ne s'approche de moi et me serre dans ses bras.

— C'est ça, oui. Bonne nuit.

Aussitôt qu'il me lâche, j'attrape mon cardigan et me dirige vers la porte. Momo me fait encore un bref signe de la main avant que je ne la referme. Une fois dans le couloir, je souffle un bon coup en songeant à ce qu'il vient de me dire. Car oui, c'est certain, j'ai envie d'être avec Clay. Mais non, hors de question d'y songer. Un bruit de porte qui s'ouvre dans le couloir me fait tourner la tête, j'arrondis la bouche dans la foulée.

— Ouais ! Et essaie de ne pas trop rêver d'elle.

— Tais-toi ! raille Clay.

— *J'ai encore rêvé d'elle, c'est bête, elle n'a rien fait pour ça !* chante soudain à tue-tête la voix de Lorenzo dans sa chambre.

Clay pouffe en fermant la porte. Je suis figée, incapable du moindre geste. Ce n'est que lorsqu'il se tourne vers les ascenseurs qu'il s'immobilise à son tour. Un frisson parcourt mon échine. Ses yeux dorés ne voient rien d'autre que moi.

MACLEAN

205 POINTS

J'ai du mal à lâcher la poignée de porte. Au fond de moi, j'avais dans l'espoir de la croiser, mais j'avais fini par me faire une raison, pensant qu'elle était déjà au fond de son lit. Je suis donc ravi de la retrouver dans ce couloir, tout aussi surprise que moi.

— Qu'est-ce que tu fais ici ? demande-t-elle, suspicieuse. Je croyais que l'écurie Maclean était logée à l'autre bout de la ville.

— J'ai passé la soirée avec Lorenzo, avoué-je en m'approchant d'elle.

Ses mains tremblent. Elle fuit mon regard, cherchant une échappatoire. Elle ne semble pas aussi ravie que moi de cette rencontre impromptue.

— Ta chambre est à cet étage ? demandé-je avec une pointe d'envie dans la voix.

Elle s'interdit de me regarder, à croire qu'elle ne s'autorise même pas à discuter avec moi. Certes, je ne suis plus le pilote de la Scuderia Adessi, mais cela ne m'empêche pas d'être moi-même, non ? Emy n'en est plus au stade où elle m'intrigue, elle me plaît. Beaucoup. Plus j'en apprends sur elle, plus je tombe sous son charme. Cette femme n'a pas froid aux yeux, elle m'ignore alors que des centaines d'autres rêveraient d'être à sa place. Depuis notre première rencontre, elle n'a cessé de me maltraiter, de jouer avec mes nerfs, de tout faire pour que je ne sois pas champion du monde. Elle ne se laisse pas faire et j'aime ça. L'interdit et le danger me stimulent au plus haut point. J'ai bien conscience qu'elle dresse des barbelés, qu'elle cherche à s'éloigner de moi alors que tout son corps semble crier l'inverse. Comme son regard incandescent à l'instant présent.

— Pourquoi ? Tu veux que je te fasse visiter ma chambre ? lâche-t-elle, vénéneuse.

— Ça pourrait être une idée, oui.

Elle secoue la tête en levant les yeux au ciel et se dirige vers une porte. Son dos se colle à cette dernière tandis qu'elle tripote sa carte d'accès. Je m'avance, conquérant. Je pose mes mains sur le battant, de part et d'autre de sa tête, afin de la bloquer davantage.

— Tu n'en as pas envie ? demandé-je, perdu dans ses yeux.

J'ai droit à un pincement de lèvres en guise de réponse. J'enchaîne :

— Ce n'est peut-être pas un hasard si on se retrouve tous les deux ici ce soir.

— Tu as raison, tu as certainement titillé le destin en rendant visite à Lorenzo.

— OK, peut-être, mais si on arrêtait de se voiler la face ?

Sa poitrine se soulève lentement dans une profonde inspiration.

— Tu as le sentiment que je me voile la face ? me lâche-t-elle, provocatrice.

— Bien sûr, tu émets bien trop de signaux contradictoires.

— C'est vraiment ce que tu crois ?

Sa manière d'agir m'irrite autant qu'elle m'amuse. Je pose en douceur ma main sur sa hanche. J'humecte mes lèvres alors que je fixe les siennes. Son regard est brillant, plein de désir, presque avide. Je frôle son nez avec le mien tandis qu'elle ouvre la bouche, aspirant mon air.

— Si tu ne voulais vraiment pas de moi, tu m'aurais déjà empêché d'être si proche. Donc tu le veux, toi aussi.

Elle déglutit et incline la tête, dans l'expectative.

— Et si tu ouvrais cette porte ? insisté-je.

— Pourquoi je ferais ça ?

— Parce que tu en meurs d'envie.

— Tu es bien trop imbu de toi-même, Clay, siffle-t-elle à quelques centimètres de mon visage.

N'en pouvant plus, je m'apprête à poser ma bouche sur la sienne pour enfin lui donner tort, mais au lieu de rencontrer ses lèvres, je me heurte à son index. Nos souffles se mêlent l'un à l'autre tandis que la pression dans ma poitrine est sur le point de me faire imploser. Son regard est joueur, plein de défi, mais son doigt appuie un peu plus fort sur ma bouche.

— Ce n'est pas une bonne idée.

— D'entrer dans cette chambre ? Au contraire, je trouve que ce serait une excellente initiative.

— Rien de bon ne peut en ressortir.

— Je sais parfaitement ce qui peut être bon dans cette chambre si j'y mets les pieds.

Presque amusée, elle me pousse de l'index, m'obligeant à reculer. Elle insère ensuite la carte dans la serrure. Mon sang pulse soudain plus fort dans mes veines. Je ferme les yeux une petite seconde tandis que je sens son corps prêt à entrer dans la chambre. Je la suis, impatient, empli d'envie, mais elle me bloque soudain du bras, la porte à moitié ouverte. Emy ne m'offre qu'un misérable interstice dans lequel me glisser. Pourtant, d'où je suis, je comprends rapidement que je n'irai pas plus loin. Je ne peux pas la forcer à m'inviter et son corps fait barrage. Toutefois, je lis de l'hésitation sur son visage.

— Tu es certaine ? tenté-je.

Chaque parcelle de son corps semble lui intimer l'ordre d'accepter. Elle n'est plus qu'à un cheveu de céder, ce qui m'excite davantage.

— Dis-moi que tu n'en as pas envie, et je retourne bredouille chez Maclean, assuré-je.

Sa langue se promène sur sa lèvre inférieure pour l'humecter. La directrice semble avoir disparu, je ne distingue qu'une femme me convoitant. Soudain, elle fait un pas en avant et claque la porte de sa chambre.

— Tu ne rentreras pas, Clay, point final.

Je plisse les yeux, déçu. Je m'apprête à reculer d'un pas, mais elle accroche soudain mon T-shirt et me tire à elle d'un coup sec. Sa bouche s'écrase en une fraction de seconde sur la mienne. Ses lèvres s'entrouvrent dans un sourire complice.

— Mais ce n'est pas pour autant que je n'en ai pas envie, me souffle-t-elle.

C'est l'invitation que j'attendais, alors je colle mon corps contre le sien. Ma langue s'immisce dans un baiser avide. Urgent. Notre frustration est bien trop intense, la pression cède enfin. Je pose ma main sur sa hanche et la cloue contre la porte. Sa tête s'incline, me permettant d'intensifier mon baiser. Emy m'accueille, plus désireuse que je ne l'aurais espéré. Elle glisse ses doigts à l'arrière de ma tête, me ramenant vers elle. Mon corps contre le sien, elle ne doit rien louper de mon désir pour elle. Je la presse bien plus fort, tandis que ses lèvres gémissent dans un son qui me fait frémir. Bon sang, je ne pensais pas que ce serait aussi délicieux ! Je l'embrasse encore plus fort, mordillant le bout de ses lèvres, caressant sa langue avec la mienne, passionnément.

La passion.

La seule chose qui me définit en cet instant. Je ne pensais pas être aussi avide, son corps contre le mien me fait chavirer cent fois plus fort que n'importe quelle victoire. Mes mains se promènent sur ses hanches. Emy se déchaîne sur ma bouche, crochète ma nuque, me ramenant toujours plus près d'elle, savourant mes lèvres avec autant de désir que ce que je peux ressentir dans mon pantalon. J'ai le sentiment d'imploser quand soudain, elle se détache de mes lèvres avec délicatesse. Ses mains se posent à plat sur mon torse tandis qu'elle fuit mon regard et me force à reculer d'un pas. De sa main gauche, elle introduit le passe et ouvre la porte avant de poser un dernier regard sur moi.

— Maintenant, tu peux rentrer bredouille chez Maclean, me lâche-t-elle avec une satisfaction surjouée.

J'ai le ventre en vrac. Je m'apprête à prendre d'assaut sa chambre, mais son index impérieux se repose sur ma bouche.

— Un baiser, c'est déjà très bien, me souffle-t-elle.

Elle se glisse aussitôt dans l'interstice et disparaît dans un claquement de porte. Il me faut plusieurs secondes pour reconnecter mes neurones, entre frustration extrême et euphorie stupide. Même en dehors des circuits, elle est joueuse. J'hésite à tambouriner mais me ravise, un sourire idiot figé sur le visage.

OK, un point pour toi.

SCUDERIA ADESSI

236 POINTS

Dans la voiture de Momo en direction de Nice, je me laisse porter par la musique. *La Terre est ronde* d'Orelsan me fait secouer la tête en rythme. Mon ami tapote sur le volant, également pris par le flow. Malgré sa quarantaine, Momo a conservé une âme d'adolescent que j'adore. Le rap a toujours eu une part importante dans ma vie et je ne compte plus les artistes qui ont réussi à me transporter avec leurs paroles. Parfois même à soigner mes maux. Une certaine nostalgie me gagne. À l'époque, j'étais si loin de m'imaginer ma vie actuelle. J'aimerais croiser cette jeune fille à la tête dure, lui dire que toutes les batailles qu'elle va mener finiront par la rendre plus forte. Peu importe d'avoir ou non une famille modèle, de l'argent, ou même une vie réglée au millimètre. Tout comme moi, Momo en est la preuve vivante. Une seule chose permet de s'envoler : faire de son mieux. La hargne et la rage de vaincre permettent de se transcender, mais il faut être parfois indulgent vis-à-vis de soi-même. C'est d'ailleurs pour cette raison que j'augmente le volume de l'autoradio. Je profite, j'ai l'impression d'avoir quinze ans, d'être simplement heureuse de rentrer chez moi.

J'ai besoin de retrouver ma rue, mes voisins, ma mère… Cette vie si loin de la Formule 1, de la pression et de la charge mentale qui m'accable.

Je n'ai pas fermé l'œil de la nuit, j'ai besoin de me vider la tête. Mon petit craquage avec Clay tourne en boucle dans ma caboche, j'aimerais juste pouvoir éteindre mon cerveau. Raison pour laquelle je me raccroche à tous ces repères qui me rassurent. Les rues de Nice, la musique à fond, le soleil sur mon visage, j'oublie ce que j'ai fait et redeviens une jeune femme ordinaire. La petite mécanicienne qui n'a qu'une hâte : retrouver notre garage et voir la réaction de mon ami lorsqu'il va le découvrir.

Momo bifurque sur le boulevard Saint-Roch. À l'arrêt au feu rouge, je hume la douce odeur de pizza qui embaume la rue. En tournant la tête, je remarque Antonio qui nous fait un signe de la main. Je le lui rends avec un sourire. Dès que le feu passe au vert, il ne reste que quelques minutes avant d'arriver au garage. Momo ralentit en entrant dans la rue. Les sourcils froncés, il observe la devanture au loin. Le volet roulant rouillé et hors d'âge a laissé la place à un neuf rutilant. Les murs affichent une magnifique peinture crème. Momo ne capte pas vraiment l'étendue de tous les travaux effectués. Il tourne la tête vers moi, incrédule.

— Tu as fait repeindre ?

Je hausse les épaules en guise de réponse tout en réfrénant un sourire. Il se gare devant et coupe le moteur. Hébété et intrigué, il s'avance pour ouvrir le rideau en métal, mais il s'arrête net. Il cherche la serrure, et j'admets que ça me fait sourire. Je sors de mon sac en bandoulière le bipeur qui permet d'ouvrir son nouveau royaume. Je secoue le petit boîtier devant ses yeux.

— Non… lâche-t-il, les bras ballants. T'as pas fait ça, si ?

Je suis ravie de son air ahuri. Petit à petit, il semble prendre conscience de ce qui se présente à lui. Entre euphorie et malaise, comme s'il angoissait à l'idée de découvrir ce qui se cache derrière le rideau de fer argenté.

Je lui tourne autour deux ou trois fois avant d'appuyer sur le bipeur à quelques centimètres de ses yeux. Finis les grincements déchirants, le rideau se soulève dans un silence apaisant.

Momo ne bouge pas, planté devant son nouveau garage. Silencieux, il observe chaque coin et recoin de l'intérieur de son nouveau terrain de jeu. J'attends une réaction de sa part, le palpitant à fond. Les secondes défilent et Momo ne réagit toujours pas. Sous le choc de cet atelier aussi rutilant que ceux de Formule 1. Mon cœur se serre à l'instant où des larmes commencent à couler le long de ses joues. Un bref sourire sur le visage, il se pince les lèvres pour retenir un sanglot. Je prends une grande inspiration pour éviter de céder à mon tour et saisis sa main pour la serrer très fort dans la mienne.

— Tu le mérites, dis-je en faisant mon possible pour ne pas pleurer.

Je n'ai jamais vu Momo dans cet état. Sa soudaine fébrilité me fissure de l'intérieur. Je l'imaginais sauter partout, crier, hurler sa joie. À aucun moment je n'avais pensé qu'il serait mutique et submergé par les larmes. Rien n'est visible, mais je sais que son cœur déborde de gratitude. Il serre un plus fort ma main avant de me faire face et de me prendre dans ses bras. Momo est bien plus que mon ami ou mon patron. Il a été ce père quand j'en ai eu besoin. Ce mentor qui m'a tout appris, mais aussi ce confident à qui j'ai pu tout dire.

— Merci… merci, souffle-t-il contre mon oreille.

Je pose ma joue contre son torse puissant.

— C'est à moi de te dire merci, réponds-je. Merci pour ton soutien depuis toujours. Tu représentes énormément pour moi, avoué-je en étouffant un sanglot.

Il passe sa paume sur mon dos et me frictionne tendrement. Il se détache ensuite et essuie ses larmes d'un revers de main. Il se tourne vers le garage pour mettre un premier pied dedans. Ses doigts glissent sur le tout nouvel établi, ses yeux ne quittent pas le chariot de diagnostic à la pointe de la technologie, il passe en revue l'armée d'outils soigneusement rangés sur les murs. Puis il se tourne vers moi :

— C'est bon, tu peux faire venir un moteur V12 ici, je peux faire la vidange.

Je ris de bon cœur avant de lancer la sono. La voix de Khaled emplit aussitôt tout l'espace. Je me lance dans un petit mouvement d'épaules en m'approchant de lui. Il me suit dans mes pas de danse et pousse la chansonnette, bien que je ne comprenne aucune parole. Il est aux anges. *Voilà.* C'est tout ce que je voulais. Rentrer chez moi et danser sur du raï avec mon ami. Je réfléchirai plus tard à mon beau pilote et aux conséquences de notre baiser enflammé…

***

Je passe les portes de la Scuderia Adessi, soucieuse. J'ai beaucoup de monde à voir aujourd'hui. Ma priorité reste l'usine et l'équipe. Les ingénieurs sont sur le pied de guerre, ils vont avoir besoin que je les bouscule davantage. Je descendrai vérifier leurs progrès dans la journée. Nous trouver relégués en deuxième position du championnat n'est pas acceptable. Personnellement, j'ai bien trop à perdre. J'active le pas. Mes Vans crissent dans le couloir en béton ciré menant à mon bureau. Tous les visages des pilotes Adessi m'accueillent, je ne peux m'empêcher de m'attarder sur Clay. Je revis instantanément notre baiser, gagnée par d'agréables frissons. Toutefois, je me dérobe en bombant le torse. Aujourd'hui, je suis la directrice d'écurie, aucune place pour les sentiments. Je tourne sur la droite. Les baies vitrées, de part et d'autre, laissent filtrer une douce lumière. Je remarque Riccardo, assis derrière son ordinateur, les sourcils froncés. Les mots de Gabriela s'incrustent dans mon esprit. Elle a certainement raison. Ce mec est un condensé de connard, mais je suis persuadée qu'il doit bien se débrouiller avec la FIA. Je ravale mes rancunes et me place devant sa porte en toquant trois légers coups. À travers la porte vitrée, son menton se relève et il me dévisage un bref instant. Espérant être aimable, je lui laisse même le temps de m'inviter par lui-même. Un geste de main de sa part et j'entre.

— Emy ? Que me vaut ta visite ?

Riccardo s'enfonce dans son siège en croisant les bras. Je prends place sur une chaise face à lui.

— On a besoin de parler.

— De quoi ? Je n'ai rien à te dire…

— Oui, mais moi, si, tranché-je.

Je m'accorde un petit instant. C'est dingue comme j'ai l'impression de me trahir. Pourtant, ce type fait presque partie de ma famille. Si mon idiot de père lui a donné tout son amour, il doit bien y avoir une raison ? Durant des années, c'est lui qui a vécu à ses côtés, et pas moi. *Pourtant, c'est moi qui suis maintenant à la tête de son empire…*

— Papa voulait qu'on fasse équipe, lâché-je.

— Papa ? répond-il, les yeux écarquillés.

— Oui, je suppose que c'est comme ça que tu l'appelais, non ?

Riccardo perd son sourire instantanément et me cingle du regard.

— Oui, je l'appelais comme ça, c'est lui qui m'a élevé.

Sa confidence me fait l'effet d'une potion amère. Pourtant, comment lui en vouloir ? Ce n'est pas sa faute à lui.

— Il s'est marié à ma mère alors que je n'avais que deux ans, me dévoile-t-il soudain. Il n'y a pas eu de débat. Il est devenu mon père. Désolé si tu n'as pas profité de lui, mais je ne vais pas m'excuser à sa place.

— Ce n'est pas ce que je te demande.

— D'accord, alors qu'est-ce que tu veux ?

Je soupire en cherchant à mettre ma jalousie de côté.

— Repartir sur de bonnes bases, admets-je. Il a fait de moi la directrice, il avait une idée derrière la tête. Et je me doute que tu la connais.

Riccardo soupire, peu convaincu par mes mots.

— Tu n'es là que pour une année.

— Tu peux arrêter ça, s'il te plaît ? Si je suis ici… et toi aussi, c'est certainement qu'il comptait sur notre association. OK, je te l'accorde, je ne connais pas le milieu autant que toi, mais j'ai des atouts, moi aussi.

— Je te donne raison là-dessus. Celui de faire chier tout le monde.

— Certes, et ça n'enchante pas nos rivaux. Mais toi…

Je m'interromps. Riccardo attend, les traits tirés.

— Toi, tu connais les ficelles, reprends-je. J'ai la persévérance que tu n'as pas, mais tu as l'expérience.

— Je ne sais pas si je dois prendre ça comme une insulte ou un compliment.

— Les deux.

Il décroise les bras et s'accoude à son bureau en secouant la tête.

— Qu'est-ce que tu attends de moi, au juste ?

— Sois l'enfoiré que tu es, mais pas contre moi. Je sais que tu peux être sans pitié. Et je veux te donner carte blanche. Détruis Maclean auprès de la FIA.

— Ce n'est pas dans mon intérêt de faire ça.

— Cinquante-cinquante. Voilà ce que je te propose. À la fin de la saison, nous gagnerons tous les deux. Je te placerai comme associé à la même hauteur que moi.

— Ou je peux attendre que tu échoues et tout récupérer, ricane-t-il.

Je grimace.

— Oui, tu peux. Mais on sait tous les deux que ce n'est pas ce que tu as envie de faire. J'ai compris que certaines tâches ne te plaisent pas. Tu veux être le dirigeant principal pour satisfaire ton ego, mais une fois que tu auras le pouvoir, tu vas vite te lasser.

Un silence s'éternise alors que Riccardo entrelace ses doigts, songeur.

— Tu débarques, tu voles mon poste, et tu veux que je t'aide alors qu'il me suffit d'être patient et de tout avoir ? Donne-moi une bonne raison d'accepter ton stupide deal.

J'aurais peut-être mieux fait de ne rien tenter. Pourtant, j'ai tellement envie de remettre l'église au milieu du village.

— Tu n'es qu'un con imbu de lui-même qui pense qu'il pourra réussir tout seul. Mais alors… pourquoi papa ne t'a pas donné les pleins pouvoirs de son vivant ?

— Il avait certainement de bonnes raisons, grogne-t-il. Comme être occupé à combattre un cancer.

— Oui, évidemment. Mais alors, explique-moi pourquoi il est venu me voir avant son décès ? Si vraiment il ne comptait pas sur moi, il ne m'aurait pas désignée comme dirigeante à quatre-vingts pour cent. C'est dingue… quatre-vingts pour cent !

C'est énorme, non ? Et si finalement, il n'avait tout simplement pas confiance en toi ?

— Oh, la ferme ! s'agace Riccardo.

— Meurs, répliqué-je.

— Crève toi-même !

— Je reviendrai te hanter.

— Je pisserai sur ta tombe.

Les yeux grands ouverts tous les deux, nous nous toisons. Toutefois, je dois avoir le dernier mot !

— Je te réveillerai toutes les nuits en te hurlant aux oreilles. Je te tirerai par les jambes. Je ferai clignoter toutes tes lumières, tous les soirs, pour pas que tu t'endormes, j'allumerai la télé. Je…

— Ça va, c'est bon, j'ai compris !

Riccardo rit en silence de mon petit numéro. J'en profite aussitôt.

— Moitié-moitié, proposé-je une seconde fois. Notre père avait une bonne raison, oui. Celle de nous voir ensemble, je suppose.

Mon demi-frère par alliance semble peser chacun de mes mots.

— Si j'accepte, j'ai des conditions.

— Le contraire m'aurait étonné.

— La première étant que tu dois gagner ce championnat constructeur. Je ne suis pas le seul décisionnaire et les investisseurs n'ont pas oublié le testament de Giuseppe. Si tu ne gagnes pas, je ne pourrai pas plaider en ta faveur.

— Oui, c'est logique, admets-je.

— Deuxièmement, c'est moi qui gère entièrement les échanges avec la FIA. Tu ne te mêles de rien, ne refuses rien et surtout ne critiques rien. Tu veux que je sois un enfoiré, pas de problème, mais ne viens pas pleurnicher ensuite si mes décisions te contrarient.

— Je ne vois pas pourquoi ça me gênerait !

— Ce qui fait que j'en viens à ma troisième condition. Je ne suis pas aveugle, j'ai bien remarqué que tu avais un faible pour Clay. Ce qui semble être réciproque.

— Ma vie privée ne…

— Ta vie privée ne t'appartient plus, me coupe-t-il. Tu es la dirigeante d'une écurie. L'une des plus réputées au monde. Clay est un pilote mondialement connu, lui aussi. Un scandale n'est pas le bienvenu, surtout si tu comptes convaincre les investisseurs. Que crois-tu ? Si ça arrive aux oreilles d'Edward Maclean, il ne fera qu'une bouchée de tout ça pour te crucifier sur la place publique. Je connais ce type, ce n'est pas un enfant de chœur. Il détruira ta notoriété, te fera passer pour la salope que tu ne veux surtout pas être. Et il est hors de question que l'image de notre écurie, la plus vieille de l'histoire de la Formule 1, en pâtisse.

Je déglutis, déstabilisée par son discours. Il poursuit sur sa ligne d'avantage.

— Donc, j'ignore ce que tu mijotes avec Clay, mais tu tires un gros trait sur ta pseudo-idylle avec lui.

— Il n'y a aucune idylle…

— Je m'en fiche. Tu ne t'approches plus de lui. Ne donne surtout pas le bâton pour te faire battre. Les journalistes sont des vautours, je pense que tu en as déjà fait l'expérience.

J'opine brièvement, la gorge nouée. Pour ses deux premières conditions, pas de problème. *Mais concernant la troisième…* Je dois admettre que je ne m'attendais pas à ça. Suis-je prête à sacrifier mon avenir au sein de cette écurie pour un homme ? Oui et non. Oui, car Clay me plaît, et ça faisait bien longtemps que je n'avais pas ressenti une telle attirance. Non, si cela signifie perdre tout ce que je peux avoir. Je n'ai pas vraiment le choix après tout, le fait de devenir directrice doit tout emporter sur son passage.

— C'est d'accord, conclus-je.

— J'ai donc carte blanche ? s'assure-t-il.

Je hoche la tête, plus déterminée que jamais.

— Ça signifie que je vais m'acharner contre Meunier et surtout… contre Johnson. Ton amoureux risque de ne pas apprécier.

Je ravale ma salive, le cœur noué.

— Je suis la directrice de la Scuderia Adessi. Mon objectif principal est de gagner le championnat, c'est tout ce qu'il y a à savoir.

— Très bien. Dans ce cas, madame la directrice, il y a deux ou trois choses que je peux déjà faire, me lâche-t-il.

Riccardo me sourit généreusement avant d'orienter son ordinateur portable vers moi. Il était en train de visionner la course de Monaco, non pas ce qui est diffusé sur toutes les chaînes, mais les statistiques, les analyses et les courbes de chaque pilote. Son écran affiche les résultats de Meunier, juste avant que Liam n'ait dû abandonner à la suite d'un accrochage. Gabriela avait raison. Moi aussi, d'ailleurs. Riccardo est un enfoiré, mais il cherche les failles et il semble intraitable. Car même si la course a eu lieu il y a plusieurs jours, il est encore là, à l'analyser. Et c'est ce dont j'ai besoin. De soutien. Car mon père avait peut-être raison : nous pouvons nous compléter.

MACLEAN

288 POINTS

— Nous pensons qu'à Silverstone, la Scuderia choisira une double stratégie. Liam est un pilote qui monte en puissance chez eux, il a fait ses preuves lors de la dernière course au Canada. Et bien que ça ne te plaise pas, Alexandre, son rythme est semblable au tien…

J'observe notre statisticien du coin de l'œil, tandis que Meunier s'enfonce dans son siège, dépité. Il lui rapporte les dernières analyses de course. Cela ne m'étonne pas. Je savais bien que Liam était une pépite. Un bijou brut à façonner, certes, mais qui fait tout de même peur. Toutefois, c'est le cadet de mes soucis pour l'instant. Depuis Monaco, je ne cesse de penser à Emy. Je ne sais pas comment elle a réussi cette prouesse, mais elle m'a snobé et évité sur les deux derniers grands prix. Mes appels au siège de la Scuderia sont restés sans réponse. La situation commence sérieusement à m'agacer. Elle ne peut pas m'embrasser et faire la morte ensuite ? Que suis-je pour elle ? Un *pretty boy* ? Je n'ai jamais vécu pareille situation. D'habitude, c'est moi qui prends les décisions. J'envoie bouler ou je choisis quelle femme peut passer la nuit avec moi ou non. Là, j'ai le sentiment d'être un ado perdu dans une friendzone. Mais encore faudrait-il que l'on soit amis…

— Clay ? me réveille Jack.

Je relève la tête, confus. Mon ingénieur de course darde un œil étrange sur moi.

— Désolé, je n'ai pas écouté, réponds-je.

— Comme d'hab, Clay, pouffe Meunier à ma droite. Pole position et tout pour ta gueule.

Son aigreur ne m'atteint pas. Notre relation s'est bien améliorée, je pense qu'il a compris que je n'étais pas son rival. Toutefois, j'ai discuté les décisions le concernant durant les courses. Maclean semble ne plus l'avoir à la bonne et Alexandre fait petit à petit sentir son exaspération. Je le comprends. Six ans qu'il roule sous les couleurs de l'écurie anglaise, et il n'a pas senti une seule évolution.

— On sera à la maison, signifié-je. Je ferai tout ce qu'il faut pour que nous remportions cette course.

Le sourire de Jack s'illumine. S'il y a bien une chose à laquelle tient un pilote, c'est gagner à domicile. Le circuit Paul-Ricard, en France, est le saint Graal d'Alexandre, comme Silverstone est le mien.

— Bien, voici les notes stratégiques pour ce circuit, lâche l'ingénieur en se levant pour nous donner un dossier.

Je récupère le mien, sachant pertinemment que je ne lirai ces documents que la veille de la course. Ma mémoire n'est bonne qu'à court terme, j'ai besoin de tout avoir à l'esprit peu de temps avant. Nous suivons ensuite le mouvement et sortons de la salle de réunion. Meunier et moi sommes les seuls à décamper rapidement, tandis que les autres discutent encore au seuil de la porte. Marchant à ma droite, mon coéquipier souffle exagérément.

— J'en ai ras le cul.

Je pince les lèvres en le regardant, navré.

— Tu n'es pas si mauvais, argué-je. Troisième au classement, quand même.

— L'année dernière, j'étais deuxième.

— Oui, parce que tu m'as volé la place à quelques courses de la fin, réponds-je, me remémorant la déception qui continue de me miner.

Meunier pouffe en se dirigeant vers l'ascenseur.

— Je devrais peut-être postuler à la Scuderia, lâche-t-il sans un regard pour moi.

— Sérieusement ?

— Bah, pourquoi pas ? Je suis encore sous contrat, mais tout n'est qu'une question d'arrangements. Si je foire, Maclean voudra rompre ce qui nous lie, et je serai libre d'aller ailleurs.

— Oui, si tu es certain d'avoir une écurie.

— Je suis peut-être trop vieux… souffle-t-il.

Il n'y a rien de pire que d'être mis sur le banc de touche. Nous sommes vingt pilotes parmi les meilleurs du monde, mais nous ne sommes jamais à l'abri de tout voir disparaître. Une saison peut devenir un enfer, et un contrat annulé, nous mettre au chômage. Une fois que nous avons fait notre temps et que nos résultats ne sont plus probants, plus aucune écurie ne se bat pour nous. Meunier en est peut-être à ce stade. Il est plus âgé que moi, après tout, mais pas tant que ça…

— T'as quoi, trente ans ? demandé-je.

Mon coéquipier pose un regard sur moi, curieux.

— Trente-deux, pourquoi ?

— Tino a mis fin à sa carrière à quarante et un ans, tu as encore de la marge, dis-je en faisant référence à son ancien coéquipier, triple champion du monde.

— Il me manque, ce petit con.

— Et moi qui pensais que tu l'oublierais avec mon arrivée, le taquiné-je.

— Je t'aime bien, mais pas à ce point-là, rétorque-t-il, amusé. D'ailleurs, tu vas faire quoi, toi, l'année prochaine ? Je suppose que tu as signé au moins pour trois ans ici, non ?

Les portes de l'ascenseur s'ouvrent. Je hausse les épaules, feignant l'ignorance. À vrai dire, il y a aussi une stratégie en dehors de la course, pour nous tous. Et donner certaines infos ne se fait pas, même entre coéquipiers.

— Si c'est ce que tu penses, alors oui, dis-je avant de me diriger vers l'extérieur.

— *Crétin*, t'es pas si con, toi, grogne Meunier.

Je me tourne, l'interrogeant du regard. Je ne connais pas ce mot français.

— Tu disais ?

— Je t'ai traité d'idiot avec un cerveau, affirme-t-il, le sourire aux lèvres, en mettant ses lunettes de soleil.

Je le pousse du coude alors qu'il m'adresse un doigt d'honneur. J'entre dans ma voiture, amusé et détendu. Je lance le contact, soudain plus songeur. Si Meunier demande à rejoindre la Scuderia, il y a de grandes chances qu'elle accepte. C'est un pilote expérimenté, et il a toujours soif de victoire. Je devrais m'en foutre, mais pourquoi une boule se loge dans mon ventre ? Je ne désire surtout pas que Meunier pilote pour Adessi.

Je prends une grande inspiration et compose une fois de plus le numéro du siège de la Scuderia. La standardiste décroche et me demande en italien ce qu'elle peut faire pour moi.

— Emy Leclerc, s'il vous plaît.

— Madame Leclerc ne prend aucun appel actuellement. Vous pouvez toutefois me laisser un message que je lui transmettrai.

— Gabriela Donazio, alors, tenté-je.

— Très bien, je vous mets en relation. Pouvez-vous me donner votre nom, que je sache qui annoncer ?

— Clay.

— Clay, comment ?

— Juste Clay, insisté-je.

Elle me bascule sur ligne d'attente. Quelques secondes plus tard, la voix de Gabriela résonne dans ma voiture.

— Clay, c'est vraiment toi ?

— Salut, Gaby, est-ce que je peux te demander un service ?

— Et je gagne quoi dans l'affaire ?

— Ma reconnaissance éternelle, proposé-je.

— Qu'est-ce que veut le grand Clay Johnson pour faire appel à la petite community manager ?

J'expire fort par le nez.

— Elle ne me répond pas.

— Qui ça ?

— À ton avis ? grogné-je. Je crois savoir que vous êtes… amies ?

Un rire fuse.

— Tu crois ?

— Gaby, est-ce que tu veux bien m'aider à la joindre ?

— Pourquoi je ferais ça ? Je te connais, Clay, je sais que l'amour n'est pas ton domaine de prédilection. Rouler à plus de 350 kilomètres-heure, pour ça, pas de souci !

— Tu n'en sais rien, grogné-je.

— Écoute, Emy est super en tant que directrice et je n'ai pas envie que tout foire à cause d'un scandale.

— Gaby, s'il te plaît, soupiré-je. Il s'est passé quelque chose entre nous et j'ai besoin de lui parler.

— Tu peux être plus explicite ?

— Désolé, mais je n'ai pas trop envie de te le dire.

— Ce n'est pas vrai, tu as couché avec elle ? Non, mais Clay, ce n'est pas un mannequin ou une pin-up ! hurle-t-elle.

— Je le sais bien, et non, nous n'avons pas couché ensemble, m'agacé-je.

— Alors qu'est-ce que tu lui veux ?

J'hésite. Gabriela est en train de me faire monter en pression, je ne l'imaginais pas aussi protectrice vis-à-vis d'Emy.

— OK, j'admets, elle me plaît ! Et pas qu'un peu. Elle me rend chèvre, je ne pense qu'à notre baiser depuis et j'ai…

— Attends, un baiser ? Ça fait quoi ?

— Quoi donc ?

— D'être en position de faiblesse, ironise-t-elle.

— C'est frustrant, merci de t'en soucier.

— D'accord, je te la passe. Mais juste parce que je sais qu'elle se débrouille très bien pour te faire perdre les pédales.

— Merci.

— Et aussi parce que j'adore les romances interdites.

— Très drôle, dis-je en soupirant de soulagement.

— D'ailleurs, maintenant, tu me dois plus que ta reconnaissance éternelle !

— OK, je t'offrirai un petit cadeau la prochaine fois qu'on se verra, promis.

Gabriela me bascule sur ligne d'attente. Mon cœur s'emballe. Je suis pressé de l'entendre, d'enfin discuter avec elle de ce qu'il s'est passé dans le couloir de cet hôtel.

SCUDERIA ADESSI

281 POINTS

Ma ligne téléphonique sonne alors que je suis en train d'éplucher le rapport d'un ingénieur. J'hésite une petite seconde à décrocher, captivée par ma lecture, mais j'ai conscience que Gabriela n'aura aucun scrupule à m'appeler toutes les minutes si nécessaire. D'autant que je la sais actuellement en négociation avec un grand groupe télévisuel pour organiser un reportage sur l'écurie. Elle y met toute sa conviction et de ce que j'en ai compris, il s'agirait d'un reportage au long cours. Des journalistes nous suivraient durant toute une saison. Je lui ai donné les pleins pouvoirs sur le sujet, si cela nous permet d'accroître notre notoriété et de développer le nombre de supporters de la Scuderia. Elle attend un retour imminent de leur part, peut-être que c'est déjà officiel.

— Tu as des nouvelles ? dis-je en premier.

— De quoi ?

— Du reportage !

— Ah oui ! Oui, oui, j'ai encore quelques points à régler et j'organiserai une rencontre prochainement avec le patron du groupe TV.

— Très bien, bonne nouvelle.

— Oui, mais je ne t'appelle pas pour ça. J'ai quelqu'un en ligne pour toi.

— Qui ça ?

— Une surprise.

Je fronce les sourcils, lâchant la feuille que je tiens dans les mains.

— Je n'aime pas les surprises.

— Tu me diras si celle-ci te plaît ?

Je grogne en guise de réponse, agacée par son petit ricanement, et elle me passe le correspondant sans cérémonie.

— Emy, j'écoute…

— Emy, c'est moi, Clay.

Mon sang ne fait qu'un tour. Mes mains tremblent aussitôt. Quelle surprise ! Je jure de découper Gabriela…

— Tu ne réponds jamais quand je passe par le standard et… tu m'as généreusement ignoré ces deux dernières courses.

— Oui, et à ton avis, pourquoi ?

— Parce que tu penses trop à moi et que tu t'interdis de m'approcher ?

L'enfoiré ! Hormis mon deal avec Riccardo, il a visé juste. Deux semaines que je me noie dans le travail pour éviter de fantasmer toute seule dans mon coin. De plus, les derniers résultats de Maclean m'encouragent en ce sens. J'ai une écurie à diriger et un championnat à gagner. Ces fichus Anglais nous devancent de quatre points au classement constructeur. Inacceptable.

— Parce que c'était une erreur, rétorqué-je plus sèchement.

— Pourtant, ta bouche et ton corps n'étaient pas de cet avis.

— Qu'est-ce que tu veux, Clay ?

— Savoir si tu es prête.

— À quoi ?

— Pour Silverstone.

— Ça ne te regarde pas, tu ne fais plus partie de la Scuderia, lui rappelé-je.

— Je ne parlais pas de ça. Je me doute bien que tu fais ton maximum pour redresser la barre. Je fais référence à ce week-end que tu m'as accordé.

Et merde ! L'une des raisons qui expliquent ma fuite. Je n'ai pas oublié son invitation, j'avais espoir que si je faisais la morte, il ne s'en soucierait plus. Grossière erreur.

— J'ai changé d'avis, indiqué-je.

— Ah non, désolé, ça, ce n'est pas possible. J'ai réservé tout le complexe, juste pour toi et moi.

Une douce chaleur se répand dans mon entrejambe. Je déglutis, cherchant à réguler ma respiration. Les conditions de Riccardo tapent dans un coin de ma tête. Comme un clocher qui sonnerait l'heure de la messe pour me ramener dans le droit chemin. Toutefois, mon corps n'est pas de cet avis. Je croise les jambes, je sens une agréable sensation entre elles en songeant à notre baiser.

— Tu n'abandonneras pas, n'est-ce pas ? soufflé-je.

— Je suis pilote de F1, ce verbe ne fait pas partie de mon vocabulaire.

Je n'ai que deux options. Soit je lui raccroche au nez en lui précisant qu'il peut m'oublier, et je tente ensuite de reprendre ma vie en main. Tout en espérant que mon traître de cœur et mon corps finiront par se calmer. Soit j'accepte sa proposition et me retrouve dans une situation inextricable.

Je soupire en passant ma main sur mon front et en agrippant ma queue de cheval. J'ai envie de me tirer les cheveux pour vérifier que ma tête de cinglée est toujours accrochée à mon cou. *Je-ne-dois-pas !* Sauf que mon cœur tambourine dans ma poitrine quand je songe à la torture que c'est de l'éviter. Sans parler des insomnies récurrentes ces derniers temps. Il n'y a pas à dire, l'interdit rend barge.

— Emy ? Ce n'est qu'un rencard.

— Un rendez-vous qui peut…

Je me tais, me rendant soudain compte que j'allais en dire beaucoup trop.

— Te plaire ? propose-t-il.

Malgré son entêtement, je souris niaisement. Parce que, oui, je risque d'aimer ça.

— C'est d'accord. Je t'avais donné ma parole, je la tiendrai.

Idiote ! J'envoie aussitôt valser ma conscience et compte sur le fait que personne n'en saura rien. Surtout pas Riccardo !

— Très bien, madame Leclerc. Je passe vous prendre après la course et nous filerons ensuite en direction de Leicester, chez moi.

J'imagine sans mal son petit sourire en coin.

— Ah !… Emy ?

— Oui ?

— J'ai adoré ce baiser, lâche-t-il.

Je plante mes dents dans ma lèvre inférieure pour m'empêcher de dire quoi que ce soit. Clay raccroche dans la foulée et tout l'air fuit mes poumons. En relevant le menton, je retrouve Gabriela dans le couloir, derrière les baies vitrées de mon bureau. Elle me fait un petit signe de la main avec un large sourire. Je n'ai jamais aimé les surprises, mais je dois admettre que pour une fois, celle-ci m'a plu.

Mais plutôt crever que l'avouer !

Je l'invite à entrer. Mon amie hésite, mais finit par passer le seuil de la porte.

— Alors ? tente-t-elle.

— Alors, tu es une traîtresse, je ne sais pas si je vais te garder à ton poste.

— Tu exagères, proteste-t-elle en levant les bras et les yeux au ciel. Tu sais que je bosse bien.

Elle s'avance et s'installe dans un siège face à mon bureau.

— Et je suis ton amie, non ?

— Tu l'étais.

— Oh ! s'exclame-t-elle dans une expression de souffrance feinte en mettant la main devant la bouche. Très bien, alors puisqu'on en est aux reproches. Explique-moi ce baiser dont tu ne m'as jamais parlé !

Mes yeux s'arrondissent alors que son sourire s'élargit.

— Nous sommes donc quittes, dit-elle. Tu m'as menti et j'en ai fait autant.

— Je ne t'ai juste rien dit.

— C'est pareil ! Ne rien dire et mentir, c'est presque la même chose.

L'Italienne brasse l'air avec ses mains avant de planter ses yeux caramel dans les miens.

— Et les amis se disent tout, martèle-t-elle.

Message compris. Elle n'attend qu'une chose, que je déballe ce qui s'est passé. *Fait chier !* Ce n'est pas dans mes habitudes d'ouvrir mon petit jardin secret, mais je dois admettre que son avis pourrait m'aider. Je me sens perdue entre désirs et devoirs. *À moins que… les deux puissent cohabiter, si je suis assez discrète ?*

MACLEAN

288 POINTS

— Clay, Clay ! Par ici !

Je m'approche des grilles à l'entrée du circuit et m'arrête pour signer quelques autographes.

— Il vous adore, lâche un homme bourru accompagné par son fils.

Le gamin doit avoir une dizaine d'années. Il me tend maladroitement une casquette. Je souris en la récupérant. Elle n'est pas aux couleurs de Maclean, mais de celles de la Scuderia Adessi. J'ai roulé si longtemps pour l'écurie italienne que les fans s'y perdent un peu.

— Quel est ton nom ? demandé-je au garçon.

Les yeux brillants, il me répond en bredouillant. Je m'empresse alors de faire un graphe sur la casquette et de la lui rendre. Je signe encore deux ou trois posters avant de retrouver le staff qui m'attend. Je hume ce doux parfum de chez moi. La pluie de cette nuit propulse une senteur de béton mouillé dans mes narines. Le soleil pointe pourtant le bout de son nez et le ciel qui se dégage annonce une belle journée. Et après ce week-end, je vais passer du temps avec Emy. Rien ne pourra donc me mettre en rogne aujourd'hui. Ne me reste plus qu'à gagner le grand prix et tout sera parfait.

Dans l'allée qui mène aux paddocks, le sourire aux lèvres, je salue quelques pilotes, je m'arrête pour blaguer et souhaiter une bonne course à d'autres. Comme pour me narguer, les stands de la Scuderia et de Maclean sont l'un à côté de l'autre. Lorenzo vient à ma rencontre, toujours aussi exubérant. Il m'enlace vigoureusement.

— En forme ? me demande-t-il.

— À fond, et toi ? Prêt à finir derrière moi ? le taquiné-je.

Il me tape aussitôt entre les jambes, m'obligeant à reculer et à protéger mes parties intimes.

— Si tu crois que je vais te faire des cadeaux, tu peux rêver.

— Je m'en doute, ricané-je.

— Et d'ailleurs, en parlant de rêve… Des nouvelles d'Emy ?

Bien évidemment, je lui ai tout raconté au téléphone. Lorenzo n'est pas que mon ami. C'est mon frère. Ma moitié démoniaque. Même lui m'a assuré avoir du mal à joindre sa patronne ces dernières semaines.

— Oui, elle viendra, assuré-je, plutôt fier.

Il sifflote nonchalamment, l'air de rien, quand son prénom résonne dans son dos. Riccardo, un verre d'eau à la main, l'invite d'un signe de tête à le rejoindre.

— Le chien de garde veille au grain, me souffle Lorenzo.

— Toujours aussi aimable à ce que je vois.

— Encore que, je le trouve plutôt détendu en ce moment. Il paraît qu'Emy et lui ont passé un arrangement…

— C'est-à-dire ?

— Désolé, mec. Secret professionnel, tu comprends ? me lâche-t-il avec un clin d'œil.

Je hoche la tête, assez peu compréhensif. J'ignore ce qui se trame entre Emy et Riccardo, mais je vois soudainement tout ça d'un mauvais œil. Lorenzo tourne les talons pour retrouver son chien de garde, le dirigeant en second de l'écurie. J'adresse au fils Adessi un signe lointain de la main qui reste sans réponse. Planté sur place quelques instants, je fais fonctionner mes méninges. Quel peut bien être cet arrangement entre Emy et lui ?

— Eh, Clay ? T'es au mauvais endroit ! lâche soudain Meunier, une grande paire de lunettes de soleil sur le nez.

Je me tourne et file dans sa direction pour une accolade sans trop de chaleur.

— Prêt pour la stratégie ?

J'acquiesce en me remémorant ma lecture d'hier soir.

— Nous devons donc gagner aujourd'hui.

En montant les premières marches de notre QG, je remarque une silhouette familière sur la droite. Dans l'autre bâtiment, celui de la Scuderia, Emy s'adresse à Riccardo, visiblement très en forme. Ils semblent effectivement plus conciliants, plus complices même. J'ai un sale pressentiment qui monte en moi.

***

Le souffle court, j'enchaîne mon vingt-cinquième tour. Je suis pris dans le trafic, ayant réalisé mon arrêt au stand il y a une minute. Dans l'opération, je suis passé de la deuxième à la sixième position. Je suis la stratégie de l'écurie, c'est maintenant le moment de cravacher en pneus neufs et de diminuer l'écart avec Lorenzo. Dès lors qu'il effectuera son arrêt au stand, il devra ressortir derrière moi, ce qui me placera en tête de course. Du moins, c'est l'objectif. Nos chronos sont proches. Plusieurs facteurs peuvent jouer à mon avantage, comme un pit stop plus long chez la Scuderia ou un autre pilote qui le bloque sur le circuit. La moindre seconde aura son importance et il me faut doubler le maximum de retardataires pour grimper sur la première place du podium.

Devant moi se trouve Jerico, le pilote mexicain, qui stagne en cinquième position du classement, mais il ne s'écarte pas.

— Qu'il bouge, putain ! enragé-je à la radio.

— Il est prévenu, me répond Jack dans l'oreillette.

Toutefois, Jerico ne me laisse pas tout de suite passer.

— Pénalité ! hurlé-je alors que j'ai enfin l'espace disponible pour doubler.

Je m'engage à fond pour rattraper les centièmes perdus. Juste avant un virage, je le double, mais alors que je relâche l'accélérateur, plus rien ne répond. Je perds le contrôle. Je sens ma voiture chasser de l'arrière tandis que je tourne désespérément mon volant. Mon corps est plaqué contre la droite, puis la gauche. Ma monoplace fait deux tours sur elle-même avant d'aller s'enfoncer dans les pneumatiques de sécurité en bord de piste. J'ai la respiration coupée par l'impact, mais je comprends que tout est foutu. Je suis hors course.

— Tout va bien ? me demande Jack, fébrile.

Mon souffle est encore erratique. Je me remets doucement du choc. Parler n'est pas une option dans l'immédiat. Mes doigts encerclent mon volant avec rage.

— Clay ?

J'ignore encore mon ingénieur de course. Ça fuse de toutes parts dans mon esprit. La compétition avant tout. Les points précieux que je laisse filer, le classement dans lequel je dégringole, l'avance que Lorenzo va avoir, alors que j'aurais pu passer devant et me mettre à l'abri. Le titre de champion du monde s'éloigne furieusement, me plongeant dans une extrême frustration.

— Clay ! Est-ce que tout va bien ?

— Oui ! hurlé-je.

Mon cri est long, surprenant, aussi dur qu'un hurlement de bête enragée.

— Je suis en vie, putain ! reprends-je, hors de moi.

— Jerico ne t'a pas touché, bredouille Jack, on est en train de voir ce qui…

— C'est *votre* foutue pédale d'accélérateur qui s'est bloquée ! le coupé-je, toujours aussi furieux.

Sans lui laisser le temps de répondre, je m'extirpe de la monoplace. Je retire mon casque et le jette sur le sol avec rage alors que j'entends le speaker hurler dans toutes les enceintes du circuit :

— *Abandon de Clay Johnson, abandon de Clay Johnson ! Lorenzo Moretti reprend la tête. Oh, mon Dieu, nous n'étions pas préparés à ça !*

Il continue de déblatérer, spéculant sur les conséquences au championnat. Je hais sa voix. Je hais le bruit des monoplaces qui filent à toute allure, alors que je me tiens là, hors course. Mon corps est crispé de partout. J'ai envie de hurler encore, quitte à paraître fou, je m'en cogne. Mais je sais aussi que toutes les caméras sont braquées sur moi. J'ai également conscience que tout le monde m'a entendu déverser ma rage à l'encontre de ma team sur la radio. Que tous savent dans quel état de frustration et de colère je me trouve.

Alors, je ramasse mon casque et l'enfile pour éviter les gros plans sur mon visage et une pénalité de surcroît. J'enjambe les barrières de sécurité et marche en direction des paddocks. Au loin, un scooter s'approche pour venir me récupérer. Dès que l'agent de service de courses se place à ma hauteur, je grimpe sur la bécane, le corps en fusion. J'ai le sentiment de retrouver les difficultés de début de saison avec l'écurie Maclean et leurs ingénieurs défaillants. Je pars en vrille. L'image de la monoplace rouge de mon ami qui file vers la victoire m'est insupportable. Je voulais que l'écart se creuse, c'est chose faite. Je n'avais pas prévu que ce serait à son avantage.

SCUDERIA ADESSI

324 POINTS

Comme tout le monde autour de moi, j'assiste incrédule à l'abandon de Clay sur sortie de route. Le ricanement de Riccardo derrière moi me fait tourner la tête. Il ôte son casque. Pour une fois, sa mère ne fait pas partie du paysage et Riccardo est bien plus détendu avec moi.

— C'est la pédale d'accélérateur qui a lâché, m'indique-t-il.

Je remets aussitôt mon casque pour suivre les conversations avec les autres écuries. Les infos sont diffusées au compte-gouttes. Le drapeau jaune est brandi et la *safety car*[8] fait son apparition sur le circuit. Une aubaine pour nous, mais n'oublions pas que Meunier est toujours en course.

— Box, box ! lâche José à côté de moi pour Lorenzo.

Je souris, satisfaite. Le drapeau jaune nous permet de faire un arrêt au stand quasiment gratuit en termes de temps. Ce sont

8. La voiture de sécurité (ou « safety car » en anglais) est un véhicule qui permet de neutraliser le déroulement d'une compétition automobile, notamment dans le championnat du monde de Formule 1. En cas d'accident, de débris sur le circuit ou de conditions météorologiques trop dangereuses, elle entre en piste et se place devant le leader pour ralentir le peloton. Cela permet aux commissaires d'intervenir en toute sécurité pour nettoyer la piste et d'évacuer une voiture accidentée, ou encore aux médecins de porter secours à un pilote blessé.

d'ailleurs toutes les monoplaces des écuries qui reviennent aux stands pour profiter du répit, avant que la voiture de Clay soit évacuée du circuit. Mon pilote leader passe dans mon dos et s'arrête pour changer ses pneus et filer aussi vite que possible, suivi de près par Liam. Nous revoilà dans la course, et tout ça grâce à Maclean et à ses problèmes. En voyant les images de Clay balancer avec rage son casque, je comprends sa frustration. Mais je dois admettre que je me sens plus légère. Nous revenons en position de force et ça va faire un bien fou à toute la team Adessi. Il ne reste plus qu'à Lorenzo et Liam à finir la course, en espérant que tout se passe bien. Je me demande tout de même comment je vais retrouver Clay après une telle défaite. Je risque de mieux apprécier ce rendez-vous qui m'attend. Je pense déjà à toutes les piques que je vais pouvoir lui lancer. Je remarque sur l'écran TV sur ma gauche qu'il est arrivé dans le stand Maclean. Il n'a pas quitté son casque. Il semble toutefois me remarquer et le retire. Mon ventre se contracte alors qu'il plonge son regard dans le mien. Dégoulinant de sueur, le visage rougi et la rage dans les yeux, il me fait un peu de peine. Malgré la situation, j'ai soudain une envie furieuse de me lever de mon siège pour aller le consoler. Son attraction est bien trop dangereuse. Son désarroi me fait fondre. Mais la course reprend ses droits. Je détourne le regard en pinçant les lèvres.

Je dois rester focus.

Ne déconne pas, Emy.

On verra plus tard pour tes hormones en fusion.

Je me mets une claque mentale et me concentre à nouveau sur mon moniteur pour suivre Lorenzo et Liam, pour cette seconde partie de course qui s'annonce intense.

Quelques minutes plus tard, je remarque sur la TV à ma gauche que Clay est en train d'être interviewé. Je retire mon casque et me concentre sur les échanges.

— Clay, un résultat difficile à digérer, j'imagine. Qu'est-ce qui vous passe par la tête en ce moment ?

Clay carre les épaules, replace sa casquette, inspire fortement en détournant le regard, avant de gonfler les joues et de répondre :

— Dégoûté, dégoûté. J'ai fait ce qu'il fallait depuis le début de la course, mais… bref, souffle-t-il. On avait tout pour gagner, pourtant on a clairement foutu nos chances en l'air.

— Oui, je comprends. Je suppose que vous allez débriefer avec l'équipe, mais comment expliquer cette pédale d'accélérateur qui lâche ?

— Écoutez, je ne suis pas le mieux placé pour discuter de ça, c'est toujours compliqué, je ne sais pas trop quoi dire. C'est difficile à accepter, mais c'est comme ça. J'espère qu'on apprendra de cette erreur et qu'on la corrigera pour les prochaines courses avant la fin du championnat.

— Permettez-moi une dernière question. On vous a entendu hurler dans la radio, c'est parce que vous étiez en colère contre vous-même de ne pas avoir su rattraper cette faiblesse de la pédale d'accélérateur ?

Le visage de Clay se ferme soudain, il se frotte la nuque avant de répondre.

— Ouais, je me suis surtout énervé parce que j'étais en position de force et qu'à cet instant, tout foutait le camp pour le championnat. C'est frustrant de devoir abandonner à cause d'un problème technique sur la voiture et de perdre de gros points dans la course au titre.

— Merci, Clay, merci à vous pour votre temps, on vous souhaite le meilleur pour les prochaines courses.

Pas moi, songé-je en le voyant s'éloigner du journaliste. De suite, je me sens coupable de cette vilaine pensée de patronne d'écurie. Je nage dans l'ambivalence. Bien sûr que je veux le meilleur pour cet homme qui m'attire plus que de raison. Bien sûr que je veux le meilleur pour la Scuderia.

***

Dans le hall de l'hôtel, ma valise à la main, je pose mes lunettes de soleil sur mon nez. Je me suis levée tôt, très tôt, pour me préparer, et surtout ne croiser personne de ma team dans les couloirs. Le staff dort du sommeil du juste après notre victoire d'hier. Lorenzo et Liam ont rapporté 43 points à l'écurie, alors que Maclean n'en a pris que 15. C'est un magnifique succès, je me sens bien plus sereine en sachant Lorenzo de nouveau leader au championnat. Je n'oublie toutefois pas mon expédition secrète, mais j'ai des doutes. Après ce week-end de course, je ne suis pas certaine de voir Clay débarquer. Je suis presque en apnée jusqu'à la sortie de l'établissement. Je vérifie l'heure sur mon portable. Je relève aussitôt la tête en entendant un bruit de moteur sourd. Mes lèvres se pincent alors que Clay se gare devant moi. Il sort de sa voiture, lunettes sur le nez, chemise entrouverte et sourire carnassier. Il s'adosse ensuite à sa superbe Maclean grise, l'air conquérant.

— J'avais peur de ne pas te voir, me lâche-t-il.

— C'est surtout moi qui croyais ça. Après ton abandon, je t'imaginais pleurer dans ton lit avec un pot de glace. Si tu veux, on peut annuler, proposé-je, moqueuse.

— Tu jubiles, n'est-ce pas ? Mais il en faut plus pour m'abattre. Je me suis fait la promesse de revenir encore plus motivé sur la piste !

Je hais son sourire. Il m'agace tout en diffusant une douce chaleur dans mon ventre. Devrais-je vraiment ressentir cela ? Nous nous défions un bref instant. J'imagine qu'il attend une nouvelle provocation de ma part. Je ne le déçois pas en faisant le tour de son véhicule et en lâchant :

— J'ai changé d'avis. Je ne monte pas dans ce tas de ferraille. Je vais appeler un taxi, donne-moi l'adresse.

Il ricane avant de récupérer ma valise en me l'arrachant presque des mains.

— Je m'en doutais, mais j'ai pensé à tout, dit-il en glissant mon bagage dans le mini-coffre.

Il revient ensuite vers moi et m'ouvre la portière avant d'extirper de sa poche arrière un autocollant. Je reconnais sans mal le logo de la Scuderia Adessi. Il s'empresse de plaquer le sticker sur le capot de sa voiture, cachant l'ovale et la typographie Maclean.

— Et voilà ! Maintenant, tu peux t'installer, annonce-t-il fièrement.

Je me retiens de glousser devant sa petite prouesse. J'émets un long soupir et finis par me glisser dans l'habitacle. À peine installée sur le siège, je grimace. J'ai l'impression de me trahir. Ce n'est pas le moment qu'un paparazzo débarque… À la place conducteur, Clay tire un autre sticker à l'effigie de la Scuderia, qu'il positionne soigneusement sur le volant.

— Je peux même parler italien, si tu le souhaites, me lâche-t-il avec un clin d'œil.

Je ravale un rire alors qu'il démarre le moteur.

— Elle a un son de merde, grincé-je.

— Là, je te l'accorde. C'est vraiment ce qui me manque le plus chez la Scuderia. Les voitures sont exceptionnelles.

Je le toise, mauvaise.

— Ah… et la Scuderia est aussi exceptionnelle, se rattrape-t-il. Vous êtes des gens si exceptionnels.

— Lèche-cul…

Il rit en mettant sa main sur le haut du volant et s'engage dans la circulation britannique en direction de l'autoroute. Rouler à gauche est pour moi assez perturbant, j'ai le sentiment de ne pas être en sécurité. Pourtant, j'ai à ma disposition l'un des plus brillants pilotes du monde. Je me demande bien ce qu'il a prévu pour cette petite escapade. Clay file sur l'autoroute. Je prends le temps d'observer le paysage. Je ne suis jamais allée en Angleterre. J'ai toujours imaginé ce pays sous la pluie. Mais je dois admettre qu'aujourd'hui, mes préjugés sont en train de tomber. Devant moi défile la campagne anglaise, avec des champs à perte de vue de part et d'autre de la route. Les rayons du soleil percent avec douceur, réchauffant une partie de mes cuisses dénudées. J'ai opté pour un short plutôt ample, avec un top près du corps. Clay a parlé de karting, je me doute bien que je vais transpirer sous la combinaison, hors de question d'empiler les couches. Donc, même si j'ai le sentiment d'être un peu trop dénudée pour 8 heures du matin, je préfère me sentir à l'aise.

J'étudie l'habitacle et ses finitions. J'écarquille les yeux en découvrant certaines parties en plastique et tapote dessus.

— Il aurait pu te fournir une voiture haut de gamme !

— Elle a quatre roues, un moteur pas trop mal et une assise confortable.

— Elle est moche.

— Tu exagères, c'est juste parce que c'est une Maclean et que tu es jalouse.

— Moi, jalouse ! Leurs bagnoles ne sont pas incroyables, ils piquent tous leurs designs…

— À la Scuderia, oui, je sais, me coupe-t-il.

Je le toise du coin de l'œil avant d'ouvrir la boîte à gants à la recherche des failles de cette voiture.

— Petit, même pas de quoi y mettre un mouchoir de poche, raillé-je.

Je la referme aussi sec et porte mon attention sur les boutons proches du levier de vitesse.

— Pas de siège chauffant.

— Non.

— Il y a au moins la clim ? m'enquiers-je en cherchant la manette.

— Oui.

Clay ouvre soudain les fenêtres en grand et accélère violemment. Mes cheveux valdinguent dans l'habitacle, mais je ne suis pas au bout de mes surprises : le toit se rétracte. Je relève le menton alors que le vent fouette mon visage. L'air frais matinal provoque d'horribles frissons dans tout mon corps. Une décapotable… évidemment.

— OK. Tu as gagné ! Remets la capote !

— Comme tu veux, me lance Clay. Regarde sur ta gauche et donne-moi le paquet.

Je le dévisage, confuse, mais il insiste :

— À gauche, là ! indique-t-il en désignant un compartiment sur ma portière.

Je glisse ma main dans l'interstice et saisis un sachet du bout des doigts. En le tirant vers moi, je bloque, ne sachant pas si je dois rire ou au contraire le lui balancer à la figure. Les dix préservatifs filent dans tous les sens à cause du vent. Il a osé ?

— Tu vas devoir m'en mettre un, hurle Clay. Je ne peux pas lâcher le volant ou on finit dans le décor.

— Je vais t'étouffer avec ! réponds-je en lui balançant les sachets au visage.

— Dans la bouche ! Déjà ? OK, ça me convient.

Il fait mine de déboutonner son pantalon.

— T'étouffer ! crié-je. Pas m'étouffer !

— Je n'ai pas entendu. Ne t'inquiète pas, elle est grosse, mais pas au point de t'étouffer si tu la prends en bouche.

Je hurle mon dégoût en m'avançant vers lui pour trouver le foutu bouton de fermeture du toit. Je tapote sur tout, lançant par mégarde un jet de lave-vitre. J'en prends une salve sur le visage et l'odeur du liquide me décape les narines. Clay est hilare. Son rire résonne encore lorsqu'il appuie enfin sur le bouton. Le toit se remet doucement en place, nous replongeant dans une atmosphère bien plus silencieuse et surtout moins glaciale. La chair de poule sur mes cuisses ne me quitte pas tant le froid me mord les os. Mais surtout, je fulmine. J'ose un regard vers lui, il se retient de rire.

— Tu peux ranger tes capotes, il n'est pas question de coucher ensemble, le mets-je en garde.

— C'est toi qui le dis…

— Alors je suppose que c'est juste un paquet au cas où une groupie se jetterait sur toi ?

— Je n'en ai pas tant que ça.

— Quoi ? Des fans ? Ne te fous pas de moi. J'ai vu une femme dans les gradins avec ton prénom inscrit sur les seins au Grand Prix de France.

— C'est parce que les Françaises sont plus ouvertes d'esprit, s'amuse-t-il.

— J'imagine que tu en as mis plus d'une dans ton lit, dis-je froidement, sentant une pointe de jalousie m'asticoter.

Je bouillonne, imaginant toutes les conquêtes qu'il a pu avoir. Je ne devrais même pas m'en soucier à vrai dire, mais c'est plus fort que moi. Je hais ce sentiment. Je n'ai pas envie de savoir ce qu'il a pu faire, ou même s'il prend son pied avec des Françaises. Il pourrait très bien le faire. N'importe quelle femme serait ravie de l'avoir dans son lit, moi la première. Pourtant, je ravale cette envie soudaine au fond de moi et la boucle.

— Je suis célibataire, et en ce moment, j'ai des vues sur une Française, mais ce n'est pas un drame que je sache, nous sommes amis, non ?

— Nous ne sommes pas amis.

— OK, c'est ce que je voulais vérifier et tant mieux, je n'ai pas envie d'être ton ami. J'imagine autre chose.

Je plisse les yeux, mauvaise, mais à la fois émoustillée.

— Nous n'allons pas coucher ensemble, n'y compte pas.

Il rit à gorge déployée.

— Je n'ai encore rien dit, mais de toute évidence, tu y penses plus que moi pour en parler deux fois en l'espace de cinq minutes.

Fait chier !

Je maintiens ostensiblement mon regard sur l'extérieur et m'en veux intérieurement. C'est quoi, mon délire stupide ? Je ne peux pas juste fermer ma bouche au lieu de dévoiler mes craintes ? Ou plutôt mes envies…

— Je ne tiens pas à te forcer, si c'est ce qui t'inquiète. Je suis britannique. Ce qui fait de moi un gentleman.

— Bah, voyons ! C'est vrai que tu te maîtrisais totalement sur le circuit hier, après ton crash.

Cette fois-ci, j'ai droit à un regard meurtrier. J'en profite aussitôt pour le piquer une fois encore :

— D'ailleurs, ton casque n'est pas trop abîmé ? Tu l'as jeté si violemment !

— J'ai d'autres casques. Et tu tiens vraiment à en parler ?

Oui, oui, j'y tiens. Tout simplement parce que je reprends le contrôle.

— Oui. J'ai adoré ton pétage de câble, mais moi, pendant ce temps, j'ai compté sur mes doigts tous les points que nous avons engrangés.

Clay arque un sourcil en me détaillant du coin de l'œil.

— Tu adores ça, n'est-ce pas ?

— Quoi ? Cet écart de quarante points entre nous ? Non, si peu !

— Bien sûr ! Tu te doutes bien que ça ne va pas m'arrêter, je vais remonter au classement.

— Peut-être. Pour l'instant, tu es loin derrière et je compte bien en profiter un peu.

— En profiter ? Voilà qui est intéressant, je peux participer ?

Il m'offre un regard plein de défi et de désir. Il est peut-être très beau en cet instant, mais c'est un ingrat, bien trop sûr de lui. Il m'agace.

— Oui, évidemment, avec joie. Il y a une chose que tu pourrais faire.

— Je t'écoute.

— Ou peut-être même plusieurs, comme perdre une jambe, t'électrocuter dans ta baignoire, te crever un œil… ou les deux. Te faire mordre par un chien et choper la rage, te…

— Tu comptes me tuer pendant notre rencard ? Non, parce que si ce sont vraiment tes projets, je dois revoir mon plan, me lâche-t-il, hilare.

— Ton plan ? Quel plan ?

— Celui où on va au-delà d'un baiser.

Cette fois-ci, je me tourne vers lui, furibonde, mais il reprend :

— Tu ne connais pas l'adage, faites l'amour pas la guerre ? Ou le gars barbu qui a dit aimez-vous les uns les autres ?

— Non, ça ne me dit rien.

— Mais si, tu sais, le type qui a marché sur l'eau !

Je feins l'ignorance. Clay quitte la route des yeux un instant pour se la jouer charmeur.

— Un croche-patte dans les escaliers, reprends-je. Confondre la super-glu avec un bonbon…

— Se faire pousser d'un yacht.

— Oui, il y a tant de façons stupides de mourir accidentellement, conclus-je.

J'ai droit à un rire franc en retour, ce qui m'arrache un bref sourire. Clay est bien ma bête noire, mais il est aussi ce type qui me donne envie de l'embrasser à en perdre haleine. Ce mec auquel j'aimerais résister plutôt que fantasmer sur lui. Et bien que je cache ce qui brûle en moi, j'admets qu'un petit film se déroule dans ma caboche. Où je cède à ses avances et vais bien plus loin qu'un simple baiser.

MACLEAN

303 POINTS

Je gare la voiture sur le parking du circuit. Ça me fait un bien fou de retrouver ce paysage. Je n'y viens plus aussi souvent que je le souhaiterais, mais c'est ici que tout a commencé pour moi. Mon père a travaillé toute sa vie pour se payer ce qui se trouve sous mes yeux. J'ai grandi avec l'odeur de l'essence, le bruit strident des karts ou l'entretien de ces derniers. C'est ici que j'ai repoussé mes limites pour la première fois, que j'ai rêvé d'être un jour pilote de Formule 1. Tant de souvenirs rien qu'en franchissant l'entrée principale ! Un peu plus loin, on distingue quelques gradins et l'abord du circuit. Leicester n'est pas reconnu mondialement comme l'épicentre du karting, mais pour moi, ça a toujours été le cas.

J'ouvre la portière, impatient de voir ce qu'Emy a dans le ventre. Elle sort et se fige une fois à l'extérieur. Les poings sur les hanches, elle balaie du regard les installations.

— Johnson Racing, glisse-t-elle d'une petite voix.

Je suis obnubilé par son petit débardeur noir et son short en jean ras des fesses. Jusqu'à ses Vans aux pieds, j'analyse chacune de ses formes. Cette fille est d'une beauté sans pareille.

Son regard bleu azur me malmène déjà trop, mais ses cuisses et son décolleté sont en train de s'immiscer en première place de mes fantasmes.

— Exactement, confirmé-je en contournant la voiture. Bienvenue sur le circuit familial !

Je referme la portière et fais tourner mes clés autour de mon index, prêt à en découdre avec elle. Emy me suit, silencieuse tandis que j'ouvre la porte et tapote l'interrupteur sur la gauche, allumant l'ensemble du complexe. Elle s'avance sans un mot jusqu'aux baies vitrées au fond et se plante devant. Le bâtiment se trouve un peu en hauteur, nous disposons d'une vue plongeante sur l'ensemble du circuit. Je ne suis pas peu fier de cet endroit. Dès que j'ai gagné mes premières courses, j'ai aidé mon père en y faisant effectuer des travaux. Aujourd'hui, le circuit de karting de Leicester est connu dans la région. Tout le monde ici sait qui est Clay Johnson et tous les fous du volant souhaitent se frotter aux innombrables courbes, montées ou épingles que j'ai moi-même tracées sur le circuit.

— Pas mal, siffle-t-elle soudain. Il a comme un air de ressemblance avec celui de Singapour.

— C'est parce que c'est mon préféré.

Emy se tourne vers moi, se retenant de sourire.

— Je suis supposée te battre sur le circuit de ton enfance ?

— Je suis persuadé que tu as beaucoup de ressources.

Elle secoue la tête, peu convaincue, mais finit par acquiescer.

— Et qu'est-ce que je gagne si j'y arrive ?

Je bloque, avant de m'approcher d'elle, titillé par son défi.

— Ce que tu veux.

— C'est dangereux.

— La Formule 1 est dangereuse. Le karting, en revanche, c'est un jeu d'enfant.

— Tu es déjà certain que tu gagneras, alors… où est l'intérêt ? souffle-t-elle.

— Parce que je pense que tu caches bien ton jeu et que, moi aussi, je peux demander ce que je veux ?

Emy m'étudie un bref instant, hésitante.

— OK, j'accepte. Si je gagne, c'est moi qui décide.

— Et si c'est l'inverse, je suis ton roi, réponds-je avec un clin d'œil.

Elle lève les yeux au ciel, mais je l'empêche d'avoir une énième réplique sarcastique et lui attrape la main. Son contact réchauffe instantanément ma paume. Elle ne se dérobe pas, pour mon plus grand bonheur, et me suit à l'étage inférieur. J'allume une nouvelle salle et fais découvrir à Emy le garage et les nombreux karts.

— Pour que ce soit équitable, tu vas prendre le numéro 4.

— Pourquoi ce kart-ci ?

— C'est le plus puissant de tous et le plus récent. Pour ma part, je prends le 10, le plus ancien.

Elle opine, satisfaite, tandis que je m'approche des deux engins, prêt à les sortir de leur logement pour les avancer sur le circuit. À l'entrée du garage, j'actionne une manette. Les grilles se soulèvent aussitôt, ouvrant l'espace sur le circuit. Emy s'avance avec prudence.

— Je demande un tour de chauffe, me lâche-t-elle. Tu dois le connaître par cœur, alors que moi, pas du tout.

— Accepté, tu peux même avoir cinq tours de préparation si tu le souhaites.

— Un suffira.

J'arrondis les yeux, surpris par sa témérité.

— Quoi ? Tu crois que je n'ai jamais roulé avec un kart ? cingle-t-elle.

Je lève les mains en signe de reddition.

— Je ne doute pas de tes compétences sportives…

Je pousse coup sur coup les deux karts vers la piste. Je cherche ensuite le jerrican d'essence et m'assure qu'ils ont tout ce qu'il faut pour démarrer la course. Pendant ce temps, Emy semble étudier le parcours, suivant chaque courbe des yeux. Elle ne me voit pas, mais j'ai du mal à détacher mon regard d'elle, ce qui me vaut une tache d'essence sur mon pantalon. Je me ressaisis en jurant dans ma barbe. Elle se tourne alors et ricane.

— Je vais peut-être rouler toute nue, ça te déconcentrera.

Le jerrican dans mes mains, je me fige. L'image d'elle dans le plus simple appareil s'incruste aussitôt dans mon esprit. Je m'imagine tout balancer pour mettre en application mes pensées les plus torrides. Elle, nue, à même le sol, gémissant sous l'orgasme que je peux lui offrir. Ou bien alors plaquée là, sur cet établi, les jambes grandes ouvertes pour m'accueillir.

— Je blague, grogne-t-elle, ce qui a pour effet de reconnecter tous mes neurones. Tu peux arrêter de baver dans ton coin.

— OK. Allons mettre nos combinaisons, les karts sont prêts.

Emy s'approche de moi tandis que je me dirige vers une pièce à gauche. Les diverses combinaisons sont accrochées sur un mur, par taille. Elle s'approche tout de suite vers la plus petite qu'elle voit et la retire de son cintre. Pour ma part, je me dirige vers mon armoire, d'où je sors la mienne. Je prends quelques secondes pour l'observer, passant ma main sur le tissu troué en maints endroits. Comme au coude, je me souviens encore de ma chute. Le vêtement est terne, preuve qu'il a servi bien trop souvent. Pourtant, je ne me suis jamais senti aussi à l'aise que dans ce tas de chiffons. Les écuries de Formule 1 confectionnent des tenues parfaites pour le championnat, mais il n'y a pas à dire, c'est le cul dans ce vêtement froissé que je me sens le mieux.

— Une combi fétiche ? demande-t-elle, me ramenant à elle.

Elle est déjà en train de s'habiller, et je ne loupe rien de son déhanché pour remonter la combinaison sur ses fesses.

— Exactement, réponds-je.

Je me déshabille ensuite, ôtant en premier mon T-shirt. Emy stoppe ses mouvements un bref instant, ce qui me tire un sourire en coin.

— Tu ne gardes pas tes vêtements en dessous ?

— Non, je conduis nu sous cette combinaison.

Elle toussote soudain. Je ris, comprenant qu'elle s'est étouffée avec sa propre salive.

— Je plaisante, dis-je en retirant mon pantalon, je garde au moins mon boxer.

Je fais claquer l'élastique de mon sous-vêtement sous ses yeux bleus captivés. J'admets, j'apprécie le petit effet que j'ai sur elle. Et je n'ai pas honte de mon corps, bien au contraire. Je passe assez de temps avec mon préparateur physique pour ne plus avoir une seule zone de gras. Tout est sec, forgé dans la douleur. Rien que du muscle brut, sans aucun artifice de bodybuilder. J'enfile ma combinaison et la referme avec soin avant d'attraper mon casque. Je m'approche ensuite d'Emy et récupère un casque derrière elle.

— Celui-ci devrait t'aller, indiqué-je.

Elle le récupère, puis glisse sa tête dedans. La visière remontée, elle me sonde du regard. Nous nous dirigeons ensuite tous les deux vers l'extérieur.

— Prête ? demandé-je en l'invitant à s'installer sur son kart.

— Toujours !

Je souris et m'occupe de la harnacher. Pendant une seconde, j'en veux à ce casque sur sa tête. *Je crois que je lui volerais bien un baiser pour me donner une chance…* Je vérifie que je l'ai bien sanglée et me place derrière elle pour attraper le câble du moteur, mais je me ravise. J'ai failli oublier le plus important ! Une des raisons pour lesquelles j'aime tant cet endroit.

— J'arrive ! lui dis-je avant de poser mon casque et de courir vers l'intérieur du bâtiment.

Je fonce vers le bureau de mon père et enclenche le départ de course dans les deux minutes suivantes sur le moniteur de contrôle des feux du circuit. Puis je contourne son bureau et me place devant sa chaîne hi-fi. Je regarde la jaquette du CD qui est inséré. *C'est parfait.* Je souris, récupère la télécommande et m'approche de la baie vitrée. Je tiens à ne pas louper sa réaction. Je mets le volume à fond, avant de lancer le morceau. Je suis aux anges la seconde suivante en voyant, plus bas, Emy sursauter dans son kart. Tous les casques sont équipés d'un mini-haut-parleur au niveau des oreilles. Elle vient donc de découvrir les goûts musicaux de la famille Johnson. *Footloose* de Kenny Loggins résonne également dans les enceintes tout autour du circuit. Je souris niaisement et fonce à nouveau vers l'extérieur. Je démarre d'un geste sec le moteur de son kart, puis le mien, avant de me jeter sur mon assise. Je me lance ensuite le premier et me place sur la ligne de départ. Emy me suit et se met à ma gauche. Nous échangeons un bref regard avant qu'elle ne baisse sa visière et reporte son attention sur les feux en hauteur. Comme en Formule 1, les cinq feux s'allument en rouge ; la course ne démarrera que lorsqu'ils s'éteindront tous.

SCUDERIA ADESSI

324 POINTS

Mes doigts se crispent sur mon volant. Serait-ce la montée d'adrénaline qu'il doit ressentir au départ d'un grand prix ? Enfin, ce doit être bien plus impressionnant avec dix-neuf pilotes enragés, prêts à tout pour gagner. Je ne quitte pas des yeux les feux rouges tous allumés. Je sais que tout va se jouer dans la seconde à venir. Dès qu'ils s'éteignent, j'écrase ma pédale d'accélérateur. Je suis scotchée à mon siège sur cette première ligne droite de deux cents mètres à peine. Nous sommes coude à coude lorsque le premier virage arrive. Je me remémore le tracé et braque violemment pour atteindre le point de corde, obligeant Clay à freiner. Je ris aussitôt, ravie de l'avoir bloqué dans sa trajectoire. J'accélère ensuite plus fort sur la ligne droite qui suit. Le bruit assourdissant du kart se mêle à la musique diffusée dans mes oreilles. Il m'a surprise, mais j'adore avoir un fond sonore comme celui-ci. J'entends son kart rugir sur ma gauche. Il revient en force et se rapproche dangereusement de mes roues. Clay tourne brièvement la tête dans ma direction, j'en fais autant alors que le prochain virage arrive. Cette fois, je freine trop tôt, le laissant me doubler.

— Putain de merde ! hurlé-je.

Je me fige lorsque j'entends soudain son rire dans mes oreilles. J'ai rêvé ?

— Clay ?

— Oui, *ma puce*, je t'entends et je peux te répondre aussi.

Mon sang ne fait qu'un tour. *Ma puce ? Je vais me le faire !* J'appuie furieusement sur l'accélérateur pour diminuer l'écart qui nous sépare. Clay avait raison sur un point, il semble m'avoir fourni le meilleur kart. Avec mon faible poids comparé au sien, je fonds sur lui. Il se place toutefois sur ma trajectoire pour me bloquer.

— Non, non, pas si vite. Tu ne passeras pas, jubile-t-il.

— C'est ce qu'on va voir, grogné-je en appuyant plus fort sur la pédale.

La ligne droite touche presque à sa fin et la courbe à droite monopolise toute mon attention. Je me place dans son sillage pour profiter de son aspiration. Le virage se termine en montée, nous propulsant sur un petit pont. Mon kart tremble sur les vibreurs, mais je prends le virage qui suit avec ferveur. Clay n'est pas facile à dépasser pour autant. On sent bien le pilote chevronné : il freine tard et prend les trajectoires au cordeau pour ne pas perdre le moindre centième. Pourtant, je ne lâche pas, nous nous retrouvons à nouveau côte à côte sur une ligne droite. Cette fois, la différence de puissance se fait sentir. Mon kart lui colle l'arrière-train avant que je ne me déporte et le double sans coup férir. Il se tourne vers moi au moment où je lève mon majeur.

— Je ne suis pas ta puce.

J'ai droit à un éclat de rire en retour. Le morceau suivant s'enclenche et c'est Michael Jackson qui rythme notre prochain virage. Les guitares électriques de *Black or White* me filent une rage de vaincre supplémentaire. Je m'accroche, regarde par-dessus mon épaule. Clay se tient juste derrière, tel King Kong sur un kart bien trop petit pour lui. Je me crispe lorsque je l'entends chanter comme Michael. *Il se fout de moi, là ?* Je suis surprise de le sentir si décontracté. Clay Johnson est beaucoup de choses, un pilote, un homme au regard glacial, parfois, démontrant son esprit de compétiteur. Taquin aussi, mais je ne l'avais encore jamais vu se dévoiler à ce point et pousser la chansonnette. *Mais il chante faux !*

Je perds soudain ma concentration et il en profite pour me doubler en sortie de virage. Il fredonne toujours et monte dans les aigus sur le refrain, me rendant folle de rage. Ses épaules oscillent en rythme de gauche à droite. Il se permet même de lâcher le volant dans le tunnel pour sa petite chorégraphie.

— Pole position, ma *puce* !

J'ai envie de hurler, mais au lieu de ça, je me surprends à rire. Clay continue de gesticuler sur la ligne droite, m'offrant une danse ridicule en plus de sa voix stridente. Je chasse mon hilarité pour me concentrer à nouveau. Je le sais maintenant, les lignes droites sont mon avantage et il en reste deux avant la fin du tour. Je le colle alors que nous nous engageons dans une épingle. Clay freine tandis que moi non, le percutant et le faisant zigzaguer. Il perd quelque peu le contrôle, alors j'en profite et le double.

— Faute ! hurle-t-il.

— Va donc te plaindre à la FIA, réponds-je en filant.

— J'exige une pénalité de temps !

— Refusé, ricané-je.

Le moteur ronronne plus fort. Je me baisse pour bénéficier d'un meilleur aérodynamisme. Il me reste un virage à négocier, et ensuite, à moi la ligne droite finale. J'ose un regard derrière. Clay revient en force. Au moment où je tourne la tête, je me fais surprendre, le virage est déjà là et je pile pour ne pas partir dans le décor. Clay en profite pour me doubler par l'intérieur. Je peste contre moi-même avant de maltraiter l'accélérateur. Je serre mon volant, la rage au ventre. C'est ma dernière chance de passer devant lui. Je suis déconcentrée en entendant le morceau suivant.

— George Michael ? Non, mais vraiment !

Je me prends en retour la voix de Clay qui chante *Wake Me Up Before You Go-Go.* La fin du circuit est proche, la puissance de ma machine doit faire la différence. Je serre encore plus fort mon volant, je suis au bord de la crampe, ma mâchoire se contracte. Je profite de l'aspiration pour me déporter et me glisser à sa hauteur.

— Non ! hurle-t-il tandis que je le double à moins de cinq mètres de l'arrivée.

Je passe la ligne en criant. Je stoppe aussitôt le kart sur le bas-côté, me désangle et saute sur l'asphalte. George Michael chante toujours à tue-tête dans mes oreilles. Je lève les bras et me dandine, trop heureuse de l'avoir battu. Clay s'arrête à côté de moi et s'enfonce en arrière sur son kart. Le menton relevé, il retire son casque et le pose sur ses genoux en ne me quittant pas des yeux. Je jubile et continue de danser, savourant ma victoire. Je claque des doigts, fais des pas endiablés de gauche à droite, avant de mimer un flingue avec mes doigts pointés sur lui. Le coup part, Clay fait mine de se prendre la balle et tombe raide, la tête en arrière. Je ris en retirant mon casque. Il me lance :

— Tour de chauffe, OK ? On fait la vraie course, maintenant ?

J'arrondis les yeux, scotchée. *Merde !* Il éclate de rire dans la foulée.

— C'est bon, je plaisante, tu as gagné, me rassure-t-il.

— Je peux donc te demander ce que je veux ?

— C'est ça.

— Tu m'accordes un temps de réflexion ?

— Ça me va, me dit-il en se levant.

L'air frais me fait un bien fou.

— Tu as faim ? me demande-t-il.

— Très, la victoire, ça creuse.

Il m'invite à le suivre vers le bâtiment principal. Une fois que nous entrons, je me fige.

— Petits merdeux, les mains en l'air !

Je m'exécute aussi sec, laissant tomber mon casque au sol dans un bruit sourd. Le canon d'une arme est pointé sur nous, une vraie carabine qui me coupe le souffle, avant peut-être de m'ôter la vie.

— Bon sang, Clay, c'est toi ! lâche toutefois la femme armée, une soixantenaire franchement en colère.

Je ravale ma salive pendant que ma vie défile sous mes yeux. La main tremblante de la femme devant nous ne me rassure pas du tout. Et bordel, d'où elle sort, elle ?

— Maman… peux-tu poser la carabine de papa, s'il te plaît ?

Maman ?

Elle souffle fort et soulève le canon. Je reprends enfin mon souffle, tandis qu'elle pose son arme contre le mur et s'approche de nous.

— J'ai reçu une alerte sur mon portable indiquant que tout était allumé ici. Tu ne m'as pas dit que tu venais sur le circuit, si ça avait été le cas, je n'aurais pas paniqué comme ça ! Tu aurais dû me prévenir ! Tu es là depuis quand ? Tu comptais passer nous dire bonjour et manger à la maison, au moins ?

Oh merde… Maman finit par se détendre et croise mon regard, confuse, avant de reporter son attention sur Clay, interrogative.

— Maman, je te présente Emy Leclerc.

— La fille d'Isabelle ?

J'opine, mal à l'aise, ne sachant toujours pas si je dois prendre mes jambes à mon cou.

— Oh ! mon Dieu, et dire que j'ai failli te trouer le bide !

Charmant.

— Ravie de te rencontrer ! ajoute-t-elle en venant vers moi pour me prendre dans ses bras.

Elle me claque une grosse bise sur la joue, alors que je suis toujours immobile. J'ose un regard vers Clay.

— Emy, voici ma mère, Kate.

— Enchantée, bredouillé-je.

Elle m'offre un sourire sincère avant de me frictionner les épaules, excitée et ravie, je suppose. Clay passe sa main sur sa nuque. Je me rassure en voyant le bon côté des choses. J'ai failli mourir, mais je peux aussi lui demander ce que je veux. *Finalement, ce n'est pas une si mauvaise journée…*

MACLEAN

303 POINTS

Maman s'approche de moi et me prend dans ses bras. Je lui rends son étreinte avant qu'elle ne se recule pour mieux me regarder.

— Je suis désolée, mon petit chat.

Je creuse une joue, agacé qu'elle utilise mon surnom devant Emy. Cette dernière est d'ailleurs au bord du fou rire. Voilà comment mettre à mal mon charisme en l'espace de deux secondes.

— Ce n'est pas grave, mais j'aurais préféré que ce soit papa qui débarque plutôt que toi. Tu te rends compte si tu étais tombée sur des voleurs ?

— Ton père est au golf. C'est en rentrant des courses que j'ai eu l'alerte. Je me suis donc arrêtée.

— Tu t'es mise en danger, dis-je en récupérant la carabine pour l'éloigner.

— Non, je sais où ton père cache ça, indique-t-elle en pointant l'arme.

J'examine la carabine et son chargeur, avant de pouffer.

— De toute évidence, tu ne sais pas où il range ses cartouches, parce qu'elle n'est même pas chargée.

Ma mère blêmit. Je souris, puis m'éloigne dans la pièce d'à côté pour replacer la carabine dans sa cachette, un interstice dissimulé sous son large bureau. Quand je reviens, Emy n'a pas bougé d'un poil. Ma mère lui sourit, affectueuse, mais il est clair que mon invitée ne sait pas où se mettre.

— On allait partir, signifié-je à ma mère. Emy a faim, tu peux rentrer, je vais tout fermer, promis.

— C'est vrai ? Ça tombe bien, j'ai commandé un haggis au traiteur du village ! Venez manger à la maison.

— Ça te va ? demandé-je à Emy.

— Oh ! Je ne veux pas déranger, et de toute manière, je préfère me rapprocher de l'aéroport pour mon vol de retour.

— À quelle heure est votre avion ? demande Kate.

— 19 heures.

— Alors vous n'avez pas d'excuses pour ne pas déjeuner avec nous. Et je suis sûre que vous allez adorer ! En plus, que dirait Isabelle si je n'invite pas sa fille à manger à la maison ?

Emy sourit, mal à l'aise.

— Dans ce cas… répond-elle, prise au piège.

Ma mère la tire aussitôt vers elle et la prend par le bras avant de s'adresser à moi.

— Ton père sera ravi de vous avoir tous les deux à la maison, me glisse-t-elle.

Elle s'éloigne, traînant Emy avec elle à l'extérieur. Maman ne peut s'empêcher de lui dire :

— Tu as vraiment les yeux de ton père !

— On me le dit souvent, répond poliment Emy.

Je souris dans mon coin, avant d'éteindre toutes les lumières du complexe et de fermer la porte à double tour. En retournant sur le parking, je réalise que je ne me suis même pas changé, ni Emy d'ailleurs. Elle porte toujours la combinaison de karting, mais semble bien trop gênée pour faire une remarque à ma mère.

Je m'approche d'elles puis déverrouille ma voiture. Ma mère lâche enfin le bras d'Emy.

— On se retrouve à la maison ! déclare-t-elle avant de s'éloigner vers son SUV.

Je lui fais un bref signe de main et retrouve Emy près de ma voiture. Figée devant la portière, elle finit par éclater de rire en voyant celle de ma mère démarrer en trombe, faisant crisser ses pneus.

— Ta mère est charmante, mon petit chat, siffle-t-elle avec ironie.

— Ne prononce plus jamais ça !

— Pourquoi ? C'est si mignon. Petit chat, petit chat, continue-t-elle sur plusieurs intonations tout en entrant dans le véhicule.

— C'est privé.

— Tu m'invites, ce n'est donc plus si privé que ça. Et je l'aime bien, ce surnom, pas toi, mon petit chat ?

— La ferme, grogné-je en effectuant une marche arrière.

— La vulgarité ne te va pas, se gausse-t-elle en bouclant sa ceinture.

Je préfère ne pas répondre. Emy tourne ensuite la tête, pour profiter du paysage, je suppose. Elle paraît plus détendue que lorsque je suis passé la chercher à l'hôtel, signe qu'elle s'ouvre un peu à moi. Ce petit tour de kart m'aura confirmé que cette femme me rend chèvre. Je dois faire partie de cette catégorie d'hommes qui aiment une femme qui leur tient tête. Cela me change de toutes les relations que j'ai pu avoir. Souvent, c'est ma notoriété qui attire et non ma personnalité. Avec Emy, au moins, je n'ai pas à me soucier de ça, elle semble n'en avoir rien à faire. Comme le fait de se moquer de danser devant moi de manière stupide pour savourer sa victoire…

Le circuit n'étant pas loin de la maison de mes parents, nous arrivons chez eux en moins de dix minutes. Lorsque je prends l'allée centrale menant à la bâtisse, Emy se redresse sur son siège. J'ai plusieurs pied-à-terre en Angleterre, comme un appartement hors de prix à Londres, une maison de campagne dans le secteur, mais il n'y a pas à dire, c'est ici que je me sens le plus chez moi. Malgré mon compte en banque bien fourni, mes parents ont toujours refusé de quitter la maison familiale. Ce n'est pas un château, mais mon père a pu investir dans un domaine complet avec le circuit de karting. C'est une maison à pans de bois et en pierres blanches. Le colombage rappelle l'architecture typique de Birmingham. Ma mère, originaire de cette région, a toujours voulu vivre dans une telle maison. Mon père lui a offert ce cadeau en construisant ce qui serait leur nid d'amour pour toujours. La demeure est large, sur deux niveaux, avec des fenêtres à petits carreaux, entourée d'une allée de fleurs et de buissons. Je gare ma voiture dans la cour, le bruit de gravillons sous mes pneus m'obligeant à ralentir pour ne pas abîmer le bas de caisse. Dès que je coupe le moteur, Emy étudie la maison à travers la vitre.

— Bienvenue chez moi, dis-je.

Elle se tourne, un léger sourire aux lèvres.

— Je ne m'attendais pas à ça.

— Tu imaginais quoi ?

— Une villa luxueuse, avec d'innombrables pièces, je suppose.

— Non, on fait simple chez les Johnson, réponds-je avec un clin d'œil avant de sortir du véhicule.

Elle me suit, tandis que je m'approche de ma mère qui sort de sa voiture à son tour et se dirige vers le coffre. Je récupère des sacs de courses et entre dans la maison, les bras chargés. L'odeur de lavande et de boiserie s'infiltre aussitôt dans mes narines. Savourant cette senteur familière, je me dirige vers la cuisine. Je dépose mon fardeau sur le plan de travail avant de vouloir sortir pour récupérer le reste, mais je suis surpris par Emy qui nous rejoint, plusieurs sacs dans les mains. Elle ne dit rien et dépose simplement les achats.

— Merci les enfants, dit ma mère avant d'extraire des légumes d'un sac. Je m'occupe du repas, fais donc visiter à Emy.

Elle nous gratifie d'un sourire avant de reporter son attention vers ses courses. Je tends une main à Emy, qui la saisit aussitôt, un sourire en coin, pour la visite guidée de ma demeure familiale.

MACLEAN

303 POINTS

Je lui montre les pièces les unes après les autres, d'un air parfois penaud, parfois plus détendu. Il n'y a pas à dire, faire entrer une femme dans mon antre, ce n'est pas dans mes habitudes. La décoration est vieillotte, j'en suis conscient, plusieurs babioles de mes parents, comme la tête de cerf dans le petit salon, interpellent Emy, qui sourit en les découvrant. Elle éprouve quelques difficultés à comprendre l'utilité du petit salon annexe, la salle fétiche de ma mère pour le « tea time », saturée de babioles inutiles. Pour elle, en France, il n'y a pas plusieurs salons, et son thé, on le boit devant un bon film ou un livre, seul et en paix. Sans se sentir obligé de faire la conversation à qui que ce soit. J'admets que ça me surprend, mais je dois aussi avouer que ce petit salon renferme des centaines de souvenirs. Notamment avec ma grand-mère, Martha, qui m'obligeait à boire le thé avec elle, lorsque j'étais gamin. Alors que mes copains jouaient à l'extérieur, construisaient des cabanes ou allaient pêcher dans le ruisseau du coin, moi, à 15 heures, je devais être impérativement présent pour le thé avec ma mère et ma grand-mère.

— Donc, si je dois te faire un cadeau un jour, ça sera une boîte de thé, me lâche Emy, amusée.

J'ouvre la grande baie vitrée donnant sur le jardin.

— Un cadeau est censé faire plaisir.

— Mais ça sera le cas ! Ça me fera plaisir de voir ta tête quand tu déballeras ton sachet, ironise Emy.

Elle me sourit, attendant ma réaction. J'ai envie de la clouer au mur et de l'embrasser. Je ravale toutefois mes pulsions et l'invite à sortir.

— Jolie piscine ! siffle-t-elle en s'approchant de l'eau.

— Tu veux te baigner ? tenté-je, imaginant déjà ses courbes en maillot.

Elle se baisse et glisse sa main dans l'eau claire sans un regard pour moi.

— Je n'ai pas de maillot et non, ça ira, merci.

Dans son dos, j'ai une brève hésitation.

— Certaine ? demandé-je en faisant un pas supplémentaire.

Emy se redresse dans la foulée, écarquille les yeux, et pointe son index sur moi.

— N'y pense même pas ! me menace-t-elle.

Je fais un pas de plus, bien déterminé à mettre en œuvre mon idée.

— Ce n'est pas toi qui voulais me jeter par-dessus bord ? Ce n'est qu'un juste retour des choses.

— Clay, je te jure que si tu fais ça, je…

Le « splash » qui résonne me ravit aussitôt. Je l'ai poussée sans aucun scrupule. Emy ressort la tête de l'eau en arrondissant la bouche, estomaquée.

— Tu vas me le payer !

— C'est dingue comme tu arrives à me faire peur, réponds-je en m'accroupissant au bord de la piscine pour la narguer.

Elle avance avec fureur en chassant l'eau autour d'elle, puis plonge la tête la première. Nageant sous la surface, elle s'avance vers moi. Je ne manque rien de sa brasse sous-marine. Toutefois, je suis surpris lorsqu'elle ressort soudainement et bondit pour agripper ma nuque. Elle me tire d'un coup sec, me faisant perdre l'équilibre et me projetant tête la première dans l'eau. De suite, ses bras autour de mon cou, elle emprisonne mes hanches de ses jambes alors que je tente de remonter à la surface. Je sors à peine la tête de la piscine, juste le temps de happer un peu d'air.

— Meurs ! me lâche-t-elle en appuyant de toutes ses forces sur mon crâne pour me faire replonger.

Elle me maintient de tout son poids. Je vois ses jambes pédaler autour de moi alors que je touche le fond. Cependant, j'arrive à me propulser vers la surface pour reprendre mon souffle.

— Meurs, je t'ai dit !

Ses cuisses autour de mon cou, elle sautille sur mes épaules avant de se jeter en arrière et de m'embarquer avec elle. Bordel ! *C'est du MMA qu'elle aurait dû faire, pas de la F1.*

— Emyyyy, supplié-je avant de boire la tasse et d'agripper ses cuisses pour m'en défaire.

Je finis par m'extirper et prendre mes distances, toussote et crache de l'eau. Je peine à retrouver ma respiration. Emy ne me quitte pas des yeux. J'essaie de mettre la même intensité dans le regard en m'approchant, mais d'un mouvement sec, elle se recule. Pas si folle la guêpe…

— Tu as peur ? demandé-je.

— J'ai failli te noyer, je ne tiens pas à m'approcher trop près par crainte de représailles.

— Ah… Je vois.

Emy arrondit les yeux, comme une évidence, et recule une fois encore. Je hoche la tête, conciliant, puis je plonge d'un coup dans l'eau. J'entends son cri résonner à la surface alors que je m'approche d'elle. Ses jambes bougent frénétiquement dans l'espoir de filer loin de moi, mais j'attrape sa cheville d'un geste brusque et la tire vers le fond. Ses bras tentent brièvement de s'agripper au rebord mais elle coule net. Les bulles autour de nous obstruent ma vision, mais j'arrive à la tourner vers moi. Je commence à manquer d'air, alors qu'Emy cherche une fois encore à m'emprisonner de ses cuisses. Une bonne impulsion sur le fond, puis je la bloque aussitôt avant de remonter avec elle à la surface. Ses cuisses autour de ma taille, j'agrippe ses mains pour ne pas risquer une nouvelle prise de catch. Je la plaque dans la foulée contre le bord de la piscine alors qu'elle gesticule encore.

— Ne te débats pas comme ça, ricané-je, sentant que mon entrejambe commence à apprécier cette proximité.

Emy se fige puis resserre sa prise autour de ma taille. Tout brûle en moi. Je lâche ses mains puis attrape son visage pour écraser mes lèvres sur les siennes. Je m'attends à un refus catégorique, une gifle, un coup de coude ou n'importe quoi d'autre, mais non, c'est le son délicieux d'un gémissement franchissant ses lèvres qui me parvient. Son baiser s'intensifie tandis que je la plaque davantage contre la paroi de la piscine. Sa langue danse dans un ballet effréné, mettant tout mon corps sous pression. Qu'elle ose me dire ensuite qu'elle n'a pas envie de moi… Ses hanches me prouvent le contraire, elles basculent en douceur sur les miennes, cherchant sans cesse un contact, un frottement plus dense. Malgré nos combinaisons mouillées, j'imagine qu'elle doit ressentir ce désir grimpant en moi, car elle gémit une nouvelle fois avant d'agripper mes cheveux pour me faire lâcher prise. Les lèvres gonflées par notre baiser, elle plante ses yeux dans les miens, à bout de souffle.

— Clay ? Papa est là, on mange !

Mon attention bascule à regret vers la baie vitrée où ma mère me fait de grands signes, avant de s'arrêter net. Je la fusille du regard et maman esquisse un sourire entendu. Heureusement, dos à elle, Emy ne voit pas sa mine enjouée.

— Oui, réponds-je. On arrive.

Maman tourne les talons sans demander son reste. Emy, quant à elle, respire lourdement dans mes bras alors que je suis en train de maudire la femme qui m'a mis au monde. Ses mains enserrent ma nuque. Fuyant mon regard, elle ravale sa salive. J'aimerais être dans sa tête à cet instant. Connaître les pensées qui lui traversent l'esprit.

— On n'est pas obligés d'en parler, susurré-je. Mais il faut admettre que tu es très contradictoire. Tu souhaites me tuer et après tu me laisses t'embrasser.

— J'ai des côtés sadomasochistes.

— Avec ou sans lanière en cuir ?

— Avec…

— Intéressant, soufflé-je, amusé.

Elle glisse sa main dans l'eau pour m'éclabousser le visage. Je secoue la tête puis la relâche pour m'avancer vers les escaliers et sortir de la piscine.

— Suis-moi, on va se changer.

Ma combinaison me colle au corps. Je me tourne et lui tends une main pour l'aider à sortir de l'eau. Elle la prend, puis nous nous dirigeons vers la maison, préférant passer par la buanderie plutôt que par la salle à manger, où mes parents doivent certainement déjà être installés. Nous montons les marches de l'escalier au pas de course, laissant derrière nous une traînée d'eau. Tant pis, je m'occuperai de ça plus tard. Nous bifurquons rapidement vers le couloir à droite, et entrons dans la première chambre, mon jardin secret.

SCUDERIA ADESSI

324 POINTS

Trempée jusqu'aux os, j'entre dans la pièce pour m'arrêter aussitôt. J'étudie avec curiosité les murs et chaque recoin. J'ai l'impression d'être dans la chambre d'un adolescent, et pas n'importe laquelle. Les posters à l'effigie de plusieurs pilotes des années 1980 et 1990 sont omniprésents sur les murs. Des stars mondialement connues. Il y a aussi plusieurs babioles de la Scuderia. Une lampe de chevet, des casquettes ou bien encore un T-shirt dédicacé par un pilote. Cette pièce donne l'impression d'être restée figée dans le temps. Je me sens presque honorée. Ce n'est pas tout le monde qui pénètre dans le passé secret de Clay Johnson. Pas mal de journalistes seraient ravis de découvrir un tel sanctuaire.

— Tiens, me lâche Clay en arrivant avec une serviette de bain. Tu peux te déshabiller là.

Je lorgne la pièce attenante, une mignonne salle de bains avec douche et espace dressing. Je récupère la serviette, alors que Clay s'incruste lui aussi dans la pièce pour farfouiller dans sa penderie.

— Tu peux mettre ça aussi, si tu le souhaites.

Il me tend un T-shirt de la Scuderia avec un short plutôt ample. J'hésite une petite seconde. Ma valise est encore dans son coffre, je pourrais juste aller la récupérer et enfiler quelque chose de plus convenable. Pourtant, j'ai envie de me glisser dans ses vêtements, uniquement parce qu'ils lui appartiennent. Moi et ma faiblesse… Je me rabroue, luttant contre la petite fille niaise que je deviens à son contact. Je récupère ses vêtements et patiente. Clay me sourit de façon insistante avant de quitter la salle d'eau et de refermer la porte. Dans mes vêtements trempés, je lui demande d'une voix bien trop sonore :

— Je peux utiliser la douche ?

— Oui, fais comme chez toi.

Je me déshabille dans la foulée, ayant du mal à retirer la combinaison humide. Mon jean et mon débardeur me donnent tout autant du fil à retordre. Je me débarrasse ensuite de mes sous-vêtements, songeant que je ne vais pas avoir le choix et devoir les remettre ensuite.

— Tu es encore habillée ? me demande soudain Clay.

— Oui, mens-je, de peur qu'il en profite pour me faire une allusion quelconque, ou pire encore, qu'il entre.

— OK, alors ferme les yeux.

Quoi ? Et pourquoi ? J'entends la porte s'ouvrir, je panique et me colle contre elle.

— Qu'est-ce que tu fais ?! raillé-je.

Son rire de l'autre côté de la porte me fige encore davantage.

— Je dois entrer.

— Hors de question ! Je… je suis en sous-vêtements, bredouillé-je.

— Si ce n'est que ça, ça va ! Je t'ai déjà vue en petite tenue, me lâche-t-il, hilare. J'ai besoin de vêtements, et si tu regardes bien, il n'y a pas de gel douche dans la cabine.

Toujours contre la porte, je me retourne en prenant garde à laisser mon pied pour la bloquer, afin de vérifier ce qu'il me raconte.

— C'est exact, réponds-je. Tu peux laisser le gel douche devant la porte et partir, je vais le récupérer.

— OK, mais on va rencontrer un problème.

Je fronce les sourcils.

— C'est-à-dire ?

— Je suis à poil de l'autre côté.

Attends une minute… Il voulait rentrer tout nu et comptait sur ma bonne foi pour garder les yeux fermés ? Et quoi alors ? Lui aurait pu se rincer l'œil en me matant en sous-vêtements ?

— Et donc ? En quoi ça me concerne ? demandé-je.

— Eh bien, il va me falloir des vêtements.

— Sors et je te les dépose dans la chambre.

— Ça ne va pas être possible.

— Pourquoi ? Tu peux patienter dans le couloir, non ?

— Et prendre le risque de croiser mes parents qui me verront à poil avec toi dans ma chambre d'adolescent ? OK, pas de souci, mais c'est toi qui répondras à leurs questions !

Fait chier !

Je me tais en lorgnant la penderie sur ma gauche. Moi aussi, nue, j'ai le sentiment d'être coincée tandis que la poignée s'abaisse. Toutefois, je continue de bloquer l'entrée avec mon pied.

— Je veux juste récupérer de quoi m'habiller, tente une nouvelle fois Clay.

— Non. Tu vas devoir attendre.

— Pourquoi ?

— Je prends ma douche et ensuite je te donne des vêtements.

— OK, mais tu prends ta douche sans gel douche ?

Et merde !

— Pose-le au sol devant la porte et je le récupérerai. Et toi, tu te tournes, le temps que je le prenne.

— Pourquoi je dois me tourner ? Je te rappelle que je suis nu.

— Remets ta combinaison, alors, si tu as peur que je reluque tes fesses.

— Certainement pas ! Elle est trempée et je ne tiens pas à me geler les couilles, juste pour que tu puisses prendre cette bouteille.

— C'est à prendre ou à laisser. Tu le poses et tu te tournes.

— Je ne comprends toujours pas pourquoi je dois faire ça, mais d'accord, souffle-t-il.

— Dis-moi quand c'est bon.

Je ne l'entends plus, mais quelques secondes après, il m'affirme que tout est en ordre et que je peux récupérer le flacon. J'ouvre la porte avec précaution tout en me baissant. Clay a tenu parole et se tient de dos, les poings sur les hanches, nu comme un ver. En revanche, il n'a pas déposé le flacon juste devant la porte, mais un peu plus loin. C'est un piège ?

Toutefois, je penche la tête, satisfaite de la vision qu'il m'offre. J'ai toujours adoré son postérieur dans sa combinaison de F1, mais je dois dire que sa paire de fesses au naturel dépasse mes espérances.

— Tu en profites un peu, là ? me lâche-t-il avant de rire.

— Peut-être.

Soudain, il tourne la tête avant d'émettre un hoquet de surprise. Je bondis sur mes jambes en attrapant le flacon, je cache mes seins de mon avant-bras et mon intimité avec le flacon.

— Tourne-toi ! hurlé-je.

Son éclat de rire me met en rogne. Il bascule la tête en arrière, s'esclaffant à gorge déployée.

— C'est pour ça que tu voulais que je me tourne ! T'es tout aussi nue que moi.

— Oui ! réponds-je, hors de moi, avant de fermer la porte.

Je souffle fort de l'autre côté alors qu'il n'arrête pas de rire. Malgré le coup de chaud que je viens d'avoir, je souris niaisement.

— Et mes vêtements !

Je scrute sa penderie, récupère un T-shirt et un short puis ouvre la porte. Je lui balance le tout, alors qu'il est toujours de dos. Il se prend le T-shirt sur la tête, et le short à ses pieds.

— Merci.

— De rien, maintenant, disparais !

Je claque aussitôt la porte et prends une grande inspiration.

— Je t'attends en bas.

En guise de réponse, j'allume l'eau de la douche. Ignorant le feu qui sévit dans mon ventre, je me jette sous le pommeau. Je vais devoir faire avec. Le gel douche ne figure pas tout à fait dans mes standards.

Et je vais sentir l'homme de surcroît.

***

J'embaume certainement le Clay Johnson quand je descends les escaliers sur la pointe des pieds. La voix de sa mère et la sienne qui s'élèvent me guident jusqu'à la cuisine. Ils disparaissent quand j'y pénètre, alors je les suis dans la pièce d'à côté. Assis à table, son père, Russel, est le premier à me remarquer.

— Bonjour, Emy !

Il se lève, tandis que Clay se tourne vers moi en souriant. Je replace un peu mon T-shirt, ayant finalement décidé de ne pas remettre mes sous-vêtements humides. J'espère que personne ne remarquera que je n'ai pas de soutien-gorge. Son père s'approche et me fait une accolade en me claquant une bise.

— Très belle course, me gratifie-t-il avec un clin d'œil.

— Merci.

— Installe-toi, je t'en prie, me lance ensuite Kate en désignant une chaise.

Je ne me fais pas prier et pose mon postérieur sur la chaise en cuir, avant d'étudier le centre de la table. J'ai une faim de loup et ce qui semble y avoir sous ce grand fait-tout aguiche mon estomac. Les pommes de terre sautées dans un plat à côté me font également saliver. Clay s'installe à côté de moi, silencieux. Dans la foulée, Kate retire le couvercle et je blêmis.

Qu'est-ce que c'est que ce truc ?

Je ravale un haut-le-cœur devant le plat de la taille d'une grosse pastèque. On dirait une panse fourrée à je ne sais quoi. Un boyau de bestiole démesuré avec une garniture suspecte à l'intérieur. Je lorgne Clay du coin de l'œil, mais ce dernier m'ignore et tend son assiette à sa mère. Elle récupère un grand couteau et perce la poche assez peu ragoûtante. Je déglutis, tentant de faire abstraction de la bile acide qui remonte le long de ma trachée.

— Une spécialité de chez vous ? tenté-je, voyant que personne ne semble dégoûté.

— Pas exactement, s'enchante sa mère. Le *haggis* est un vieux plat écossais, mais les Anglais ont fini par l'apprécier.

Elle coupe des tranches, mais la garniture à l'intérieur déborde aussitôt. Un mélange de hachis de viande, à première vue.

— Ah, murmuré-je alors qu'elle me tend sa main pour que je lui donne mon assiette. Et qu'est-ce qu'il y a dedans ?

Elle me sourit, puis pose mon assiette pour y déposer une tranche suspecte.

— Du foie, du cœur et du poumon de mouton. Mais aussi des herbes et des épices, de la farine d'avoine, le tout emballé dans de la panse de mouton ! s'exclame-t-elle, ravie.

Je vais vomir.

Elle me tend mon assiette alors que je fais mon possible pour masquer mon dégoût.

— C'est… exotique, dis-je en récupérant mon plat.

— Exotique ? se gausse Russel. Et la cuisine française, alors ? Entre escargots, grenouilles et fromages moisis, vous êtes champions en matière d'exotisme.

C'est moi ou il se fout de ma gueule, là ?

— Je n'ai jamais mangé ça, me justifié-je.

Clay finit par éclater de rire à ma gauche.

— Alors, bonne dégustation ! me lâche-t-il tout en prenant une bouchée de ce repas satanique.

Je ravale ma salive pour la centième fois et plante ma fourchette dans cet amas de viandes, les doigts tremblants. J'en prends à peine, avant de l'approcher de mes narines.

Putain, ce que ça pue !

Je me fais violence et porte la fourchette à ma bouche. Un goût très fort d'abats et d'épices très poivrées envahit ma bouche. J'ai du mal à mastiquer. Je n'ai qu'une envie, tout recracher et me rincer la bouche à grande eau. Toutefois, trois paires d'yeux me scrutent, attendant une réaction de ma part. Je finis par avaler avec difficulté. La mère de Clay est la première à me sourire, impatiente que je partage mon avis. Je me jette sur mon verre pour me nettoyer la bouche.

— Comme je le disais, exotique, conclus-je, la respiration haletante.

— Je pense que c'est une façon polie de dire que c'est dégueulasse, tranche Clay, rigolard.

Les sourcils de Kate se froncent, elle paraît déçue.

— Non, c'est juste que… je ne suis pas habituée, me justifié-je pour ne pas froisser sa mère.

Elle esquisse un pâle sourire avant de prendre une fourchette bien plus conséquente que la mienne. J'observe mon assiette, prise au piège. Je devrais au moins en finir la moitié pour ne pas paraître impolie, mais en même temps, je ne tiens absolument pas à reprendre un gramme de ce truc… Pourquoi me forcer, d'ailleurs ? *Tu sais très bien pourquoi.*

Parce que ma mère m'a bien élevée et aussi pour faire plaisir à la famille de Clay. C'est donc officiel, je suis une chiffe molle.

MACLEAN

303 POINTS

Si Emy avait pu manger le nez bouché et les yeux fermés, elle l'aurait fait. Je ravale plusieurs rires depuis ce début de repas. Notre invitée se trouve en plus sous les tirs nourris de mes parents. Ils la bombardent de questions. J'ose un regard meurtrier en direction de mon paternel, alors qu'il ouvre une nouvelle fois la bouche :

— Des bruits courent sur la prolongation de contrat de Lorenzo la saison prochaine. C'est vrai ?

Emy sourit poliment en penchant la tête.

— Russel, vous vous doutez bien que je ne peux pas répondre.

— Papa, soufflé-je. Lâche-la un peu, ça change quoi que Lorenzo soit reconduit ? C'est tout à fait logique avec la saison qu'il est en train de faire.

— Oui, oui, c'est juste que je me demandais si ce serait le cas aussi de Liam.

— Mes deux pilotes se portent très bien, Russel, tranche Emy avec courtoisie. Et je ne tiens pas particulièrement à parler travail un jour de congé.

— Bien évidemment, appuie maman en hochant la tête. Excuse Russel, il ne peut pas s'en empêcher. Ce n'est pas lui qui pilote en F1, mais c'est tout comme.

Emy acquiesce avant de prendre une pomme de terre et de jouer avec le reste de son plat du bout de sa fourchette. Je vois bien qu'elle se force depuis tout à l'heure. Elle a mangé toutes ses patates, mais délaisse sa viande. On dirait une enfant qui n'attend qu'une chose, balancer le reste au chien sous la table une fois que ses parents ont le dos tourné.

— Je voulais juste faire la conversation, ronchonne Russel. Je suis désolé, Emy, si cela t'a mise mal à l'aise.

— Pas de souci, répond-elle, conciliante.

— Je suis ravie en tout cas de t'avoir chez nous, reprend maman. Ça me rappelle beaucoup de souvenirs. N'est-ce pas, Russel ?

Papa opine avant de se lever pour débarrasser la table.

— Qu'est-ce qu'on a pu passer de belles soirées ici, avec ton père et ta mère, Emy, ajoute maman.

— Ah bon ?

Emy semble soudain plus réceptive. Je sais ce qui va suivre. Maman n'attendait que ça, au fond. Qu'elle puisse lui parler de ce que j'appelle ses trente glorieuses. Soit les années avant ma naissance. Je connais déjà toutes ces histoires. Dont l'attachement de maman pour Isabelle, la mère d'Emy. Giuseppe passait encore régulièrement à la maison, mais je sais que maman n'a jamais apprécié sa femme, après sa séparation d'avec Isabelle.

— Oui ! Ils formaient un très beau couple, c'est tellement triste, tout ce qui s'est passé entre eux, soupire maman.

Emy déglutit, sans un mot. Je me mets à sa place, elle qui semble avoir souffert de l'absence de père et de vie de famille.

— Maman, je suis sûr qu'Emy ne tient pas à connaître tout ça.

— Non, au contraire, ça m'intéresse, me coupe-t-elle avec un demi-sourire. Comment était mon père avec ma mère ?

Maman affiche cette petite moue que je connais si bien, à mi-chemin entre la grand-mère qui veut faire des papouilles à ses petits-enfants et la commère qui sommeille en elle.

— Il était fou d'elle !

— Alors pourquoi ne pas lui avoir présenté sa famille ? tonne aussi sec Emy.

Voilà, je me doutais bien que la conversation allait finir par l'agacer.

— Parce qu'il ne voulait pas que ses parents dénigrent Isabelle, intervient mon père en revenant dans la pièce.

Emy l'interroge du regard, confuse. Il s'installe à sa place, face à elle, et écarte les mains avant de poursuivre :

— Les Adessi… souffle-t-il. C'est une vraie mafia, si on peut dire ça. Ce patronyme est le plus connu d'Italie. Giuseppe avait donc la pression familiale sur ses épaules, avec des mœurs d'un autre âge. Sa mère tenait à ce qu'il épouse une Italienne, avec un nom aussi noble que le sien. Quant à son père, Giuseppe a toujours été en conflit avec lui. Il le rabaissait, lui donnant le sentiment de ne pas avoir les épaules pour reprendre l'écurie, il le poussait sans cesse à faire ses preuves. Giuseppe était pieds et poings liés.

— Donc soit il partait avec ma mère et disait adieu à son héritage, soit…

— Soit il gagnait du temps. C'est en tout cas comme ça qu'il m'en a toujours parlé. Il attendait d'avoir officiellement les rênes de l'écurie pour officialiser leur union. Il tenait à ta mère, mais il savait très bien que jamais ses parents ne l'auraient acceptée dans la famille. Et plus que tout, il ne voulait pas la rendre malheureuse.

— Je crois qu'elle a tout de même fini malheureuse, tranche froidement Emy.

— Et ça nous désole vraiment, ajoute maman. Isabelle ne méritait pas de souffrir, je sais à quel point elle l'aimait.

— Oui, au point de lui cacher la naissance de sa propre fille, reprend Emy. Mais vous avez raison, c'est du passé…

Maman me surprend en saisissant une main d'Emy.

— Ce que je peux t'affirmer avec certitude, c'est que ton père t'aimait, car il t'a légué toute sa vie. Et qu'il aimait aussi ta mère, il n'a jamais cessé de l'aimer, d'ailleurs.

Emy se tait, ne quittant pas des yeux ma mère. Ma gorge se noue à sa place, je n'imagine pas la confusion qui doit régner dans sa tête.

— Merci, Kate, souffle-t-elle. Merci de me le dire.

Maman affiche un sourire bienveillant avant d'émettre un long soupir.

— Tu sais ce que tes parents adoraient faire quand ils venaient ici ?

— Ne l'embête pas avec ça… raille mon père.

— Ça fait si longtemps ! se justifie-t-elle en lui faisant de gros yeux. Et en plus, Clay sait jouer.

Oh ! non, pas ça…

— Non, maman, en plus, je ne crois pas qu'Emy…

— Qu'est-ce que c'est ? demande Emy, curieuse.

— Le whist !

Je ferme les yeux, excédé par le manège de ma mère.

— C'est un jeu de cartes, expliqué-je à Emy.

— Giuseppe et Isabelle étaient les seuls qui pouvaient nous battre, ajoute papa. On passait des soirées à jouer et à refaire le monde. Chez nous, c'était un peu leur refuge.

— Je vois, répond Emy. Et comment on y joue ?

— Ah ! Je savais que tu avais la même fibre que ta mère, s'enchante maman en se levant pour ouvrir le tiroir d'une commode derrière elle.

— Vous avez raison, réplique Emy. Rien que le fait de vous battre devient un challenge, maintenant.

— J'en conclus que nous allons faire équipe ? demandé-je à Emy.

— Oui, vous n'avez pas le choix. Russel et moi sommes contre vous deux.

— C'est d'accord, accepte Emy.

Ma mère sort le paquet de cartes avant de le mélanger. Mon père lui explique dans la foulée les règles et nous nous trouvons assez rapidement les mains pleines, prêts à engager le jeu. C'est peut-être ridicule, mais je dois admettre que cette partie de cartes avec mes parents et Emy me met du baume au cœur. Je n'ai jamais emmené qui que ce soit dans ma maison familiale, et là, je suis en train de jouer avec la femme qui souhaite me voir perdre le championnat. Et nous allons faire équipe !

— Je vous préviens, commencé-je à l'intention de mes parents. Emy est une dure à cuire en ce qui concerne la stratégie.

Elle semble touchée par mon compliment. Elle se tourne d'ailleurs vers moi, plus qu'engageante.

— C'est parce que tu m'obliges à me surpasser tous les jours.

— Qu'ils sont mignons, rétorque maman, attendrie, avant de retrouver son masque insondable de joueuse.

Mon père arbore le même regard froid en étudiant ses cartes, puis il en pose une au centre de la table. Le jeu peut démarrer.

SCUDERIA ADESSI

324 POINTS

— Ah ! m'exclamé-je. Je vous ai eus !

Clay éclate de rire alors que je me dandine, fiérote, en abattant ma carte. Je m'en doutais. Clay adore gagner autant que moi. Et je dois admettre que je passe un excellent moment lorsqu'il n'est pas mon adversaire.

— Ce n'est pas vrai, peste Russel. Mais bon sang, Kate, tu ne l'as pas vue venir, celle-là ?

— Ça va être de ma faute, encore. Je te rappelle que c'est à toi de compter les cartes qui tombent !

Et voilà… Comme après la partie précédente que nous avons gagnée, les parents de Clay s'embrouillent. Ça me fait sourire. Clay semble adorer mettre la pâtée à ses parents. Pas le temps de faire plus de zèle, la sonnerie de mon portable me fait tressaillir. Je me redresse en prenant garde de cacher mon jeu face contre la table. Je récupère mon téléphone dans mon sac bandoulière un peu plus loin. En voyant le nom qui s'affiche et l'horloge au mur, je blêmis puis décroche aussitôt.

— Mais où es-tu ? crache Gabriela.

— Je… je… bredouillé-je.

— Tu quoi ? Ne me dis pas que tu es encore à l'hôtel ! On se demande tous ce que tu fous. Même Riccardo semble inquiet de ne pas te voir au terminal.

Je m'éloigne un peu, la gorge sèche, alors que Clay me dévisage, inquiet.

— Je suis chez Clay, chuchoté-je.

— Chez qui ? hurle-t-elle en retour. Parle plus fort, je ne comprends rien !

— Chez Clay ! grogné-je en sortant sur la terrasse et en refermant la baie vitrée.

— Chez Clay ? Mais qu'est-ce que tu fous chez lui ? hurle-t-elle.

Je lève les yeux au ciel, imaginant sans mal le désarroi des personnes autour d'elle. J'entends d'ailleurs la voix de Riccardo en arrière-fond, ce qui me tétanise.

— Pssh ! siffle-t-elle à son intention. Je n'en sais rien, je vais lui demander !

La discrétion, ce n'est vraiment pas le fort des Italiens.

— Pourquoi es-tu chez Clay ?

— C'est à cause de toi.

— Moi ? Ah non, je n'ai jamais rien suggéré de tel, semble-t-elle se justifier en parlant plus fort.

— Gabriela, je te jure que si tu ne t'éloignes pas de Riccardo illico, je vais t'arracher la tête. Il ne doit pas savoir où je me trouve.

— Ah bon ? Pourquoi ? s'étonne l'Italienne.

— Je t'expliquerai…

— J'espère bien ! J'en conclus qu'on n'a pas besoin de t'attendre pour prendre l'avion ?

— Non, je n'avais juste pas prévu de me faire avoir par le temps.

— Pourquoi ? Qu'est-ce que tu fais exactement chez lui ? me lâche-t-elle, soudain plus mielleuse.

— Tais-toi ! Et oublie tout de suite ce à quoi tu penses.

— Bah quoi ? Je n'ai pas le droit de demander ? C'est quand même louche, j'aimerais bien en savoir plus. Tu me dis que tu ne vois pas le temps passer. Le sexe peut être une raison à ça !

— Pour l'amour du ciel, Gabriela, arrête de hurler au téléphone !

— Ne t'inquiète pas, personne ne m'entend, je suis allée me cacher aux toilettes.

Je l'imagine assise sur le trône, le sourire aux lèvres, excitée que je lui raconte mes ragots.

— Aux toilettes ?

— Oui, je fais pipi, me lâche-t-elle avant que j'entende un bruit d'eau.

— Gaby, tu me fatigues…

— C'est toi qui me fatigues, j'étais morte d'inquiétude ! J'ai cru qu'il t'était arrivé quelque chose, crache-t-elle avant d'enclencher la chasse.

— Je n'entends pas…

— Tu passes du bon temps avec Clay Johnson ? Alors la moindre des choses, c'est de me dire ce que tu fais avec lui.

— Je joue aux cartes, abdiqué-je.

— C'est un nom de code pour dire « sexe » ?

— Non ! Je joue vraiment aux cartes, avec ses parents qui plus est. Je n'ai pas fait attention à l'heure et je vais manquer mon avion. Je prendrai le vol de demain.

— Je vois, ricane-t-elle. Et je suppose que tu vas jouer aux cartes cette nuit aussi ?

— La ferme, pesté-je.

— OK, mais je te préviens, tu me raconteras tout une fois rentrée.

— Hors de question ! En plus, il n'y a rien à dire, je vais réserver une chambre d'hôtel pour la nuit, et demain, je prends le premier vol pour Bologne.

— Tu me prends pour une câpre ?

— Une câpre ? Mais quel est le rapport ?!

— Je ne suis pas idiote, mademoiselle Leclerc. Tu vas tout me raconter ou je te promets que dès que je sors de ces toilettes, je balance tout à Riccardo.

Mon sang ne fait qu'un tour.

— Gabriela, un jour, je te jure que je te rendrai la pareille.

— Ouais, ouais… Il n'empêche que je t'attends de pied ferme demain pour débriefer tout ça !

— D'accord, grogné-je.

— Super, je te souhaite une belle, merveilleuse, agréable et longue soirée de sexe.

— Meurs !

— Moi aussi, je t'aime, Emy. Bisous !

Elle raccroche. J'émets un long soupir. Il est 18 heures passées. Même si je fonçais tout de suite, je ne pourrais pas attraper le vol de 19 heures. Mes épaules s'affaissent alors que la baie vitrée coulisse dans mon dos. Clay fait son apparition, sur la pointe des pieds.

— Quelque chose ne va pas ?

Je plisse les yeux.

— L'heure.

— L'heure ?

— Oui, tu n'as pas vu l'heure qu'il est ?

Il fait mine de consulter une montre invisible.

— Non, désolé.

— Il est 18 h 20, je n'aurai jamais mon vol ce soir.

— Quel dommage, feint-il. Tu vas devoir passer la nuit ici, dans ce cas.

Il hausse les épaules, avec une pointe de défi dans le regard.

— Je vais prendre une chambre d'hôtel, signifié-je.

— Il y a une très grande chambre d'amis, ici.

— Non, merci.

— Tu as peur, mais je comprends…

— Je n'ai pas peur !

— Oui, de quoi d'ailleurs ? Tu es un dragon, n'est-ce pas ?

Son ton sarcastique ne me plaît pas du tout. Il fait allusion à notre proximité sur le yacht, et je n'ai pas oublié ce petit instant de faiblesse, moi non plus. Certes, Clay chamboule tout dans ma tête, et surtout dans mon corps, mais s'il y a bien une chose que je ne supporte pas, c'est qu'on me croie faible !

— Très bien, je vais dormir ici.

Son sourire s'élargit et illumine son visage.

— Mais juste parce que tes parents sont adorables !

— Oui, bien évidemment, ironise-t-il avant de m'inviter à entrer à nouveau.

Je pénètre dans la maison et retrouve Kate et Russel, toujours à table, qui se font des messes basses. Elle est en train de regarder discrètement mon jeu. Non, mais je rêve !

— Partie annulée ! On redistribue les cartes, dis-je en m'approchant.

Prise sur le fait, la mère de Clay sursaute. Russel éclate de rire alors que je m'installe à table.

— C'est lui qui m'a demandé de regarder ! se justifie Kate en désignant son mari.

Ce dernier arrondit la bouche, estomaqué.

— N'importe quoi, je t'ai dit de ne pas toucher à son jeu ! se défend-il.

— Vous êtes tous les deux coupables. Vous gagnez toujours parce que vous trichez ! Pas très glorieux, sifflé-je en pointant mon index sur eux.

Clay rit dans mon dos, puis vient s'asseoir à côté de moi.

— Adorables, tu disais ?

Je creuse mes joues, n'ayant pas imaginé que ses parents puissent être si mauvais perdants. Je sais au moins d'où Clay tient son besoin de toujours vouloir gagner.

— Je suis un ange comparé à eux, ajoute Clay avec un clin d'œil.

Je récupère les cartes sur la table et mélange le tout, sous l'œil vigilant de ses parents. Sa famille m'amuse beaucoup et je dois admettre que je passe un très bon moment en leur compagnie. Il me reste à suivre mes bonnes résolutions, et ne pas céder à mon envie de m'isoler avec Clay pour laisser libre cours à mes fantasmes.

Chose compliquée à faire…

MACLEAN

303 POINTS

Après un nombre incalculable de parties, des pizzas commandées pour Emy, et des fous rires à la pelle, nous sommes au bord de la piscine, les pieds dans l'eau, un verre de rosé à la main. La nuit est déjà tombée et mes parents nous ont quittés il y a cinq minutes. Emy joue à faire des ronds dans l'eau avec ses pieds tout en sirotant son verre de rosé.

— Alors, ce rencard ? demandé-je, curieux.

— J'ai bien aimé la partie où on a battu tes parents, me lâche-t-elle.

— C'est tout ce que tu as retenu de la journée ?

— Je crois, oui, feint-elle en fixant un point invisible devant elle. Et toi ?

— Tes seins.

J'ai droit à un coup de coude en guise de réponse avant qu'un silence ne s'éternise. Je me contente de boire mon rosé, me sentant juste bien en sa compagnie.

— J'ai beaucoup aimé cette journée, murmure-t-elle soudain.

Je plonge mon regard dans le sien, touché par ses mots.

— Je ne suis donc plus un pilote imbu de lui-même ?

— Un peu moins.

— Ravi de t'avoir fait changer d'avis.

— C'est juste dommage.

— Quoi donc ?

— Que tu sois chez Maclean. Tout aurait pu être différent si tu étais resté à la Scuderia.

— Oui, mais j'avais un choix à faire pour mon avenir.

— Je sais.

Son ton me fait redescendre sur terre. Je me racle la gorge avant de demander :

— Ça signifie quoi ? Tu ne me laisseras jamais une chance ? Tu ne vas pas me faire croire que je ne t'attire pas, peut-être ? Ou que tu n'es pas bien avec moi ?

— Oui, tu m'attires, mais on ne peut pas être ensemble parce que…

— Parce que si je gagne, tu perds, oui, tu l'as déjà dit. Mais tu n'as pas été assez claire à ce sujet. Tu perds quoi, au juste ?

Emy plante à nouveau ses yeux dans les miens, hésitante.

— Cette vie, et ce n'est pas ce que je veux. C'est la première fois que j'ai le sentiment d'être à ma place et d'avoir enfin un bon karma.

Je fronce les sourcils, dubitatif. Sa réponse n'est toujours pas assez explicite.

— Je ferai tout ce qu'il faut pour que tu ne sois pas champion du monde, tranche-t-elle ensuite.

— Et tu sais que je ferai aussi tout ce qu'il faut pour le devenir.

Elle pince les lèvres en haussant les sourcils.

— Donc voilà, c'est voué à l'échec, conclut-elle.

J'émets un long soupir avant de reprendre une gorgée de mon rosé. Emy se redresse soudain et sort ses pieds de l'eau.

— Je crois que je vais aller me coucher, j'ai vérifié tout à l'heure et je peux prendre le vol de 9 heures pour Bologne. Je ne tiens pas à le louper, cette fois-ci.

J'acquiesce à contrecœur avant de me lever à mon tour. Je l'observe et la trouve encore plus séduisante vêtue de mon T-shirt et de mon short, mais ma douce opportunité est en train de s'envoler. Elle semblait si définitive. Voué à l'échec. Ça me fait mal de l'admettre, mais comment ne pas me plier à son choix ?

Dans la maison, au premier étage, je lui indique la seconde pièce à gauche, juste en face de ma chambre d'adolescent. Je l'invite à entrer.

— Voilà ta chambre.

Elle y pénètre et s'installe sur le lit, l'esprit ailleurs.

— Merci, c'est parfait, souffle-t-elle.

— Pas autant que je l'aurais espéré, me surprends-je à répondre.

J'ai droit à un regard lourd de sens. Emy me fixe sans un mot avant que je ne décide de la laisser seule.

— Clay, attends !

Je me tourne, le cœur au bord de l'implosion.

— Est-ce que ça te dérangerait d'aller chercher ma valise ? grimace-t-elle. Je vais me lever de bonne heure et faire le moins de bruit possible avant de partir, promis.

Je déglutis, la déception me rongeant le ventre.

— Pas de souci, je reviens.

Ni une ni deux, je tourne les talons et referme la porte de sa chambre avant de me diriger vers le rez-de-chaussée. Je grogne ma frustration dans les escaliers et en ouvrant le coffre de ma voiture pour récupérer sa valise. Je me maudis d'avoir signé chez Maclean. Tout me passe par la tête, tout devient soudain plus complexe. Comme cette hypothèse soudaine de perdre le championnat.

Et pour quoi ? Pour une femme !

Je secoue la tête, me sentant stupide. Toute ma vie, j'ai rêvé de briller en Formule 1, et maintenant que j'y suis, je serais capable de tout foutre en l'air pour elle ?

— Arrête tes conneries, grogné-je.

Je remonte les escaliers avec sa valise sous le bras et toque à sa porte pour lui signifier que je suis là. En entrant, je sens la valise m'échapper des mains. Un bruit sourd sur le parquet. Le tumulte dans mon esprit. Je n'arrive pas à décrocher mes yeux d'elle. Whaou !

Nue devant moi, Emy me coule un regard plein de désir avant de s'approcher d'un geste sec et de me tirer à elle en agrippant mon T-shirt.

— Je te préviens, demain, je redeviens ton pire cauchemar, me lâche-t-elle avant d'écraser sa bouche sur la mienne.

Ahuri, je retire mon T-shirt à la hâte.

— Et je deviens champion du monde, réponds-je entre deux baisers, alors qu'Emy tire sur mon bas de jogging pour m'en défaire.

Nos gestes sont brusques. Urgents. Elle me traîne sur le lit, je m'effondre sur elle sans lâcher ses lèvres.

— Une nuit, geint-elle.

— Une nuit, confirmé-je.

Je fais courir ma paume sur son corps tandis que ma bouche s'aventure dans son cou. Emy se débat avec mon jogging. Je l'aide en me redressant et l'ôtant moi-même. La vision qui me fait face vaut toutes les victoires que j'ai pu connaître. L'adrénaline qui fuse dans mon corps en ce moment n'équivaut pas à une place sur le podium. J'ai l'impression de gagner la plus belle course du monde. Je prends mon temps pour la détailler, elle a un corps parfait.

— C'est bon ? T'as fini de mater ?

J'esquisse un sourire avant de baisser mon boxer.

— Comme ça, on est quittes.

Elle plisse les yeux, plus que satisfaite, et je m'approche, désireux de faire de cet instant l'apothéose de cette journée.

SCUDERIA ADESSI

324 POINTS

Mais qu'est-ce ce qui m'a pris ?! Je cherche encore dans la chambre l'insecte qui m'a piquée. Mon cerveau s'est mis en stand-by. Dans un état second, je me suis déshabillée, me sentant à la fois invincible et complètement stupide. J'ai fait ce dont j'avais terriblement envie depuis le début de la journée. J'ai suivi mon instinct même si tout cela est voué à l'échec, mais je préfère vivre avec des remords plutôt que des regrets. La valise n'était qu'un prétexte. Une diversion pour m'éviter de lui demander de rester. Mais au moment où il est parti, j'ai senti que je faisais une erreur.

C'est idiot.

J'ai toujours fonctionné comme ça. Dans le doute, je me lance à corps perdu dans une option, pour voir. Et il est évident que je me suis trompée en le faisant sortir de ma chambre. Je ne voulais qu'une chose : qu'il revienne. Alors, j'ai fauté. Une fois. Juste une fois.

Clay fait glisser sa langue sur mon sein avant de venir jouer avec l'aréole. La chaleur qui me submerge me fait oublier ma stupidité. *Une nuit et rien de plus.* Une nuit où il n'y a ni pilote ni patronne d'écurie. Juste nos deux corps qui n'attendent que ça. J'agrippe son cou pour le ramener à moi. J'ai besoin de croiser son regard. De m'assurer que je ne fais pas une connerie. Les bras de part et d'autre de mon visage, Clay s'arrête un instant pour me sonder. Silencieux, il m'observe comme si j'étais la plus belle chose qu'il ait jamais vue. Il fronce toutefois les sourcils, attendant une réaction de ma part.

— Je te déteste, soufflé-je.

— C'est faux.

Son sourire arrogant s'échoue aussitôt sur mes lèvres, m'emportant dans un baiser passionné. Il écarte mes jambes en saisissant ma cuisse. Le sentir si près me procure un frisson insoutenable. J'écarte d'autant plus mes jambes avant de me figer.

— Les préservatifs sont dans la voiture, fais-je remarquer.

Clay ricane avant de soulever ses hanches.

— Règle numéro une d'un pilote : la stratégie.

Il se penche vers la table de chevet pour en retirer un préservatif.

— Tu avais prévu ton coup ?

— Tu souhaites peut-être faire marche arrière ? plaisante-t-il en déchirant le sachet.

— Ça te contrarierait ?

— Énormément.

Je m'accoude sur le matelas, l'œil noir. Clay est en train d'enfiler le préservatif dans une gestuelle assurée.

— Alors oui, stop ! Merci de sortir de cette chambre.

Son rire résonne aussi sec devant mon air faussement courroucé. Il me pousse, plaquant mon dos contre la literie moelleuse.

— Trop tard.

Clay glisse sa paume sur ma cuisse et écarte mes jambes à l'aide des siennes pour m'écraser de tout son poids. Je ravale péniblement ma salive, laissant le feu se déverser dans ma poitrine. Mes doigts filent dans sa cambrure quand il se replace en douceur. Ne nous quittant pas des yeux, je tremble légèrement. M'attendant surtout à une partie de jambes en l'air sauvage, Clay ne semble pas de cet avis. Ses gestes sont doux et mesurés. Sa main droite agrippe ma hanche alors que la gauche me caresse les cheveux un bref instant. Soudain, d'un mouvement brusque et précis, il porte son sexe à hauteur du mien. Je bloque ma respiration quand je le sens enfin entrer en moi, par de brèves impulsions. L'euphorie et l'excitation se lient tandis que ses hanches basculent en douceur sur les miennes. J'abaisse mes paupières un bref instant. Ce sont ses lèvres plaquées sur les miennes qui me font rouvrir les yeux alors que ses mouvements deviennent amples, comme s'il cherchait à m'emplir entièrement. Ma respiration est haletante, le plaisir, inexorable, grimpe en moi.

— Clay Johnson, doux. Qui l'aurait cru ? soufflé-je en m'agrippant à son dos.

— Ne me tente pas, réplique-t-il dans un coup de boutoir plus intense.

Je ravale un gémissement. Clay vient de sonner le glas de la douceur. Il revient avec plus d'intensité, m'attrapant un sein, l'accrochant de ses dents avant de venir s'emparer une nouvelle fois de ma bouche. Je suis ses mouvements, venant à sa rencontre avec plus de virulence, moi aussi. Je ne me souviens plus de la dernière fois où je me suis sentie aussi bien. Plus rien d'autre ne compte en cet instant que lui et moi. Clay alterne entre douceur et brutalité, m'emmenant dans des plaisirs tout en nuances, mais je ne tiens pas à rester à sa merci. Alors que ma langue danse avec la sienne, je le bouscule, l'obligeant à s'allonger sur le dos.

Il pouffe tandis que je pose mes mains à plat sur son torse. À moi maintenant de me déhancher sur lui. Tout est plus fort dans cette position, plus intense, plus profond. Les yeux clos, je sens la jouissance monter toujours et encore. Clay ancre ses doigts dans mes fesses, suivant mes hanches et intensifiant mes mouvements. Une plainte s'échappe de ses lèvres, me faisant d'autant plus frémir, mais il se redresse pour être plus proche. Il m'emprisonne de ses bras, relevant son bassin à chacun de mes déhanchés, tirant de plus en plus sur cette corde sensible qui commence à céder. Nos souffles se mêlent l'un à l'autre. C'est plus que du sexe, c'est une symbiose. À croire que nous avons fait ça toute notre vie. J'ai le sentiment qu'il sait exactement quoi faire pour me donner plus de plaisir, comme sa manière de me tirer vers lui à chaque coup de reins. Mes doigts glissent dans ses cheveux tandis que ses lèvres picorent mon cou, mon buste et mes seins. Je prends appui d'une main dans mon dos, cherchant à l'avoir encore plus en moi. Clay me tire alors plus violemment vers lui. C'est horriblement délicieux. Je commence à sentir chaque coup de reins comme une ultime supplique de mon corps, mais ne souhaitant pas céder aussi vite, je me redresse pour m'accrocher à ses épaules tandis qu'il continue de suivre ma cadence. Son souffle est aussi extatique que le mien. Un coup de boutoir, encore, plus puissant, et il me fait chavirer dangereusement dans l'extase.

Clay retient un grognement contre ma poitrine tandis que je danse plus fort sur lui, pour lui. Je tiens à ce qu'il n'oublie pas cette nuit, c'est pourquoi je muselle mon propre plaisir au bord de l'implosion pour le faire céder en premier. Je me déhanche encore, plus doucement, puis plus fort. Je sens sa chair de poule sous mes doigts tandis que je les enfonce dans son dos musclé. Je ne m'arrête pas pour autant. Clay suit, et sans préméditation, agrippe ma nuque, tirant délicieusement sur mes cheveux pour faire basculer ma tête en arrière. Ses lèvres s'attaquent à mon cou, mordillant, léchant et embrassant avec passion. Je sens que je lâche prise. Il reprend le pouvoir avec un déhanché plus endiablé. Je frémis, une fois, deux fois, puis mon corps se crispe. Ses coups de reins sont en train de m'envelopper d'un coton délicat avant que tout n'explose. Je voulais le faire céder en premier, mais il vient de m'embarquer dans un orgasme foudroyant. J'étouffe mes gémissements en serrant la mâchoire. Clay plaque sa bouche contre ma poitrine, ravalant lui aussi une plainte. Je le sens se crisper sous moi alors que ma chute devient plus vertigineuse encore. Oubliant tout, nous chutons ensemble, dans les méandres d'un plaisir intense.

SCUDERIA ADESSI

324 POINTS

Clay est endormi lorsque je referme la porte en douceur. Il est 6 heures du matin, et fort heureusement, il n'a pas entendu le discret réveil de mon portable. Je tire ma valise dans le couloir, me faisant le plus discrète possible pour ne pas réveiller ses parents. Mon taxi m'attend à l'extérieur. L'esprit encombré, je me remémore la nuit. « Parfaite » est le premier adjectif qui me vient à l'esprit avant que ma poitrine ne se serre. Je n'imaginais pas que l'on puisse être si proches, à l'unisson, comme si ça avait toujours été le cas. Mais la réalité s'impose brusquement lorsque mon chauffeur me demande ma destination.

— L'aéroport.

Tout doit maintenant disparaître de mon esprit. Comme cet instant où, après avoir fait l'amour, nous nous sommes cajolés en silence, dans une sensualité improbable. Pas un mot n'a franchi nos lèvres. Je pensais que Clay allait plaisanter ou jouer les fiers-à-bras, mais rien de tout ça. Il m'a serrée intensément dans ses bras. Rien d'autre. Puis nos regards ancrés l'un dans l'autre, nos caresses, jusqu'à ce que le sommeil nous emporte. Le silence, aucune promesse, une nuit, une seule, suspendue dans le temps.

Je profite du paysage matinal en chassant les images de nos corps imbriqués. C'est une belle région de bocage, les champs bordant l'autoroute partent à perte de vue avec leurs haies arbustives. J'aperçois quelques moutons en train de paître. Une image familière, semblable aux paysages de Normandie. Apaisant au point de réussir à me déconnecter de mes pensées.

— Vous partez en vacances ? me demande le chauffeur pour faire la conversation.

Je tourne la tête vers lui. À travers le rétroviseur, il me sourit, bienveillant.

— Je rentre chez moi.

— Ah ! d'accord, et c'est où ?

Je pince les lèvres, réalisant que j'ai peut-être parlé trop vite. Concrètement, chez moi, c'est Nice. Mais je dois admettre que l'Italie commence à devenir petit à petit une seconde mère patrie. Bologne et la Scuderia Adessi prennent une place toujours plus importante, depuis que le portrait de mon père se fait plus nuancé. Du moins, c'est le sentiment que j'ai après avoir rencontré Kate et Russel. Ils étaient proches, je ne vois pas pourquoi ils m'auraient menti. De toute évidence, mon paternel a opté pour la politique de l'autruche afin de conserver sa famille et la Scuderia. Cela ne l'excuse en rien, mais je suis en train d'adopter le même comportement avec Clay. Et contrairement à mon père, il n'y a pas d'enfant dans le paysage. J'ai donc été sacrifiée… Je ne sais pas si j'arriverai à lui pardonner un jour, même s'il m'a placée aujourd'hui à la tête de son écurie. Rien ne pourra combler son absence qui m'a marquée au fer rouge. Savoir l'amour sincère qu'il portait à maman me met cependant du baume au cœur.

Je croise dans le rétro le regard du chauffeur qui attend ma réponse. Je chasse aussitôt mes pensées. Après tout, rien ne sert de ressasser le passé.

— L'Italie, réponds-je.

— Ah, génial ! Avec ma femme, nous sommes allés à Rome l'été dernier, c'est vraiment une ville magnifique. Nous pensons partir à Venise pour nos prochaines vacances…

Je l'écoute d'une oreille, hochant régulièrement la tête et l'interrogeant parfois sur sa vie en Angleterre. Tout cela a le mérite de faire passer le trajet et me permet de ne pas remarquer cette chaleur écrasante dans ma poitrine lorsque je songe à Clay.

***

Je prends une grande inspiration en pénétrant dans le hall d'accueil de la Scuderia. La réceptionniste se lève pour me saluer alors que je m'engage vers l'ascenseur.

— Bonjour, madame Leclerc. J'ai plusieurs messages pour vous, m'indique Giulia en contournant son bureau pour me suivre jusqu'à l'entrée de l'ascenseur.

Elle me tend également le dossier habituel comportant les derniers rapports de courses rédigés par les ingénieurs de l'écurie. Elle se charge de tirer ma valise pour me laisser le feuilleter. Me suivant dans la cabine, elle commence à énumérer les personnes qui ont tenté de me joindre. Un investisseur important de la firme, qui souhaite discuter avec moi des récents résultats. Je gonfle les joues, regrettant déjà cette conversation à venir. Mais aussi une chaîne de sport qui souhaite interviewer mes deux pilotes. Ils ont invité Liam et Lorenzo, mais c'est à moi de donner mon accord. Également, ma mère qui n'arrivait pas à me joindre sur mon portable. Tout à fait normal puisque je n'ai plus de batterie. Elle sera la première que j'appellerai.

— Et Clay Johnson, me lâche-t-elle, confuse, alors que les portes de l'ascenseur s'ouvrent.

Nos regards se croisent, mais je me tais.

— Il a appelé cinq fois, ajoute-t-elle.

J'opine, comme si ça ne m'atteignait pas. En vérité, mon cœur fait un triple salto arrière dans ma poitrine. Elle me tend ses notes alors que je m'engage dans le long couloir menant à mon bureau. Elle me suit toujours en tirant ma valise.

— Merci, Giulia, dis-je pour la libérer.

— De rien, souhaitez-vous que je m'occupe de vos affaires et les mette au pressing ?

Je secoue la tête en m'approchant pour récupérer mon bagage.

— Non, ce n'est pas nécessaire.

— Bien.

Giulia semble hésiter à déguerpir.

— Il y a autre chose ? demandé-je.

La jeune femme, plantée sur ses hauts talons et dans son chemisier trop court, peine à soutenir mon regard. Je ne pensais pas créer une telle réaction un jour, d'autant que nous avoisinons le même âge.

— Est-ce que je peux vous poser une question, madame Leclerc ?

J'acquiesce, curieuse, alors qu'elle fuit une fois encore mon regard.

— Est-ce que Clay Johnson revient la saison prochaine ?

— Qu'est-ce qui vous fait dire ça ? réponds-je en fronçant les sourcils.

Elle s'offusque, sentant certainement ma froideur.

— C'est juste qu'il appelle souvent, donc je me demandais si…

— Je n'ai rien à dire sur le sujet, et j'en informerai tout le monde en temps voulu, si ça doit être le cas. En attendant, Giulia, merci de ne pas ébruiter une quelconque rumeur, parce que je saurai d'où elle vient lorsqu'elle arrivera à mes oreilles, la mets-je en garde.

Giulia se racle la gorge.

— Oui, bien sûr, lâche-t-elle en hochant plusieurs fois la tête, craintive.

Elle file ensuite en me souhaitant une belle journée. Je soupire, déjà agacée par ce qui a bien pu se dire concernant mon absence d'hier. Et en me tournant pour rejoindre mon bureau, je ne semble pas au bout de mes peines. Riccardo se trouve dans le couloir, adossé à sa porte, les bras croisés.

— Ça va être ton quart d'heure… grogné-je faiblement contre moi-même.

Je prends une grande inspiration puis m'avance vers lui pour rejoindre mon bureau, comme si de rien n'était.

— Tu as bien dormi ? cingle-t-il.

Je pénètre dans mon bureau, ne répondant pas tout de suite.

— Oui, très bien, merci, dis-je en posant le rapport sur la table en verre puis en me débarrassant de ma valise un peu plus loin.

— Je croyais qu'on était d'accord, siffle-t-il entre ses dents, tandis que je m'installe sur mon fauteuil.

— À quel sujet ? feins-je.

— Notre accord. Clay et toi, et j'apprends que tu fais des galipettes avec lui ?

Gabriela m'a trahie ? Non, impossible. Elle m'aurait déjà informée si c'était le cas. Il y a au moins une chose que cette fille ne sait pas faire : mentir. C'est juste que mon demi-frère par alliance est assez futé pour savoir que j'ai passé une partie du week-end chez Clay.

— C'est toujours le cas, dis-je, évitant de répondre à ses soupçons. Clay ne finira pas champion du monde, je peux te l'assurer. Mon objectif n'a pas changé.

— Cinquante-cinquante, grogne-t-il, reprenant les termes de notre accord.

— Il m'a invitée chez ses parents. Et tu devrais voir ça comme une bonne nouvelle. Si Clay est déconcentré grâce à moi, toi, tu peux mieux faire ton travail.

Riccardo m'étudie, suspicieux. Je n'en mène pas large, je ne m'imagine pas mentir encore et encore pour avoir la paix.

— T'es certaine que c'est bien clair dans ta tête ? insiste-t-il.

— Très clair, répliqué-je avec aplomb. Maintenant, si tu as fini, est-ce qu'on peut bosser ? Nous sommes en tête du championnat, Lorenzo est à nouveau leader chez les pilotes, c'est le moment de tout donner.

Riccardo expire de façon un peu trop forcée.

— Je te laisse la stratégie de course. De mon côté, sache que la FIA a entendu mes revendications. Une enquête va être ouverte à l'encontre de Maclean.

— À quel sujet ?

— Ils ne semblent pas respecter le budget de course. Cela peut valoir une grosse amende à la fin du championnat et des sanctions pour la saison prochaine.

— Comment as-tu pu savoir ça ? m'étonné-je, sachant pertinemment que Maclean n'a pas ouvert ses livres de comptes pour les beaux yeux de Riccardo.

— J'ai eu une discussion avec un de leurs pilotes, me lâche-t-il avec un clin d'œil.

Il ne peut pas s'agir de Clay, donc Meunier serait la taupe.

— Et on va devoir discuter de Liam pour la saison prochaine, reprend-il. Son contrat ne court que pour cette année, et je crois que nous pouvons avoir mieux que lui.

— Je vois… Et qu'est-ce que Meunier attend de nous, au juste ?

— Pour l'instant, je n'en suis qu'à une prise de contact, mais il m'a bien fait savoir qu'il ne comptait pas rester chez Maclean. Il attend qu'on lui fasse une proposition.

J'enregistre l'information en hochant la tête, surprise par la fourberie dont peut faire preuve Riccardo. Pourtant, il a raison, dans ce milieu, si tu ne sors pas tes dents de requin, tu meurs. Donc, je vais enfermer mon cœur à double tour dans un coin reculé et ne penser qu'à mon objectif.

Ce n'était qu'une nuit. Rien qu'une nuit.

MACLEAN

442 POINTS

— Mange encore, Clay ! Tu as la peau sur les os !

La mère de Lorenzo remplit de nouveau mon assiette. Mon ami ricane à côté d'elle.

— C'est bien, mamma, fais-le grossir, je vais en avoir besoin pour Monza.

Je souris. Cette course est une institution pour l'Italie, encore plus pour Lorenzo et sa famille. D'autant que cette année, il arrive en favori ou presque. Les trois dernières courses ont montré à quel point nous sommes proches en performances. Lorenzo a remporté les grands prix de Belgique et des Pays-Bas, j'ai triomphé en Hongrie. Nos classements pilotes et constructeurs sont proches. Depuis le Grand Prix de Grande-Bretagne, la Scuderia ne laisse rien passer, optant pour des stratégies plus innovantes les unes que les autres afin de conserver la tête du championnat. Toutefois, pour mon plus grand soulagement, notre amitié n'est pas affectée. Je suis heureux lorsqu'il gagne, même si je me déteste bien plus ensuite.

Fidèle à notre rituel avant le Grand Prix d'Italie, Lorenzo m'invite en amont chez lui, dans sa maison familiale, auprès de ses parents et de son frère. Nous nous détendons avant de subir la pression des médias et de la course. Lorsque je faisais partie de la Scuderia, nous tenions à tout prix à remporter cette course à domicile. Aujourd'hui, j'admets que mes sentiments sont partagés. Pour moi, c'est un grand prix aussi important que les autres, car je convoite la première place du championnat. J'ai eu le temps de me rappeler mes propres intérêts ces dernières semaines. Trois grands prix se sont courus depuis celui de Grande-Bretagne, et je n'ai plus de nouvelles d'Emy.

Je dois me contenter de la croiser de temps à autre sur les paddocks, sans qu'elle m'adresse un geste. Pourtant, dans son regard, je lis encore la passion. Nous ne nous sommes accordé qu'une nuit. Même si je pensais que ce n'étaient que des paroles en l'air, je me suis fait une raison. La directrice d'écurie a décidé de se tenir le plus loin possible de moi, je suppose.

— Tu restes dormir là cette nuit ? me lance le père de Lorenzo.

— Pas cette fois, non. Je vais retrouver les gens de l'écurie à l'hôtel ce soir.

— Comment se porte le dégarni ? interroge sa mère.

Je me redresse sur ma chaise, interrogatif.

— Le dégarni ?

— Oui, ton patron. À chaque fois que je le vois à la télé, je me dis qu'il ferait mieux de se raser la tête plutôt que de laisser ces trois cheveux ridicules sur son crâne.

J'explose de rire. Il s'agit d'une bonne description d'Edward Maclean.

— Pour être franc, je ne suis pas très proche de lui.

— Ah ouais ? s'étonne Lorenzo.

— Il est aussi aimable que Riccardo, finis-je par confier.

Mon ami semble navré pour moi. Si j'avais connu le caractère bourru de Maclean, sans aucune sympathie pour ses pilotes, je n'aurais pas signé ce contrat. Giuseppe me manque. Avec lui, je me sentais bien. Il m'a toujours protégé, tout en me poussant dans mes retranchements. La nostalgie broie mes tripes en ce moment, mais je tente de garder la tête froide. D'autant qu'après les dernières courses, j'en ai pris pour mon grade. Les inspecteurs de la FIA semblent en avoir après moi, car j'écope régulièrement de pénalités et démarre mes grands prix avec des handicaps. Edward Maclean souhaite d'ailleurs un rendez-vous avec moi dès la fin de la saison, pour discuter de mon avenir dans l'écurie, je suppose.

— Riccardo est toujours aussi pète-sec, mais j'admets qu'il a changé depuis l'arrivée d'Emy, avoue Lorenzo.

Je ravale ma salive, ne souhaitant pas en savoir plus à ce sujet, sentant surtout la jalousie me gagner. Je ne suis pas aveugle, j'ai bien remarqué que les deux patrons s'entendaient mieux ces derniers temps.

— Au fait, tu n'as toujours pas de nouvelles d'elle… ?

— Non, rien, coupé-je.

Lorenzo pince les lèvres, déçu pour moi.

— Ça changera peut-être après la saison. Je sais qu'elle est très prise en ce moment.

— Quoi donc ? interroge sa mère, curieuse.

— Clay et Emy, lâche Lorenzo.

Cette dernière me toise, les yeux exorbités.

— Toi et Emy ? reprend l'Italienne, excitée.

Je me renfrogne. Toutefois, je n'ai pas le temps d'émettre une objection qu'elle reprend :

— Vous allez si bien ensemble ! On l'adore, elle est venue quelques fois ici, c'est vraiment une jeune femme surprenante. Elle prend très à cœur son rôle et ne manque jamais de nous dire bonjour sur les paddocks lorsque nous la croisons.

J'interroge Lorenzo du regard. Il s'est bien gardé de me dire qu'Emy avait rencontré sa famille, ou même que ces derniers l'appréciaient à ce point.

— Quoi ? se défend-il. Ne va pas imaginer un truc sexuel entre elle et moi. C'est une relation purement professionnelle.

— Mmmh, me contenté-je de répondre.

Lorenzo plonge à nouveau son regard dans son assiette avant de marmonner.

— Elle est vraiment comme son père. Elle prend soin de ses pilotes, conclut-il.

Oui, ses pilotes. Et je n'en fais pas partie.

— Bon, et sinon, comment tu les sens, ces qualifs ? me lâche Lorenzo pour tenter de changer de sujet.

— Comme toujours, je ne te ferai pas de cadeau.

Il me sourit, puis récupère sa cuillère et la tourne pour lancer une boulette de viande sur ma chemise.

— Nous non plus, me tacle-t-il.

Nous ?

***

Je m'extirpe de ma monoplace, haletant. Plusieurs mécaniciens m'entourent, mais j'ignore leur air abattu. Je marche en direction du fond du stand, à l'abri de toute caméra. Sur mes talons, Jack, mon ingénieur de course. Plus loin, papa me suit lui aussi. Je longe un couloir avant de m'y arrêter et de donner un coup de poing dans le mur.

— Clay ! me hurle mon père tandis que Jack court lui aussi à ma hauteur.

Je ne m'arrête pas, retirant mon casque et frappant la paroi avec ce dernier à plusieurs reprises. Des mains viennent se poser sur mes épaules dans l'espoir de me calmer. Toutefois, ma rage ne s'estompe pas.

— Ce n'est pas grave, souffle papa.

— Pas grave ? répété-je en me tournant vers lui, la tempe battante. C'est la dernière putain de place !

— Nous allons revoir notre stratégie, Clay, en tenant compte de ces pénalités.

— Mais bordel, je ne les ai même pas gênés et mon DRS est conforme ! C'est du foutage de gueule, je vais aller parler moi-même à la FIA.

La vérité, c'est que j'ai accumulé plusieurs pénalités, la première pour avoir gêné deux pilotes lors des qualifications. Bien évidemment, il s'agit de Lorenzo et Liam à qui j'aurais bloqué le passage. Une excuse bidon, mais qui a l'air de faire son effet auprès des commissaires de course. Quant à la seconde, une fouine de la Scuderia aurait relevé une anomalie sur mon DRS. Il ne respecterait pas l'ouverture maximale prévue dans le règlement. Ça, ce n'est en rien ma faute, mais de toute évidence, la Scuderia est sur les talons de Maclean, cherchant la petite bête.

— Tu sais que tu ne peux pas faire ça, tonne soudain Edward Maclean, qui entre dans le couloir.

Il s'approche de moi, les traits tirés.

— Je m'en charge, me lâche-t-il avec aplomb. Je vais contester les pénalités et essayer de rétablir le classement d'origine.

J'ose un regard vers lui. Étrangement, j'ai confiance en ce qu'il me dit. J'espère qu'il arrivera à confirmer ma pole position, car c'est bien la place que je suis supposé occuper en fonction de mes temps réalisés en qualification.

— Ils t'ont dans le viseur, reprend Edward en faisant allusion à la Scuderia. C'est normal, tu leur fais peur. Vois ça comme un moyen de te surpasser.

Le souffle court, papa serre mon épaule pour tenter de me détendre. La vérité, c'est que j'ai une double peine. Je ne veux pas croire qu'Emy soit l'instigatrice d'un tel acharnement à mon encontre. En même temps, il y a une logique. Elle ne souhaite pas me voir champion du monde, elle a donc tout intérêt à me mener la vie dure. Et si cela signifie m'observer à la loupe dans l'espoir que je fasse une erreur, elle a tout compris.

— Tu devrais souffler. Rentre à l'hôtel, on te tiendra au courant. En attendant, essaie de te reposer pour la course de demain.

— Je vais avoir du mal à remonter dix-neuf places, avoué-je au grand patron.

— Si les pénalités sont bien validées, je suis persuadé que tu trouveras une solution sur la piste pour remonter dans le classement.

Oui, sauf que je vais partir avec un putain de handicap. Je me garde de lui dire le fond de ma pensée et me contente de hocher la tête avant de ficher le camp. Papa me suit, tout en me laissant de l'espace. Je ne prends même pas la peine de me changer. Tout ce que je veux, c'est dégager de ce circuit. Je sors du stand et me rends sur les paddocks, direction la sortie du circuit. En passant devant le QG de la FIA, je lorgne l'entrée avec rage, ne sachant pas comment j'arrive à me retenir d'entrer dans leurs locaux pour péter mon câble auprès des commissaires de course. Je bloque pourtant devant, remarquant Riccardo en sortir un grand sourire aux lèvres et serrer la main du grand responsable.

L'enfoiré !

— Eh ! le hélé-je.

Il ne me remarque pas, et replace ses lunettes de soleil sur son visage en descendant les marches.

— Clay, laisse tomber, me supplie mon père.

Je l'ignore et me dirige vers Riccardo, qui marche en direction de son QG. Je le rattrape et tire sur son bras pour qu'il se retourne.

Mon ancien patron me dévisage avec mépris avant de retirer ses lunettes.

— C'est quoi, ton problème ? enrage-t-il.

— C'est toi qui as fait ça ?

— Fait quoi ? raille-t-il.

— Les pénalités.

Il ricane, sans doute pour me faire monter en température. Je serre les poings pour évacuer mon trop-plein d'énergie.

— Emy est au courant de tes manigances ? reprends-je, hors de moi.

Cette fois-ci, j'ai droit à un éclat de rire. Riccardo secoue la tête avant de se placer à quelques centimètres de moi.

— Mais qu'est-ce que tu crois, Clay ? Que tu pouvais quitter la Scuderia, séduire la patronne, baiser avec, et ne pas en subir les conséquences ? Tu pensais que j'allais laisser faire ça, docilement ? C'est un sport sans scrupules, et toi, mieux que personne, tu le sais. Quant à Emy, elle est totalement d'accord avec moi.

— Je n'y crois pas une seconde, craché-je. Tu n'es qu'une putain de vipère, comme toujours.

— Pense ce que tu veux, je m'en fiche, lâche-t-il avant de remettre ses lunettes et de me tourner le dos pour rejoindre son équipe.

Je l'observe, luttant contre l'envie de lui refaire le portrait. Riccardo monte les marches qui mènent aux locaux de la Scuderia. Sur la petite terrasse, en avant du QG, je remarque Emy, assise en compagnie de Gabriela. La patronne d'écurie croise mon regard, mais le fuit dans la foulée, comme si elle s'interdisait de me voir. Je reste là un instant, impuissant, observant Riccardo prendre place à ses côtés et lui offrir un sourire chaleureux.

La main de mon père qui se pose sur mon épaule me fait détourner la tête. La mine triste, il se contente de me couler un regard lourd de sens.

— Il doit y avoir une raison à tout ça, me souffle-t-il.

— Ouais… grincé-je. Et elle est simple. La F1 est un sport. Et comme dans tout sport, il n'y a qu'un seul vainqueur.

Mon père soupire tandis que je tourne les talons, la gorge nouée. Quoi que je puisse ressentir en cet instant, je vais devoir évacuer tout ce qui me pollue. Et surtout retrouver la rage de vaincre.

SCUDERIA ADESSI

456 POINTS

Arrimée à mon tabouret habituel, les deux ingénieurs de course de mes pilotes de part et d'autre, je suis attentivement le Grand Prix de Monza. Dans mon dos, l'équipe est survoltée. Le Grand Prix d'Italie a une saveur particulière pour la Scuderia. Huit ans qu'aucun de nos pilotes n'est monté sur la première marche du podium à domicile. Autant d'années de frustration. Nous sommes en position de force depuis le début de la course. Lorenzo s'est envolé, créant un écart de plusieurs secondes avec Liam, en deuxième position. Malgré les pénalités de la FIA et son départ en dernière position sur la grille, Clay a réussi une magnifique remontée. Je ne m'attendais pas à une décision aussi sévère des inspecteurs de course, mais Clay a de la ressource. De tour en tour, il fait étalage de son immense talent avec des dépassements de grande classe, jusqu'à remonter derrière notre tandem. La foule était en délire à chaque place gagnée. Personne ne s'attendait à un tel spectacle, certainement pas moi, et Riccardo encore moins. Mon associé a perdu de sa superbe ces dernières minutes. Je suis fascinée par les performances de Clay et ravie de le voir exceller. Mais je suis dans l'angoisse. Il fond sur Liam à une vitesse vertigineuse. D'après les calculs et ses chronos, il sera dans le rétroviseur de mon second pilote dans moins de deux tours de circuit.

Nous ne pouvons même pas compter sur un *pit stop* pour creuser l'écart et donner la chance à Liam de grappiller quelques secondes. Avec les derniers trains de pneus chaussés par mes deux monoplaces, plus aucun arrêt au stand n'est envisageable. Je croise les doigts et fais confiance à mon équipe et à sa stratégie, que j'ai moi-même validée. Il nous reste à tenir une dizaine de tours. Tout peut encore arriver. J'espère que Liam se montrera coriace une fois Clay dans son sillage.

— Clay tourne en 1' 22", indique José à l'attention de Liam. Augmente la cadence si tu peux.

Dans l'oreillette, j'entends d'abord le souffle court de mon plus jeune pilote lorsque la radio se met en route.

— OK, je vais faire mon maximum pour le bloquer. Dans combien de temps il sera là ?

— Virage huit ou neuf, dans un tour et demi, répond l'ingénieur en tenant compte de ses dernières estimations.

Je scrute le troisième moniteur à ma gauche. Les temps de chaque pilote y sont indiqués tour après tour. Clay est le plus rapide de tous. À chaque nouveau tour, il grappille des dixièmes de secondes supplémentaires. Je prends une grande inspiration en me tournant. Les mécaniciens de l'écurie sont rivés à l'écran qui diffuse la course. Certains arborent un visage fermé, tandis que d'autres se rongent les ongles ou secouent leurs jambes frénétiquement. La pression est la même pour tous ici. Gabriela est tout aussi nerveuse. Riccardo, assis sur sa chaise à l'écart, suit la course avec son casque sur les oreilles et ne cille pas. Captivé, je suppose, par les divers échanges entre les écuries et leurs pilotes. Nous attendons des informations supplémentaires.

Une indication, peut-être, que Clay souffre de ses pneus. N'importe quel problème technique chez Maclean serait une aubaine. Mais il faut se rendre à l'évidence, ce week-end, leurs monoplaces sont plus rapides que les nôtres.

— À combien est Liam derrière moi ? demande soudain Lorenzo.

Je jette un rapide coup d'œil sur le moniteur cinq, regroupant les écarts entre chaque pilote.

— *3"422* [9], ne puis-je m'empêcher de répondre.

J'ai droit à un regard de la part de José avant qu'il n'ajoute :

— Liam a pour consigne de bloquer le passage de Clay.

— Merci, c'est noté, rétorque Lorenzo dans la foulée.

Une dizaine de tours avant le drapeau à damier. Moins ceux durant lesquels Clay sera sur les talons de Liam : huit. À cela s'ajoute l'espoir de voir Liam ne pas se faire doubler, ou mieux encore, retarder Clay. C'est donc sur lui que repose la victoire de Lorenzo. S'il ne parvient pas à empêcher Clay de filer, nous pourrions avoir les deux derniers tours les plus stressants de la saison. Clay sera sur les talons de Lorenzo. La monoplace et le pilotage extraordinaire de l'Anglais risqueraient de nous coûter la première place du podium. Inenvisageable.

Les secondes s'égrènent alors que l'instant fatidique approche. Clay s'annonce dans l'aileron de Liam. Son DRS activé, il rattrape la monoplace, se calant juste derrière, prêt à la doubler. Bien heureusement, l'épingle qui arrive l'empêche d'aller au bout de sa manœuvre. Liam se jette dans l'intérieur, le forçant à se déporter sur sa gauche. Mon rythme cardiaque accélère, alors que les commentateurs de course hurlent dans mes oreilles sur le combat à venir. Clay s'engage, collé à Liam,

---

9. Temps donné en secondes au millième près pour désigner l'écart entre deux pilotes.

il se trouve à sa droite, et il le double. Ma respiration se bloque. Des cris de rage s'élèvent dans mon dos. Les mécaniciens sont debout, stressés. Toutefois, sur le virage suivant, Liam se déporte et repasse devant lui, créant l'euphorie dans notre stand.

C'est une passe d'armes impressionnante que nous offrent les deux hommes. La foule dans les gradins hurle sa joie. Liam s'envole sur la ligne droite, mais avec le DRS activé, Clay le double à l'entrée d'un nouveau virage. Il est toutefois rattrapé par Liam, qui effectue la même manœuvre sur le virage suivant. Il s'approche de Clay, pour le doubler et y parvient. Dans la seconde qui suit, à plus de 250 kilomètres-heure, le pilote britannique braque pour repasser devant, mais pousse Liam, tapant sa roue arrière. Mon pilote perd le contrôle, et là, tout mon corps se fige. La voiture de Liam fonce droit dans les rails de sécurité et s'embrase aussitôt.

Des hurlements d'effroi fusent tout autour de moi, alors que je reste les yeux écarquillés, sans ciller, à regarder ma voiture en flammes avec mon plus jeune pilote à l'intérieur. Un silence écrasant de quelques secondes s'empare de toutes les écuries. C'est à cet instant que je remarque que la monoplace est coupée en deux. Le train arrière est plus loin, alors que la partie avant, avec Liam à l'intérieur, est en feu, devant les rails. Mes mains tremblent, je ne lâche pas des yeux mon écran. Le drapeau rouge est agité, les secours sont envoyés et foncent aussitôt vers la voiture de Liam pour éteindre l'incendie. Les voix des pilotes fusent dans mon casque, demandant à tour de rôle si Liam est hors de danger. Leurs voix suppliantes m'arrachent le cœur.

Ce que je vois, ce sont des flammes, encore et toujours. Le temps s'arrête sur le circuit. Je remarque du mouvement autour de moi, les centaines de mécaniciens des écuries sortent des stands, le regard rivé à l'écran géant placé dans les gradins.

L'horreur. La peur.

Et le silence. Tous se taisent, priant, je suppose, autant que moi pour que Liam soit toujours en vie. *Sous le choc*, c'est le seul état qui me définit en cet instant. Je suis impuissante, comme tout le monde autour de moi. Incapable de détourner mon attention de l'écran, je remarque à peine l'arrivée de toutes les monoplaces dans les stands. Les pilotes reviennent dans leurs écuries, sous la direction de la FIA. Le Grand Prix est suspendu, et certainement terminé. Je m'en moque. Plus rien ne compte à cet instant que de savoir mon pilote en vie. Mais les chances semblent s'amoindrir, car le feu fait toujours rage sur la voiture. Les secours font leur possible. Une dizaine d'hommes entoure la monoplace, l'arrosant sans cesse avec des extincteurs, mais cette horrible fumée noire est toujours visible. La Formule 1 n'est pas considérée comme un sport au même titre que l'athlétisme ou le basket, par exemple, car il s'agit d'une discipline mécanique. Mais on oublie souvent que l'on parle de la discipline la plus dangereuse au monde.

— Oh ! mon Dieu, souffle soudain José à mes côtés, son attention rivée sur l'écran, tout comme moi.

Dans les flammes apparaît enfin Liam. Le pilote enjambe les barrières de sécurité, aidé par plusieurs commissaires de course. Il est aspergé en continu par les extincteurs, il boite et semble en état de choc, mais il est en vie !

L'air revient petit à petit dans mes poumons tandis qu'une larme s'échappe de mes yeux. Un brancard est amené par les ambulanciers, mais Liam refuse de s'y allonger, préférant marcher. Je suppose qu'il souhaite montrer à tout le monde qu'il va bien.

— C'est improbable, murmuré-je.

— Un miracle ! lâche Riccardo, alors que je n'ai pas remarqué sa présence derrière moi depuis tout à l'heure.

Nous échangeons un regard. La fébrilité se lit sur son visage, la peur également. Moi, c'est un tout autre sentiment qui s'immisce dans ma poitrine. D'abord le soulagement que Liam soit toujours en vie, mais ensuite la rage. Une colère contre Clay grimpe dans chaque partie de mon corps. Car c'est lui qui l'a fait sortir de la piste, et il va devoir répondre de ses actes.

MACLEAN

475 POINTS

Je retrouve une respiration normale en découvrant Liam en un seul morceau. Il tient sur ses deux jambes et va être évacué en ambulance. Les pilotes connaissent les risques encourus en roulant dans ces voitures, la vigilance de tous les instants dont il faut faire preuve au volant, mais aucun de nous n'est vraiment préparé à affronter l'accident. Encore moins à perdre un collègue en course. Les décès sur circuit sont rares de nos jours, le dernier remonte à plus de dix ans, mais les chocs et accidents aussi impressionnants que celui-ci nous rappellent à notre extrême vulnérabilité.

Le poids écrasant de la culpabilité m'accable. Je suis dans un état second, ne pouvant que remercier le ciel de retrouver Liam sain et sauf.

— Ça va ? me lance Meunier, que je n'avais pas remarqué.

Le staff m'a laissé me mettre à l'écart. Tout le petit monde de la F1, comme le public, est encore sidéré par la violence de l'accident et les images du brasier duquel Liam est sorti miraculeusement. Personne ne connaît encore l'étendue de ses blessures. Je suis assis, à même le sol, dans un coin reculé du stand, le regard scotché sur l'écran TV. Je redresse le menton tandis qu'Alexandre se baisse vers moi.

— C'est un incident de course, mec, tu ne dois pas culpabiliser, tente-t-il de me rassurer.

Je hoche à peine la tête. Il a raison. Personne ne peut prédire ce genre de situation. Mais mon erreur est pourtant bien ancrée dans mon crâne. Je ne cesse de faire défiler les quelques secondes qui ont tout fait basculer. Je me revois en colère pendant toute la course après ma pénalité. J'ai conscience d'avoir dépassé les limites, d'avoir pris des risques inconsidérés pour reprendre la tête, et pourquoi pas emporter le Grand Prix. Mais je n'imaginais pas un tel dénouement. Je voulais faire payer à la Scuderia cet acharnement à mon encontre. La colère contre Riccardo surtout, mais aussi contre Emy, m'a aveuglé, poussé à la faute, et j'ai fini par mettre en danger le plus jeune pilote de cette saison.

— C'est quand même moi qui l'ai poussé, réponds-je.

— J'aurais aussi pu le faire, tout comme les dix-huit autres sur la grille. Tu as fait ton job, Clay, me lâche-t-il en s'asseyant à côté de moi. Et putain, je te rappelle que tu es parti du fond de la grille ! Ce que tu as fait, c'était… dingue.

Je tourne le visage vers lui. Ses compliments me touchent, mais je suis trop empêtré dans ma culpabilité. Meunier me tend une bouteille d'eau avant de reprendre :

— Tu avais la place de doubler, mais tu as juste tapé dans sa roue arrière. Tu ne pouvais pas prévoir que ça lui ferait perdre le contrôle et l'enverrait dans le décor. Combien de fois je t'ai fait ça depuis le début de ta carrière ?

Je réfléchis quelques instants. Alexandre et moi étions connus pour notre rivalité pour la deuxième place au moment de l'hégémonie de Tino. Sur les précédentes saisons, nous savions ne pas pouvoir rivaliser avec le champion du monde, mais nous avons eu des courses bien plus dangereuses, lui et moi, sans cesse à nous doubler, à nous asticoter pour grappiller des points.

— Beaucoup, finis-je par avouer.

— Tu vois, donc ne te monte pas trop la tête !

— Oui, mais Liam n'a pas notre expérience.

Alexandre émet un long soupir en me scrutant du coin de l'œil. Il ne répond pas de suite, signe que ma remarque fait mouche.

— Oui, c'est vrai, mais la course est impitoyable. Soit tu as le niveau, soit tu l'as pas, souffle-t-il. Je suis désolé pour ce qui est arrivé à Liam, mais tu ne dois pas culpabiliser. Tu n'étais pas dans sa monoplace, tu ne peux pas savoir.

Je hoche la tête. Il pose ensuite sa main sur mon épaule avec bienveillance.

— Il est en vie, c'est tout ce qui compte, affirme-t-il. Pour le reste, tu es pilote de Formule 1. Ton but est de gagner, ne t'excuse pas pour ça.

Ces mots, aucune autre personne de l'équipe n'aurait pu les prononcer. Ils trouvent écho en moi. Meunier se lève et me tend sa main pour me relever. Il me hisse, tapote délicatement mes joues et me sourit.

— Allez, Clay. Reviens parmi nous et prépare-toi aux interviews.

— Tu as raison, murmuré-je en me secouant intérieurement.

Je le laisse passer devant et retourne dans la partie du stand où les mécaniciens se trouvent. Plusieurs me saluent, m'offrent une tape dans le dos, ou me lancent un bref sourire de circonstance. Je sens de la fraternité sur tous ces visages. J'avais oublié à quel point ce monde en était pourvu. Je croise Edward Maclean, qui se fend d'une accolade appuyée. Je reprends petit à petit mes esprits alors qu'il m'indique que la course ne reprendra pas. Le classement est figé au moment de l'accident. Je finis donc à la deuxième place. En cet instant, je m'en fiche, je poursuis mon chemin. Meunier file vers le carré des interviews, tandis que je me dirige vers le stand de la Scuderia. J'ai besoin d'y voir un visage familier. Apercevant Lorenzo, je hâte le pas. Les personnes des écuries avoisinantes s'écartent sur mon passage. Je n'ai toutefois pas le temps d'arriver à la hauteur de mon meilleur ami.

— Tu as failli le tuer ! me crache Emy, folle de rage, avant de se placer devant moi et de me pousser.

Grand silence autour de nous. Emy revient à la charge, me bousculant une nouvelle fois.

— Tout ça pour quoi ? Pour gagner une fois de plus ! hurle-t-elle.

Cette fois-ci, ce n'est plus la culpabilité qui me ronge, mais la fureur. Elle est sacrément gonflée de m'agonir de reproches alors qu'au fond, c'est aussi sa faute.

— Tu te fous de moi ! Rappelle-moi qui a fait la promesse de me rendre la vie dure, juste pour me voir perdre ? Si tu n'avais pas fait du zèle auprès des commissaires de course, Liam n'en serait pas là.

Emy arrondit les yeux, interdite.

— Mais t'es parano, ma parole !

Son regard est encore plus fou, elle tente d'agripper ma combinaison. Toutefois, je la contre d'un geste sec de l'avant-bras.

— C'est toi qui as voulu cette rivalité, grogné-je en retour. Donc assume aussi tes actes !

— Non mais je rêve ! Qui l'a envoyé dans les rails ? C'est à moi de faire des excuses ? Quelle mauvaise foi, Clay, c'est incroyable !

— Balaie devant ta porte avant de me faire des reproches, réponds-je avec froideur. Tu as dit que tu serais mon pire cauchemar. Finalement, c'est toi qui vis un enfer, maintenant.

Mes mots sont durs, brutaux. Mais je ne m'arrête pas :

— Tu souhaites me donner des leçons de morale ? Alors que tu mets tout en œuvre pour que ce genre d'incident arrive. S'il y a une personne à blâmer ici, c'est toi. C'est ta faute si Liam a eu cet accident. Sans toi, je n'aurais pas commis d'erreur. D'ailleurs, je n'ai pas commis d'erreur ! me justifié-je en haussant le ton. J'ai juste piloté pour devenir champion du monde.

Emy a un mouvement de recul face à ma véhémence.

— Donc va crier à l'injustice ailleurs que devant moi, et bonne chance pour les prochaines courses, ajouté-je. Parce que crois-moi, je vais finir champion du monde, et quoi que tu puisses perdre, tu le perdras.

— Je ne t'imaginais pas comme ça, bredouille-t-elle.

— Et moi, je n'imaginais pas que tu puisses être aussi impitoyable. Ton père a certainement commis une erreur, tu n'as rien à faire dans ce milieu si tu mets en danger tes propres pilotes.

Une main s'empare soudain de mon bras pour me faire reculer. Je pivote, cherchant à me défaire de cette prise. La mine sombre, Riccardo me fusille du regard.

— Dégage, me somme-t-il.

Je le dévisage avec mépris.

— Fiche la paix à ma sœur et casse-toi de là ! hurle-t-il encore pour me faire réagir.

Je bloque, incrédule. Je ne l'imaginais pas si proche d'elle, pour la nommer ainsi. Mon attention dérive vers Emy. Silencieuse, elle semble surprise que Riccardo prenne sa défense. Toutefois, je remarque cet indicible rictus. Il me fait l'effet d'un coup de poignard.

— Allez vous faire foutre tous les deux !

Sur ces mots, je me tourne, impitoyable. Je croise le regard de Lorenzo qui me noue davantage. Tout son visage n'est que désolation. Il ne bouge pas d'un poil. Je comprends aussitôt le message. Même mon meilleur ami semble douter de moi. Qu'à cela ne tienne. Meunier a raison, je suis pilote. J'ai fait mon job, je ne suis en aucun cas responsable de tout ce merdier. À force de vouloir ma perte, Emy a fini par jouer avec le feu. Même si la colère me submerge, une partie de moi a le cœur en miettes depuis plusieurs jours. Ce n'est pas ainsi que j'imaginais notre relation. Je dois me rendre à l'évidence, c'est finalement Emy qui a joué avec moi. *Alors, qu'elle aille au diable !*

SCUDERIA ADESSI

482 POINTS

Quand je sors de la chambre d'hôpital de Liam, Gabriela m'attend dans le couloir. Je peine à la rejoindre, songeant encore à ma conversation avec mon deuxième pilote. Il ne terminera pas la saison. Il est pourtant en état de rouler. Il s'en sort sans trop de casse avec surtout quelques brûlures. Sa combinaison ignifugée lui a évité le pire. Au fond, il est plus atteint psychologiquement. Sa décision me désole. Liam souhaite réfléchir sur son avenir en tant que pilote. C'est tellement dommage qu'il doute de lui ainsi. Le sport automobile est sur le point de perdre un authentique talent, j'espère qu'il reviendra sur sa décision. Toutefois, je peux comprendre ses craintes. Il a failli mourir, il doit certainement revoir ses priorités. J'ai le ventre noué depuis plusieurs jours, je n'ai pratiquement rien avalé, je me sens faible, pleine de tensions aux épaules et la tête en vrac. Les mots de Clay tournent en boucle dans ma caboche. Son regard me hante. Il a été odieux et je ne le pensais pas capable d'autant de rage envers moi. Oui, c'est ma faute, d'une certaine manière. J'ai décidé de l'ignorer après notre nuit. Pour me préserver avant tout. Pour ne pas me laisser envahir par mes sentiments et perdre mon objectif de vue. Mais là, tout me semble insurmontable. Il a sans doute raison, je n'ai rien à faire dans ce milieu.

— Emy ? Tu es toute pâle, ça va ?

Je m'accroche à mon sac en bandoulière en croisant le regard de Gabriela. Elle passe sa main sur mon bras et le frictionne. Je déglutis avec peine.

— Liam ne souhaite plus remonter dans une monoplace, réponds-je, encore sonnée.

Elle pince les lèvres en guise de réponse, navrée pour lui. Pour moi. Pour nous tous, j'imagine.

— Ça peut se comprendre, ajouté-je.

Elle acquiesce du regard avant de me demander :

— Qui est le pilote de réserve ?

Je cille plusieurs fois, ignorant simplement la réponse. Ce sont des détails établis par Riccardo en début de saison. Je ne m'en suis souciée que brièvement, n'imaginant pas un seul instant que je pouvais perdre l'un de mes deux pilotes. Sentant certainement mon désarroi, Gabriela me sourit, bienveillante.

— Ne t'inquiète pas, je suis certaine qu'Erico fera pour le mieux.

Au prénom du patron de la Scuderia Academy, j'opine. C'est bien lui qui avait proposé Liam en début de saison, pour succéder à Clay aux côtés de Lorenzo. Gabriela a raison, c'est l'homme de la situation et il doit déjà travailler sur le sujet. Mon amie m'entraîne avec elle hors de l'hôpital. Dans le flou, je marche au radar. Je songe à Clay, à Liam, à Lorenzo aussi…

— Je vais devoir en parler avec Lorenzo, dis-je soudain. Il ne fera plus équipe avec…

— Oui, mais pas maintenant, me coupe-t-elle.

J'extirpe toutefois mon portable de mon sac et tapote un message pour Lorenzo afin de le retrouver demain matin dans mon bureau. Il confirme dans la foulée. S'il savait que je vais lui annoncer qu'il ne fera plus équipe avec Liam…

— Qu'est-ce que tu fais ? me demande Gabriela.

— Je donne rendez-vous à Lorenzo demain matin.

— Tu n'écoutes jamais ce qu'on te dit ? raille-t-elle. Pour l'instant, tu as besoin d'oublier ce week-end et de reprendre du poil de la bête.

— Et si j'en ai pas envie ? grimacé-je.

Gabriela s'arrête au milieu du parking et me détaille, troublée.

— Si Clay avait finalement raison ? continué-je. Si c'était une erreur que je dirige la Scuderia ?

— Ne dis pas n'importe quoi ! C'est un idiot qui, je suis sûre, regrette déjà ses mots.

Je pince les lèvres, peu convaincue. Il semblait pourtant très sérieux dans ses propos.

— Ne pense pas à ça, ajoute-t-elle. Et crois-moi, si je le croise, je le castre ! On verra bien s'il arrive toujours à rouler en étant eunuque.

Elle s'avance vers sa Fiat Panda et la déverrouille en un clin d'œil avant de m'inviter à entrer dans son carrosse.

— Ce soir, tu dors chez moi. On se pète le bide de pizza et de limoncello. C'est tout ce dont tu as besoin, alors quitte tout de suite cet air de chien battu, me lâche-t-elle en fronçant les sourcils.

J'acquiesce malgré moi et m'installe dans sa voiture. Gabriela balance son sac sur le siège arrière, tandis que je frictionne mes cuisses de mes paumes. J'ai les mains moites depuis ce week-end. Si je n'avais pas un déodorant efficace, je suerais à grosses gouttes tant le stress me ronge. L'Italienne s'engage ensuite sur la route. Elle pianote sur son autoradio, cherchant une musique précise.

— Pas la peine, grimacé-je.

— Si, justement. Tu perds l'étincelle, et pour ça, j'ai la recette miracle.

Je la toise du coin de l'œil. Elle reprend :

— J'ai toujours été une grande fan de F1. Mon père m'amenait sur le circuit de Monza chaque année. J'ai assisté à mon premier grand prix alors que je n'avais que six ans. Et tu sais ce que j'ai le plus aimé ?

Je hausse les épaules.

— Les voitures, je suppose, murmuré-je.

— Non, ça, c'était le rayon de mon papa adoré. Moi, je suis tombée amoureuse de l'ambiance. Je suis avant tout une fan des fans. Tu sais, il y a des choses que seuls ceux qui ont la Formule 1 dans le sang comprennent, comme cet hymne connu de tous les fans.

Elle lance aussitôt la musique et par curiosité, je pose mon regard sur l'écran pour y découvrir l'artiste : Riton. Les première paroles se déversent ensuite dans la voiture. *It's Friday again then....*

— On est de nouveau vendredi ? dis-je, traduisant. Oui, et ?

Gabriela me lance un clin d'œil.

— Et quand démarrent les week-ends de grands prix ?

— Le vendredi, soufflé-je.

— Et qu'est-ce qui vient après ?

Elle me prend pour une débile ? Mais au lieu d'attendre ma réponse, elle chantonne :

— Puis c'est samedi et dimanche, quoi !

Elle commence à épuiser mes derniers neurones disponibles. Je secoue la tête, dépitée et me tourne vers la vitre, préférant ignorer sa bonne humeur qui commence à me donner un ulcère à l'estomac. Toutefois, Gabriela éclate de rire en secouant les épaules.

— Oublie que tu viens de passer un week-end de merde et pense au suivant, lâche-t-elle, enjouée, avant de lancer la chanson.

Aussitôt, les premières paroles martelées sur un rythme de dance prennent tout l'espace dans sa Fiat Panda. Elle se dandine, roulant comme une idiote, frôlant des voitures à plusieurs reprises. J'ai vite compris que la conduite en Italie était approximative, mais là, elle dépasse les bornes. Gabriela ne cesse de gigoter sur son siège en chantant le refrain de la chanson. Sa voiture semble danser avec elle, me faisant basculer de gauche à droite plus d'une fois.

— C'est bon, j'ai compris, grogné-je plus fort pour me faire entendre. On peut baisser le son maintenant ?

L'Italienne pointe un index accusateur sur moi.

— Non ! Chante, rappelle-toi pourquoi tu aimes la F1, et ensuite peut-être, je te foutrai la paix. Mais je relancerai cette chanson jusqu'à ce que tu l'admettes !

— Admettre quoi ? m'agacé-je.

— Que tu fais partie de ce milieu que tu ne quitteras plus jamais !

Elle est sérieuse ? Vu son mouvement d'épaules et son stupide poing en l'air qui fait des ronds, j'en conclus que oui. Ou bien elle est tarée. Je soupire en subissant une nouvelle fois le début de la chanson. Plus nous avançons dans la circulation, plus le rythme paralyse mon esprit.

Je dois admettre qu'il est entraînant. Je suis le tempo avec mes pieds, mais il est hors de question que je chante. Ou du moins dans ma tête, ça suffit. *Je compte les jours jusqu'à vendredi, et tu sais que je suis dans mon univers...*

— Chante avec moi ! hurle Gabriela en reprenant le refrain, bien trop enthousiaste à mon goût.

Je marmonne à la place.

— Plus fort que ça ! Tu es Emy Leclerc, la fille de Giuseppe Adessi, directrice de la Scuderia. Chante, je te dis !

— Je vais te foutre mon poing dans la gueule, ça ira mieux après, réponds-je, n'ayant pas le moins du monde envie de chanter son foutu hymne.

Ses yeux ne sont plus que deux fentes alors qu'elle me dévisage.

— Relâche la pression et chante ! siffle-t-elle avant de reprendre le refrain.

Je vais la découper en petites rondelles. Elle m'agace au plus haut point, mais étrangement, elle m'amuse aussi. Ses cheveux valdinguent alors qu'elle replace ses lunettes, se prenant pour une rock star, et qu'elle continue à se trémousser sur son siège. Je commence à faire une overdose, mais Gabriela n'a pas tort sur un point, j'ai besoin de relâcher la pression. Je me force alors et bouge mes épaules en rythme avec la musique. Après cinq passages, les paroles, je les ai retenues et je chantonne un peu plus fort.

— C'est ça ! Répète après moi, crie-t-elle. Je suis Emy Leclerc, la directrice de la Scuderia !

Je m'exécute, amusée par son coaching dictatorial.

— Et le vendredi, c'est la Formule 1 !

— Et le vendredi, c'est la Formule 1, réponds-je avec plus d'aplomb.

Elle lâche le volant et lève les bras en l'air en hurlant les paroles une fois encore. Elle se gare soudainement dans une petite rue étroite du centre de Bologne. La musique toujours à fond, tournée vers moi, elle chante comme une dératée. J'ai du mal à ne pas rire. Elle est complètement allumée. Bien plus que moi, mais elle a réussi quelque chose avec sa chanson. Me faire sourire et me redonner un minimum confiance en moi. Elle coupe enfin la musique et se tourne vers moi, un sourire grandiose sur les lèvres :

— Bien, maintenant, on va acheter des pizzas, boire, et tu vas tout défoncer le week-end prochain, parce que tu es…

— Emy Leclerc, la directrice de la Scuderia, ricané-je.

— Voilà !

Gabriela me lâche un clin d'œil avant de sortir de la voiture en se trémoussant. J'esquisse un sourire, réalisant ce que cette nana a réussi. Je voulais abandonner, et elle m'a prouvé que j'ai la F1 dans le corps et que je ne céderai pas. Il y a encore quelques courses avant la fin du championnat, je donnerai tout ce qu'il faut. Parce que je ne veux avoir aucun regret, et puis…

Je suis Emy Leclerc, la directrice de la Scuderia.

***

Mon réveil sonne avec application alors que je peine à retrouver mon portable. Au beau milieu du salon, la télé est encore allumée. Gabriela a eu la superbe idée de disposer un matelas au sol pour improviser une soirée pyjama, le tout avec trois bouteilles de limoncello pour nous tenir compagnie. Je ne me rappelle plus comment nous avons fini par nous endormir. Tout ce dont je me souviens, ce sont nos innombrables fous rires. Elle avait raison, cette soirée m'a fait du bien. Je tourne la tête dans sa direction. Une jambe en dehors des draps, le cul légèrement en l'air, elle ronfle. Il n'y a pas à dire, cet alcool citronné est traître. Mon réveil ne s'arrête pas. Je me déporte avec peine jusqu'à la table basse et le coupe. Dans un soupir, j'observe autour de moi. Le petit appartement de Gabriela me rappelle le mien. Rien n'est ordonné et toute la déco est dépareillée. Je chasse le drap pour tenter de me lever. En culotte et débardeur moi aussi, je scrute l'espace à la recherche de mon pantalon. Je le repère soudain sous la tête de Gabriela, planté sous son oreiller. Fait chier.

— Gaby… tenté-je doucement en la secouant un peu.

Un borborygme s'échappe de sa bouche, rien de bien clair.

— Gabriela… insisté-je.

— Et… où est-ce… qu'on va cacher le corps ? marmonne-t-elle, les yeux fermés.

Je pouffe. Je ne sais pas qui elle vient de buter ni qui est son complice, mais elle me fait bien rire. Elle est cinglée, même ses rêves semblent déjantés.

— Gaby, dis-je, avec plus d'ardeur cette fois-ci, en lui secouant franchement l'épaule.

— Ce n'est pas moi ! s'exclame-t-elle en se réveillant soudain, les yeux exorbités.

J'imagine l'avoir tirée du sommeil pile au moment où elle devait avoir une pelle à la main. L'Italienne reprend ses esprits petit à petit. Elle se frotte les yeux en bâillant avant de me remarquer enfin.

— Tu dormais sur mon pantalon, indiqué-je en pointant mon index sur celui-ci.

— Mmmh, se contente-t-elle de répondre en observant autour d'elle, confuse.

J'en profite pour récupérer mon jean et l'enfiler aussitôt. Debout, je lui demande dans la foulée :

— Je peux emprunter ta voiture ? Je dois aller au bureau, je te la ramène plus tard.

— Ça veut dire que je peux encore dormir ?

— Oui, je t'autorise à faire l'école buissonnière aujourd'hui.

Ravie, elle repose sa tête lourdement.

— Les clés sont dans mon sac. Merci, Emy, tu es une patronne extra, soupire-t-elle d'aise en s'enroulant dans le drap comme un burrito.

Je lève les yeux au ciel, amusée. Je récupère ses clés de voiture dans son sac à main avant de quitter la pièce pour trouver la salle de bains. Je fais un petit brin de toilette et file hors de l'appartement en silence. Je prends la direction de l'écurie sans allumer la radio, en scrutant l'heure plus d'une fois. Je vais finir par être à la bourre, mais je sais que Lorenzo ne m'en tiendra pas rigueur.

Une fois dans les locaux, je m'active pour retrouver mon bureau. Finalement, je n'ai pas tant de retard que ça, puisque je croise au même moment mon pilote dans le couloir.

— Si je te dis que tu as une sale mine, tu vas mal le prendre ? me demande-t-il, hésitant.

Je lui jette un regard courroucé. Lorenzo me fait de grands yeux avant de bafouiller :

— Oublie ce que je viens de te dire. Tu es fraîche comme la rosée du matin !

J'entre dans mon bureau à la va-vite, jette mon sac à main et les clés sur la table en verre devant moi puis m'installe dans mon fauteuil. Mon pilote s'assied dans un siège en gonflant les joues.

— J'imagine que tu ne vas pas m'annoncer une bonne nouvelle.

— Liam ne veut plus rouler jusqu'à la fin de la saison, dis-je d'emblée, comme pour enlever un pansement rapidement.

— Vraiment ?

J'opine.

— Il ne veut plus, ou il ne peut plus ? reprend Lorenzo, confus.

— Concrètement, il pourrait retourner dans une monoplace à la fin de la semaine, ses blessures sont superficielles, heureusement. Mais il a été catégorique avec moi. Il ne souhaite pas du tout reconduire.

Lorenzo soupire en secouant la tête, dépité.

— Oui, on peut donc remercier Clay, soufflé-je, dégoûtée. S'il n'avait pas…

— Honnêtement, ce que tu me dis ne m'enchante pas du tout, me coupe-t-il. Je sais que tu es en colère, mais ce n'est pas la faute de Clay.

— Pardon ?

— Ce n'est pas sa faute. J'ai visionné cinquante fois son dépassement. Clay a bien touché la roue arrière de Liam, oui, mais ce n'est pas la première fois que ça arrive lors d'un duel entre deux voitures.

— Liam est directement allé s'encastrer dans les rails, grogné-je, surprise qu'il puisse prendre la défense de Clay.

— Oui, c'est vrai, mais Clay n'avait aucunement l'intention de pousser Liam hors piste. Réellement, c'est Liam qui a perdu le contrôle de sa voiture.

Il se fout de moi, là ? Je ravale ma salive, cherchant à faire taire cette colère qui gronde en moi.

— On est supposé conserver la maîtrise de son véhicule, reprend Lorenzo. Et oui, c'est moche, ce qui s'est passé, mais ce n'est en rien la faute de Clay. Il a juste roulé et tapé dans sa roue. Ça arrive très souvent.

— Si tu le dis, finis-je par lâcher, les dents serrées.

Je n'oublie toutefois pas les horreurs que Clay m'a dites à la suite de l'accident. Je ne peux pas laisser planer l'ombre d'un doute à ce sujet. Il a été con. Odieux. Sans scrupules.

— Et qu'est-ce qu'on fait, maintenant ? m'interroge Lorenzo.

— Le pilote de réserve prendra la relève jusqu'à la fin de la saison. Et on va faire ce qu'on peut. Tu vas faire de ton mieux pour tenir la tête du classement.

— OK, lâche-t-il en tapotant ses accoudoirs, prêt à se relever. C'est tout ce que tu voulais me dire ?

Je réfléchis, mais finis par hocher la tête. Mon pilote se lève alors et s'apprête à quitter mon bureau. Il s'arrête toutefois et se tourne vers moi.

— En revanche, je ne cautionne pas du tout ce qu'il t'a dit, me lâche-t-il dans l'encadrement de la porte. Tu as toute ta place ici.

J'esquisse un faible sourire en guise de remerciement. Lorenzo m'offre un clin d'œil en retour, puis il file. Mes épaules s'affaissent dans la foulée tandis que je fais pivoter mon fauteuil de gauche à droite en songeant à ce qu'il vient de me dire. Lorenzo est pilote. Il sait de quoi il parle lorsqu'il s'agit de course, donc je suppose qu'il a raison. Je me suis peut-être emportée avec Clay en l'accusant d'avoir voulu tuer Liam. Toutefois, je ne lui pardonne pas pour autant ce qu'il m'a craché au visage. Ça n'avait qu'un seul but : me faire mal. Et le malaise qui ne me quitte pas confirme qu'il a réussi.

MACLEAN

573 POINTS

Les yeux verts face à moi sont incendiaires. La mâchoire serrée, je détourne le regard en me concentrant sur mon verre de bière, ce qui ne calme en rien la rage et la culpabilité qui me rongent. Il faut dire que mon meilleur ami n'y va pas avec le dos de la cuillère.

— Tu fous la merde, peste une fois de plus Lorenzo. À cause de l'accident, Liam jette l'éponge alors qu'il est remis de ses blessures.

— Pourquoi ? m'étonné-je. Il doit continuer à rouler.

— Évidemment ! Mais il ne veut pas, et moi, je me retrouve avec un nouveau coéquipier en papier mâché.

— Et que fait Emy dans tout ça ?

— Elle respecte son choix.

— Et Erico ? C'est à lui que j'ai soufflé le nom de Liam pour me remplacer, il ne peut pas le motiver à revenir ?

Lorenzo éclate de rire.

— Attends… c'est toi qui as proposé Liam à Erico ?

— Je culpabilisais de quitter la Scuderia, alors j'ai proposé le meilleur pilote selon moi.

— Quel grand seigneur tu fais, me tacle-t-il.

— Oh, ça va, ronchonné-je. Ça me fait bien chier que Liam ne veuille pas revenir. Je sais que j'ai merdé, mais je ne pouvais pas non plus prévoir sa réaction.

— Oui, je sais, je suis d'accord avec toi, mais tu es un bel idiot.

— Vas-y mollo avec les insultes, s'il te plaît !

— Je ne te parle pas de l'accident, mais de la façon dont tu as agi sur les derniers grands prix. Tu ne vois que ton nombril. Et moi qui te croyais amoureux !

Mon ventre se contracte. Ça fait deux grands prix que je traverse comme un fantôme. Je me contente de rouler, de répondre à quelques questions des journalistes et de foutre le camp.

— Amoureux ? Je te rappelle que ce n'est pas moi qui ai tout fait foirer.

— Alors là, mon gars, je ne vois pas du tout de quoi tu parles ! ironise-t-il en secouant la tête.

— C'est elle qui m'a ignoré, me justifié-je.

— Et t'as pas voulu te battre ?

Je plisse les yeux.

— Elle m'a foutu la FIA sur le dos, grogné-je en retour.

Lorenzo fronce les sourcils sous ses lunettes.

— Je ne te pensais pas aussi con.

— Quoi ? m'agacé-je.

— Oui, je croyais que t'étais plus intelligent que ça.

Je me redresse sur ma chaise installée sur la terrasse. Mon meilleur ami, plus détendu, étire ses jambes.

— Ce n'est pas Emy qui t'a foutu la FIA sur le dos, lâche-t-il.

— C'est elle, la patronne.

— À moitié.

— Moitié ? m'étonné-je.

Lorenzo darde sur moi un regard curieux.

— Elle partage le poste avec Riccardo.

— Oui, je sais, mais pas à part équitable, non ?

— Tu n'es pas au courant, n'est-ce pas ? me balance-t-il, soucieux.

Je secoue la tête. S'il y a un truc qui m'échappe depuis mon départ de la Scuderia, c'est bien tout ce qu'il s'y passe.

— Je suis chez Maclean, comment voudrais-tu que je sois au courant de quoi que ce soit ?

— J'ai pensé qu'elle te l'avait dit.

— Dit quoi ? m'agacé-je.

Lorenzo se redresse sur sa chaise, puis soupire.

— OK, alors déjà, Emy est supposée n'être là que pour une saison. Son contrat est simple : elle fait gagner le championnat constructeur à la Scuderia, les actionnaires la gardent. Si ce n'est pas le cas, c'est Riccardo qui hérite de la totalité de l'écurie.

— Mais Giuseppe l'a désignée pour sa succession, je…

— Giuseppe a fait du Giuseppe, se gausse-t-il. Il a donné sa chance à Emy… et à Riccardo. Ils sont les deux dirigeants de l'écurie. Elle a quatre-vingts pour cent et lui vingt.

— Oui, donc c'est bien elle la patronne.

— Oui, sauf qu'Emy s'est retrouvée dépassée par les événements quand un certain Clay Johnson a enchaîné les victoires ! ironise-t-il.

— Oui, ça, je l'ai compris, si je gagne, elle perd tout.

— C'est pour ça qu'elle a fait un deal avec Riccardo.

— Quel genre de deal ?

— Il l'aide à gagner le championnat, et en contrepartie, elle lui lègue cinquante pour cent de l'écurie.

— Plutôt honnête, même si c'est pactiser avec le diable.

— Oui, mais Riccardo a posé une condition, et nous la connaissons tous, à l'écurie.

— Laquelle ?

— Elle doit arrêter de s'afficher avec toi, parce que Clay Johnson a trahi la Scuderia Adessi, et tu ne seras pas champion du monde, il s'en assurera personnellement.

Lorenzo me sourit, amusé. Je déglutis, comprenant soudain que toute ma rage s'est déversée sur Emy alors qu'elle était pieds et poings liés pour conserver l'héritage de son père.

— C'est pour ça qu'elle t'a ignoré. Elle n'a pas le choix si elle veut rester patronne. D'ailleurs, c'est Riccardo qui traite avec la FIA, pas elle. Elle s'occupe de la team et ça, elle sait très bien le faire. C'est pour ça que même moi, j'ai envie de te voir perdre cette saison ! La Scuderia est différente avec elle aux commandes, elle est investie et elle nous pousse à nous surpasser.

— Je vois, soufflé-je, sentant soudain un poids énorme sur mes épaules.

— Ah ! Et pour ta gouverne, elle n'était même pas au courant pour tes pénalités à Monza. Donc oui, t'es un gros con. Parce que j'avais envie de t'encastrer ce jour-là, moi aussi, quand tu lui as craché tous ces reproches.

Je songe soudain à ce que je lui ai dit après l'accident de Liam. Que tout n'était que de sa faute. J'avais tant de rage, mais en vérité, elle n'était pas dirigée vers la bonne personne.

— Comment tu sais tout ça ? lui demandé-je tout de même. Et surtout, pourquoi tu ne m'as rien dit ?!

— Eh ! Tu ne vas pas me coller ça sur le dos, en plus ? Je ne me mêle pas de ta vie, hein. C'est Gabriela qui me raconte tout. Elles sont très proches l'une de l'autre et elle avait besoin d'avoir quelqu'un à qui en parler, je suppose.

Je me racle la gorge, avant de prendre une nouvelle gorgée de bière et de me lever d'un bond. J'attrape ma veste en jean posée sur la chaise et l'enfile.

— Où est-ce que tu vas ?

— Régler ça.

— Quoi, maintenant ?

— Oui. On se retrouve au Grand Prix du Japon ce week-end.

— Tu comptes perdre pour elle ? s'exclame Lorenzo.

— Compte pas trop là-dessus, dis-je en lui montrant mon majeur.

Lorenzo éclate de rire. Je me suis planté en beauté. J'ai des choses à rattraper. À commencer par redonner espoir à un jeune pilote.

***

Je lui ai tout raconté. Du début à la fin. Liam sait tout sur moi, sur Emy, sur les enjeux au sein de la Scuderia. J'ai passé l'après-midi à tenter de le convaincre de reprendre le volant de sa monoplace, et j'ai le sentiment d'avoir réussi. Son portable dans les mains, il prend une grande inspiration avant de l'appeler sur haut-parleur. Elle décroche presque instantanément.

— Emy, je veux continuer à rouler, lâche le jeune homme d'une voix de collégien.

— Vraiment ? s'enchante-t-elle.

— Oui, si tu es d'accord, je serai là pour le grand prix de ce week-end. Je veux reprendre ma place de second pilote au sein de l'écurie.

Un silence s'éternise avant que je n'entende un petit cri hystérique à l'autre bout du fil. J'esquisse moi-même un sourire. Emy est franche dans ses réactions. Tandis qu'Edward Maclean aurait pris ça avec réserve, elle bondit de joie.

— Liam, je suis contente que tu souhaites revenir ! J'appelle tout de suite l'équipe pour qu'on prépare ta monoplace pour vendredi.

— Merci, madame Leclerc.

— Non, Liam, merci à toi. Je suis heureuse de te savoir à nouveau en piste. Tu es un excellent pilote, n'en doute jamais.

Le jeune homme a les larmes aux yeux en croisant mon regard. Je comprends alors ce dont parlait Lorenzo. Emy n'est certes pas du milieu de la F1, mais elle a cette proximité qui semble faire beaucoup de bien à l'écurie et aux hommes qu'elle manage.

— On se dit à vendredi, lâche-t-elle.

— Oui, madame Leclerc.

Il raccroche enfin. Le cœur plus léger, je viens lui faire une accolade.

— Elle a raison, tu es un excellent pilote.

— Pas aussi bon que toi, me rétorque-t-il.

— Tu feras bien plus que moi, un jour, j'en suis persuadé. J'ai une dernière demande à te soumettre, si tu es toujours d'accord pour m'écouter ?

— Clay… souffle-t-il. Quoi que tu veuilles, la réponse est oui. C'est à toi que je dois de rouler en Formule 1.

— Parfait, je m'occupe de tout. Il ne te restera plus qu'à signer.

Je lui souris, bienveillant, car j'ai un plan. Je suis persuadé qu'il me permettra de mettre tout le monde d'accord. La Formule 1 est un vaste échiquier où il faut sans cesse avoir un coup d'avance. Sans me vanter, je n'ai jamais négligé les moindres détails qui peuvent faire la différence. Alors même si dans cette histoire, je risque de tout perdre, le jeu en vaut la chandelle. Il ne me reste plus qu'une chose à accomplir : devenir champion du monde.

SCUDERIA ADESSI

662 POINTS

La nuit est tombée sur le circuit d'Abu Dhabi. La chaleur est toutefois écrasante et la pression à son comble. C'est le dernier grand prix de la saison. Celui qui scellera le classement final des vingt pilotes et de leurs écuries. Ces derniers week-ends, ce fut une douce folie. La Scuderia Adessi se trouve au coude à coude avec Maclean, c'est ici que se joue ma dernière chance. La team est sous pression autant que moi. Heureusement, le retour de Liam sur les dernières courses nous aura sauvé la mise. Avec Lorenzo, ils ont continué à glaner des points précieux. Nous n'en avons que six d'écart avec Maclean, autant dire rien. Lorenzo et Clay sont également sur le fil du rasoir. Cette course désignera le nouveau champion du monde et l'écurie vainqueur de la saison. Mes pilotes sont dans un tel état de stress, surtout Lorenzo, qu'il a préféré se tenir à l'écart de l'effervescence. Les gradins sont pleins à craquer. La foule attend ce dernier combat entre David et Goliath.

J'ai passé les derniers jours retranchée chez moi à Nice, pour profiter de ma mère et de Momo. Ils sont présents ce soir, eux aussi. Je marche dans l'allée des paddocks en leur compagnie, nous nous dirigeons vers les stands. Je peine à garder un rythme cardiaque décent. Tout me stresse. Momo me tend une énième corne de gazelle avec un petit sourire complice.

— Merci, bredouillé-je, tremblotant de partout.

— Ça va bien se passer, glisse maman avec une caresse sur mon dos noué.

— Tout se joue ce soir, soupiré-je. Et tout peut s'arrêter…

— Quoi qu'il arrive, réplique Momo, on est très fiers de toi, de tout ce que tu as accompli cette saison.

Ils me sourient tous les deux chaleureusement, alors que le départ de la course sera donné dans moins de deux heures. Je croise plusieurs chefs d'écurie. Certains me saluent, me souhaitent bonne chance. D'autres ne posent même pas les yeux sur moi. Edward Maclean, lui, m'observe passer devant son QG avec dédain.

— Au moins, je lui aurai prouvé que je n'étais pas une touriste, dis-je, songeant à ma toute première interview avec lui.

— Oui, ça a dû l'empêcher de dormir plus d'une fois, se moque Momo.

Je regarde si Clay se trouve dans les parages. Mais non, le pilote leader de Maclean doit être comme les miens, concentré et à l'écart.

Dès que nous pénétrons dans notre stand, maman et Momo rejoignent des membres de la team sur des chaises, prêts à suivre le Grand Prix sur un écran XXL. Gabriela s'avance vers moi avec un sourire grand format. Elle me claque une bise appuyée et humide.

— C'est le grand jour.

— Merci de me le rappeler, grincé-je.

— Ne tire pas cette tête, raille l'Italienne, dont la bonne humeur me fatigue toujours autant.

— Où est Riccardo ? me contenté-je de demander.

Elle désigne d'un signe de tête un coin du stand. Je pivote et le découvre, comme à son habitude, dans un impeccable costume sur mesure. Il ôte sa veste et la pose sur sa chaise attitrée, face à son moniteur. La veuve noire l'accompagne aujourd'hui. Et tout ce qu'elle m'offre, c'est un regard en biais, toujours aussi méprisant, avant de venir s'installer un peu plus loin sur une chaise, en retrait, pour observer la course dans son coin. Je m'avance vers Riccardo, abandonnant Gabriela. Mon demi-frère esquisse un sourire carnassier.

— Notre accord tient toujours ou tu veux faire preuve de clémence ? interrogé-je, la boule au ventre.

Riccardo s'assied sans me quitter des yeux.

— Notre deal tient toujours si on gagne. Moitié-moitié, et je me charge des votes des actionnaires pour que tu restes.

Je hoche plusieurs fois la tête, les mots sont inutiles. Je tourne les talons pour prendre place, comme toujours, entre les deux ingénieurs de course. Installée sur mon tabouret, je me dis que c'est peut-être la dernière fois que j'assiste à un grand prix à ce siège de choix. Espérant me tromper, je récupère mon casque et pianote sur les écrans pour avoir le suivi complet de la course. Lorsque je remarque Clay à la TV, dans le carré des interviews, je bascule le son de mon casque sur cet écran. Moi qui pensais qu'il se cachait dans un coin reculé.

— Bonjour, Clay, comment vous sentez-vous pour ce dernier grand prix ?

— Stressé, plaisante-t-il.

Mon ventre se contracte quand je le regarde. Il est beau, bien trop d'ailleurs. *Ça devrait être interdit…* Il passe sa main dans sa houppette désordonnée avant de dévoiler un sourire enjôleur.

— C'est une course importante pour vous. Vous pouvez devenir champion du monde. Nous espérons que vous allez nous offrir une finale incroyable, avec Lorenzo.

— Oui, je l'espère aussi. Je n'ai pas le choix, je dois gagner. La victoire, et après…

— … Le renouvellement de votre contrat chez Maclean ?

Clay marque un temps d'arrêt avec une petite moue craquante.

— Je dois juste gagner, c'est tout ce qui compte pour moi, lâche-t-il avec un clin d'œil.

Il doit *juste* gagner ? C'est tout ce qui compte pour lui ? C'en est trop, je me lève d'un bond et fonce droit vers la zone des interviews à quelques dizaines de mètres. Je n'ai plus rien à perdre. C'est ma dernière course, alors je vais faire retomber toute cette pression qui me ronge les tripes depuis notre week-end en Angleterre. Je n'ai pas oublié ces moments, mais Clay, lui, s'en fout !

Sous le regard médusé de Gabriela, je file, ignorant tous ceux de ma team qui m'observent.

— J'ai un dernier compte à régler ! m'énervé-je.

Je trotte jusqu'au carré des interviews à moins de deux minutes. Quelques mètres devant moi, Clay en sort, nonchalant, en pianotant sur son portable. Possédée comme une banshee, je fonds sur lui. Je prends toutefois la peine d'observer autour de moi à la recherche d'un coin plus discret, à l'abri des caméras. Je pointe mon doigt sur lui alors que je ne suis qu'à quelques pas. Il relève la tête au dernier moment.

— Toi ! Suis-moi tout de suite, enragé-je.

Surpris, Clay s'immobilise alors que je me dirige vers une allée entre deux bâtiments d'écurie, à l'abri des regards. Je me tourne, une fois certaine que personne ne peut nous voir et pose mes mains sur mes hanches, hors de moi. Il s'approche de moi bien trop lentement à mon goût. Son silence me déstabilise. Je me sens fébrile, mais il faut que ça sorte.

— C'est tout ce qui *compte* pour toi ? craché-je.

— Emy…

— Je n'ai jamais compté pour toi ? Alors, écoute-moi bien, petit pilote de mes deux, pesté-je…

Clay tente de contenir un sourire, ce qui a le don de me faire encore monter en température.

— Pour moi, ça comptait ! explosé-je. Tout a compté depuis le début. Les bons comme les mauvais moments. Je me suis torturé l'esprit, j'ai fait de mon mieux et…

— Tu m'as ignoré, me coupe-t-il.

— Oui ! Je t'ai ignoré !

— Pourquoi ? lâche-t-il calmement.

— Ce n'est pas le sujet ! Tais-toi et laisse-moi déballer mon sac !

Clay croise alors les bras et s'adosse au mur. J'enchaîne, sans filet.

— Moi aussi, j'ai aimé notre premier baiser, et plus encore notre week-end chez toi ! Mais de toute évidence, tu n'en avais rien à foutre.

— Moi ? Ce n'est pas toi qui es partie ?

— Laisse-moi parler ! Pour une fois que je pouvais être avec quelqu'un qui…

— Qui pouvait te supporter ?

— La ferme !

Clay continue de me sourire. Je perds mes moyens, un raz-de-marée d'émotions me submerge. J'ai envie de le baffer et de lui sauter au cou. La proximité me trouble. Clay ne bouge pas d'un millimètre. C'est stupide de ma part. Je ne suis pas experte lorsqu'il s'agit de déballer mes sentiments, je m'en rends bien compte.

— J'y ai toujours cru… Qu'on pourrait être ensemble et que peut-être… tu ne gagnerais pas juste pour moi… murmuré-je.

Ses yeux accrochent les miens. J'ai le sentiment qu'il veut pénétrer mon âme.

— Et s'il y a une chose que tu peux faire pour moi… J'aimerais te la demander maintenant… soupiré-je, n'ayant pas oublié ma victoire en kart.

— Dis toujours.

— J'ai encore le droit de te demander ce que je veux, non ? Après avoir gagné sur ton circuit. C'est toujours OK pour toi ?

— Oui, lâche-t-il, intrigué.

— Alors si tu tiens vraiment à moi, perds cette course, s'il te plaît. Pour moi, perds !…

La mine soudain plus sombre, il cherche ses mots, mais son regard suffit à me livrer sa réponse. C'est peine perdue. J'attends quelques secondes, mais il ne délie toujours pas ses lèvres. Je prends alors une grande inspiration.

— Laisse tomber… soufflé-je, prête à me tourner pour partir.

Clay me stoppe en saisissant mes joues et écrase ses lèvres sur les miennes. Surprise totale, respiration coupée. Ma bouche s'entrouvre pour retrouver le goût de sa langue. Il m'embrasse furieusement, goulûment. Je me laisse faire, encore sonnée par ce dénouement. Je m'accroche à ses bras, son cou, tout ce qui me permet de l'amener plus près de moi. Notre baiser est si bon, si long, si parfait. Je savoure chaque instant, me rappelant à quel point Clay arrive à me faire monter au plafond. Puis, en douceur, il se détache. Il revient poser ses lèvres sur les miennes, en cajolant mes joues de ses pouces.

— Je ne vais pas perdre, je vais gagner pour toi, me susurre-t-il avant de détaler.

Prostrée, j'évolue dans un univers parallèle tandis que Clay s'éloigne vers son destin. Il me faut plusieurs secondes pour retrouver mes esprits. Je ne comprends pas ce qu'il a voulu dire.

SCUDERIA ADESSI

662 POINTS

La monoplace de Clay fonce dans mon dos pour s'arrêter au stand d'à côté. Le drapeau jaune est activé, mais Lorenzo n'a pas eu le temps ni la possibilité d'effectuer un changement de pneus. Il ne reste que quelques tours. J'ai l'impression de me liquéfier sur place. Lorenzo est premier, Clay potentiel deuxième, et tous les autres pilotes foncent au stand. Le leader ronronne en piste derrière la voiture de sécurité. Toutes les suppositions fusent, il ne reste que cinq tours et tout le monde se demande si la FIA va refaire partir la course. Il y a eu du grabuge sur ce dernier grand prix. Trois abandons, dont un accident qui vient à peine de se produire. Rien concernant Liam, Lorenzo ou les pilotes Maclean, c'étaient deux pilotes de seconde ligne qui ont subi ces revers, mais ça change la donne. Tout drapeau jaune implique une vitesse de course limitée. Ainsi, les écarts qui s'étaient creusés entre les pilotes n'existent plus. Dans un bruit strident, la voiture de Clay redémarre pour aller se poster quelques secondes plus tard derrière celle de Lorenzo.

— Est-ce que la course va repartir ? s'inquiète Lorenzo à la radio.

Je me tourne vers Riccardo, en ligne avec la FIA. Il ne reste que trois tours de piste, et si les débris présents sur l'asphalte ne sont pas ôtés rapidement, nous pouvons gagner. Lorenzo est toujours en première place. Un rapide calcul se déroule dans ma tête. Si le classement n'évolue pas, avec Lorenzo premier, Clay second, Liam troisième et Meunier quatrième, nous gagnons le championnat avec 702 points et mon pilote sera sacré champion du monde. Mais si Clay dépasse Lorenzo, alors Maclean remportera le championnat avec 705 points.

— Nous ne savons pas encore, répond José à Lorenzo.

La tension est à son paroxysme. La FIA peut prendre la décision de stopper la course et clore le championnat avec le classement actuel. Nous serions champions. Si la course repart, Clay a l'opportunité de tout donner dans les derniers tours qui restent. *Deux pilotes, six points d'écart, tout peut basculer en quelques minutes.*

J'ose un regard dans mon dos, scrutant mon équipe au comble du stress. Riccardo lève le ton, s'agace au téléphone, fait les cent pas. Je n'arrive pas à entendre la conversation qu'il tient avec un commissaire de course, mais cela ne semble pas lui convenir. Je croise le regard de Gabriela, proche de lui. Elle secoue brièvement la tête pour m'indiquer que nous ne pourrons pas compter sur l'arrêt de la course. C'est d'ailleurs l'information que j'entends dans mon casque, via le speaker officiel :

— *La course va repartir ! Elle va être relancée pour seulement deux tours. Incroyable, incroyable !*

Je grimace alors que la foule hurle, en délire. Mon attention se focalise sur l'écran TV. Clay est dans le sillage de Lorenzo. Le drapeau jaune est encore d'actualité, avec la safety car en piste.

— *La relance d'ici quelques instants, scande le commentateur. Drapeau vert, drapeau vert ! Ça y est, la course reprend.*

J'ai à peine le temps de faire une prière silencieuse que la course redémarre.

— *C'est le dernier tour de cette saison, et on ne pouvait pas imaginer un tel scénario. Il ne reste que cinq kilomètres. Clay Johnson va devoir choisir le bon endroit pour attaquer Lorenzo Moretti. Tout va se jouer dans les secondes qui viennent !*

J'ai envie de crier. De fermer les yeux, de disparaître. Je ne veux pas savoir, rien voir, ni entendre. Tout est en train d'exploser dans ma poitrine, alors que mon regard est focalisé sur les deux voitures.

— *Des gommes fraîches pour Clay et des usées pour Lorenzo, comment va-t-il pouvoir tenir ?*

— Il va y arriver, enragé-je, répondant à ce foutu commentateur qui ne peut pourtant pas m'entendre.

Dans la seconde suivante, mon sang se glace. Ça hurle dans mes oreilles et dans toutes les enceintes du circuit.

— *Il est passé ! Il est passé ! Clay vient de doubler Moretti. Oh, mon Dieu ! Il prend la tête du championnat à quelques virages de la fin.*

La foule est en délire. Je jette un regard dans les gradins. Face à moi, toutes les personnes sont dressées sur leurs pieds et crient leur stupeur. Je me lève moi aussi. Toute ma team est debout, au bord de la crise d'anévrisme devant l'écran TV. Je n'ai plus de rythme cardiaque, c'est une centrale nucléaire sur le point d'exploser.

— Allez Lorenzo, crié-je dans la radio de la team pour l'encourager.

Je suis consciente que mon intervention pourrait nuire, mais je veux lui envoyer toute mon énergie. Je crois en Moretti, je crois en ses capacités et en sa réussite. Je veux qu'il gagne. Pour lui, pour la team, pour tous les efforts que nous avons fournis cette saison. Pourtant, mon traître de cœur s'emballe également pour Clay.

— *Moretti revient ! Il va avoir le DRS, il peut repasser devant. Ils sont roues contre roues. Mais qu'est-ce que c'est que cette course incroyable !* bafouille le commentateur.

Des cris de joie fusent dans mon dos. Tous les mécaniciens sont debout, euphoriques devant l'écran géant. Priant autant que moi, je suppose, pour que notre pilote réussisse à doubler Clay.

— *Clay défend sa position ! Il ne lâche rien ! Moretti ne passe pas. C'est fou, c'est fou, ce qu'on est en train de vivre ici !*

Je scrute les positions des voitures sur le circuit sur mon moniteur à gauche. Plus que deux virages. Deux ridicules virages…

— *On y est, le dernier virage, le dernier virage !* hurle de toutes ses forces le commentateur.

Mon monde s'écroule soudain. Les secondes s'égrènent au ralenti. À quelques mètres du drapeau à damier, je lève la tête. La voiture de Clay passe à toute vitesse pour franchir la ligne d'arrivée.

— *Clay Johnson est champion du monde ! C'est incroyable, ce qu'il vient de se passer. Le dernier tour, les derniers virages, et tout a basculé ! Clay Johnson, le croyez-vous ? Il est champion du monde*, s'égosille le commentateur.

Le réalisateur du direct TV bascule sur la caméra intérieure de la voiture de Clay. Le nouveau champion du monde se tient le casque, tape plusieurs fois sur sa tête, n'y croyant pas lui-même. La seconde suivante, il hurle sa joie dans la radio. Il se tient le visage à plusieurs reprises. Mon cœur tambourine dans ma poitrine. Je tremble de tout mon être. Je suis déçue. Horriblement frustrée, mais le voir si euphorique provoque en moi une chaleureuse satisfaction.

— *Mais qu'est-ce qu'on vient de vivre ? Quel dernier tour ! Personne n'aurait pu écrire ce final. Seule la Formule 1 peut réserver de tels scénarios ! Et ce soir, il y a un nouveau champion du monde. Clay Johnson rejoint la liste de ces étoiles au sommet.*

Je n'arrive pas à réagir. Un silence pesant règne dans notre stand tandis que la joie explose quelques mètres plus loin, dans celui de Maclean. J'ose un regard. Les mécaniciens tout de bleu vêtus courent à la rencontre de leur héros. L'écurie concurrente est hystérique. En entendant la voix d'Edward Maclean qui s'adresse à Clay dans la radio, j'ai la poitrine qui se comprime davantage.

— Tu es champion du monde, Clay ! Tu l'as fait, tu l'as fait ! *Good job !*

— Je l'ai fait, oui. Je l'ai fait, j'ai réussi, répond-il en retour, la voix pleine de trémolos.

Je me fends d'un pénible sourire. J'ai perdu. Je viens même de tout perdre, mais Clay vient de réaliser son rêve de toujours. En l'entendant pleurer dans la radio, je me rends compte que je n'avais pas le droit de le priver d'un tel triomphe. Il a attendu ça toute sa vie. Il a travaillé dur, et il a réussi parce qu'il était le meilleur.

— Bravo, Clay, tu as gagné, bredouillé-je pour moi-même, en le voyant sur un écran géant sortir de sa monoplace et bondir de joie, le poing en l'air.

Je retire alors mon casque, puis le pose avec douceur sur le comptoir. José, à ma gauche, se tourne vers moi, silencieux. Sa tristesse me ronge les tripes. Je pose ma main sur son épaule et émets une brève pression, une dernière fois. *Tout est fini.* Pour nous, mais aussi pour moi. Je me tourne ensuite vers mon stand. Gabriela est en larmes. Tous les membres de l'écurie sont sous le choc de ce dernier dépassement. Plusieurs sont assis, se tenant la tête entre les mains, n'y croyant pas. Personne ne me remarque tandis que je passe devant eux et m'approche de Riccardo. Mon demi-frère reste silencieux. Toujours sur son tabouret, il ne cille pas. Je retire le badge autour de mon cou, celui sur lequel, depuis le début de saison, est inscrit mon titre de directrice de la Scuderia Adessi. J'enroule une dernière fois la cordelette autour de ma main, mais cette fois-ci, je ne vais pas la ranger dans ma poche pour la prochaine course. Non, au lieu de ça, je la tends à Riccardo. Il la récupère sans un mot. Je n'ai pas besoin d'entendre quoi que ce soit. Je connais les termes de notre accord. Et ce cas de figure ne devait pas arriver, je dois admettre ma défaite et m'en aller. Je tourne ensuite les talons. Ma mère et Momo ne peuvent pas cacher leur peine.

C'est pas grave, j'aurai au moins vécu la meilleure année de ma vie.

Un dernier coup d'œil pour le stand et mon équipe, puis je sors. L'allée des paddocks est déserte, je m'éloigne du circuit sous les feux d'artifice, le cœur lourd, mais la tête haute.

MACLEAN

705 POINTS

Je m'extirpe de ma voiture maladroitement, tremblant de partout. Incrédule. Les caméras sont déjà braquées sur moi. Des milliers de personnes hurlent dans les gradins, brandissant les couleurs de l'écurie Maclean ou le drapeau anglais. Mes jambes me portent à peine, je m'écroule, à genoux, et m'agrippe à la roue de la voiture. Personne ne le voit, mais sous mon casque, je pleure à chaudes larmes. Depuis mes six ans, je rêve de cet instant. Je n'ai jamais cessé d'y songer, d'espérer, de croire en ma réussite, un jour. Des années à travailler d'arrache-pied, à me dépasser… Et ce soir, c'est ma consécration.

Mon moment. Ma revanche. Ma victoire.

Je suis champion du monde. Mon nom est scandé de toutes parts. Le monde entier a les yeux braqués sur moi. Moi qui ai franchi cette ligne d'arrivée en premier. Et pourtant… je n'y croyais plus. J'ai lutté durant cinquante-huit tours pour repasser en tête. Lorenzo ne m'a pas laissé en paix, la stratégie de la Scuderia était meilleure. Bien plus agressive. Maclean aurait dû perdre. J'aurais dû finir deuxième, mais je suis passé *in extremis*. J'ai réussi l'impensable exploit parce que je n'ai rien lâché.

Je me relève en douceur et observe autour de moi. Des caméras par dizaines. Liam est déjà posté derrière le panonceau de sa troisième place. À sa droite, l'espace est encore vide. Un pincement au cœur me saisit, sachant que Lorenzo effectue un second tour d'honneur, ne souhaitant pas s'arrêter tout de suite. Mes larmes reviennent de plus belle lorsque je vois mon père franchir les barrières de sécurité pour se jeter dans mes bras en hurlant sa joie.

— Tu es champion du monde ! me lâche-t-il, la voix enrouée, en me serrant fort.

Je m'abandonne dans ses bras, relâche totalement la pression. C'est lui qui, toute ma vie, m'a poussé à y croire. Lui qui a tout fait pour que je parvienne au sommet. Lui qui a dépensé toutes ses économies pour voir son fils dans une Formule 1. Sans ce grand homme, je n'aurais jamais réussi.

— C'est grâce à toi, papa, réponds-je, toujours aussi ému.

Il m'enlace davantage, riant, sautillant d'allégresse. Je le suis, encore troublé, avant de me détacher en douceur lorsque je remarque que la monoplace de Lorenzo s'arrête. Mon meilleur ami. Toujours dans sa voiture, il ne bouge pas. Je n'imagine pas ce qui se passe dans son esprit ni même les échanges qu'il peut avoir avec sa team. Avec Emy, certainement. Nous étions si proches, tout s'est joué à rien. À un tour, à quelques virages. Je lui laisse le temps d'encaisser la défaite et me tourne vers quelqu'un qui me donne une tape dans le dos. Liam m'ouvre ses bras, le casque ôté, sincèrement heureux pour moi. Son accolade me fait un bien fou.

— Merci, dis-je, le cœur lourd. Merci d'être revenu.

— Merci à toi pour ce final grandiose. Tu le mérites, Clay.

Je hoche la tête tandis qu'il tapote sur mon casque. Lorenzo sort ensuite à son tour de sa voiture. Seul au monde, il reste planté à côté de sa monoplace. Cette image me fend le cœur, alors je m'avance vers lui. Je sais que je suis celui qu'il doit haïr en ce moment, mais c'est mon meilleur ami. Je n'avais pas le choix. Je devais gagner. Il m'observe avancer vers lui, un peu réticent. J'ai peur qu'il me repousse, mais au lieu de ça, Lorenzo me prend dans ses bras. Il pose son casque contre le mien. Les larmes brouillent ma vision, mais je perçois son regard derrière sa visière. Admiratif et respectueux.

— Tu as fait une course exceptionnelle, dis-je, la voix chevrotante.

— Et toi, tu l'as gagnée, je te félicite, rétorque-t-il avec sincérité avant de me prendre une nouvelle fois dans ses bras.

La foule hurle sa joie devant notre étreinte. Je me sens bien plus léger. Mon ami ne m'en veut pas, malgré sa déception que j'imagine immense. Depuis le début de la saison, je savais que je concourrais contre lui, je me demandais parfois si notre amitié y résisterait. Lorenzo me tapote encore dans le dos puis se recule pour m'applaudir aux yeux de tous. Cette image est puissante et elle démontre à quel point Lorenzo est un gentleman. Je tourne ensuite la tête, et observe la team Maclean, en fusion. Je souris sous mon casque en voyant Edward Maclean s'approcher de moi, euphorique. *S'il savait que cette course, je ne l'ai pas gagnée pour lui…*

***

Je brandis la coupe dans l'hystérie générale. Un rêve éveillé. Le trophée pèse suffisamment lourd pour me ramener à la réalité. Lorenzo et Liam, à côté de moi, m'arrosent tous les deux de champagne. C'est le dernier podium de la saison, celui de mon triomphe final. Je récupère à mon tour mon magnum et pars à l'assaut de Lorenzo. Malgré la défaite, il affiche un immense sourire. Je me sens si léger. Je ne cesse de scruter la foule à la recherche d'un magnifique regard bleu. Emy doit certainement être de l'autre côté du podium, à attendre Liam et Lorenzo. Je ne me fais pas prier lorsque la pression commence un peu à redescendre et que les deux autres pilotes désertent le podium. Je les suis, impatient.

Derrière, une partie de mon staff m'attend, dont Edward Maclean. Il me tape aussitôt dans le dos, au comble de la joie.

— J'ai hâte pour l'année prochaine ! me lâche-t-il.

Je lui souris en hochant simplement la tête. Jack est là, lui aussi. Il me félicite, tout comme l'ensemble des mécaniciens et ingénieurs. Je leur confie mon trophée, qui est un peu le leur. En bas des escaliers, je repère Riccardo aux côtés de Gabriela, José et Adrian. Tous en conversation avec Lorenzo et Liam. Je leur passe devant, perturbé de ne pas trouver Emy. Je sors de la cohue et savoure une bouffée d'air frais. Mon staff me suit, Meunier vient me saluer pour me féliciter. Je serre encore des mains et des mains, fais plusieurs accolades, et retrouve mon trophée pour le confier illico à Alexandre, qui se charge de le ramener à notre QG.

— Et toi ? lâche-t-il, confus.

— J'arrive…

Il semble saisir… Il file aussitôt, me laissant partir vers le QG Adessi. Je croise Riccardo, qui m'ignore royalement. José, mon ancien ingénieur de course, me serre la main et me félicite chaleureusement. Liam m'offre une nouvelle tape dans le dos. Et lorsque Lorenzo arrive, je demande aussitôt :

— Où est Emy ?

— Aucune idée, me répond-il en me secouant l'épaule.

Je reporte mon attention sur Gabriela, juste derrière lui. Elle s'approche de moi, hésitante et grimaçante.

— Elle est partie, finit-elle par avouer.

— Comment ça, partie ?

— Elle a remis son badge à Riccardo et a quitté le circuit dès que tu as gagné.

Un coup de poignard dans le cœur. Je suis pétrifié. Je parviens tout de même à glisser à Gaby :

— Je vais encore avoir besoin de ton aide…

Elle a un léger mouvement de recul au moment où Riccardo l'appelle. Contrariée, elle me fait comprendre qu'elle doit filer.

— Je t'appelle et t'explique tout demain, lâché-je alors rapidement.

Elle acquiesce, intriguée, mais finit par tourner les talons pour rejoindre son patron et le reste de l'équipe.

Je stationne quelques instants, obnubilé par Emy. Désormais, plus rien ne peut me faire changer d'avis. Qu'importent les risques que je vais prendre, ils vont payer.

SCUDERIA ADESSI

695 POINTS

Le bloc moteur entièrement démonté devant moi, je pose avec soin les derniers boulons à côté. Je peux maintenant admirer mon œuvre. Ça fait plus d'une semaine que la saison s'est achevée, et je ne compte plus mes heures au garage ; le reste du temps, je le passe enfermée chez moi. Je ne souhaite voir personne. Y compris ma mère ou Momo. Gabriela a bien tenté de me joindre sur mon portable, mais je n'ai pas décroché. Pas l'énergie, pas l'envie. Pour dire quoi ? Ma tête rejoue sans cesse cette dernière course, je n'arrive toujours pas à passer outre. Finalement, tout ce que je trouve à faire pour tenter d'oublier, c'est me perdre dans le garage, jour et nuit.

Mon cliquet dans les mains, je souris en balayant du regard le moteur face à moi. Je soupire en entendant les grilles se lever dans mon dos. *Quoi ? Déjà ?* Je lorgne aussitôt l'horloge murale et grimace. Le volet roulant s'ouvre entièrement, je jette un rapide coup d'œil par-dessus mon épaule. Momo est en arrêt, la tête penchée sur le côté.

— C'est le quatrième, souffle-t-il.

— Cinquième pour être exact, rectifié-je.

Je l'ignore tandis qu'il me contourne et se place face à moi, derrière la table sur laquelle trône tout mon moteur désossé. Il récupère la fiche de diagnostic en étudiant le véhicule sur ma gauche, le capot évidé.

— Il fallait juste changer le joint de culasse.

— J'ai entendu un bruit étrange, me justifié-je. J'ai préféré vérifier que tout était en ordre.

— Et donc, comme pour la bagnole d'hier, tu as démonté tout le moteur.

Je ne réponds rien.

— Et aussi comme pour celle d'avant-hier. C'était quoi, l'excuse de celui-ci ?

— La fumée qui sortait du pot d'échappement, réponds-je sans le regarder en commençant à remonter la première pièce.

— Normal, c'était juste le pot à changer !

— Mieux vaut être prévoyant, rétorqué-je, toujours sans un regard pour lui.

— Emy… souffle-t-il en posant les deux mains à plat sur le plan de travail, à la recherche de mon attention.

— Quoi ?

— Tu comptes démonter et remonter les moteurs de chaque voiture qui va rentrer ici ?

J'hésite un bref instant, mais je la boucle.

— Depuis quelle heure es-tu là, d'ailleurs ?

— Minuit ou 1 heure du matin, je ne sais plus.

— Et hier, tu es rentrée à 20 heures. Tu dors, au moins, quand tu es chez toi ?

Je redresse le visage. Les yeux de Momo débordent d'inquiétude, mais je n'ai pas du tout envie d'argumenter. Oui, je dors. Je m'endors d'épuisement. J'accumule la fatigue pour sombrer et oublier mes pensées parasites. Je m'effondre souvent tout habillée. Sans pleurs, sans colère, contre moi, contre tous, contre Clay. Non, tout ce que j'arrive à faire, c'est fermer les yeux, m'endormir, et c'est très bien ainsi.

— Oui, réponds-je froidement.

— Et tu comptes faire ça encore longtemps ?

— Le temps qu'il faudra.

Pour tout oublier. La F1 et surtout Clay.

— Tu ne veux pas juste desserrer la mâchoire, en parler ? Ça pourrait t'aider… propose-t-il, sur la réserve.

— Non.

— Ça commence à vraiment nous inquiéter, ta mère et moi.

— Ne vous en faites pas, la situation est sous contrôle.

— Ne dis pas ça, tu as démonté et remonté cinq moteurs en l'espace de quelques jours. Tu me fais flipper, je ne t'ai jamais vue comme ça.

Cette fois-ci, je redresse le menton pour croiser son regard. La gorge nouée, comme toujours en ce moment, je le fixe.

— Ça ira mieux une fois la réunion passée, dis-je pour couper court.

J'espère sincèrement que ce sera le cas. Je garde au fond de moi un maigre espoir. Les actionnaires de la Scuderia Adessi doivent sceller mon sort au sein de l'écurie. Et même si je sais que je ne peux plus compter sur le soutien de Riccardo, les actionnaires pourraient m'accorder une dernière chance. Je n'ai pas totalement démérité. À quelques centaines de mètres près, nous étions champions. Toutefois, je dois admettre que ce n'est pas ce qui me rend le plus malade.

— Et quand doit-elle avoir lieu ?

— Cette semaine.

— Quel jour ?

— Quel jour on est, là ?

— Mardi.

— Vendredi, indiqué-je en ne lâchant pas le petit boulon que je fixe au bloc moteur.

Momo se baisse dans une énième tentative d'entrer véritablement en communication.

— Et pour Clay ?

Je serre les dents.

— Quoi, Clay ? pesté-je.

— Est-ce que tu veux en parler ?

Je prends une grande inspiration en me redressant et pose d'un geste brusque mon cliquet sur la table.

— Clay est champion du monde. Il a gagné, j'ai perdu. Je n'ai aucune nouvelle de lui. Donc j'imagine qu'il est sur une plage paradisiaque en train de savourer sa victoire. Clay s'en fiche, donc moi aussi. C'est plus clair comme ça ?

Momo grimace en creusant une joue.

— Tu ne t'en fiches pas.

— Eh bien j'essaie, au moins ! Maintenant, si tu veux bien me laisser travailler. Mme Rodriguez doit récupérer sa voiture cet après-midi, donc il me reste quelques heures pour remonter son moteur.

Mon ami baisse les épaules, vaincu, avant de hocher la tête.

— N'oublie pas de changer le joint de culasse, souffle-t-il.

Je l'observe s'éloigner et récupérer une fiche d'entrée pour la voiture un peu plus loin. De mon côté, je chasse la pression dans ma poitrine et m'apprête à remettre en place chacune des pièces. Je sais que je déconne à plein tube. Si je m'écoutais un tant soit peu, je prendrais le premier vol pour l'Angleterre, pour le retrouver et essayer de comprendre. M'excuser même, pourquoi pas ? Mais je sais que c'est inutile. Si Clay voulait vraiment de moi, il l'aurait déjà fait savoir. J'ai eu tout le temps pour comprendre que cela ne menait à rien. Et que tout ce qui me reste à faire, c'est oublier et essayer d'avancer. *Même si pour l'instant, je fais du sur-place.*

MACLEAN

705 POINTS

Dans la grande salle de réunion de l'usine Maclean, tous les grands pontes de l'écurie sont autour de moi. Ça fait plusieurs jours que le championnat est fini, et j'ai attendu cet instant presque autant que la dernière course.

— Non ? Comment ça, non ? lâche de sa voix grave Edward Maclean.

— Oui, c'est *non*, réponds-je en repoussant les contrats devant moi.

Je me lève ensuite sous les regards éberlués de toute l'assistance.

— Le champion du monde en titre ne peut pas ne pas avoir d'écurie ! s'exclame-t-il.

Je me fends d'un maigre sourire avant de hausser les épaules.

— Je vais prendre le risque, rétorqué-je avec un clin d'œil.

Personne ne bouge alors que je tourne les talons, laissant tous ces décisionnaires dans l'incompréhension. Je m'arrête toutefois à la porte pour lâcher :

— J'ai un nom pour vous, si vous le souhaitez.

— Quoi ?... bredouille Maclean.

— Liam Austin sera ravi de signer ce contrat, dis-je, amusé, plaçant le premier pion sur mon échiquier.

Je quitte les lieux sous le regard interdit d'Edward Maclean. Je file dans les couloirs et consulte ma montre. Mon vol est dans quelques heures. Je dois me dépêcher. Gabriela a été très claire.

Lorsque je sors du bâtiment, je tombe sur un groupe de journalistes, invités en amont de la réunion par l'écurie, je suppose. Ils se ruent sur moi, micro à la main et caméra à l'épaule.

— Clay ! C'est donc officiel, vous roulerez pour Maclean la saison prochaine ?

Je m'immobilise avec un large sourire avant de lâcher :

— Non, j'ai refusé.

L'effroi se lit sur certains visages et les questions fusent dans la foulée.

— Chez qui irez-vous ?

— Prenez-vous déjà votre retraite ?

— Quelle écurie vous a fait une meilleure offre, la Scuderia Adessi ?

— Personne, réponds-je. Je n'ai personne.

Je m'éloigne ensuite, préférant écourter les échanges, et me hâter en direction de l'aéroport. J'ai trois heures de vol, et pas mal de travail qui m'attend là-bas, alors j'entre dans ma voiture et démarre le moteur, ignorant les deux équipes de journalistes en train de me filmer. Je quitte le parking de l'écurie en direction de l'autoroute, avant de foncer au-delà des limitations.

***

Cinq heures plus tard, je sors du taxi, devant les locaux de la Scuderia Adessi. L'immense panthère sur la façade me scrute avec férocité. Je m'approche du check-point pour pénétrer dans le Saint des saints.

— Mario ! dis-je en saluant l'agent de sécurité.

— Clay ? Mais qu'est-ce que tu fais là ? Et c'est vrai, ça ? demande-t-il en me tendant son portable où s'affiche en gros titre mon refus de prolonger chez Maclean.

En dessous, je peux lire en lettres rouges : *Le champion du monde n'a plus d'écurie.*

— Oh ! Ne me dis pas que… s'exclame-t-il, euphorique, en désignant les locaux.

— Tu peux m'ouvrir ? demandé-je. J'ai rendez-vous.

Malgré sa bonne humeur, il n'oublie pas de vérifier le registre des entrées prévues ce jour. Je sais que je ne n'y figure pas. Les sourcils froncés, il hésite, mais je le devance :

— Appelle Gabriela, elle m'attend.

Il me toise un petit instant, pas certain de ce qu'il doit faire, mais je relance :

— Allez, Mario, appelle-la, s'il te plaît !

Un hochement de tête plus tard, il s'exécute. La community manager lui confirme bien notre rendez-vous et les grilles s'ouvrent. Je m'avance, le cœur tambourinant soudain un peu plus fort. Gabriela me retrouve directement à l'entrée, me fait une rapide bise et enchaîne aussitôt :

— Ils sont en salle de réunion depuis une demi-heure, lâche-t-elle en se dirigeant avec hâte vers l'ascenseur.

La standardiste à l'accueil se relève de sa chaise en nous voyant passer, stupéfaite, et je lui octroie un simple clin d'œil. Une fois dans l'ascenseur, la petite Italienne soupire à plusieurs reprises.

— Détends-toi, ça va bien se passer. Il faut juste que tu me fasses entrer dans cette salle, c'est tout.

— Et si ça se passe mal, je perds mon job, râle-t-elle.

— Promis, je dirai que j'ai pris un passage secret pour venir ici. Personne ne saura que c'est toi.

Gabriela sourit mollement au moment où l'ascenseur s'ouvre. Elle sort la première et me demande de la suivre. Je m'avance dans les couloirs jusqu'à une massive porte en bois. Je m'apprête à entrer, mais elle pose sa main sur la mienne.

— Je te préviens, si ça marche, tu ne déconnes plus jamais avec elle, ou je te castre.

— Je tiens à elle et je ne compte pas perdre mes boules, assuré-je.

Elle relâche ma main, un rictus provocateur au coin des lèvres. J'inspire très fort et pénètre dans la salle de réunion, prêt à tout.

SCUDERIA ADESSI

695 POINTS

— Les objectifs étaient pourtant très clairs, mademoiselle Leclerc, pérore la veuve noire. Les termes du testament de Giuseppe exigeaient une réussite totale cette saison.

Je scrute la vieille bique. Elle m'agace toujours autant.

— J'ai fait tout ce qui était en mon pouvoir pour atteindre cet objectif, tandis que vous, vous attendiez simplement mon échec.

J'ose un regard vers Riccardo, qui détourne les yeux instantanément.

— Vous avez effectivement eu quelques bonnes stratégies, comme la récupération des ingénieurs Maclean, intervient l'un des plus gros actionnaires. Mais cela nous oblige à revoir les contrats avec eux. Hors de question de leur fournir des salaires tels que vous les avez négociés.

— Avances sur salaires qui ont été versées grâce à mes propres deniers, répliqué-je sèchement. Les contrats ont été rédigés pour une année, et quand on souhaite du personnel qualifié, on fait tout pour le garder.

— Mais votre coup d'État chez Maclean coûte cher, reprend un autre investisseur. Si la Scuderia avait gagné le championnat constructeur, nous aurions pu garder ces ingénieurs, mais il est évident que les finances ne le permettent pas.

— Emy a tout de même investi une grande partie de ses dividendes dans l'écurie, intervient Riccardo. C'est un acte peut-être inconsidéré, mais courageux. Son choix nous a permis de créer une meilleure voiture pour cette saison.

Surprise, j'observe Riccardo, qui, jusque-là, avait peu pris la parole depuis le début de la réunion. J'ai surtout l'impression de me faire rôtir par tous ces financiers, et son intervention me touche.

— Vous avez effectivement tiré votre épingle du jeu, lâche un autre actionnaire.

— Mais cela n'est pas suffisant, réplique la peau de vache. Il n'était demandé qu'une chose, que la Scuderia remporte le championnat constructeur, et une fois encore, ce n'est pas arrivé. Giuseppe s'est trompé, je ne peux pas vous laisser vous tromper une nouvelle fois. En mémoire de mon défunt mari, je vous en prie, cessons cette parodie.

— Parodie ? m'égosillé-je. Tout ce qui vous insupporte, c'est figurer au second plan.

— Et que faites-vous de la presse à scandale ? Votre pseudo-relation avec Clay Johnson a fait du tort à notre écurie.

— Et en quoi cela a-t-il fait du tort ?

— Notre honneur, nom d'un chien ! Vous avez flirté avec le pilote qui nous a abandonnés.

Salope. J'hésite à lui montrer mon majeur, ou mieux encore, à me lever et lui arracher les cheveux, mais au lieu de ça, je réponds, pleine de fiel :

— Il vous a abandonnés pour de bonnes raisons.

— Mademoiselle Leclerc, avec tout le respect que je vous dois ! reprend un actionnaire. Vous vous doutez bien que nous ne pouvons pas vous donner les pleins pouvoirs, et malheureusement, une écurie doit avoir un seul maître à bord.

— Et si elle avait deux dirigeants ? tenté-je en arrimant mes yeux à ceux de Riccardo.

Il tient le regard, mais se tait, ne saisissant pas ma perche. Mon maigre espoir s'envole. Je m'apprête à couper court à cette réunion, sachant que je n'ai aucune chance, mais tous relèvent soudain la tête alors que la porte s'ouvre dans mon dos. La veuve noire arrondit la bouche, en même temps que tous les autres à cette table. Je bloque au moment où Clay apparaît dans mon champ de vision.

— Excusez-moi, j'aimerais vous interrompre un instant, lâche-t-il en venant récupérer une chaise pour s'installer à côté de moi.

Il ne m'adresse pas un regard, se contentant de sourire à tous, le menton haut.

— Mais que fais-tu là ? grogne Riccardo.

— J'ai une proposition à vous faire, répond Clay.

— Tu peux sortir d'ici, enrage aussitôt la veuve noire.

— Non, attendez, écoutons donc ce qu'il a à nous dire, rétorque un investisseur.

Clay hoche la tête en guise de remerciement :

— J'ai pris la décision de ne rouler pour personne la saison prochaine, hormis pour la Scuderia Adessi.

— Et que nous vaut cet honneur ? raille la veuve irascible.

— Je m'engage également à céder à la Scuderia tous mes revenus promotionnels de la saison. Un champion du monde, les plus grandes marques mondiales se l'arrachent. J'imagine que les cachets se négocient en millions.

Interloquée, je le dévisage avidement. Il semble faire mouche auprès des financiers.

— De plus, quelle écurie serait assez folle pour ne pas recruter un champion du monde ? ajoute-t-il. Si vous refusez mon offre, je pointerai du doigt votre responsabilité devant la presse du monde entier.

— Vous nous menacez ? peste un investisseur.

— Exactement, réplique Clay, tout sourire. Mais je ne menace pas tout le monde ici.

Son attention s'attarde sur moi. Il m'offre un bref sourire.

— Je ne vous demande qu'une chose. Qu'Emy Leclerc soit maintenue à la direction de l'écurie.

— C'est hors de… crache la veuve.

— … Mais je sais aussi qu'elle ne peut pas gérer l'écurie toute seule, coupe Clay sans aucun scrupule pour la vieille dame. Désolé de vous décevoir, madame Adessi, vous êtes bien trop âgée pour maintenir une telle écurie à flot. Quant à toi, Riccardo, nous savons tous les deux que tu n'excelles pas en tout.

Rougeoyant, mon demi-frère manque s'étouffer.

— Mais je ne t'en veux pas. J'ai compris que tu excellais dans d'autres domaines, comme le fait de me pourrir la vie toute cette saison. J'en ai bavé, mais il faut des hommes comme toi au sein d'une écurie pour mettre toutes les chances de son côté.

— Merci pour tes… compliments, peste Riccardo.

— S'il y a bien une chose que j'ai comprise cette saison dans la décision de Giuseppe, c'est qu'il comptait faire de ses deux enfants ses héritiers. Avec le recul, j'admets aussi que je n'aurais jamais dû partir. C'est aussi pour cela que je prends la décision, aujourd'hui, de remettre ma carrière entre vos mains. Je ne roulerai plus qu'à une seule condition.

Il se tait, puis scrute un à un les visages autour de la table.

— Emy Leclerc conserve sa place de dirigeante aux côtés de Riccardo, lâche Clay, sûr de lui. Ils se complètent, tous les deux. Je n'aurais jamais parié sur elle, mais encore une fois, j'ai eu tort. Elle nous a tous prouvé qu'elle est une grande dirigeante, autant que son père… voire plus.

— Rien ne nous oblige à accepter votre offre, coupe un actionnaire. Nous avons déjà deux options de second pilote pour Lorenzo. Soit nous continuons avec Liam, soit nous engageons Alexandre Meunier, qui serait ravi de conduire pour la Scuderia.

— Liam va signer avec Maclean, lâche Clay, sûr de lui. Donc, c'est soit Meunier, soit le champion du monde. De plus, vous vous exposez aux critiques en me refusant.

Je ne cille pas, interloquée par sa véhémence. Clay se tourne vers moi, puis il se lève.

— Je vais vous laisser prendre la bonne décision, lâche-t-il, plein de confiance.

Il recule ensuite, replace sa chaise et sort de la salle de réunion, comme s'il n'y était jamais entré. Grand silence… Je ne détonne pas dans le paysage, interdite. Ce n'est que lorsqu'un investisseur se racle la gorge que je reviens sur terre.

— Nous allons procéder à un tour de table, suggère-t-il.

La veuve est la première à acquiescer.

— Je refuse cette proposition. La direction de la Scuderia Adessi revient entièrement à mon fils.

L'homme à sa gauche hésite, mais donne également son accord pour cette proposition. Riccardo est selon lui le meilleur choix.

— J'accepte la proposition de Clay Johnson, tranche toutefois un autre actionnaire.

Je n'ai pas mon mot à dire. Ils sont cinq à cette table à pouvoir prendre une telle décision. Dont Riccardo, sa mère et les trois plus gros investisseurs de l'écurie. L'homme d'affaires chinois accepte en revanche la proposition de Clay.

— Un scandale n'est jamais bon pour les affaires, entame-t-il. Et il va de soi que son raisonnement est juste. Nous pouvons d'ailleurs sans problème réajuster tous les contrats afin que Riccardo et Emy occupent conjointement la direction.

Je le remercie du regard et salue son effort. Cela fait deux personnes pour et deux contre. Tous se tournent vers Riccardo, le dernier à choisir. Au moins, jusqu'au bout, tout aura été possible. Mais mon accord avec Riccardo était limpide, et il l'a dit lui-même, il tient toujours. Je ne me fais donc pas d'illusions quant à sa décision.

— Clay m'agace, commence-t-il. Je n'ai jamais réussi à m'entendre avec lui. Il se montre parfois stupide et il ne comprend pas certains enjeux, mais…

Riccardo s'arrête et humidifie ses lèvres.

— Mais il a raison sur un point, reprend-il. Emy, tu as été une grande dirigeante cette saison…

— Merci pour ton honnêteté, bredouillé-je, confuse.

— Et je me suis rendu compte que nous avions perdu une saison pour nouer les liens que notre père espérait. C'est pourquoi j'ai envie que tu sois à mes côtés l'année prochaine. On le fera, *ensemble*.

Mes yeux deviennent soudain plus humides. Riccardo m'offre un inhabituel sourire en guise de réponse avant de reprendre :

— J'accepte les conditions de Clay. Emy doit rester à la Scuderia.

Sa mère émet un hoquet d'effroi et se tourne vers son fils, abasourdie. Il lève la main pour la tempérer.

— Papa savait très bien ce qu'il faisait en la nommant sur une saison complète. J'ai eu le temps de m'en apercevoir, lâche-t-il, sentencieux.

Sa mère ravale sa salive, silencieuse. Ses épaules s'affaissent alors que ma poitrine bondit de joie.

— Je crois que nous avons fait le tour, dit un actionnaire. Félicitations, Emy, vous êtes à nouveau dirigeante de l'écurie, et cette fois pour plus d'une année.

Rien à ajouter. Je souris peut-être un peu bêtement. Je plane, euphorique. Les financiers se lèvent un à un, puis viennent me serrer la main avant de faire de même avec Riccardo. Ils sortent ensuite de la salle, les uns après les autres. La mère de Riccardo ne se fait pas prier non plus. Seule dans la pièce avec mon demi-frère, je secoue la tête, n'y croyant toujours pas.

— Merci, dis-je maladroitement.

— Pas de quoi, pouffe Riccardo.

Un bref silence s'installe avant qu'il ne pointe son index sur moi.

— Mais je te préviens, je récupère le grand bureau !

Je lève mon majeur en guise de réponse.

— Compte pas là-dessus !

Il éclate de rire avant de me prendre dans ses bras. Je me raidis, abasourdie par une telle proximité, mais je me laisse enfin aller et l'enlace aussi. Nous restons un bref instant pétrifiés par notre geste, avant de nous détacher. Il se dirige vers la porte et ouvre celle-ci. Clay attend, adossé au mur, les bras croisés. Riccardo s'arrête à sa hauteur et lui tend la main. Le pilote l'observe, et un sourire s'installe sur ses lèvres avant qu'il ne la saisisse franchement. Les deux hommes semblent enfin enterrer la hache de guerre, ce qui me comble de joie. Riccardo s'éloigne ensuite, nous laissant seuls tous les deux. Clay s'avance de quelques pas vers moi dans la salle. Il pose tendrement sa main sur ma joue.

— Je t'avais dit que je deviendrais champion du monde pour toi.

Je fonds de bonheur en saisissant son cou pour écraser mes lèvres sur les siennes. Il me rend mon baiser en enroulant ses bras autour de ma taille et en me soulevant jusqu'au ciel. Je me laisse bercer par sa fougue. Sa langue danse avec la mienne, et je sais que maintenant, tout ira bien, car nous sommes dans la même équipe.

ÉPILOGUE
SCUDERIA ADESSI

(UN MOIS AVANT LA NOUVELLE SAISON)

— Rappelle-moi le nom de ce groupe TV ? demande Riccardo, un verre en main.

Dans mon bureau, il étudie la décoration. Pour l'instant, je dispose encore de la plus grande pièce. Je sais qu'il mijote quelque chose : il trifouille les feuilles de mon bonzaï, près de la baie vitrée, songeur.

— Ne touche pas à Bob, grogné-je.

Mon demi-frère se tourne vers moi, tout sourire.

— Je vais peut-être le garder.

— Sport One, répond Gabriela. La chaîne sportive la plus suivie des États-Unis.

— Tu touches à mon bonzaï et je te crève les yeux, sifflé-je entre mes dents.

— Bravo, Gabriela, pour ce contrat, rétorque Riccardo en m'ignorant.

Je plisse les yeux, puis le pointe du doigt pour le mettre en garde. À cet instant, Clay pénètre dans le bureau comme une bourrasque.

— Désolé pour mon retard, lâche-t-il en saluant d'un geste de la main Riccardo et Gabriela avant de s'approcher de moi.

Il dépose un baiser sur ma bouche en glissant sa main dans la cambrure de mon dos pour m'amener à lui. Je profite de ses lèvres, ne l'ayant pas vu partir ce matin et songeant encore à notre nuit.

— Salut, soufflé-je contre sa bouche.

— Salut, me répond-il, tout en suavité. Tu as bien dormi ?

— Mis à part que le lit était froid et vide à mon réveil, oui.

— Je vais le réchauffer ce soir, si tu veux.

— J'ai hâte, susurré-je, le ventre déjà en vrac.

— Oh ! vos gueules, raille soudain Riccardo. Et toi, ôte tes sales pattes de ma sœur !

Clay lève aussitôt les deux mains, avec des yeux de chien battu.

— Remets-les, lui ordonné-je en jetant un regard meurtrier à mon frère.

Il s'exécute dans la foulée.

— Retire-les !

Une fois encore, Clay les ôte en roulant des yeux.

— Mettez-vous d'accord, ricane-t-il. Je ne peux pas écouter les deux patrons à la fois.

— Une main seulement, accorde Riccardo. Mais pas de baisers baveux devant moi.

Je me retiens de rire. Depuis le nouvel accord, notre pilote champion du monde suit les règles à la lettre, et je crois qu'il s'en amuse beaucoup. Cinquante-cinquante, deux patrons, Clay essaie donc de faire plaisir autant à Riccardo qu'à moi. Mon frère soupire en consultant sa montre.

— Il fout quoi, merde ? peste-t-il.

Gabriela sort son portable de sa poche et tente de joindre Lorenzo, en vain.

— J'ai un rendez-vous avec un sponsor, ajoute Riccardo, agacé.

— Et moi, je dois voir cette nouvelle voiture, ajouté-je en voyant l'heure tourner.

— On n'a qu'à tirer à la courte paille, propose Gabriela.

La chaîne sportive avec laquelle elle a obtenu ce contrat a été explicite. Une équipe de journalistes nous suivra durant toute la saison pour un reportage sur les coulisses de la Formule 1. Toutefois, avec nos agendas de ministres, nous avons vite déchanté lorsqu'elle nous a annoncé qu'il fallait qu'un pilote ou un patron accepte d'être filmé vingt-quatre heures sur vingt-quatre sur de courtes périodes autour des courses. Clay a promptement refusé, mais ni moi ni Riccardo n'avons eu le temps de décliner. Ainsi, nous avons décidé de trancher aujourd'hui pour savoir qui serait la personne suivie par l'équipe télé. Mais il manque encore Lorenzo. *En retard, comme d'habitude…*

— Vendu, dis-je en m'approchant de mon mini-bar pour récupérer quatre pailles, que je tends à Gabriela. Tu seras la main de Lorenzo !

La community manager les récupère et les coupe toutes à une taille différente aux ciseaux, avant de nous tendre le petit bouquet de fortune. Riccardo est le premier à choisir une paille. Je tire au hasard et compare aussitôt la mienne avec celle de mon frère. Nous constatons, ravis tous les deux, qu'elles ont presque la même taille… et qu'elles sont grandes.

— À ton tour, lance Gabriela en tendant sa main en direction de Clay.

Il hésite entre les deux pailles disponibles, mais finit par en saisir une. Aussitôt, la porte s'ouvre et Gabriela dévoile la taille de la dernière restante en montrant sa paume.

— Oui ! s'exclame Clay, remarquant que la community manager a le plus petit bout.

Lorenzo nous dévisage les uns à la suite des autres.

— Qu'est-ce qu'il se passe, ici ?

— Félicitations, réponds-je en écartant les bras vers lui.

— J'ai gagné un truc ?

— Oui, tu seras la star du reportage ! ajoute Gabriela en agitant sa paille.

— Vous avez tiré au sort sans moi ?

— Les absents ont toujours tort, siffle Clay.

— Non, non, non ! Hors de question, on recommence, gesticule Lorenzo.

— Même pas en rêve, crache Riccardo. J'espère que ça t'apprendra à être à l'heure.

Mon frère scrute ensuite sa montre et s'apprête à sortir du bureau. Près de la porte, il s'arrête pour observer Bob.

— Oublie direct ! le mets-je en garde.

Il décampe sans demander son reste. Clay s'approche de Lorenzo, qui propose maintenant un shi-fu-mi.

— C'est décidé ! Tu seras le chaperon de… Comment s'appelle la journaliste ? demandé-je à Gabriela.

— June Clarke.

— Voilà, tu seras en charge de June Clarke, et je compte sur toi pour montrer une belle image de l'écurie, ajouté-je avec un clin d'œil.

— Une femme de plus ! s'étonne-t-il. Mais quel genre de femme fait un reportage sur la Formule 1 ?

Gabriela et moi le dévisageons, furieuses.

— Et d'après toi, quel genre de femme devient directrice d'écurie ? marmonné-je.

Lorenzo ne bronche pas, la bouche ouverte, vaincu. Clay lui assène une bonne tape dans le dos, moqueur, et Gabriela lui sourit faussement.

— Maintenant, si vous voulez bien nous laisser, on a des choses à voir avec Clay, dis-je en désignant la sortie de mon bureau.

— Je croyais que tu voulais voir la monoplace ? s'étonne Gabriela.

— Après, pesté-je en faisant de grands yeux à mon amie.

Gabriela file comme une gazelle. Lorenzo, en revanche, traîne des pieds. Il reste sur le seuil de la porte alors que je commence déjà à baisser les stores de mon bureau.

— Des choses à voir ou à faire ? interroge Lorenzo.

— T'occupe, l'envoie balader Clay en le saluant de la main.

Mon second pilote soupire en me suppliant du regard.

— S'il te plaît, échange sa place avec la mienne pour le reportage. Après tout, c'est lui, le champion du monde !

Je me montre assez peu conciliante.

— Non, ça signifierait pour moi de moins le voir, et désolée, j'ai envie de passer du temps avec mon copain.

Lorenzo lève les yeux au ciel, comprenant qu'il n'a aucune chance.

— Mais toi, tu es libre comme l'air. Je suis certaine que tu vas adorer tes rendez-vous avec June ! ajouté-je.

Moretti lâche l'affaire en soufflant de manière exagérée et quitte la pièce. Je tourne enfin le verrou à double tour puis pivote vers Clay. Le brasier fait déjà rage dans mon ventre tandis que ce dernier me déshabille du regard. Je scrute ma montre en vitesse. Les ingénieurs vont devoir m'attendre. Je veux passer un bien bon moment dans ce bureau.

— Ton copain ? me lâche Clay avec une pointe d'ironie dans la voix.

— Oui, tu as raison, tu es mon pilote, pas mon copain. Et j'adore abuser de toi et de ton corps.

— C'est du harcèlement sexuel. Je peux porter plainte.

— Je t'en prie, ne te gêne pas. Tu sais que je ne me laisserai pas faire.

— Oui, ricane-t-il. Et c'est ce que j'aime.

Clay écarte les bras, attendant que j'atterrisse sur lui. Je m'abandonne, le cœur battant, folle amoureuse de lui. Rien ne pouvait être aussi parfait, pensé-je en montant sur lui à califourchon et en déposant mes lèvres sur les siennes.

FIN

DÈS AVRIL 2025, RETROUVEZ LORENZO MORETTI ET TOUTE LA SCUDERIA ADESSI POUR UNE ROMANCE *PROXIMITÉ FORCÉE* DANS L'UNIVERS DE LA FORMULE 1

EXTRAIT

... Péteux ?... Péteux !

Je suis estomaqué. La bouche en cœur, elle me sourit en toute simplicité, aucunement mal à l'aise. Elle garde toutefois cette petite pointe de fierté dans le regard. Elle semble satisfaite. Je ne m'attendais pas à un piquant pareil. Je penche la tête, ne sachant pas vraiment si ses propos me touchent ou non. Cela m'a amusé, oui...

— Vous n'êtes pas du genre à vous laisser faire, finis-je par admettre.

June bombe le torse et fuit mon regard.

— Je suis désolée, embraye-t-elle sur le mode mea culpa. Je n'aurais pas dû vous traiter de péteux.

— C'est vrai. C'était dévalorisant. Cela m'a profondément blessé, je vais avoir du mal à m'en remettre.

Elle fronce les sourcils, perdant de sa superbe. J'enchaîne :

— Je suis supposé être votre hôte. Comment pourrais-je avoir confiance en moi, sachant que je ne suis qu'un péteux à vos yeux ?

Elle blêmit à vue d'œil et je poursuis mon petit laïus.

— La Formule 1 est mon rêve depuis tout petit et vous venez remettre en cause ma passion. J'ai du mal à me considérer comme un *péteux*.

— Je suis certaine que vous ne l'êtes pas, lâche-t-elle, confuse. J'ai dépassé les bornes. Je suis vraiment navrée.

Elle doit craindre pour son reportage. J'ose un regard vers son acolyte. Au beau milieu du couloir, il la boucle en pleine fascination pour ses pieds. Je savoure mon petit malaise. Je pourrais jouer des heures, mais le meilleur dans ce genre de situation reste la chute.

— Mais je vais faire face, repris-je. Et cela induit trois choses.

La journaliste me scrute avec un regain d'intérêt, alors que je lui présente mon pouce.

— Premièrement, si je suis un péteux de bourgeois, vous n'êtes qu'une gueuse. Et tu ne mérites pas mon vouvoiement.

Ses yeux s'écarquillent. J'agrandis mon sourire et poursuis :

— Donc à partir de maintenant, tu pourras m'appeler Seigneur Lolo. Ou votre Grâce, ça me plaît plus. Deuxièmement, je vais te prouver que tu as tort. Tu finiras par admettre que la Formule 1 est le plus grand des sports automobiles. La Nascar arrive en cinquantième ou soixantième position après les courses de tricycle en première section maternelle.

Le cameraman pouffe à côté. Je ne laisse pas à sa collègue le temps de répliquer.

— Et enfin, troisièmement, il n'est pas nécessaire de faire du zèle avec moi. Garde ça pour les grands patrons d'Adessi. Je suis peut-être un péteux de bourgeois, mais je n'en ai rien à faire de ce qu'on peut penser de moi.

Un silence s'installe. June fronce les sourcils. Peut-être en train de se demander si je bluffe ou pas, mais une chose est sûre, je ne plaisante pas. Elle peut bien avoir un visage adorable et des yeux de biche mignons à souhait, elle vient de me foutre un poil en pétard. Elle mérite son châtiment. Le respect n'existe plus s'il est bafoué dès les premières minutes, non ? La journaliste ouvre la bouche, mais la referme, hésitante.

— Donc, si c'est clair pour toi, on pourra peut-être passer une bonne année ensemble, ajouté-je sur un ton piquant.

Sa mâchoire se serre et j'ai juste droit à un bref hochement de tête avant qu'elle ne me tende la main.

— J'accepte de me faire traiter de gueuse si ça peut vous amuser, ou de vous appeler mon seigneur. Mais vous pouvez rêver. Je n'admettrai jamais que la F1 est supérieure à la Nascar. Plutôt crever.

J'explose de rire. OK, elle me plaît bien !

— Je vois ça comme un défi, rétorqué-je, confiant, en serrant sa main plus que de raison. Tu vas tomber amoureuse de la Formule 1, je m'en fais la promesse.

Nos yeux s'accrochent et pour la première fois depuis longtemps, une excitation grimpe en moi. Pas le genre de trémolo qui fait trémousser mon caleçon. C'est plus au nord que ça m'inquiète. Mon ventre se crispe. À croire que j'ai des petits papillons dans le ventre. La dernière fois que ce genre de traîtrise de mon corps est arrivé, je devais avoir quinze ans. June me dévisage, nos mains toujours bien arrimées l'une à l'autre. Un défi. Un pari. Peu importe, mais je me promets qu'elle finira par préférer la F1 à son sport de touriste à la fin de la saison.

— Et qu'est-ce qu'il se passe si je trouve toujours la Formule 1 aussi péteuse qu'avant ? me lâche-t-elle avec aplomb.

— Il faut donc une carotte ? Très bien.

Je réfléchis un bref instant, ma main toujours dans la sienne. Une idée fugace me traverse l'esprit. Gabriela m'en voudra à vie si je fais ça, mais ça me semble plutôt honnête comme marché.

— Je dirai publiquement que la F1 est un sport de péteux, d'ingrat et de petit zizi si ça te chante.

— Ça ne vaut pas le coup, grince-t-elle.

— Comment ça, ça ne vaut pas le coup !

— J'ai fait des recherches sur vous. Vous faites et dites tout et n'importe quoi. On ne vous prendra jamais au sérieux.

Je penche la tête en grimaçant. Sur ce point, elle n'a pas tort… Donc il me faut quelque chose de plus grand. Comme elle voudra.

— Alors…, je lâche la F1 et je m'inscris en Nascar sur une année complète.

Cette fois-ci, elle semble convaincue.

— J'accepte, s'empresse-t-elle de me répondre.

Elle s'apprête à retirer sa main, mais je la retiens.

— Ça, c'est mon gage, maintenant on va passer au tien. Aucune raison pour que notre affaire soit à sens unique.

June plisse les yeux, mais j'esquisse un sourire plus fourbe en retour. Si elle croit vraiment que je vais mouiller ma chemise et mon slip sans rien, elle divague.

— D'accord, dit-elle en soupirant avant de se taire et de réfléchir.

Les secondes s'égrènent et je fais mine de bâiller. Sentant son agacement, je gonfle ensuite les joues et regarde ma montre imaginaire à mon poignet.

— Je m'engage à quitter mon job, marmonne-t-elle.

— Quoi ! s'exclame Josh dans son dos.

June se tourne rapidement vers lui avant de reporter son attention sur moi.

— Si je gagne, vous roulez pendant une année complète en Nascar. Et si vous gagnez, je quitte mon job et deviens journaliste exclusivement sur la F1.

Je hoche la tête, ça me semble être un bon deal.

— À condition, reprend-elle en levant l'index. Que vous me trouviez un travail, je n'y connais rien ici !

— Pas de souci, je m'engage même à vous trouver une place avec Gabriela.

Ça, la petite sœur modèle m'en voudra sûrement, mais j'arriverai à faire passer la pilule, comme toujours.

— Je crois que nous tenons un accord.

— Exactement, réponds-je, satisfait.

Nous nous relâchons avant de nous observer encore un bref instant. Elle fronce toutefois les sourcils.

— Et comment comptez-vous nous départager à ce sujet ?

Je réfléchis un bref instant. Je n'y avais pas pensé. Je m'égare sur son visage d'ange, sur ses nombreuses taches de rousseur. J'aurais presque envie de les compter.

— Des points. Nous allons compter les points. Vous dites ou faites quelque chose de bien pour la F1, un point pour moi et inversement.

Elle semble hésitante, pesant le pour et le contre, mais elle finit par hocher la tête.

— Très bien.

— Parfait, renchéris-je en tapant dans mes mains. Josh en sursaute dans mon dos. Maintenant, la visite ! Veuillez suivre votre hôte, connu et reconnu comme le seigneur Lolo, grand patron de la vitesse.

June roule les yeux au ciel, mais je m'en moque. Je continue, une main dans le dos et une autre désignant le bout du couloir.

ET DÈS JUIN 2025, RETROUVEZ LA FIN DE LA SAGA *POLE POSITION*, AVEC RICCARDO ADESSI ET GABRIELA DINAZO POUR UNE ROMANCE BOSS/EMPLOYÉE, GRUMPY X SUNSHINE DANS L'UNIVERS DE LA FORMULE 1

À BIENTÔT

Talent Éditions est engagé dans le développement durable afin de limiter l'empreinte carbone de la fabrication de ses livres. Soucieux de l'impact environnemental de notre métier, nos ouvrages sont imprimés en France sur du papier certifié issu de plantations gérées de manière écoresponsable. Les livres non commercialisables sont recyclés et réutilisés pour la fabrication d'autres produits cartonnés.

Imprimé en France par
CPI Bussière
en février 2025
N° d'impression : 2082808